KB239895

섹슈얼리티와 광기

섹슈얼리티와 광기: 한국 근대문학과 앎의 의지

초판1쇄 펴냄 2008년 08월 30일
초판3쇄 펴냄 2022년 10월 14일

지은이 이수영
펴낸이 유재건
펴낸곳 (주)그린비출판사
주소 서울시 마포구 와우산로 180, 4층
대표전화 02-702-2717 | **팩스** 02-703-0272
홈페이지 www.greenbee.co.kr
원고투고 및 문의 editor@greenbee.co.kr

편집 신효섭, 구세주, 송예진 | **디자인** 권희원, 이은솔
마케팅 육소연 | **물류유통** 유재영, 유연식 | **경영관리** 유수진

저작권법에 의하여 한국 내에서 보호를 받는 저작물이므로 무단전재와 무단복제를 금합니다.
책값은 뒤표지에 있습니다. 잘못 만들어진 책은 구입처에서 바꿔 드립니다.
ISBN 978-89-7682-104-1 04800

學問思辨行: 배우고 묻고 생각하고 판단하고 행동하고
독자의 학문사변행을 돕는 든든한 가이드 _그린비 출판그룹

그린비 철학, 예술, 고전, 인문교양 브랜드
엑스북스 책읽기, 글쓰기에 대한 거의 모든 것
곰세마리 책으로 크는 아이들, 온 가족이 함께 읽는 책

Foucault

한국 근대문학과 앎의 의지

섹슈얼리티와 광기

이수영 지음

융B
그린비

| 일러두기 |

1 이 책에 인용된 한국 문학작품 중 발표 당시의 문투로 인해 독자들의 이해가 어렵다고 판단되는 경우 원작품의 표기 일부를 현대어로 수정하여 인용했다.

2 본문에 인용된 문헌의 서지사항은 각주에 '지은이, 제목, 페이지' 식으로 간단히 명기했고, 자세한 서지사항은 참고문헌에 '가나다' 순으로 정리했다. 참고문헌에서 외국문헌은 저자가 사용한 판본을 기준으로 정리했다.

3 외국의 인명이나 지명, 그리고 작품명은 〈국립국어원〉에서 2002년에 펴낸 '외래어 표기법'에 근거해 표기했다.

4 단행본·전집·정기간행물 등의 제목에는 겹낫표(『 』)를, 단편·논문·회화 등의 제목에는 낫표(「 」)를 사용했다.

머리말

문학의 주인공들은 왜 그렇게 아파했을까?

대학에 다닐 때 나를 사로잡은 문학론이 있었다. 그 무렵 나는, 안타깝게도 이른 나이에 작고한 불세출의 평론가 김현 선생의 글을 탐독하고 있었다. 짧으면서도 핵심을 찌르고, 경쾌하면서도 진지한 그의 문체는 글쓰기의 놀라운 경지를 보여 주는 것 같았다. 그러나 탐독의 이유는 거기에만 있지 않았다. 문학에 대한 김현 선생의 사유는 내가 처해 있던 시대 상황과 어우러져 문학을 전공하고 살아가야 하는 나에게 실존적 소명의식을 선사하는 것 같았다. 문학은 도대체 쓸모가 없다. 그런데 그 무용성이 바로 유용성의 기반이 된단다. 쓸모가 없으니 우리를 억압하지 않고, 억압하지 않으니 마음껏 꿈꾸게 한다는 것이다. 그래서 문학은 그 고통스러운 시대의 억압적 성격을 해부하고 억압 없는 사회의 가능성을 재보는 척도라는 것이다.

고등학교 때까지 탐독했던 소설이라곤 기껏 한국의 저급 추리물이나 수호지 정도였던 내게 김현 선생의 문학관은 그야말로 거창하고 거룩한 문학의 세계로 인도하는 입장권이었다. 나는 그를 통해 세상에 진지해질 수 있었고, 세계의 고통에 민감해질 수 있었으며, 그리하여 조금은 성숙해

질 수 있었다. 80년 5월 광주를 무참히 진압하고 시작된 5공화국의 다음 승계자 노태우 정권 아래서 대학을 다녔던 나는 김현 선생의 문학을 통해 "파쇼적 군사정권"에 저항하는 법을 터득한 셈이다. 인간의 고통과 함께 하지 않는 문학이 문학이라는 이름을 얻을 수 없듯이 군사독재의 억압과 맞서 싸우지 않으면 인간의 도리가 아니라고 느꼈던 것이다. 문학이 인간의 길을 가르쳤듯이 인간은 문학을 필요로 했다. 도무지 변할 줄 모르는 그 시절은 늘 암흑의 어둠과 새벽의 여명이라는 이미지로 채색되었고, 문학은 그 어둠 속에서의 화사한 꿈을 표현하는 것으로 보였다.

이렇게 시간이 흘러갔다. 그리고 나는 다양한 작품들을 접하게 되었고, 문학에 대한 규정에도 의문을 품기 시작했다. 모든 문학이 인간의 고통과 꿈에 집중하지는 않으며, 그런 규정도 한국적인 특이 상황이 형성한 것일지도 모른다는 생각이 들었다. 이와 더불어 우리가 인간을 문제적인 존재로 해부하고 분석하기 시작한 것도 근대에 접어들어서라는 인식이 생겼다. 문학이 인간을 대상으로, 그 인간의 무의식적인 꿈을 드러내기 위해서라도 무의식이 발견되지 않고서는 안 되지 않겠는가. 결국 세계의 억압성을 드러내든 인간의 고통을 천착하든 문학이 그런 역할을 하기 위해서 필연적으로 갖춰야 할 근대적 조건에 대한 분석이 필요하다는 생각에까지 미쳤다.

그리하여 나는 우리 문학의 근대적인 기원이랄 수 있는 개화기와 1920년대를 비교해 보기 시작했다. 개화기가 전근대의 끝자락이면서 근대적인 변모의 여명기라면 1920년대는 근대문학이 본격적으로 시작된 시기였기 때문이다. 1920년대 문학은 늘 인간을 문제 삼고 있었다. 인간의 육체와 무의식적 욕망에 대한 한없는 탐색이 20년대 문학의 핵심으로 보였다. 그렇다면 인간에 대한 앎의 의지야말로 20년대 문학, 아니 근대문학의 본령이라고 할 수 없을 것인가. 그런데 인간에 대한 관음증적 호기심에 들끓었던 근대문학은 병리적인 인간을 다루지 않는 한 결코 그 목적을 달성할 수 없었다. 인간은 병들었을 때 자신의 진실을 가장 잘 보여 주는 것 같았다. 특히 섹슈얼리티와 광기가 중요했는데, 인간의 무의식적 욕망과 진실은 이와 같은 병리적 상태에서만 객관적인 대상으로 표현될 수 있었기 때문이었다.

그리하여 나는 왜 문학적 인물들이 병들고 아프지 않으면 안 되는지 설명할 수 있게 되었다. 정상성의 영역에서는 인간이 분석되지 않는다. 근대문학은 병든 상태에서만 인간의 감춰진 진실을 포착할 수 있었다. 그런 점에서 병리성은 단순히 근대문학의 소재에 그치는 것이 아니라 무엇보다도 중요한 핵심적 본성이 된다. 김현 선생이 말했던 고통의 문학관도 인간에 대한 앎의 의지와 문학의 병리성이라는 근대적 조건이 형성되고 나서야 등장할 수 있는 하나의 문학관인 셈이다. 문학이 꿈과 무의식적인 어둠의 영역을 묘파할 수 있었던 것도 인간에겐 아직 알려지지 않은 무의식적 진실에 대한 앎의 의지가 근대문학에 다름 아니었기 때문이었다.

과연 근대적 주체를 넘어설 수 있을까?

나는 근대를 넘어서는 삶에 관심이 있다. 근대문학의 특성을 탐색하는 까닭도 문학적 취향보다는 근대적 삶의 본성을 확실히 알고 싶기 때문이다. 근대적인 인간들이 살아가는 그런 다채로운 삶의 이미지를 구체적인 풍경으로 제시해 주는 것으로 문학만큼 월등한 것이 있을까. 우리는 문학 작품을 읽어 가면서 근대적인 인간들이 어떤 고뇌와 어떤 의지를 갖고 살았는지 훤히 알게 된다. 그들은 모두 세계의 비밀보다는 인간의 비밀에 관심이 많았다. 세계를 편력하는 영웅보다는 욕망과 광기에 휩싸인 병리적 인간이 자주 등장했다. 자기 자신에 대한 철저한 고백과 해부만이 주체의 유일한 존재 증명이 된다는 듯이 그들은 병적으로 주체의 진실에 몰두했다. 주체 안에 숨겨진 그 타자와도 같은 무의식적 진실에 대한 인식 의지만큼 강렬한 근대문학의 의지는 없다.

이를 통해 알 수 있듯이 주체가 자기 내부에서 진실만을 포착하기 위해 모든 인식의 역량을 쏟아 붓는 것이 근대의 중요한 특징이 된다. 이를 기독교적인 진실 탐색의 방식과 비교해 보면 그 특징을 명확하게 알 수 있을 것이다. 기독교적인 세계는 기본적으로 신적인 진실에 이르기 위해서 자기를 포기해야만 했다. 철저한 금욕과 자기 부정만이 진실을 확보하는 유일한 길이었다. 진실은 자기의 무의식적이고 미시적인 욕망에 대한 인식에 있다기보다는 그런 욕망에 대한 철저한 파괴에 있었다.

그렇다면 기독교적이지도 않고 근대적이지도 않은 주체와 진실의 관계는 없는 것일까? 자기를 포기하지도 않고, 자기 내부의 진실에 맹목적으로 집착하지도 않는, 주체와 진실의 새로운 관계는 없는 것일까? 다시 말해 자기의 비밀을 파헤치기보다 "한 번도 되어 본 적이 없는 자기"가 되는 방법은 없는 것일까? 이 모든 것은 니체와 푸코를 관통하는 문제의식이다. 니체라면 교량으로서의 인간을 넘어 위버멘쉬가 되는 문제라고 말했을 것이고, 푸코라면 진실에 접근하기 위해 주체가 존재방식을 바꾸는 존재미학적 문제라고 말했을 것이다. 이런 점에서 나는 니체와 푸코를 따라 근대문학을 바라보았고, 이들을 따라 근대문학의 이후를 꿈꿔 보았다.

길 위에서 쓴다는 것은 무엇일까?

이 책은 박사논문이 토대가 되었다. 박사논문의 상당 부분을 재검토하고 고쳐 썼다. 연구공간 '수유+너머'에서 글쓰기는 늘 '최악'(^^)의 환경 속에서 이뤄지는 색다른 경험이다. 박사논문을 쓸 때다. 그때 우리 연구실은 전라도 변산반도에서 서울까지 걸어가면서 현실에 대해 묻고 질문하는, 장장 2주간의 대장정을 감행했다. 한미FTA반대와 새만금방조제 건설 반대, 평택 미군기지 이전 반대라는 여러 사안을 중심으로 연구실이 선두에서 투쟁을 조직한 것이다. 그뿐이 아니다. 원남동에서 남산으로, 그리고 다시 남산의 옆 건물로 두 번이나 이사하는 '참혹한' 일도 있었다. 이처럼 글쓰기에만 자폐적으로 빠져들지 못하게 하는 조건이 연구실에는 항상 존재한다. 논문을 고쳐서 책으로 만드는 와중에도 어김없이 '촛불봉기'가 터져 나왔고, 우리는 지체 없이 여기에 결합했다.

연구자로서 평생 살아가야 하는 만큼 글쓰기가 중요한 업이겠지만, 글을 쓴다는 핑계로 다른 모든 일을 방기해서는 안 된다. 글쓰기는 늘 현실과 만나는 장소에서, 그리고 그 현실을 돌파할 수 있는 지혜를 잉태하는 장소에서 진행되어야 한다. 이것이 바로 연구공간 '수유+너머'와 그 친구들이 몸으로 가르쳐 준 신체적 깨우침이다. 글만 쓰기에 충분히 바쁜 것도 아니며, 현실적인 투쟁만 하기에 충분히 한가한 것도 아니다. 어느 하나를 포기하는 순간 우리는 연구자일 수 없으며, 삶과 공부를 일치시킬 수도 없다.

이런 점에서 이 책이 나올 수 있었던 것은 연구공간 '수유+너머'의 벗들 덕분이다. 다르게 사는 법을 깨우쳐 주고, 다르게 사는 것이 즐거운 일이라고 가르쳐 준 연구실의 벗들이 고맙다. 그리고 연구자의 길을 갈 수 있게 지도해 준 학교의 여러 선생님께 존경을 표한다. 끝으로 어설픈 글을 훌륭하게 고쳐 주면서까지 출판해 준 그린비 식구들에게도 감사드린다.

2008년 8월 13일
연구공간 '수유+너머' 공부방에서
이수영

:: 차 례

1920년대 경성의 풍경이다. 훤히 정리된 신작로와 전신줄 그리고 새로운 교통수단 전차는 근대의 풍요로운 비전을 보여 주는 듯하다. 그러나 이 화려한 풍경 뒤에 신경증과 결핵의 병리성이 가득 차 있으리라고 그 누가 상상이나 했을 것인가. 근대는 전차보다는 병리성에서 그 계보학적 비밀을 누설한다.

1장_근대문학의 계보학

1. 병리성이라는 사건

우리는 근대문학에서 수많은 병리성과 고뇌, 상처와 죽음들을 본다. 심지어 상처와 고통을 표현하지 않으면 '문학적'이기 힘들다는 느낌을 우리는 은밀히 공유하고 있다. 그러나 모든 문학이 이렇게 아픔의 고요한 절규 속에서 자신을 표현하는 것은 아니다. 고전소설만 떠올려 봐도 쉽게 알 수 있다. 『구운몽』의 성진은, 비록 꿈속에서이기는 하지만, 8명의 당대 미녀들을 차지하는 남성적 행운과 수많은 반군들을 격퇴하는 영웅적 행운까지 함께 누리는 해피엔딩의 인물이었다. 고전소설의 주인공들에게 고통이란 돌파하기 위해 준비된 것이지 굴복하기 위해 존재하는 것은 아니었다. 건강한 인간과 병든 인간으로 대별되는 근대 이전과 근대 이후의 인간 형상에는 생리적 차이만이 아니라 어떤 거대한 심연이 가로놓여 있는 느낌이다.

이 심연이라는 감각을 적극적으로 사유할 때 우리는 근대문학의 병리성이 결코 문학 본래의 면모가 아니라 특정한 조건에서 형성된 역사적 산물임을 직감하게 된다. 1920년 무렵 '출현'했던 근대문학은 그 출발선상에서 '병리성'의 종합목록을 제시한다. 정신병리적 측면에서는 신경쇠약, 히스테리, 강박신경증, 피해망상, 관음증, 광기 등이, 조직병리적 측면에서는 유행성 독감, 장티푸스, 폐병, 임질 등이 문학적 공간 내에 출몰하는 병리성의 목록이다. 병리성은 하나의 문학적 '사건'이다. 왜냐하면 병리성과 함께 문학이 그 존재방식과 존재이유를 새롭게 정립하며 출발하기 때문이다. 그렇다면 도대체 왜 근대문학은 병든 자들과의 관계 속에서 그 존재의미를 드러내려 했을까? 병들지 않은 문학이 과연 근대문학일 수나 있을까? 이 질문은 단순히 문학 작품 속에 병이 희한한 소재로 등장했다는 사실을 문제 삼지 않는다. 연애라는 소재가 등장하듯, 혹은 돈이라는 소재가 등장하듯 병이라는 소재가 등장한 것인가? 병은 그처럼 문학의 작은 구성부분밖에는 안 되는 것일까? 우리는 소재로서가 아니라 사건으로서의 병을 다룬다.

사건으로서의 병리성에 대한 연구는 그 병리성이 문학의 어떤 특이점을 형성하면서 근대문학이라는 현상을 규정하는 본질적 조건이 되었다는 사실에 주목한다. 병리성은 철저히 근대적인 현상이다. 물론 병은 선사 이래 인간을 떠나지 않았던 운명적인 고통이지만, 그럼에도 문학의 병은 철저히 근대적이다. 우리는 역사가 없는 장소라고 생각되는 곳에서도 역사를 찾아내는 작업을 해야 한다. 이를 니체 식으로 표현하면 계보학(genealogy)적 작업이 될 것이다. 니체에 따르면 사랑에도 역사가 있고 정서에도 역사가 있으며 심지어 본능에도 역사가 있다. 증오라는 감정을 인간의 원초적 감정이라 규정하는 태도와 어떤 역사적 배치 속에서 탄생한 것이라 규정하는 태도에는 엄청난 차이가 있다. 우리의 원한과 복수의 감정이 유대 성직자들과 병든 자들이 공동으로 벌인 역사적 작업의 결과라는 사실은 니체가 이미 이야기했다.[1] 그러므로 이 역사적 배치라는 조건을 변화시킬 수만 있다면 우리는 원한의 감정 속에서 고통 받지 않을 수도 있는 법이다.

그러므로 "계보학은 사건들의 반복에 대해 민감해야 하는데, 이는 사건들의 점진적인 진보곡선을 추적하기 위한 것이 아니라, 각 사건이 상이한 역할들을 수행했던 다양한 역사적 장면들을 서로 고립시키기 위한 것이다."[2] 사건에 대한 분석은 본질에 대한 분석과 거리가 가장 멀다. 가령 플라톤주의에서는 아름다운 것이 어떤 것인지 묻지 않고 미(美)가 무엇인지 묻는다. 여기서는 미라는 본질이 있고, 이것에 가까운 것이 복사본이고 그렇지 않은 것들은 시뮬라크르라는 부정적인 가치를 얻는다. 그러나 스토아학파에 따르면 미라는 본질적 규정, 혹은 의미는 사물들의 관계 속에서 탄생한 표면효과다. 예컨대 색채와 캔버스와 빛과 물감과 화가의 붓과 화가의 의도와 근육들이라는 다양한 물체적인 만남이 원인이 되어 아름다움이라는 의미, 즉 시뮬라크르가 생기는 것이다. 그러나 플라톤주의에서는 이런 물체적인 사물들의 만남은 중요하지 않다. 미라는 본질 규성이 있으니 이것을 재현한 대상만을 찾으면 문제는 해결되는 셈이다. 미라는 이데아와 미술품이라는 대상의 일치 문제를 따지는 것이 플라톤주의의 본질이다. 이는 주관과 객관의 일치라는 전통적 형이상학의 문제와도 다를 바 없다.

우리는 의미가 대상의 본질에서 유래한다고 생각지 않는다. 그것

---

1) 니체, 『도덕의 계보』 중 첫번째 에세이 참조. 여기서 니체는 유대인의 증오가 사랑의 이름으로 선포되는 과정을 "도덕상의 노예반란"이라고 규정한다(특히 7~10절 참조). 그리고 니체는 동정과 공감이라는 인간 본연의 것이라고 생각되는 정서조차 역사적 생성물임을 강조하고 있는데, 공감은 외부의 적들의 감정을 재빨리 파악해 위험에서 벗어나고자 하는 모방의 산물이라고 말한다.(니체, 『아침놀』, 142절)
2) 푸코, 「니체, 계보학, 역사」, 이광래, 『미셸 푸코: 광기의 역사에서 성의 역사까지』, 330쪽.

은 여러 역사적 조건들이 결합된 효과에 다름 아니다. 그러므로 근대문학에 어떤 본질이 선험적으로 내재되어 있는 것은 아니다. 근대문학에 대한 우리의 표상 혹은 느낌은 근대문학의 본질에서 유래한 것이 아니라 근대문학이 형성되는 과정에서 발생한 표면효과인 것이다. 즉 그것은 발생된 의미이지 본질적 의미가 아니다. 근대문학이 갖고 있는 일정한 표상은 병리성을 중심으로 소용돌이쳤던 근대적 사건의 부대효과이다. 병의 등장, 동인지의 등장, 일본 근대문학을 공부한 근대적 작가의 등장, 식민지라는 조건의 변화, 성을 둘러싼 윤리적 규범들, 광기에 대한 다양한 경험 등 수많은 조건들의 결합이 근대문학이라는 의미를 만들어 냈다.

또한 근대문학에 선험적 본질이 없다고 해서 근대문학의 병리적 현상을 문학 외적인 조건, 다시 말해 식민지라는 정치적 조건에 의해 나타난 현상으로 해석해서도 안 된다. 다시 말해 문학작품에 병든 인물들이 그렇게 수없이 등장하게 된 것이 식민지라는 조건에서 파생된 지식인의 절망감과 허무감의 표현으로 해석되기는 어려운 것이다. 한일합방으로 인해 탈식민의 가능성이 완전한 낙망으로 봉쇄되고, 이에 따른 지식인의 절망적 현실인식이 '원인'이 되어 병든 인물의 문학이라는 '결과'를 낳았다는 분석은 사건 결정의 다양성을 왜곡한다. 하나의 현상은 이전 현상의 결과가 아니다. 본질과 외관의 형이상학적 이원성이 원인과 결과의 이원성으로 치환된다고 해서 사태가 더 나아지는 것은 아니다. 문학적 현상을 정치적 현상으로 환원해서는 안 된다.

본질과 외관의 이원론이나 원인과 결과의 이원론은 모두 재현의 형이상학에 가깝다. 문학 본질의 표현이든 정치적 현실의 재현이든 근대문학은 재현의 관점에 종속된다. 그런데 재현의 철학적 문제는 차치

하더라도 이런 관점 자체는 문학작품의 존재 자체를 부정하기가 쉽다. 식민지라는 비관적인 정치적 현실 속에서 해방의 가능성이 없다면 당연히 작품은 관념적 회의주의나 추상적 내면성으로 도피할 수밖에 없을 것이다. 그리고 이런 도피의 태도는 다시 민족문학적 관점에서 비판된다. 일종의 악순환이다. 저항을 우선시하는 민족문학이니 문학작품에서 도피와 퇴행의 흔적만 봐도 부정적일 수밖에 없다. 그러나 문학을 식민지라는 정치적 조건에서 사고하는 방식 자체가 이런 결론을 낳는다는 사실은 무시된다. 문학의 병리성은 현실에 대한 좌절에서 나온 의식적 산물이 아니다.[3]

실상 이 시대 작품의 경향으로 관념과 추상의 과잉을 지적하는 연구가 많은 것은 바로 이런 문학적 접근 태도 때문인 것으로 생각된다. 예컨대 당대 조선의 반봉건적 조건에도 불구하고 개인의 수준에서는 근대성을 선취했지만 이런 간극이 그 개인으로 하여금 내면적 고독으로 움츠러들게 한다는 것이다.[4] 고독하게 유폐된 개인의 표현이 그 자체로 문제될 것은 없다. 사실 문제는 이런 후퇴를 '관념'에 대한 편향으로 해석하거나 정치 미달의 순수문학에 불과한 것으로 규정하는 연구자들의 태도이다. 이런 개인이 등장하게 된 역사정치적 조건에 대한 심도 있는 분석에도 불구하고 작품에 대한 부정적 규정에는 변화가 없다. 작품의 의미를 분석하는 작업이 오히려 작품의 한계를 지적하는 역설적 상황에 스스로 갇히는 것이다.

---

3) 의식과 무의식, 그리고 근대문학의 관계는 5장에서 다룰 것이다.
4) 박헌호, 『식민지 근대성과 소설의 양식』, 47쪽. "이 같은 태도는 사회와의 관계를 부차화, 혹은 일면화시킬 위험도 안고 있다. 우리는 이를 두고 오랫동안 '예술파' 혹은 '순수문학'이란 이름으로 불러왔다."

탈식민의 과정이 지향해야 할 정치적 진로가 될 때, 식민의 현실로 인한 과도한 좌절감과 절망감의 표백(表白)은 부정의 대상이 되어야 하기 때문에 1920년대 문학은 애초부터 단죄의 대상이 될 수밖에 없다. 탈식민이라는 숭고한 목표의 설정과 더불어 1920년대 문학의 비소함이 자리 잡는 것이다. 그리고 20년대 문학은 30년대 이후 문학을 위한 예비와 시행착오로서만 의미를 갖게 된다. 관념적 과잉에 빠진 20년대 문학에 현실성이 회복되어야만 진정한 문학이 시작되는 것처럼 생각되는 것이다.[5] 관념 지향보다 현실 지향이 작가에게 기본적으로 성숙한 태도이자 작품의 성패를 좌우하는 가장 중요한 요소라는 인식은 이런 상황에서 형성되었다. 이는 문학사를 일직선상에서의 흐름으로 간주하는 진보사관적 문학관에 의해서나 가능한 연구일 것이다.

이처럼 문학연구를 포함해서 전통적인 역사학 연구 태도는 어떤 사건을 하나의 목적론적 운동 속에 용해시키는 것을 목표로 한다.[6] 그런데 발생한 사건들을 어떤 필연적 연속성의 연관관계로 파악할 때마다 불행히도 문학은 계속해서 소외된다. 20년대 문학은 관념의 과잉이 되거나 30년대 현실주의 문학을 위한 준비의 시기로 격하된다. 문학을 소외시키지 않는 방법, 문학의 의미를 그 무의식적 영역까지 포괄해 다룰 수 있는 방법이 필요하다. 따라서 사건들을 그 특유의 성격이나 예리한 표현이라는 견지에서 취급할 필요가 있다. 왜냐하면 한 사건은 이

---

5) 정호웅, 「한국 근대소설과 자기반성의 정신」, 『염상섭 문학의 재조명』, 183쪽. "진리(선, 미) 탐구 또는 실현의 길을 걷고자 하는 뜨거운 열정을 지니고 있지만 현실세계의 부정성 때문에 가로막힌 젊은 정신의 고뇌는 이 시기 문학의 핵심요소"가 된다. "주체이지만 이미 진선미라는 추상적 관념 그 자체로 완결되어 있으니 그들은 현실세계를 살아가는 구체적인 주체가 아니다. 그들의 본질은 추상적 무시간성이다."
6) 푸코, 「니체, 계보학, 역사」, 이광래, 『미셸 푸코: 광기의 역사에서 성의 역사까지』, 347쪽.

전 사건에 의해 인과적으로 결정된 것이 아니라 다양한 세력관계들의 유희이자 전투이기 때문이다. 근대문학에 등장한 사건에 어떤 역사적 섭리나 정치라는 궁극적 원인은 없다. "세계는 결코 사건들이 그것들의 본질적인 특징이라든가 궁극적인 의미라든가 최초와 최후의 가치만을 강조하는 것으로 위축되어 버리는 그런 단순한 세계가 아니다. 오히려 그 반대로, 그 세계는 뒤얽혀 있는 수많은 사건들의 세계이다."[7]

그렇다고 정치와 문학을 분리해서 문학만을 고려해야 하는 것은 아니다. 정치와 문학을 인과의 관계 속에 묶는 방법만큼이나 정치와 문학의 인위적 단절도 좋은 접근 방법이 아니다. 대신 병리성과 관련된 20년대 문학을 하나의 사건처럼 다루는 것, 다시 말해 수많은 '세력관계들의 유희' 속에서 살펴보는 것이 좋다.

2. 근대문학의 기원과 계보학

우리는 근대문학의 기원이라는 현상 속으로, 그 웅성거리는 사건 속으로 들어가야 한다. "역사는 하나의 사건을, 그를 포함하고 있는 계열을 정의하지 않고서는, 그 계열에 적합한 분석양식을 특이화하지 않고서는, 현상들의 규칙성과 그들이 출현할 확률의 극한들을 인식하지 않고서는, 곡선의 변이들과 굴곡들 그리고 형태에 대해 탐구하지 않고서는 그들이 의존하는 조건들을 결정하고자 하지 않고서는 고려하지 않는다는 사실이다."[8] 사건은 실체도 아니고 순전히 우연적인 존재도 아니

---

7) 푸코, 같은 책, 348쪽.
8) 푸코, 『담론의 질서』, 44쪽.

다. 분명히 물질적인 조건들의 결합이 있다. 예컨대 동인지라는 조건이나 일본근대문학이라는 물질적 조건이 있는 것이다. 그러나 이 조건들의 결합에 어떤 목적이 선험적으로 부여되어 있는 것은 아니다. 근대문학의 조건들이 결합하게 될 때 그것은 근대문학이라는 사건과 의미를 낳는다. 의미는 효과이지만, 그렇다고 존재하지 않는 것은 아니다.[9] 근대문학을 계속해서 생산하게 하는 기제로 작동하는 의미라는 점에서 경험적이지는 않아도 분명히 실재하는 것이다.

근대문학의 기원에 존재했던 사건들을 분석하기 위해서는 계보학적 작업이 필요하다. 니체는 자신의 계보학에 대해 다음처럼 얘기한다. "인간은 어떤 조건하에서 선과 악이란 가치판단을 생각해 냈던가? 그리고 그 가치판단들 그 자체는 어떠한 가치를 지니고 있는가? 그것이 이제까지 인간의 번영을 저지하여 왔던가, 혹은 촉진시켜 왔던가? 그 가치판단은 삶의 고난, 빈곤, 타락의 징조인가? 그렇지 않으면 거기에는 삶의 풍부한 힘, 의지, 용기, 자신, 미래가 나타나 있는가?" "우리는 여러 도덕적 가치들에 대한 비판을 필요로 하는데 사실은 이런 가치들 자체의 가치가 우선 문제시되어야만 한다. 그러기 위해서는 이런 가치들을 발생케 하고 전개시키고 변화시켜 온 조건과 환경에 대한 지식이 필요하다(결과로서의, 징후로서의, 가면으로서의, 위선으로서의, 질병으로서의, 오해로서의 도덕뿐만 아니라, 원인으로서의, 치유로서의, 자극제로서의, 속박으로서의, 독약으로서의 도덕도). 그와 같은 지식은 이제껏

---

9) 의미는 명제의 형태로 표현되지만, 그렇다고 철저히 언어적인 현상은 아니다. 그것은 사물들의 결합에 의해 탄생한다. 이런 점에서 의미는 "명제들과 사물들의 경계선이다."(들뢰즈, 『의미의 논리』, 74~8쪽 참조) 근대문학은 본질의 표현이라기보다는 물질적 조건들의 결합에 의한 의미의 탄생이다. 이 근대문학이라는 의미는 조건들의 계속적인 결합을 통해 현재까지 지속되고 있다고 생각된다.

결코 존재한 적이 없으며, 또한 그 필요성을 느낀 적도 없었다. 사람들은 이들 여러 가치의 가치를 주어진 것으로서, 사실로서, 의문의 여지가 없는 것으로 여겨 왔었다."[10] 간단히 정리해 보면 가치의 조건들, 가치의 가치들에 대한 분석이 계보학이다. 『도덕의 계보』라는 제목에서 암시되듯이, 니체의 계보학은 인간의 도덕 전체를 비판하기 위한 작업의 일환이다. 그래서 그 도덕이 어떤 조건에서 발생했으며, 그 도덕의 가치는 과연 어떤 것인가 평가하는 것, 이 모든 것이 니체의 비판이 의도하고 있는 것이다. 니체 이전에 칸트도 비판 작업을 벌이지만 그는 가치의 관점에서 문제를 제기하지 못했기 때문에 참된 비판을 수행하지 못했다고 한다.[11] '가치'라는 원리가 없으면 우리는 평가하지 못한다. 선과 악이라는 기준, 이것이 가치인데, 이에 따라 모든 행위에 대한 평가가 진행된다. 그러나 우리에게 잊혀진 것이 있다면 그것은 이 선악이라는 가치마저 하나의 평가라는 사실이다. 그러므로 가치라는 원리마저 평가를 받아야 한다. 그런데 이 작업은 가치들의 기원까지 거슬러 올라가지 않고는 불가능하다. 이떤 기원석 조건에서 그런 가치들이 파생되었으며, 동시에 그런 기원적 조건마저 어떤 가치를 갖는 것인지 살펴보는 것, 이것이 니체의 계보학이다. 들뢰즈는 니체의 계보학에 대해 이렇게 말한다. "계보학은 기원의 가치임과 동시에 가치들의 기원을 의미한다."[12] 평가가 내재된 작업이기 때문에 계보학은 필연적으로 비판적 전복이며 창조적 작업일 수밖에 없다.

계보학이 가치의 가치를 재평가한다는 것이 가치의 상대주의를

---

10) 니체, 『도덕의 계보』, 서문 참조.
11) 들뢰즈, 『니체와 철학』, 15쪽.
12) 같은 책, 18쪽.

주장하거나 절대주의를 주장하는 것은 아니다. 상대주의라면 비판이 불가능할 터이고, 절대주의라면 계보학적 작업 자체가 불가능하다. "계보학은 기원 속에서의 우아함과 저속함, 우아함과 비루함, 우아함과 몰락을 의미한다."[13] 기원에 우아함의 생존 조건이 있었던 것인지, 아니면 비루함의 양식이 있었던 것인지 정밀하게 밝히는 작업이기 때문에 계보학은 삶이라는 측면에서 보았을 때 가장 근본적인 비판이 될 수밖에 없다.

가치의 기원과 기원의 가치를 탐사하는 계보학의 작업은 당연히 엄밀한 역사적 시선을 필요로 한다. 푸코가 말하길 "계보학은 모든 단선적인 목적성의 외부에서 사건들의 고유성을 기록해야만 하며, 계보학은 가장 가망 없는 장소에서, 우리가 느끼기에 역사 없는 곳에서 ── 즉 정서, 사랑, 양심, 본능과 같은 것에서 ──사건들을 찾아야 한다."[14] 근대문학은 철저히 역사적인 현상이지만, 그럼에도 어떤 진화론적 발전의 노선을 따르지 않는다. 우리는 근대문학이라는 사건이 현재 속에서도 계속적으로 반복되고 있다고 생각한다. 이 반복의 기원을 찾아야 하는 것이다.

『도덕의 계보』에서 니체는 기원(Ursprung)을 유래(Herkunft)와는 다른 용법으로 쓰고자 노력했다고 푸코가 말한다. 니체가 기원에 본질이 있다고 생각하는 플라톤주의에 비판적이라는 사실은 명확하다. 기원에 대한 추구를 비판하는 이유는 그런 태도가 "사물의 정확한 본질, 사물의 가장 순수한 가능태들, 사물의 조심스럽게 보호된 동일성들을

---

13) 들뢰즈, 『니체와 철학』, 18쪽.
14) 푸코, 「니체, 계보학, 역사」, 이광래, 『미셸 푸코: 광기의 역사에서 성의 역사까지』, 330쪽.

포획하려는 시도이기 때문이다. 즉, 이런 추구는 우연적이고 기계적인 외부세계에 선행하는 부동의 형식들의 존재를 가정하기 때문이다. 이런 추구는 '이미 저편에 있던 어떤 것'에로 지향되며, 그것의 본성에 충분히 적합한 불멸의 진리에 대한 이마쥬에로 지향되며, 종국적으로 근원적 동일성을 드러내기 위해 모든 가면의 제거를 필연화한다."[15]

그러나 유래를 따져 가는, 기원의 가치를 따져 가는 계보학적 시선은 동일성을 추구하는 작업이 아니다. "만일 그 계보학자가 형이상학에 대한 자신의 믿음을 연장시키기를 거부한다면, 만일 그가 역사에 귀기울인다면, 그는 사물들 배후에 '전혀 상이한 어떤 것'이 존재함을 발견한다. 즉, 시간을 초월한 본질적인 비밀이 아니라, 사물들은 전혀 본질을 갖고 있지 않다는 비밀, 혹은 사물들의 본질은 소외된 형식들로부터 부분적인 방식으로 마치 섬유처럼 엮어져 있다는 비밀을 발견할 것이다."[16] 이렇게 기원에 대해 계보학적 탐색을 계속할수록 우리는 기원이 얼마나 수많은 결들의 직조물인지 깨닫게 된다. 동시에 우리의 상식을 배반하는 역사적 형성물들을 포착할 수 있으며, 기원이 하나의 순수함처럼, 본질처럼 존재하는 것이 아니라는 인식에 다다르게 된다. "사물들의 역사적 단초에서 발견되는 것은 그것들의 기원의 신성불가침한 동일성이 아니다. 거기서 발견되는 것은 다른 사물들의 질서다. 그것은 곧 부조화이다."[17] 깊이를 파헤쳐 보면 거기엔 깊이를 만들어 낸 본질이나 진리가 은폐되어 있었던 것이 아니라 표면에 잡힌 잔주름들 뿐인 것이다.

---

15) 푸코, 같은 책, 333쪽.
16) 같은 책, 333쪽.
17) 같은 책, 333쪽

우리들은 사물들의 탄생의 순간이 가장 진귀하고 고귀하며 본질적일 것이라는 믿음을 갖는다. "사물들이 조물주의 손에서 찬란히 출현했을 때, 혹은 태초 아침의 그림자 없는 빛 속에서 출현했을 때 이때가 사물들의 가장 지고하고 완전한 순간이라고 말이다. 기원은 항상 몰락에 선행한다. 기원은 육체 이전에, 세상과 시간 이전에 출현한다. 기원은 반신들과 연결되며, 기원 이야기는 항상 하나의 찬송가로 노래된다."[18] 그러나 우리가 근대문학의 기원이라고 생각되는 1920년대로 접근하는 까닭은 그 신비로운 본성이 아니라 복합적 배치를 확인하고자 하기 때문이다. 그곳에는 근대문학의 본질이 기원의 형식으로 자리 잡고 있는 것이 아니라 수많은 계열들의 마주침이, 다시 말해 사건들이 자리 잡고 있는 것이다. 근대문학을 현재의 모습으로 각인시킨 어떤 사건들, 그리고 함께 하지 못하고 소멸되어 버린 사건들을 찾아내야 한다. 우리가 근대문학에서 벗어날 수 있는 가능성도 바로 그 기원적 사건들의 결합을 확인하는 자리에서 비롯된다.

이것이 니체가 기원(Ursprung)보다는 유래(Herkunft)라는 개념을 변별적으로 쓰고자 했던 이유이기도 하다. 이광수가 문학을 굳이 영어 'Literature'라고 쓰고자 했다고 해서 그것이 문학의 본질을 규정할 수는 없다. 문학은 정의를 내리는 방식이 아니라 수많은 사건들의 접속에 의해 결정되는 법이다. '근대문학'이라는 특수한 공간이 재생산되기 위해서는 사회적 과정의 절차들과 담론 내부의 과정, 그리고 담론을 공유하는 그룹들의 상호결정과 다툼과 유희가 있어야 한다. 기원의 장면에서 유래를 분석한다는 것은 동일성이나 통일성이 아니라 사건이

---

18) 푸코, 「니체, 계보학, 역사」, 이광래, 『미셸 푸코: 광기의 역사에서 성의 역사까지』, 334쪽.

라는 우연적이고 외재적인 요소들의 마주침을 포착하는 일이다. 그러므로 문학은 문학 내부의 논리에 따라서 결정되는 자기폐쇄적인 담론이 아니다.

유래와 달리 발생(Entstehung)이라는 관점에서 문학의 형성과정을 살펴볼 필요도 있다. 어떤 개념이나 기능 혹은 담론의 발생이 하나의 목적을 위한 것이라는 형이상학적 규정을 비판하기 위해 발생이라는 개념을 강조해서 쓴다. 가령 눈이 단순히 보기 위한 목적으로 만들어졌다거나 처벌이 본보기를 제시하기 위한 것이라는 규정은 현재의 용도를 기원에 위치시키는 비역사적인 태도다. 눈은 처음에는 수렵과 전투의 필요조건 가운데 하나였고, 처벌은 공포를 창출하거나 피해자에게 보상해 주는 다양한 욕망들에 종속되어 있었다. 형이상학자들은 "그 목적의 완전한 실현을 그것이 발생한 순간에서 찾으려고" 한다. "그렇지만 계보학은 다양한 종속체계들을 재정립하려 한다. 의미의 선행적인 권위가 아니라 지배력들의 모험적인 유희를 다시 발견하고자 하는 것이다."[19]

발생의 관점은 어떤 사건의 출현을 본질의 발현이 아니라 힘들의 투쟁 속에서 포착하고자 한다. 눈은 수렵전투체제에서는 전투의 도구이지 관상(觀賞)의 도구일 수는 없는 법이다. 지배하는 자가 사물들에 이름을 부여하며 지속성을 확보하면서 사물들을 전유하는 것이다. 선과 악이라는 가치도 이러한 지배에 따른 가치의 분화현상의 하나라고 할 수 있다.

이러한 지배의 관계는 하나의 사물처럼 존재하는 관계는 아니다.

---

19) 푸코, 같은 책, 340쪽.

두 힘의 충돌에 따른 관계이기 때문에 그 지배력은 여러 의식(儀式)과 절차와 육체와 기억 속에 새겨져야 한다. 이런 점에서 규칙들의 발명은 폭력을 제거하기 위한 것이 아니라 "폭력을 충족시키기 위해 설계된 것"이다. 그러므로 법률은 모든 폭력을 종식시키는 보편적 평화의 이념이 아니라 "계산된 냉혹한 쾌락이며 장래의 유혈에 대한 환희"[20]이다. 모든 좋은 것들의 근저는 피로 얼룩져 있다는 것은 바로 이런 뜻이다. "인간성이란 그것이 보편적 호혜성에 도달하여 결국 법률의 지배가 전쟁을 대신하게 될 때까지 전쟁과 전쟁을 거듭하면서 점진적으로 진보하는 것이 아니다. 인간성은 자기의 폭력수단들 각각을 규칙들의 체계로 승격시키며, 따라서 지배로부터 지배에로 진행한다."[21] 이런 점에서 볼 때 해석은 기원에 숨어 있는 하나의 의미를 폭로하는 과정이 아니다. 대신 해석은 기존의 규칙들의 체계를 부수고 부차화하고 폭력적으로 전유하는 역사적 과정의 불연속적 흔적이다. 그러므로 근대문학이 무엇일 수 있다면 그것은 본질의 표현이 아니라 근대문학을 지배한 자들의 결합과 능력의 표현일 것이다. 푸코에 따르면 니체와 프로이트의 해석학이 갖는 공통점은 해석의 종결지점이 부재하다는 데 있다. 전이에 따라 해석이 끝까지 갈 수 없다는 것, 전이로 인해 분석이 무진장해진다는 것, 다시 말해 분석 대상이 객관적인 대상이 아니라 해석 주체에게 끊임없이 간섭해 들어오기 때문에 정신분석은 해석을 완성할 수 없다고 한다. 이처럼 니체의 해석도 늘 미완이지만, 그렇다고 불완전한 해석을 뜻하지는 않는다. "철학이란 항상 미결인 채로 남아 있

---

20) 푸코, 「니체, 계보학, 역사」, 이광래, 『미셸 푸코: 광기의 역사에서 성의 역사까지』, 343쪽.
21) 같은 책, 343쪽.

는 일종의 문헌학, 목적도 없고, 항상 멀리 나아가기만 하는 문헌학, 결코 완전히 확정되지 않을 그러한 문헌학이 아니고 무엇이겠는가?"[22] 왜냐하면 기원에 대한 계보학적 인식은 그 기원의 근거 자체가 일종의 해석이고 평가라는 사실을 다시 확인하는 작업이고, 이런 점에서 해석의 고정점이라 할 수 있는 토대를 상실하기 때문이다. 해석 대상이 내 앞에 놓여 있고, 내가 그 대상에 대해 객관적인 거리에서 해석할 수 있는 그런 존재의 토대는 없다. 이제 나는 확실성이 보장되지 않는다는 것, 곧 나의 소멸 앞에 마주서야 한다.

현대 해석학에는 다음과 같은 공준이 있다. 해석이 완결될 수 없다면 해석대상이 없기 때문이라는 사실이다. 다시 말해 해석에 선행하는 대상이란 없다. 모든 것이 이미 해석이고, 기호도 해석에 제공되는 사물이 아니라 다른 기호들에 대한 해석이기 때문이다.[23] 해석은 수동적으로 해석되길 기다리는 재료를 해명하는 것이 아니라 이미 존재하는 하나의 해석을 폭력적으로 압류하고 폐지하고 뒤엎는 일이다. 그러므로 해석은 망치질이고 파괴일 수밖에 없다.

당대에 내려진 문학에 대한 규정도 이런 관점에서 볼 필요가 있다. 그것은 기존의 해석에 대한 재해석이며, 해석의 놀이 속에 있는 해석이라는 사실이다. 선험적 본질에서 유래하는 근대문학이라는 '기표'가 아니라 이 해석의 놀이와 전투를 분석해야 한다. 가령 프로이트의 경우, 그가 발견한 것은 기호 밑에 있는 객관적 외상이 아니라 병을 앓고 있는 존재 자체가 이미 자신의 신체적 증상에 대해 내린 해석에 대한

---

22) 푸코, 「니체, 프로이트, 맑스」, 『자유를 향한 참을 수 없는 열망』, 38쪽.
23) 같은 책, 39쪽.

해석이었다. 환자의 환각은 객관적인 자료가 아니라 환자의 해석이며, 이는 전이의 과정 속에서 더욱더 증폭된다. 그렇다면 해석의 객관성이 확보되지 못하는 것이 아닌가 하는 우려에 빠질 수도 있을 것이다. 그러나 이런 우려 자체가 형이상학적 기준에 사로잡혀 있다는 사실의 증거가 된다.

원래 동일한 현상도 그것을 소유하는 힘에 따라 의미가 변하기 마련이다. "한 사물의 역사는 그것을 독점하는 힘들의 연속이고, 그것을 독점하기 위해서 투쟁하는 힘들의 공존이다."[24] 의미나 해석은 그 자체로 복합체다. 그리고 우리는 해석의 포기가 아니라 강한 해석을 내려야 한다. 우리의 실천과 동떨어진 그런 기호도 없으며 담론도 없기 때문이다. 우리는 1920년대 문학에서도 '근대문학'이라는 현상을 형성하기 위한 노력들을 포착해야 한다. '근대문학'은 근대 이전의 문학과, 그리고 근대 속의 비근대적 요소와의 투쟁 속에서 형성된 산물이다. 거기서 병리성이 사건의 중심이 되었다.

3. 1920년대라는 에피스테메

이광수 식의 계몽적 주체가 자신의 할 말을 잃는 시기가 있다. 1920년대부터 계몽적 주체는 말을 더듬거나 자신의 말을 납득시키지 못한다. 계몽적 주체의 의도는 투명함에도 불구하고 오히려 그 투명성으로 인해 무의미의 지대에 갇히는 느낌이 강하다. 새로운 주체가 탄생하고 있었다. 김동인이나 염상섭, 나도향이나 현진건의 문학적 주체들은 계몽

---

24) 푸코, 「니체, 프로이트, 맑스」, 『자유를 향한 참을 수 없는 열망』, 21쪽.

적 주체와 다른 목소리를 내면서 자신들의 언표체계를 만들어 내고 있었다. 식민지라는 정치적 현실은 변함없이 지속되었음에도 불구하고 정치적 발화는 생성되고 있던 근대문학의 공간 내에서 자신의 자리를 찾지 못한다.

이 장면을 잠깐 살펴보자. 다음은 이광수가 「너는 청춘이다」라는 제목으로 1921년 1월 『창조』 8호에 발표한 시다.

저 핏기 없는 얼굴을 치워 버려라,
산에도 강에도 가지 말고
그것을 화산 아궁이에 데어 버려라.
아 아 내 가슴을 불쾌하게 하는
저 핏기 없는 얼굴을 치워 버려라.
저 광채 없는 눈
신경쇠약장이의 눈을 우그려 버려라.
가을의 시원하고 긴 밤에도
잠이 못 들어 하는 불매(不寐) 병인(病人)의 광채 없는 눈을
우귀어 내어라, 안보이게 하여라.
너는 청춘이다, 혈기다,
뛸 것이다, 웃을 것이다.
강산이 떠나가도록 희망의 노래를 부를 것이다.
그 소화불량성의 불평과,
결핵성(結核性)의 센티멘털리즘을 버려라.

신경쇠약과 결핵성의 센티멘털리즘에 대한 격렬한 비판의 시다.

그런 정신은 청춘이 향유해야 할 건강함이 아니라는 이광수의 주장을 뒤집어 보면 오히려 그런 병리성이 문단과 삶에 팽배했었다는 사실을 알 수 있다. 순결과 순수, 조국에 대한 지사적 열정으로 가득 찬 이광수에게 폐병의 이미지나 신경증의 병리성은 철저히 부정의 대상이다. 그러나 이런 그조차 병리적인 인물이 등장하는 소설을 자주 발표했다는 사실을 우리는 잊지 않고 있다. 그렇다면 이런 역설적인 장면은 도대체 어떻게 생겨난 것인가? 1924년 10월 자신이 주재하던 『조선문단』 창간호에 발표된 「혈서」라는 작품을 보자.

동경에서 대학에 다니던 '나'에게 한 여성이 찾아왔다 떠난다. 마쓰다 노부코(松田信子)라는 여자. 그녀는 부모가 강제로 정해 준 혼처를 마다하고 자신의 오빠가 추천해 준 '나'에게 맹목적인 사랑을 바친다. 그런데 그녀는 나를 본 적도 없고, 만나 본 적도 없다. 그런데도 사랑을 바치겠단다. 그러나 나는 사랑보다 더 큰 일에 몸을 바쳤기 때문에 그녀의 요구를 받아들일 수 없다는 거절의 편지를 보낸다. 사랑의 일방성 만큼이나 그녀의 죽음도 극단적인데, 폐병으로 인한 요절이 바로 그것이다. 뒤늦게 후회한 나는 급히 달려가 임종의 자리에 앉는다. 이제는 그 사랑을 받아들이겠다고 하자 그녀는 자신을 아내로 알아 달라는 마지막 부탁 후에 피를 토한다.

그녀의 사랑은 우연에 목숨을 거는 일종의 맹목성을 보여 준다. 얼굴 한 번 제대로 보지 않은 사람을 오빠의 설명만 듣고 사랑하기로 결정하는 노부코의 태도는 그 맹목성의 전형이다. 그러므로 사랑의 실패는 그녀에게 죽음을 선물할 수밖에 없다. 그녀는 사랑이 아니고서는 삶을 지속한다는 것이 무의미한 세계에 갇혀 있는 존재이기 때문이다. 이처럼 실패한 사랑은 폐병을 낳았다. 이때 폐병은 더럽고 잔인한 질병이 아니었다. 가난의 질병이라기보다는 숭고한 질병이었다. 사랑에 삶 전체를 걸어 버린 자에게서 풍기는 숭고함과 비극성이 그녀를 감싸고 있는 것이다. 내가 국가에 목숨을 걸었다면 노부코는 사랑에 목숨을 건다. 그러나 노부코의 사랑이 나의 조국을 제압해 버린다. 노부코의 임종 앞에 무릎 꿇은 채 사랑을 승인하는 나의 태도야말로 사랑의 위대성에 대한 승인인 것이다. 사랑은 국가보다 위대한, 초월적인 자리에 놓이는 성스러운 대상이었으며, 그 성스러움은 폐병이라는 지독한 질병의 이미지를 비극적인 낭만성으로 채색했다.

이 작품이야말로 이광수가 비판한 "결핵성의 센티멘털리즘"을 극단적으로 활용하고 있는데, 이런 역설적 상황을 어떻게 해석해야 하는가. 이제 계몽적 주체는 자신의 문학적 공간을 상실하는 듯하다. 『무정』(1917)의 주인공 이형식이 삼랑진에서 수해당한 조선인을 돕는 애국적 열정을 보일 수 있었던 그런 문학적 공간이 사라진 것이다. 교육만 제대로 받는다면 조선도 문명국이 될 수 있고, 문명의 힘으로 독립을 쟁취할 수 있을 것이라는 정치적 비전에 공허함이라는 불평이 끼어들기 시작한다. 현실 정치적 힘을 획득할 수 없다면, 계몽적 주체가 현실의 구체적 현장에서 활동할 수 없다면 남는 것은 조국에 대한 순결과 순수한 열정뿐일 것이다.

이광수의 주장이 공허해지고 역설적이게 된 것은 문학의 장(場)이 어느 순간 변해 버렸기 때문이다. 진중한 무게를 가지고 있던 가수가 촌극적 상황에서 그 진지함을 계속해서 유지하는 순간 웃음을 유발할 수밖에 없는 것처럼, 문학 장의 변화는 이광수를 희극적 궁지로 몰아넣는다. 이를 우리는 푸코의 개념을 따서 에피스테메(épistémè)의 변동이라고 규정할 수 있을 것이다. 선험적이지만 역사적으로 형성된 어떤 인식과 지식의 배치, 이것이 에피스테메이다. 푸코는 이를 "지식의 공간 내부에서 경험적 인식의 다양한 형태를 야기시켰던 배치"[25]라고 표현한다.

레비 스트로스는 실존주의에 대해 그 휴머니즘적 인식론을 구조주의의 이름으로 비판하지만, 푸코는 다시 이 구조주의의 비역사성과 본질주의를 비판한다. 구조주의는 주체성이나 주체의 의식을 통해서는 역사를 서술할 수 없으며, 주체보다 본질적인 것이 구조라고 말한다. 그렇다면 구조는 역사적으로 변하지 않는 고정적 형식을 갖는 것인가 하는 질문을 던져 볼 수 있다. 우리는 변동의 역사를 살고 있고, 이를 실감의 차원에서 느낀다. 우리가 고전소설을 읽을 때 느끼는 어떤 낯섦은 이런 역사적 변동으로 인한 현상이다. 푸코는 이 구조의 비역사성을 비판한다. 또한 구조가 플라톤의 이데아처럼 여러 현상을 통해 표현되는 선험적인 '실체' 라는 점도 비판한다.

푸코는 우리의 행위를 규제하는 구조가 있다는 것은 인정해도 그것이 비역사적이라는 것은 인정할 수 없다는 것이다. 그것은 철저히 역사적으로 형성된 결정물이며, 이것에 의해 우리의 인식과 지식은 규제받게 되는 것이다. 구조는 선험적이지만, 변화 없는 본질로서의 플라톤적인 '실체' 는 결코 아니며, 역사적으로 형성되는 성격을 갖는다. 그러므로 푸코는 일견 모순형용이라 할 수 있는 "역사적 아프리오리(a priori)"라는 말을 쓸 수 있게 되는 것이다.

이렇게 선험적이면서도 역사적으로 형성된 인식과 지식의 배치를 에피스테메라고 한다. 여기서 중요한 것은 에피스테메의 불연속성이

---

25) 푸코, 『말과 사물』, 19쪽.

다. 역사는 하나의 목표를 갖는 단선적 흐름이 아니라 에피스테메의 교체와 변동에 따른 복합적 흐름이다. 에피스테메는 우리 인식의 지평과 문화적 구조를 가능케 하는 하부구조이지만, 그렇다고 사물을 경험하는 방식으로 경험할 수 있는 것은 아니다. 그러나 결코 상상적인 것도 아니다. 그것은 분명 실재한다. 그러나 비경험적이고 비상상적인 방식으로 실재한다. 들뢰즈는 이를 '상징적인 것'이라고 부르고, 구조주의의 일차적 특징으로 규정한다.[26] 에피스테메 분석은 사상사나 학문의 역사에 속하지 않는다. 그러므로 문학의 에피스테메를 분석하는 작업도 문학의 역사를 기술하는 것이 아니며, 문학이라는 사상의 역사를 규정하는 작업도 아니다. 대신 "어떤 토대 위에서 인식과 이론이 가능하게 되었는가를 재발견하는 데 그 목적을 두는 탐구이다. 다시 말해서 어떤 질서의 공간 내에서 지식이 구성되었으며, 어떤 역사적 아프리오리에 근거하여 그리고 어떤 실증성의 영역 내에서 관념이 출현했고 학문이 구성되었으며 경험이 철학 내에서 반성되었고 합리성이 형성되었고 그리고 얼마 후에 해체되고 소멸해 버렸는가를 탐구한다."[27] 앞에서 얘기한 이광수의 역설적 상황으로 돌아가자면 그가 그런 역설에 빠지게 된 인식론적 조건을 따져 보는 작업이 필요한 것이다. 푸코 식으로 얘기하자면 이광수는 에피스테메의 교체 지점에 위치한 돈키호테였던 셈이다. 더 정확히 규정하자면 그는 에피스테메의 교체에 의해 부득이하게 돈키호테가 되어 버린 인물이라 할 것이다.

　우리는 근대적 에피스테메 속에서 실증적인 지식을 구성하고 있

---

26) 들뢰즈, 「구조주의를 어떻게 인지할 것인가」, 『들뢰즈가 만든 철학사』, 366~72쪽.
27) 푸코, 『말과 사물』, 18~9쪽.

으며, 이 안에서 인간을 사유한다. 그러므로 우리의 지식은 고전적인 에피스테메 속에서는 그 정합성과 실증성을 잃게 된다. 가령 푸코가 들고 있는 다음의 사례를 보자. 그는 보르헤스를 볼 때 참을 수 없었던 웃음을 얘기한다. 중국의 한 백과사전엔 동물이 이렇게 분류되어 있다고 한다. "황제에 속하는 동물, 향료로 처리하여 방부 보존된 동물, 사육 동물, 젖을 빠는 돼지, 인어, 전설상의 동물, 주인 없는 개, 이 분류에 포함되는 동물, 광폭한 동물, 셀 수 없는 동물, 낙타털과 같이 미세한 모필로 그려질 수 있는 동물, 기타, 물 주전자를 깨뜨리는 동물, 멀리서 볼 때 파리같이 보이는 동물."[28] 이 분류법을 볼 때 푸코는 자기 사고의 전 지평이 산산이 부서지는 느낌을 가졌다고 한다. 우리 사고의 한계, 즉 이 분류법을 도저히 이해할 수 없는 "사고의 절대적인 불가능성"의 지대에 봉착할 때 나오는 것이 바로 웃음이다.

우리에게는 낯선 분류법, 그러나 저들에게는 익숙했을 분류법. 이런 분류에 대해서 비합리적이라고 비판한다면 그것은 에피스테메를 분석하는 것이 아니라 우리 시대의 에피스테메를 다른 시대에 강요하는 폭력이 될 것이다. 필요한 것은 이런 낯선 분류법을 가능하게 하는 역사적 조건을 탐색하는 일이다. 푸코는 이런 작업을 고고학 (archéologie)이라 부른다. 고고학적 관점에서 볼 때 이광수는 분명 에피스테메의 교체 지점에 자리 잡고 있었다. 1920년대는 그런 시대다. 최초의 동인지 『창조』가 만들어지고, 「표본실의 청개구리」(1921)와 같이 복잡하게 얽힌 내면을 가지고 있는 주체가 등장하는 시대. 이런 시대와 더불어 이광수 식의 계몽적 주체는 자신의 발화가 목표하는 도착

---

28) 푸코, 『말과 사물』, 11쪽.

점에 도달하지도 못한 채 희극적 상황에 빠져 버린다. 20년대의 주체를 '병리적 주체'라 이름붙여 보자. 계몽적 주체의 진화와 발전이 병리적 주체로 귀착되는 것은 아니다. 대신 계몽적 주체와 병리적 주체 간의 단절과 불통을 우리는 강조해야 한다. 계몽적 주체의 발화는 더 이상 병리적 주체에게 들리지 않는다. 역으로 병리적 주체의 발화를 계몽적 주체는 타락이나 비겁함으로 간주한다. 둘 사이에 더 이상 소통의 가능성은 없다.

물론 푸코가 분석하는 에피스테메는 몇백 년을 지속하는 거대한 역사적 시기를 단위로 한다. 르네상스의 에피스테메, 고전주의 에피스테메, 근대적 에피스테메, 이것이 푸코가 『말과 사물』에서 분석해서 드러내 놓은 것들이다. 1920년이라면 개항하기 시작한 1870년대 후반에서 겨우 사오십 년이 지난 때이다. 이 정도의 시기에 개화기와 1920년대라는 에피스테메적 단절을 이야기한다면 이론적인 무리라고 할 것이다. 그럼에도 1920년대는 문학의 지형과 인식의 내용에 있어 변화의 시기임에는 틀림없다. 그래서 개화기 문학과의 상이한 형식, 새로운 역사적 경로를 지시하기 위해 '1920년대 에피스테메'라는 표현을 쓰고자 한다. 그리고 이 에피스테메를 지금도 우리가 살아가고 있다는 점에서 그것은 현재진행형이다. 그러므로 20년대든 2000년대든 문학은 그 본성에서 변함이 거의 없는 반복적 현상이다.

이 시대 에피스테메에서 가장 핵심적 키워드는 병리성이다. 계몽적 주체가 병리성을 부정하고 있음에도 계속해서 이광수가 병리적 인간의 형상을 도입할 수밖에 없었던 것은 이런 에피스테메의 규정성 때문이다. 근대문학을 추구하는 한 이광수 역시 병리성의 에피스테메에서 완전히 벗어날 수 없었다. 그러나 이광수의 의도가 어떠하든 간에 계몽적 주체와 병리성의 관계는 전형적인 20년대 에피스테메의 관련성과는 차이가 있다. 계몽적 주체는 병리성과 수사학적 관계를 맺었다. 다시 말해 문학보다는 정치적이고 윤리적인 의도의 지배를 훨씬 더 많이 받았던 것이 이광수의 문학이다. 그래서 폐병에 걸려 죽는 노부코는 20년대 에피스테메적 의미보다는 사랑의 절대적 정결성이라는 계몽적 주체의 윤리 형식을 획득하게 된다. 계몽적 주체에게 문학은 문학의 내재적 원리를 따르기보다는 정치적 수사의 원리를 따른다.

반면 염상섭이나 나도향, 김동인이나 현진건 등 1920년대 전형적인 작가들에게 병리성은 계몽적 주체처럼 부정의 대상이 되는 윤리적 형식이 되지 않는다. 오히려 인간의 진실 혹은 본질이 병리성에서 포착되었다. 인간의 진실과 병리적 주체는 적극적이고도 실증적인 관계를 맺어 가기 시작하는데 이것이 1920년대 에피스테메의 가장 핵심적 특징이다. 여성 육체에 대한 호기심[29], 성(性)에 대한 끈질긴 집착, 내면의 죄의식, 타자의 성적 욕망에 대한 관음증적 의지 등을 20년대 문학은 드러내고 있었다. 그것도 사회가 아니라 인간을. 그리고 이 알려지지 않은 인간의 영역을 문학은 앎의 의지를 통해 관통하고자 했다. 이제 인간은 미지의 존재가 된다.

계몽적 주체가 인간의 윤리적 지향을 드러낸다면 병리적 주체는 인간의 진실을 드러내고자 한다. 진실에 대한 포착, 이런 '지식애적 충동'[30]이 20년대 문학을 감싸고 있는 힘이었다. 그런데 특이한 것은 이런 욕망들이 성적인 것을 중심으로 표현되었다는 것이다. 근대문학은

---

29) 양진오, 『한국소설의 시학과 해석』. 이 연구에서 김동인 문학의 새로움은 육체의 재현이라는 측면에서 포착되고 있다. 이렇게 20년대 문학부터 여성 육체를 묘사하고 재현하고 파헤치는 욕망이 은밀하면서도 강력하게 나타난다.

왜 성과 관련해서 문학의 장을 개척해 나갔을까? 성은 왜 병리적인 주체의 핵심이 되었을까? 이는 우리가 앞으로 풀어 가야 할 핵심적 질문이다.

이런 질문을 던지는 이유는 성과 주체의 관계가 꼭 필연적인 것은 아니기 때문이다. 푸코에 따르면 성과 주체가 관계하는 방식 중에는 근대적인 형태와 전혀 다른 헬레니즘 식도 있었다.[31] 성적 행동이 도덕적 관심사가 되고, 여기에서 주체가 자신에 대해 진실을 고백하는 근대적 주체 형식은 특정한 역사적 현상일 뿐이다. 성이 금기의 대상이기 때문에 당연히 도덕적 관심의 대상이 된다는 주장은 "성행위에 관한 도덕적 배려가 그것의 강도나 형태들에 있어서 언제나 금기의 체제와 직접적인 관계를 맺고 있는 것은 아니라는 사실을 등한시하는 것이다. 분명 의무도 금지도 없는 곳에서 도덕적 관심이 강한 경우가 종종 있다. 요컨대 금기와 도덕적 문제 설정은 별개의 문제이다."[32] 성과 관련해서 금기가 없어도 도덕적 관계는 맺어지지만 이때의 도덕적 관심은 근대적인 형태의 죄의식이나 지기 고백의 태도와는 관련이 없다. 오히려 존

---

30) 정신분석학에 기반해 연구를 진행하는 브룩스(Peter Brooks)에 따르면, 지식애적 충동은 궁극적으로는 성과 연관되어 있는데, 왜냐하면 알고자 하는 충동은 어린아이가 자신의 육체와 관련하여 자기 발정적 행동 및 남녀간의 해부학적 차이에 대해 가지는 관심과 밀접한 연관성을 가지기 때문이다.(『육체와 예술』, 32~7쪽)

31) 드레피스·라비노우, 『미셀 푸코 : 구조주의와 해석학을 넘어서』, 340~1쪽 참조. 여기서 푸코는 성과 관련된 주체의 태도를 크게 그리스적인 것, 기독교적인 것, 근대적인 것으로 구별한다. 그리스적인 공식은 자신의 존재를 아름다운 존재로 만드는 존재미학이다. 성은 억압되기보다는 절제해야 했는데, 이는 자신을 통치하고 타인을 통치하기 위한 필요성 때문이었다. 반면 기독교적인 공식은 욕망의 근절과 포기, 그리고 이를 통해 구원에 이르는 것이다. 마지막으로 근대적인 공식은 기독교적인 것에 바탕을 두지만 욕망의 해방 쪽에 가까이 있다는 점에서 차이가 있다. 20년대 문학은 욕망의 근절에 대한 강박과 욕망의 해방에 대한 강박을 모두 갖고 있었던 것으로 보인다.

32) 미셀 푸코, 『성의 역사 2 : 쾌락의 활용』, 24쪽.

재의 완성을 위한 자기배려의 윤리적 태도도 있다는 것이 푸코의 생각이다.

어쨌든 20년대 에피스테메 속에서 성은 도덕적 관심의 영역이다. 그러나 계몽적 주체의 윤리적 태도와는 완전히 다른 차원에 존재하는 관심이라는 사실에 주의해야 한다. 이광수의 『혈서』에서도 보듯이 계몽적 주체에게 성은 아예 상상도 할 수 없는 영역이다. 노부코는 자신이 사랑하는 남성의 손을 한 번도 잡아 보지 못했지만 목숨을 바쳐 사랑한다. 계몽적 주체는 금기와 위반의 성을 애초부터 받아들이지 못한다. 성이 위반의 성격을 갖기 때문이 아니라 성 자체를 거부하는 것이다. 성적 욕망에 대한 회의나 주저가 없다는 점에서 육체성이 제거된 윤리적 주체의 형식만이 두드러지게 나타난다.

그러나 병리적 주체는 성을 육체적으로 경험한다. 그리고 이 안에서 위반과 죄의식의 위험한 놀이를 계속하는 동안 자신의 진실을 보여 준다. 성이란 다가가서는 안 되는 것이지만 계속해서 응시하지 않으면 견딜 수 없는 쾌락의 공간이자 위험의 공간이다. 김동인은 「약한 자의 슬픔」(1919)에서 엘리자베트라는 외국 이름을 갖고 있는 여성을 통해 이런 욕망을 가감 없이 보여 주었다. 옷을 다 벗고 자는 그녀를 밤에 몰래 방문하는 K남작에게 몸을 맡기면서 엘리자베트는 몸을 맡겼던 자신의 행위가 뜻하지 않은 것이 아니라 오히려 자신의 은밀한 욕망이었음을 깨닫는다. 이제 그 보이지 않던 욕망이 행위가 되고, 인간의 진실이 되는 시대가 열린 것이다. 그러니 신경쇠약증과 결핵성의 센티멘털리즘을 없애고자 했던 이광수의 외침이 공허할 수밖에 없다. 불온한 성과 관련해서 어느 누구도 병리적이지 않을 수 없기 때문이다.

4. 병리성의 의미

병리적(pathological)인 것은 무엇일까? 병리성은 실체가 아니다. 이는 원인의 측면에서도 그러하며 결과의 측면에서도 그러하다. 예를 들어 미생물 이론의 경우 질환의 원인으로 지목된 미생물은 명확한 실체로 존재한다. 그러나 우리는 근대문학에 등장하는 병리성에서 이런 실체론적 원인을 찾지 않는다. 특히 폐병이나 임질과 같은 조직병리보다 강박증이나 히스테리를 주로 다루게 되는 우리의 연구에서 질환의 원인을 규명한다는 것은 쉬운 일도 아니고 별로 소득도 없는 일이다. 그리고 결과의 측면에서 볼 때 정신병리는 하나의 증상으로 특정화되지 않는 성질을 갖고 있다. "실제 임상장면에서 환자를 진단하고 분류할 때 특정한 유목에 꼭 들어맞게 분류될 수 있는 환자는 거의 없다."[33]라는 사실에 주의해야 한다. 실제 임상에서도 대부분의 환자들은 여러 증후 가운데 한 가지 이상을 호소하며, 심지어 모든 증후를 다 호소하는 경우도 있다는 것이다.[34] 그러므로 병리성은 국부적이기보다는 동적이고 총체적인 질병 개념과 관련을 갖는 것으로 생각해야 한다.

병리적인 인간은 유기체의 조절 메커니즘 내에서 발생하는 양적인 변화를 통해 규정할 수 없다. 즉 무엇의 과잉이나 결핍을 통해서 접근할 수 있는 대상이 아닌 것이다. 양적인 측면에서 질병을 규정하는

---

33) 이현수, 『정신신경증』, 24쪽.
34) 이현수에 따르면 동일한 교육 배경을 가진 의사들로 하여금 사회적·문화적 배경을 같이 하는 환자들을 독자적으로 진단하게 할 때, 그들 간의 일치도는 20% 미만이라고 한다 (이현수, 같은 책, 24쪽). 그처럼 소설 속의 인물의 정신병리를 분석할 때도 기반하고 있는 이론에 따라, 혹은 집중하는 병적 증상에 대한 중요도에 따라 그 질환에 대한 분류가 달라질 수 있는 것이다.

것을 생리학적 질병 이론이라고 한다. 그런데 문제는 이런 접근 방법이 건강과 질병의 양적인 규정에도 불구하고 그 경계를 무너뜨려 버린다는 사실이다. 어느 정도의 양적인 지표를 질병으로 규정할 것인지는 사회적으로 결정되는 문제여서 그 지표 자체의 객관성도 쉽게 확보되지 못한다. 예컨대 고혈압 환자의 경우 고혈압의 기준을 낮춰 버리면 그 범주 안에 포함되는 환자의 수가 갑작스럽게 증가해 버리는 것이다. 양적인 규정은 명확한 경계를 설정할 수 있을 것 같지만 실상 질병과 건강 사이에 일종의 연속성을 역설적으로 확립하는 경우가 많다. 심하면 질병 개념 자체도 사라지고 만다.

이런 질병의 개념을 가장 잘 드러낸 것은 아마도 오귀스트 콩트일 것이다. "어떤 특정한 측면 하에서 병리적 상태는 정상적 유기체가 생리적 상태에서 나타내는 각각의 현상에서 고유한 변이의 한계를 단지 다소간 아래위로 연장시킨 것일 뿐, 그에 상응하는 순수하게 생리적인 현상이 존재하는 진정으로 새로운 현상은 아니다."[35]

여기에서 그는 병리적 상태에 일대일로 대응하는 생리적인 현상이란 없으며, 정상적 유기체가 갖고 있는 조건이라고 설정된 수치 이상이나 이하일 때 병리적 상태가 된다고 말한다. 이처럼 생리학적 질병 이론에서는 병리성의 질적인 차이가 양적인 차이로 환원되는 대신, 병리성의 순수한 차원은 사라진다. 그러나 근대문학에서 확인할 수 있는 병리적인 주체의 상태를 양적인 관점에서 정의하기란 불가능한 일이다. 정신병리에서는 양적인 지표로 분리 가능한 기본적인 정신적 사실이 존재하지 않기 때문에 병리적 증상을 정상적 의식의 요소들과 비교

---

35) 콩트, 『실증철학강의』, 깡길렘, 『정상적인 것과 병리적인 것』, 63쪽에서 재인용.

할 수 없게 된다.

다음으로 병리성을 비정상성(abnormality)과 구분해 볼 필요가 있다. 무엇보다 비정상을 규정하는 것은 아마도 강력한 사회적 규범일 것이다. 특히 의학적이고 사법적인 규범의 조건에서 벗어날 때 그는 병리적이기보다 우선 비정상적이라는 판단을 받는다. 그러나 문학 속 인물들은 병리적이기는 하지만 꼭 규범을 벗어난 존재라고 하기는 어렵다. 비정상적인 범죄자가 병리적이라고 말할 수 없듯이, 역으로 병리적 주체도 비정상적이지는 않다. 대개 규범 내에서 은밀한 고통을 겪는 자들이 주로 병리적인 주체들이다.

그리고 병리적인 것은 '병적(morbid)인 것'과도 다른 개념이다. "병리적이라는 말은 'pathos', 즉 고통과 무력감에 대한 직접적이고 구체적인 느낌이자 방해받는 생명에 대한 느낌을 내포한다."[36] 이것은 단순히 '병적'인 느낌과는 다르다. 병적인 것은 병리성이 만연한 상태에 대한 수사적이고 추상적인 표현의 일종이라고 생각된다. 병리적 주체는 명확한 계량적 구분은 아니지만 그럼에도 '병적'인 느낌의 차원을 넘어 일정한 형식으로 구분 지을 수 있다.

또한 병리성은 '이상'(異狀 ; 불어로는 anomalie, 영어로는 abnormal)과도 구별되어야 한다. '이상'은 기본적으로 통계적 사실에 따른 통계적 편차의 문제 속에서 자주 사용된다. 즉 평균적 지표에서 가장 빈도수가 많은 특성들의 모임으로 규정한 고유형에서 벗어나면 이상으로 판정된다. 그러나 돌연변이가 아무리 '이상'이라고 해도 돌연변이를 병리적이라고 하지는 않듯이, 편차의 문제로 병리성을 규정

---

36) 깡길렘, 『정상적인 것과 병리적인 것』, 154쪽.

할 수는 없는 노릇이다. 물론 그 자체로 병리적인 것은 없다. 병리성은 가능한 생명의 또 다른 규범을 표현한다. 만약 이러한 규범들이 안정성과 번식성 그리고 생명의 변이성에서 앞선 특정한 규범에 비해 열등하다면 병리적이라 말할 수 있다.

병리성은 생물학적 규범의 부재가 아니라 생명에 의해 배척되는 또 다른 규범이다. 병든 생명체는 일정한 생존의 조건에서만 정상화되므로 규범적인 능력, 즉 다른 조건에서 다른 기준을 설정할 수 있는 능력을 상실한다.[37] 병리적 주체는 규범을 창조할 수 있는 능력이 결핍되어 있는 것이지 규범이 없이 살아가는 자는 아니다. 다음과 같은 가다머의 말은 이런 맥락에서 읽어야 한다. 인간이 병에 걸린다는 것은 단순히 어떤 능력 하나를 상실하는 것이 아니라 세계에 대한 인간의 전체적인 관계에 있어 문제가 있는 것이며 정신적인 균형을 유지하는 능력에 고장이 났음을 뜻하는 것이다.[38] 폐병에 걸린 환자는 자신의 폐병을 자각한다. 그러나 치매환자는 자신이 병들었다는 사실을 인식하지 못한다. 이는 단순히 이성적이고 반성적인 능력에 문제가 생겼다는 것이 아니라 인격 전체의 붕괴와 같은 새로운 존재 형식인 것이다. 폐병에 걸린 환자는 자신을 조절하면서 살아갈 수 있지만, 치매환자는 그 조절 기능이 부재하기 때문에 미약한 규범도 만들어 내지 못하는 것이다.

정상과 병리성은 연속적이지도 않고 상대적이지도 않다. 병리성은 규정할 수 있는 상태이므로 정상과 병리성은 연속적이지 않다. 그리고 건강과 질병의 상대성으로 인해 어디서 건강이 끝나고 질병이 시작

---

37) 깡길렘, 『정상적인 것과 병리적인 것』, 201쪽.
38) 가다머, 『철학자 가다머 현대의학을 말하다』, 90~4쪽.

되는지 알 수 없는 것은 아니다. 깡길렘의 주장대로 동시에 고려되는 다수의 개인에게서는 정상과 병리의 경계가 불분명하지만 연속적으로 고려되는 동일한 한 개인에게서는 그 경계가 분명한 것이다.

어떤 상황에서는 규범이 되는 정상이 그 자체로 변함없이 유지되더라도 다른 상황에서는 병리성이 될 수 있다. 그런데 이러한 변화를 판단하는 것은 개인이어야 한다. 왜냐하면 새로운 환경이 그에게 부여하는 업무를 수행하기에 부족하다고 본인이 느끼는 바로 그 순간에 괴로움을 겪는 것은 개인의 차원이기 때문이다. 근대문학의 병리적 주체들은 자신의 성적인 욕망에 대해 도대체 어떻게 처리해야 하는지 몰라 당황하기 일쑤다. 혹은 죽음충동을 극복하지 못해 삶의 순간순간이 고통의 연속이 된다. 그들은 자기 외부적 장애보다는 성욕이라는 내부의 적 앞에서 동요하고 혼란스러워 한다. 광기는 타인의 문제가 아니라 주체 내부에서 확인할 수 있는 위기로 경험된다. 그리고 근대문학은 이 혼란을 되도록이면 적나라하게 보여 주려 한다.

골드스타인의 말대로 병리성은 개인에게는 새로운 삶이며, 새로운 생리적 항상성과 결과를 획득하기 위한 새로운 기전이다.[39] 그 자체로 병리적인 장애는 없다. 병리성은 관계 안에서만 인식된다. 자신과 타자의 관계만이 아니라 자기와의 관계에도 문제를 일으킨다. 이런 관계의 문제를 가장 잘 드러내는 것은 기본적으로 정신병리적인 것들이다. 광기나 히스테리, 신경과민, 신경쇠약, 강박증, 망상증, 관음증, 자살 욕망 등 20년대 문학의 병리성은 주로 정신질환과 관련하여 등장한다. 그러나 성병이나 폐병과 같은 조직병리가 없는 것도 아니며, 앞에

---

39) 깡길렘, 『정상적인 것과 병리적인 것』, 207쪽.

서도 얘기했듯이 특히 폐병은 20년대 문학에서 주요한 문학적 장치로 사용되었다. 그러나 조직병리는 그 자체로 의미를 형성하지는 못한다. 폐병이나 성병이 어떻게 주체의 자기 관계와 타자와의 관계에 불안정성을 도입하고 병리적 태도를 낳는지가 문제인 것이다. 예컨대 현진건의 『타락자』(1922)에서는 임질의 공포가 작품 전편을 지배하고 있는데, 우리는 여기서 임질이라는 질병 자체를 소재의 측면에서 다루지 않는다. 그보다는 임질이 주체의 자기 관계 속에서 어떤 신경증적 태도를 낳는지, 그리고 이를 통해 타자와 어떤 관계 속으로 들어가는지를 분석하고자 한다. 임질은 『타락자』에서 주체의 죄의식을 자극하는 기제이지만, 이는 임질이라는 질병의 속성에서 오롯이 비롯된다기보다는 가부장적 욕망과 그 파탄이라는 사회적 계열과의 관계 속에서 형성된다.

한마디로 하자면 병리적 주체는 세계와의 관계에서 불편함을 느끼는 개인적 존재이다. 그렇다고 세계 안에서 살아갈 수 없는 것은 아니다. 그들은 "새롭지만 좁아진 환경과 관계를 맺으며 활동 수준을 감소시켜 새로운 기준을 설정한다."[40] 이들은 세계와 자유로운 관계를 맺기 어렵기 때문에 세계 속에서 축소되거나 개체적 범주 내에서만 삶을 유지하려는 경향을 자주 보인다. 그렇다고 개체의 수준이 행복을 경험하는 것도 아니다. 가다머의 말대로 그들은 인간의 삶을 구성하는 편안함의 두 가지 방식, 즉 세계 안에서의 편안함과 자기 안에서의 편안함 모두를 성공적으로 수행하지 못한다.[41] 퇴행적이고 위축되어 있으며 자기보존적인 측면만을 강하게 드러내는 것이 병리적인 삶이라고 해도 병리적 상태는 살아가는 한 방식이며, 이것이 근대적인 주체의 기본

---

40) 깡길렘, 『정상적인 것과 병리적인 것』, 203쪽.

적인 삶의 방식이라고 말할 수 있다.

20년대 병리적 주체는 다른 문제 중에서도 특히 성과 관련된 영역에서 자신의 병리적 성격을 자주 드러내고 있었다. 광기와 죽음도 문제가 아닌 바는 아니었지만, 섹슈얼리티야말로 병리적 주체의 핵심 문제였다. 이런 점에서 1920년대 문학은 "성(性)에 관한 담론들, 그것의 경제체계 자체 안에서 기능하고 효력을 갖는 점점 더 많은 담론들을 산출하는 설비"[42]였다고 할 수 있다. 이 시대 문학은 성에 대해 모든 것을 말하고자 하는 의지로 가득 차 있다. 이런 관점에서 볼 때 나도향의 「전차 차장의 일기 몇 절」(1924)은 이 시대를 대표하는, 혹은 근대문학을 대표하는 작품 중의 하나라고 할 수 있다. 한 여성의 남성 편력을 쫓아다니고 미행하는 차장의 고백으로 되어 있는 이 작품은 오로지 문학이 알고자 하는 영역이 육체와 욕망뿐이라는 사실을 적나라하게 보여 준다. 문학은 앎의 의지로 가득 찬다. 문학은 육체와 육체적 욕망의 접합선이 형성하는 모든 굴곡을 따라잡고 표현하고자 한다. 이에 따라 성적 도착의 현상이 폭발적으로 증가한다. 성도착의 현상 이전에 문학 담론이 그런 현상을 자극하고 생산하는 기제가 된다.

그렇다고 당대 사회 풍속의 문란함을 고발하는 것이 문학의 목적은 아니다. 병리적 주체의 문학은 단순히 성적인 문란함을 비판하거나 성의 해방을 요구하지는 않는다. 성의 해방은 이 시대 담론의 몫이 아니었다. 대신 성과 관련된 병리적 욕망들을 세분화하고 섬세하게 표현하기 위해 노력한다. 성적인 욕망은 해부되었지 억압되거나 해방되지

---

41) 가다머, 『철학자 가다머 현대의학을 말하다』, 99쪽.
42) 푸코, 『성의 역사 1 : 앎의 의지』, 41~2쪽.

않았다. 해부와 관찰과 포착의 끈질긴 노력 덕분에 오히려 병리적인 욕망은 사회적으로 증폭된다. 푸코의 표현대로 1920년대 문학은 "성적 욕망에 한계를 정하지 않으며, 성적 욕망의 다양한 형태들을 확장시키면서 무한한 침투선들을 따라 그 형태들을 뒤쫓는다. 그것은 성적 욕망을 배제하는 것이 아니라 개인들에 대한 특성별 분류의 방식으로 육체 속에 포함시키고, 성적 욕망을 피하려고 애쓰는 것이 아니라 쾌락과 권력이 서로를 보강하는 나선을 통해 여러 가지 성적 욕망의 변종들을 끌어들이며, 차단벽을 세우는 것이 아니라 최대로 포화된 장소를 마련한다. 그것은 성의 모자이크를 만들어 고착시킨다."[43] 그러므로 병리적 주체와 병리적 문학의 증가는 성을 억압하는 권력에 대한 복수도 아니며, 성의 문란에 대한 비아냥도 아니다. 오히려 문학은 이 지점에서 굉장히 진지해진다. 이들은 이 욕망을 문학의 소명인 것처럼 섬세하게 다룬다. 문학이 성을 해부하면 할수록 성적 욕망은 점점 더 세분화되고 도착적이게 된다. 성적 도착은 역설적이게도 억압으로 인한 것이 아니라 적극적 표현의 의지와 함께 나타난다. "성적 욕망에 지나치게 억압적인 법을 강요했을 권력에 대해 복수하는 성적 욕망의 냉소가 아니다. 권력을 '참고 견디어야 하는 쾌락'의 형태로 인정함으로써 권력의 힘을 빌리는 쾌락의 역설적 형태들에 관계되는 것도 아니다. 성적 도착의 정착은 결과 겸 수단이다. 다시 말해서, 성과 쾌락에 대한 권력의 관계가 세분화되고 증가하고 육체를 평가하고 행동에 스며드는 것은 바로 주변적인 성적 욕망의 격리·증대·공고화에 의해서이다."[44]

근대문학은 성적 욕망의 특이성에 촉수를 들이대는 문학이다. 그

---

43) 푸코, 『성의 역사 1 : 앎의 의지』, 65쪽.

촉수의 범위가 넓어지고 깊어짐에 따라 근대적인 인간은 더욱더 병리적인 본성을 획득한다. 성적 욕망처럼 주체의 내부에 이질적 타자의 움직임을 야기하는 광기도 섹슈얼리티와 함께 중요한 대상이 된다. 문학의 관심은 사회도 아니고 국가도 아니다. 이제 관심은 육체로 넘어간다.[45] 성적인 쾌락이든 광기의 출몰이든 문학담론은 개별적 육체를 잘게 분할하고 관찰한다. 경제적 착취체제를 다루든 사회적 억압을 다루든 그것이 육체의 병리적 증후를 경유하지 않는 한 근대문학이기 어려운 시대가 시작된 것이다. 단순히 행동이나 생각이 문제가 아니다. 문제는 쉽게 의식되지 않는 욕망과 쾌락과 충동이다. 근대문학에서 도대체 병들지 않은 인간을 찾는다는 것은 얼마나 어려운 일인가. 그리고 그 병이 인간의 심층에 자리잡지 않는다면 어디에 기거할 것인가?

44) 푸코, 같은 책, 66쪽.
45) 법에서 육체로 관심의 영역을 옮기는 근대적 권력의 변화에 대해서는 푸코, 『비정상인들』, 225~31쪽 참조.

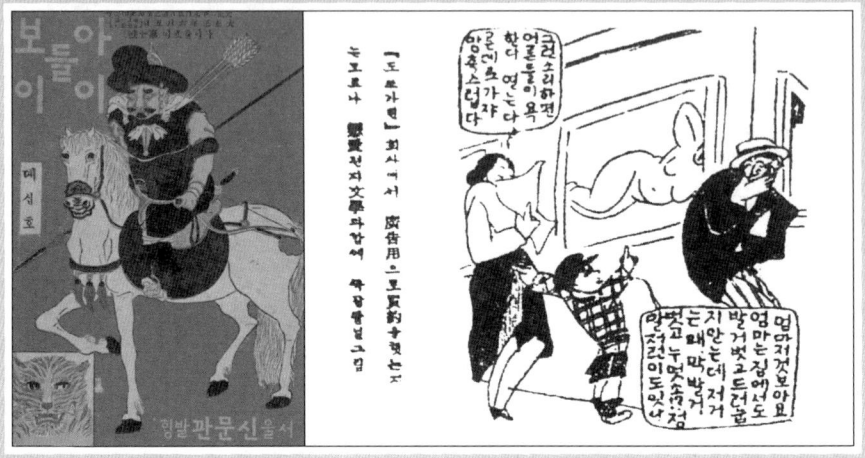

영웅들이 활약하던 시대는 지났다. 이제 관심은 여성의 육체로 상징되는 내밀하고 불온한 욕망에 있었다. 세계를 편력하던 영웅의 대서사시는 주체의 감춰진 내면과 미지의 무의식에 촉수를 들이대는 관음증의 소설로 대체되었다. 내면의 탄생은 주체로 하여금 자신을 관찰하도록 강요한 성적 욕망의 장치에서 비롯된 것이었다. 왼쪽은 1913년 최남선이 창간한 어린이 잡지 『아이들보이』 10호(1914년)의 표지, 오른쪽은 누드화 전시를 풍자한 『별건곤』(1927년 7월호)의 삽화이다.

2장 _ 국가의 공리계에서 문학의 공리계로

1. 건강의 정치학과 진실의 담론

병리적인 문학담론의 등장은 사회체 전체의 변동과 함께 진행되는 현상이다. 우선 사회체를 지배하던 위생담론이 문학의 공간과 만나는 방식에 변화가 일어난다. 개화기의 질병은 전근대적인 질병과도 그 의미가 달랐다. 천형(天刑)이라거나 개별자의 수준에서 어쩔 수 없이 감당해야 하는, 순전히 수동적인 주체의 태도를 낳았던 전근대적인 병은 근대 이래 사회 전체가 집단적으로 관리해야 하는 대상으로 그 지위가 변모한다. 개화기 때 대대적으로 유포된 위생담론들은 이와 같이 집단적인 관리 대상으로 변모한 병의 성격과 관련되는 사건이었다. 질병을 정치적이고 경제적인 관점에서 파악하는 소위 "건강의 정치학"[1]이 발달하게 된 것이다. 공중위생 관념의 대두와 예방접종의 필요성, 아이 건강에 대한 관심과 부모 역할에 대한 강조 등은 모두 이 건강의 정치학

---

1) 푸코, 『권력과 지식』, 206쪽.

과 관련된 사업이었다. 개화기 질병의 정치학이 그렇다고 국가가 획일적으로 관리하는 형태를 띠었던 것은 아니다. 대신 사회적 육체의 건강과 질병을 집단적으로 관리해야 한다는 문제의식이 사회의 여러 곳에서 제기되었던 것이다. 그러기에 "질병의 정치학은 위로부터 내려오는 수직적인 의사결정의 결과물로서가 아니라 서로 다른 이유에서 사회적 육체의 건강이야말로 국가가 책임져야 할 최우선의 과제임을 인식하고 정책을 펴야 한다는 문제의식으로부터 생겨난 것"[2]이라고 할 수 있다.

광범위한 위생담론의 유포는 병을 수동적으로 겪어야 하는 불가피한 대상이 아니라 늘 살펴보고 관심을 기울여서 제거해야 할 대상으로 만들어 낸다. 한 개체가 질병과 싸우는 일은 늘 국가라는 유기체의 건강을 위한 것으로 수사적인 전도를 불러일으켰다. 위생관념과 더불어 각 개별주체는 자신과 타자의 경계를 명확히 분별하게 되고, 타자로부터 옮겨 올 수 있는 세균과 질병에 대해서 민감한 태도로 경계하게 된다.

그러나 이렇게 외부에서 침투하는 병균이라는 관념은 개화기 때만 해도 새로운 것이었다. 동양이나 서양을 막론하고 몸 안의 균형이 파괴되는 것이 병이라는 생각이 지배적이었던 것이다. "음양의 올바른 균형을 유지하는 길이야말로 오래 전부터 중국의 의사들이 바라던 목표였고, 우리 몸 안의 각기 다른 네 가지 체액 사이에 올바른 균형을 갖게 하는 일이야말로 히포크라테스 의학의 가장 큰 소원이었다."[3] 각각

---

2) 푸코, 『권력과 지식』, 207쪽.
3) 듀보, 『건강이라는 환상』, 121쪽.

의 병이 명확한 원인을 가지고 있으며, 원인이 되는 작용 인자를 공격함으로써 박멸할 수 있다는 병원체설, 혹은 특정병인론은 근대적인 것이다.

　질병의 원인을 특정한 실체라고 규정하는 병리학의 발전에서 대표적인 것은 1858년 파스퇴르의 발표였다. 세균이나 다른 미생물들이 발효의 산물이 아니라 그 원인이라는 파스퇴르의 연구는 발효와 부패 사이의 유사점과, 발효와 감염 사이의 유사점이 서로 관련이 있다는 생각을 가능하게 했다. 그러나 더욱 명확한 결론을 내린 쪽은 코흐였다. 로베르트 코흐는 특정한 세균이 동물의 특정한 질병을 유발한다는 사실을 의심의 여지없이 입증했는데 그때가 1876년이다. '코흐의 원칙'은 보잘것없이 작은 세균이 놀랄 만큼 많은 동물들의 암살자임을 확인한 성과였다.[4] 이 원리를 가지고 코흐는 1883년에 인도에서 시작되어 유럽을 위협한 콜레라를 유발하는 콤마균을 발견한다. 이에 앞서 1880년엔 당시 원인이 알려진 사망의 1/7을 담당했던 결핵균도 발견한다. 1879년엔 임질균, 1894년엔 페스트의 원인, 1905년엔 매독의 원인이 각각 밝혀진다.

　질병의 특정병인론은 다른 어떤 견해보다 예방이나 치료를 위해 더 유용하다는 것이 판명된다. 첫째, 특정한 원인에 대한 지식에 의해 이제까지보다 훨씬 더 정확한 진단을 내릴 수 있게 되었고, 둘째, 진단이 확정됨으로서 특정한 예방법이나 치료법의 합리적 탐구가 가능해졌기 때문이다. 그러나 문제는 전체로서의 병든 사람이 의사의 시야에서 사라진다는 사실이다. 이렇게 하여 '인간과 미생물의 투쟁' 이라는

---

4) 슈라이옥, 『근세서양의학사』, 194쪽.

관점만이 뚜렷이 부각되게 된다.[5]

사실 이런 병원체설이 등장하기도 전에 나병, 흑사병, 발진티푸스 같은 병들은 유럽에서 자취를 감췄다. "실험적 의학이 본격적으로 참여하기 이전 19세기의 인도주의자나 사회개혁운동가에 의해 추진되어 [전염병의 소멸이 ─ 인용자] 거의 완성단계에 있었다는 사실도 잊어버려서는 안 되겠다. 자연은 신성하며 건강이 넘쳐흐른다는 낭만적인 생각은 과학적인 안목으로 봐서는 소박한 것이었지만 당시의 중요한 건강문제를 다루는 데는 대단히 효과적이었다. 바닷물이 썰물에 따라 해변으로부터 물러나기 시작할 때는 단지 양동이로 물을 퍼내도 큰 바다는 쉽사리 물이 마를 것 같은 착각에 빠진다는 것은 쉽게 상상할 수 있다. 실험과학자들이 19세기 후반 본격적으로 활동을 시작한 때에는 이미 전염병이나 영양결핍증의 조수는 빠른 속도로 물러나기 시작한 시절이었다."[6]

어쨌든 이러한 세균설은 조선에서도 예외는 아니었다.[7] 1899년 8월 16일자로 '전염병예방규칙(내부령 제19호)'이 제정·반포됨으로써 대한제국의 법정 전염병은 콜레라를 비롯하여 장티푸스, 이질[赤痢], 디프테리아[實布垤里亞], 발진티푸스[發疹窒扶私], 두창 등 6종으로

---

5) 그러나 세균학, 혈청학, 면역학 등의 연구를 통해 이러한 극단적인 국소화를 교정하는 경향이 나타나면서 보완하게 된 것도 사실이다. 가령 면역학의 관점에서 볼 때 세균이 공격해도 저항력이 강한 사람은 병에 걸리지 않는다는 사실을 알 수 있다. 결국 어떤 감염질환의 원인은 병원성 생물들과 신체 세포들 사이의 반응이라고 정의할 수밖에 없게 되고 이런 연구는 체질을 강화하는 영양생리학 연구를 가능케 한다. 사실상 병원체설의 등장 이후 의학은 인체를 종합적인 시야에서 바라볼 수 있는 조건을 갖춰 가고 있었음에도 예외적으로 병원체설이 특권적 위치를 점유하게 된 것도 특이한 현상이다.

6) 듀보, 『건강이라는 환상』, 29쪽.

7) 조선에서의 세균설에 관한 사항은 신동원의 『한국근대보건의료사』와 『호열자 조선을 습격하다』를 참조해서 정리했음을 밝혀 둔다.

확대된다. 이 법령이 중요한 까닭은 단순한 전염병 예방법이 아니라 세균설에 입각한 예방법을 명시적으로 드러낸다는 사실에 있다.

> 호열자는 전염병 중에 맹악(猛惡)이 최심(最甚)하여 기(其) 만연 유행의 흉포, 참학은 세인 소숙지(所熟知)라. 억기본병(抑其本病)은 일종 세균이 위주하여 환자의 토사물 중에 함(含)한 고로 본 병의 만연함을 예방함은 토사물과 급(及) 오염한 물(物)에 소독법을 누락치 물(勿)할지니 불가불 환자 발생할 초(初)와 병독이 미(未)산만하기 전에 십분 소독법을 행하여 병재(病災)를 기일(其一) 소(小)부분에 식멸케 할지니라.[8]

'전염병소독규칙'과 '검역정선규칙'이 제정·반포됨으로써 적어도 법적으로는 세균설에 입각한 세련된 형태의 전염병 예방 관련 체계가 거의 완성되었다고 볼 수 있으며, 이 체제는 대한제국 시기 내내 지속된다. 이와 관련하여 1902년 『황성신문』에는 다음과 같은 기사도 보인다.

> 근일에 한국 의사 1인이 호열자 병균 1개를 착득하여 유리병 안에 두었는데, 아주 미세해서 눈으로 보기 어려웠으나, 4천 배 되는 현미경에 눈을 대어서 본즉, 그 충(蟲)의 형상이 머리 부분은 까맣고 몸 부분은 붉었으며, 몸 주변에 까만 털이 나 있었는데, 이 의사가 이를 병원

---

8) 신동원, 『한국근대보건의료사』, 235쪽에서 재인용.

에 두고 한성 내 친한 사람을 초치하여 관광케 하고 병균 때문에 병이 생기는 이유와 죽여 없애는 방법을 설명하였다더라.[9]

1915년 9월 11일부터 열린 조선물산공진회는 무엇보다 특기할 만하다. 일본이 조선을 병합한 지 5년이 된 사실을 기념하기 위한 행사로 열린 공진회에는 약 120만 명 정도가 참관하고, 조선인 유료 입장객도 40만 명이 넘었다고 한다. 이 큰 행사에서 총 3개의 진열관 중 제2호관에 위생과 의료에 관련된 품목이 전시되었다. 『매일신보』에서는 이때부터 공진회 특집을 마련해 매일 「대공진회」라는 기사로 각 관별로 전시된 물품을 소개하고 사진도 보여 준다. 다음은 '위생'에 관한 기사의 일부다.

위선(爲先) 중앙 진열책(柵)에는 세균에 관한 각종 표본과 각종 전염병 환자병원균의 표본을 진열하야 인체 내에 여하한 병균이 침입하면 여하한 질병이 발생하리라는 의미를 무언중에 설명하야 병균의 경과 급(及) 질병의 변천하는 상태를 표시하얏스니 차(此)에 대한 식견이 무(無)한 자라도 일견에 병균의 가외(可畏)한 실상을 지득(知得)케 하얏고 기린(其隣)에는 부산 이출우(移出牛) 검역모형이 유(有)하고 주위에는 우(牛)의 내장모형 급 표본이 유하되 우의 내장은 조선인의 상식(常食)이라 병균의 유무를 불계(不計)하고 남식(濫食)함을 경계한 의사가 유하며 (중략) 불량정(井)에는 정(井)의 주위에 질(蛭), 수충(水蟲) 등 병균을 포함한 자가 부(附)하고 (중략) 벽간(壁間)에는 위생에 관한 통

9) 『황성신문』 1902년 10월 28일자. 신동원, 『한국근대보건의료사』, 246쪽에서 재인용.

계조사표 급 의료기관의 통계표 등 각종 병균도(圖) 수십 매를 게(揭)

하얏는데[10]

이 기사에서 가장 특징적인 것은 세균과 병원균의 표본을 직접 보여 주고 있다는 점이다. 40만이 넘는 관람객들은 어떤 질병은 어떤 병원균 때문이라는 인식을 '무언 중에' 갖게 된다. 박람회의 가시성(可視性)이 위력을 발휘하는 순간이다. "앓는 환자의 모습도 볼 수 있고, 그에게서 채취한 병원균도 볼 수 있으며, 둘 사이의 인과관계도 도표로 볼 수 있다. 실체가 분명하기 때문에 비가시적인 어떤 설명보다 설득력이 높다. 그것을 확인하는 순간 500년도 넘는 전통을 가진, 마마를 일으키는 두창이나 역병을 일으키는 온갖 귀신"[11]은 더 이상 힘을 쓸 수 없게 된다.

선진국이든지 후진국이든지 인구 증가 요인에서 현대 치료의학이 차지하는 부분은 많지 않다. 선진국에서는 위생과 의학의 발전보다 미생물의 자연사적 요인과 경제적 요인이 중요하고, 특히 후진국에서는 경제적 향상이나, 치료의학이 아닌 위생테크놀로지가 가장 중요한 역할을 한다고 한다.[12] 세균설에 기반해 우물과 하천, 분뇨를 위생적으로 관리하는 강력한 위생경찰력의 행사나 환자 색출과 감시의 통제망만으로도 조선과 같은 후진국에서는 인구가 증가했던 것이다. 서구에서 세균설이 영향력을 떨치기 전에 위생정비 사업만으로도 전염병이 상당수 사라진 것과 같다. 그러므로 조선에서는 세균설의 영향력이 서구

10) 『매일신보』 1915년 10월 13일자, 1면.
11) 신동원, 『호열자 조선을 습격하다』, 64쪽.
12) 같은 책, 76쪽.

보다 훨씬 강력했음을 알 수 있다.

　서구의 경우, 위생과 의학보다 경제적 요인이 인구 증가와 삶의 향상에 기여한 바가 큼에도 불구하고 미생물과의 싸움이라는 관념이 훨씬 더 지배적인 사고방식으로 부상하는 까닭은 여러 가지가 있을 것이다. 가라타니 고진은 이를 신학과 관련된 것으로 해석한다. "세균이라는 것은 눈에 보이지 않지만 산재되어 있는 '악'인 것이다."[13] 인간과 미생물의 투쟁이라는 이미지는 그야말로 신학적인 것이고, 병의 원인이 세균 때문이라는 것은 신학적인 이데올로기 때문이라는 것이다. 수잔 손택도 질병이 초자연적인 징벌에서 희생자와 관련된 심판이라는 인식이 생겨난 것도 기독교의 등장으로 설명한다. "그리스인들에게 질병은 별다른 까닭 없이 찾아오는 것일 수도 있었으며, 응당 받아야만 하는 대가(개인의 잘못, 집단이 저지른 범죄, 또는 자신의 선조가 저지른 죄의 대가)일 수도 있었다. 질병을 좀더 도덕적인 관념을 통해 받아들이는 기독교가 등장하게 되자, 무엇보다도 질병과 '희생자' 사이에는 뭔가 밀접한 관계가 있다는 생각이 점점 생겨나기 시작했다. 질병을 일종의 심판이라고 생각하게 되자, 질병이 적절하고 정당한 심판이 될 수도 있다는 생각이 두드러지게 등장하기 시작했던 것이다."[14] 질병의 배후에 활동하는 실체로서의 세균이 있다는 생각은 이런 인식론적 배경에서 힘을 얻게 된다.

　그러나 개화기의 조선에서는 이런 기독교적인 문맥보다는 국가정치적인 문맥이 훨씬 더 중요했던 것으로 보인다. 병에 민감한 주체는

13) 고진, 『일본 근대문학의 기원』, 141쪽.
14) 손택, 『은유로서의 질병』, 68쪽.

문명/야만이라는 이분법적인 도식 속에서 문명으로 가는 지름길을 질병과의 전쟁에서 찾았고 이는 부국강병의 원동력이라고 믿었다.[15]

그러므로 이 시기 병은 늘 야만의 습속과 관련된 비위생적이고 부정적인 형상을 간직한 것이었으며, 당연히 가능하면 빨리 제거해야 할 대상이기도 했다. 그만큼 이 시기는 관념적인 낙관으로 가득 찬 시대이기도 했다. 예방과 위생사업을 통해서 세균과 질병을 제거할 수 있을 것이라는 생각은 야만에서 문명으로의 손쉬운 도약에 대한 기대만큼이나 순진하기도 했으며 그 순진성의 강도만큼 낙관적이었던 것이다. 신소설에서 확인할 수 있는 질병에 대한 태도는 이런 위생담론의 문학적 번안이라고 할 수 있을 정도로 명확히 당대 담론의 영향력 아래에 있었다.

개화기에 유행을 불러일으킨 신소설들은 이런 담론적 상황 속에 강하게 긴박되어 있었다. 문명국가와 야만국가의 구별은 선과 악의 구별로 쉽게 이행되었고, 그만큼 악한들은 본성에 있어서 타락한 것이 아니라 선(善)과 문명의 세례를 못 받은 것으로 규정되었다. 그러므로 주인공은 당연히 의사의 형상이어야 했으며, 동시에 그들의 도덕적 타락을 치료할 수 있는 사제(司祭)의 덕목을 갖춘 것으로 표현되었다. 그리고 그 악한들을 회개시키거나 징치해야 하는 이유도 도덕에 있어 사회적 감염을 예방하고 치료하기 위한 위생학적 논리 속에 놓여 있었다. 그러므로 신소설은 소설의 문법을 따르고 있다기보다는 정치적 문법

---

15) 실제로 개화기 신식 의료 기관과 의학교의 설립 등은 수동적이기보다는 정부의 개화 프로젝트의 일환이라는 분석이 있다. 그리고 당시 고종과 정부는 개화사업 가운데서도 의료사업에 큰 비중을 두었다고 한다(이태진, 「인정의 의술 전통과 의료 근대화」, 병원역사문화센터 편저, 『동아시아 서양의학을 만나다』, 62쪽).

에 종속되어 있었다고 해도 무방하다.

　그러나 이런 분위기는 1920년을 전후할 무렵에는 상당히 변하게 된다. 앞에서도 언급했듯이 이 시기에 문인들은 사회 속에서 오히려 병든 부위를 찾아내려고 노력했고, 병들었다는 사실 자체를 문학적 자질을 가진 것으로 자부하기까지 했다. 심지어 백조파의 과도한 낭만성은 이렇게 병든 의식으로 점철되어 있는 것이기도 했다. 야만과 문명, 병과 건강의 단순한 이분법은 이 시기 들어서 더 이상 불가능한 도식이 되었으며, 삶이 고통을 피해 갈 수 없으리라는 인식이 팽배해졌고, 고통과 삶을 정확히 잘라 낼 수 있으리라는 의식도 존재하지 않았다. 이때 비로소 병은 근대문학과 근대적인 주체의 형식을 위해 필요하게 된다. 씻은 듯이 나을 수 있는 병이란 드물었으며, 폐병처럼 한 번 맡겨진 삶은 소모되면서 죽어 갈 수 있을 뿐이라는 비극적 인식 속에서 조명되었다.

　이제 삶과 죽음, 건강과 고통의 명쾌한 이분법은 문학담론과의 만남에서 제외되기 시작한다. 문학담론은 계속해서 병리적 주체와 병리적 상상력으로 가득 차고 있었다. 1920년대라는 문학의 새로운 시대에 문학담론은 세균설이라는 가시성의 담론이 아니라 병리성이라는 비가시성의 담론을 만들어 낸다. 그리고 그 보이지 않는 영역에 대한 앎의 촉수가 곧 인간 진실의 표현이 되고 문학이 된다. 최소한 근대문학은 보이지 않는 영역을 대상으로 해야 한다는 인식론적 동의를 바탕으로 이전의 문학과 단절하기 시작한다.

　특히 정신병리의 영역은 이런 세균설의 상상력이 적용되기는 부적당한 곳으로 인식된다. 정치적이고 계몽적인 주체가 아니라 병리적인 주체를 다루기 시작하는 1920년대 문학담론 내에서 인간의 진실은 세균설 바깥에서 형성된다. 문학담론의 생산과 재생산에서 특정한 담론이 작동하지 못하게 하는 담론 외부의 통제가 행해지는 것이다. 이를 푸코의 논의를 빌려 '배제'(exclusion)의 과정이라 할 수 있겠다. 배제'라는 담론 통제의 외부적 과정은 사회 전체적인 국면에서 행해지는 권력의 분할이다.[16] 가령 '성'이라는 영역을 살펴보자. 이곳은 아무나 말할 수 없는 금기의 영역이다. 성이라는 담론 영역 자체는 결코 중성적이지 않다. 차라리 발화할 수 있는 주체를 선택하고 배제하는 강력한 권력의 공간이라고 할 수 있다. 비슷하게 문학담론 내부에서도 성과 광기를 중심으로 진행되는 인간의 병리적 해부는 세균설의 상상력이 침투하지 못하는 배제의 권력방식이 작동한다.

이제 성과 인간과 인간의 욕망에 대해서는 특정한 방식의 상상력이 지배하게 된다. 도려내고 절단할 수 있는 병이 아니라 인간의 본질일지도 모르는 병이 문제가 된 것이다. 그러므로 세균설의 의미에서 건강한 자는 이 문학담론의 공간 내에서 자신의 자리를 찾지 못한다. 푸코는 이성과 광기의 사회적 분할로 인해 광인들의 말이 청취되지 못하고, 광인이 실존하지 않는 존재가 되는 배제의 역사적 과정을 설명한 적이 있다.[17] 이처럼 1920년대 문학담론도 사회 전체적으로 위생담론의 효과가 저지되기 시작하는 지점에서 출발하는 것이다.

근대문학의 출발지이자 요람이 되었던 『창조』 9호에 실린 김찬영의 산문 「누구를 위하야?」(1921)를 보면 다음과 같은 구절이 등장한다. "생활은 병원이므로, 그곳에 있는 모든 환자는 자기의 침상 옮길

---

16) 푸코, 『담론의 질서』, 16쪽.
17) 같은 책, 17쪽.

욕구의 지배를 받는다.""그렇다. 생활은 삶의 병막(病幕)이다. 삶의 요건은 고통을 용인한다는 의식인 줄을 알아라." 우리는 김찬영의 글에서 당대 문인들이 극도의 비관적인 사유를 통해서 문학의 길로 접어들었다는 사실을 알 수 있다. 근대문학의 출발에 있어 문학적 감수성은 삶을 병으로 인식할 수 있는 자에게만 주어지는 혜택이었던 듯하다. 병은 그 자체로 삶의 고통이다. 그 고통에 민감한 자만이 문학이라는 영역을 자신의 터전으로 삼을 수 있었던 것이다. 생활이 "삶의 병막"이라는 수사는 김찬영 개인에 그치는 것이 아니라 1920년대 근대문학이 출발하면서 펼쳐 놓은 보편적인 수사학이었다. 건강함에서 삶의 특성을 포착하지 않고, 오히려 병리성에서 삶과 문학의 표현 계기를 찾았던 것이다.[18]

세균을 척결하듯이 병을 몰아내고 건강을 지키는 것이 문명국의 조건이었다면 척결할 병이 사라지는 시대가 1920년대다. 문학은 이제 국가의 공리계에서 벗어나서 문학의 공리계로 진입한다. 여기에서 가장 중요한 것은 병의 본성에 대한 사회적 의식의 변화였다. 병든 야만인들을 우리 내부로부터 몰아내는 것이 신소설의 소명이었다면, 우리 내부의 타자인 병리성에 대한 추방 불가능성 앞에서 그 병리성을 인간의 진실로 포착하는 것이 근대문학의 소명이 된다.[19] 근대문학의 담론은 인간에 대해서 아무나 말할 수 없다는 것, 인간은 쉽게 개조될 수 있는 대상이 아니라는 것, 병들지 않고서는 인간을 말하는 것이 불가능하다는 것을 주장하기 시작한다. 근대문학의 담론은 개화기 담론을 배제

---

18) 근대문학의 비극적 감수성에 대해서는 이수영, 「한국근대문학의 형성과 미적 감각의 병리성」, 『민족문학사연구』 26호, 2004 참조.

하면서 자신만의 금지의 영역들을 만들어 내고 있었다.[20] 병리성은 포착하고 해부하고 표현해야 할 대상이지 제거하고 박멸해야 할 대상이 아니게 되었다는 것. 이것이야말로 1920년대 문학담론 최대의 사건인 것이다.

2. 자연주의와 근대문학의 본질

1920년대 문학담론은 위생담론과 결별을 고한다. 아직 전염병이 만연하고 위생사업이 중요한 국가적 사안이었음에도 불구하고 문학은 개화기적인 소명에서 벗어나기 시작한다. 우리는 이를 문학담론 내부에서 진행된 자연주의론을 중심으로 확인할 수 있다. 자연주의에 대한 여러 작가들의 주장은 순전히 문학담론 내부의 과정만으로는 제대로 해석되기가 어렵다. 사실 자연주의론은 문학의 한 유파에 대한 설명이기보다는 문학의 새로운 모습에 대한 규정이며, 근대문학 자체에 대한 규정이었다. 앞에서도 지적했던 것처럼 식민지 정치현실과의 대결을 중

---

19) 우리는 여기서 근대 국가권력이 전체 인구에 대한 통제와 함께 개인에 대한 분석적 접근을 동시적으로 행한다고 생각하는 푸코의 논의를 참조할 필요가 있다. 근대국가는 순전히 개인을 넘어서서 발전하는 실체는 아니다. 대신 개인을 통합하는 세련된 구조로서, 기독교의 사목권력이 개인을 돌보는 방식을 새롭게 변형한 것이다. 인구에 대한 앎과 개인에 대한 앎이 근대 국가권력의 가장 큰 특징이다(드레피스·라비노우, 『미셸 푸코 : 구조주의와 해석학을 넘어서』, 304~7쪽 참조). 20년대 문학담론에서도 가장 중요한 것은 개인에 대한 세부적인 앎이었고, 이는 국가적 차원에서 진행된 인구에 대한 통제와는 다른 방향이지만 어쨌든 근대적인 권력이 행사되는 방식의 하나이다. 개인의 차원에서 행사된 권력에 대해서는 구체적인 연구가 필요할 터이지만, 최소한 문학담론의 층위에서 볼 때 개화기 문학과는 다른 식의 권력이 행사되고 있다는 것은 확실하다.
20) 미셸 푸코는 "대상에 있어서의 금기, 상황에 있어서의 관례, 말하는 주체에 있어서의 특권적인 또는 배타적인 권리"(『담론의 질서』, 16쪽)가 배제라는 담론 통제의 외부적 과정 중에서 '금지'에 해당된다고 말하고 있다.

심으로 사고하게 되면 염상섭이나 김동인의 문학은 보수적인 문학, 문학을 위한 문학이 되기 쉽다. 그러나 이런 정치환원론으로는 문학담론과 사회담론의 교차현상을 제대로 살피기 어렵다. 현실주의(리얼리즘) 문학과 대비되는 관점에서만 김동인과 염상섭의 자연주의를 논할 때 예술지상주의나 순수문학이 되고 마는 것은 바로 이런 까닭이다. 우리가 병리성이라는 매개를 설정했던 이유도 바로 여기에 있다. 병에 대한 태도를 중심으로 살펴보면 문학이 인간과 관계하는 방식의 변화를 정치적으로 환원하지 않고도 제대로 살필 수 있다. 동시에 문학담론과 사회담론의 상호관련 속에서 문학의 변모를 추적할 수 있는 장점이 있다.

> 여러분 중에 어떤 분이 생각하시는 것 같이, 우리는 결코 도덕을 파괴하고 멸시하는 것은 아니올시다. 마는 우리는 귀한 예술의 장기를 가지고 저 언제든 얼굴을 찌푸리고 계신 도학선생의 대언자가 될 수는 없습니다. 그러나 또 우리의 노력을 할 일 없는 자의 소일목적거리라고 보시는 데도 불복이라 합니다. 우리는 다만 충실히 우리의 생각하고 고심하고 번민한 기록을 여러분께 보이는 뿐이올시다.[21]

이상은 김동인이 『창조』 창간호에 쓴 글로서, 그가 대립각을 세우는 대상은 이광수류의 계몽주의 문학이다. 김동인은 도덕적 주체로 조선인들을 전환시키려는 목적 하에 쓰인 이광수 작품들이나 신소설 식의 도덕주의적 태도를 비판하면서 자신의 문학은 그와 상당히 다른 차원에 있다고 주장하고 있다. 그렇다면 도덕의 범주를 벗어난 이런 문학

---

21) 김동인, 「남은 말」, 『창조』 1호, 81쪽.

이 미학주의적 영역 내에 자리 잡는 게 당연할까? 계몽주의 문학이 아니면 순수문학인 것인가? 그러나 이런 이분법은 당대 문학을 1970~80년대의 맥락 속에서 고려한 것이지 발생(Entstehung)의 관점에서 분석한 것이 아니다. 정치를 떠난 순수예술의 관점에 서 있는 것처럼 보이는 김동인의 예술관의 의미를 파악하기 위해서는 다양한 담론의 교차현상에 주목해야 한다.

김동인의 문학관은 기본적으로 계몽주의를 벗어난다. 동시에 순수문학도 벗어난다. 아니 계몽과 순수라는 이분법 자체를 무화시킨다. 그러므로 그의 문학관은 제3의 영역을 창출하는 게 아니라 이분법과 제3의 영역 자체를 불필요한 범주로 만든다. 주체의 변형을 촉구하는 계몽의 논리나 정치에는 무관심한 순수문학의 논리와는 관계없는 문학을 주장하고 있는 것이다. 이런 점에서 김동인의 문학관은 새로운 문학론이자 근대문학론이다. 계몽주의 문학과 자연주의 문학의 대립, 현실주의 문학과 순수문학의 대립은 김동인이 의도하는 문학의 성격을 파악할 수 없는 도식이다.

그는 인간을 알고 싶어 한다. 인간의 진실이 무엇인지 궁금한 것이다. 그래서 병든 인간을 포착한다. 그 병리적인 인간을 문제 삼지 않고서는 인간이 무엇인지 도대체 말할 수 없다는 것, 이 사실을 말하고 싶었던 것이다. 그러므로 그에게 계몽은 1920년대 문학과는 아무런 관련이 없는 것이며 "도학선생의 대언자"쯤 되는 비아냥의 대상이 된다. 그리고 문학은 할 일 없는 자의 소일거리도 아니다. 대신 충실히 고심하고 번민한 기록이다. 그는 1920년대라는 새로운 에피스테메 내에서 발언하고 있는 것이기 때문에 이광수류의 문학과는 소통할 수 없다. 이는 염상섭에게서도 마찬가지다.

세인은 왕왕이 자연주의를 지칭하야 성욕지상의 관능주의라 하며, 개인주의를 박(駁)하야 천박한 이기주의라고 오상(誤想)하는 자가 있는 모양이나 이것은 큰 오해이다. 이에 대한 상세한 고찰은 지금 나의 소론에 그리 필요치 않음으로 후일에 양(讓)하거니와, 자연주의의 사상은 결국 자아각성에 의한 권위의 부정, 우상의 타파로 인하야 유기(誘起)된 환멸의 비애를 수소(愁訴)함에 그 대부분의 의의가 있다. 함으로 세인이 이 주의의 작품에 대하야 비난공격의 목표로 삼는, 성욕묘사를 특히 제재로 택함은 정욕적 관능을 일층 과장하야 독자로 하야금 열정(劣情)을 유발케 하고 저급의 쾌감을 만족시키려는 것이 목적이 아니라 현실폭로의 비애, 환멸의 애수, 또는 인생의 암흑추악한 일반면으로 여실히 묘사함으로써 인생의 진상은 이리하다는 것을 표현하기 위하야 이상주의 혹은 낭만파 문학에 대한 반동적으로 일어난 수단에 불과하다.[22]

이 글에서 염상섭은 자연주의가 모든 고귀하고 권위적인 우상을 폭로함으로써 인생의 진상을 드러내고자 하는 문학 유파라고 규정한다. 그런데 자연주의 문학은 왜 저급한 관능주의나 천박한 이기주의로 매도되는가? 인간의 진실을 표현하기 위해서는 성과 관능, 욕망과 쾌감을 묘사하지 않고서는 불가능하기 때문이다. 이것이 염상섭의 주장이다. 그러므로 "자아의 각성"은 계몽적 주체로의 변화와 같은 "이상주의"와는 아무런 관련이 없다. 대신 인간의 어둡고 추악한 면을 폭로하기 때문에 어떤 권위도 받아들이지 않는 도저(到底)한 현실주의가 자

---

22) 염상섭, 「개성과 예술」, 『염상섭전집』 9, 35쪽.

연주의라는 것이다. 저급한 쾌감을 목적으로 하는 대중문학이 아니라 인간의 진상을 포착하면서 느끼는 "비애"야말로 진정한 문학의 대가라는 것이다. 인간은 고뇌의 존재이며[23] 이 고뇌는 특히 성적인 문제에서 가장 잘 표현된다. 성은 말썽이 많은 대상이지만, 그럼에도 인간의 진실을 위해서는 필수불가결한 대상이라는 것이 자연주의가 보여 준 인식이다.

이는 문학담론 내부의 사정으로 설명될 수 있는 것이 아니다. 자연주의적인 문학론의 등장은 문학담론을 포회(包懷)하는 사회 전체적인 담론의 변화를 따라 진행된다. 이제 진위의 대립이 문제가 된다. 20년대부터 문학은 자신의 근거를 사회정치적 현실이 아니라 진실에서 찾기 시작하는 것이다. 국가를 위한 유용성이 아니라 인간의 진실이 근대문학의 규범적 조건이 된 것이다. 푸코의 말대로 이를 "진리에 대한 의지"라 하자. "형벌체계와 같은 규범적인 집합이, 법의 말 자체가 이제 우리의 사회에서는 진리의 담론에 의해서만 인정받을 수 있다는 듯이, 그의 토대나 정당화를 우선은 법이론에서, 다음으로는 19세기 이래의 사회학적·의학적·정신의학적 지식 속에서 찾도록 만들었던 방식"[24]

---

23) 이런 사실을 염상섭은 「견우화 서」에서 다음처럼 표현하고 있다. "소설이란 것이 인생과 그 종속적 제상(諸相)을 묘사하는 것인 이상 인간이 어떻게 고민하는가를 그리는 것은 물론이다. 사람은 어찌하여 어떻게 얼마나 고민하는가, 또는 그 고민이 어떻게 전개되어 어떻게 처리되는가를 묘사함에 있다. 물론 그 고민에도 시대적, 개인적, 또는 작가 자신의 성격과 견해라는 여러 가지 배경이 있지만, 결국은 이 모순과 분열에 고뇌하는 양(樣)을 그대로 묘사하여 강한 인상을 줌으로써 인생에게 대하야 일개의 제안을 하든가 혹은 거기에 해결을 주어서 인격과 사상의 통일과 완성을 기획함에 그 대부분의 사명이 있다고 나는 생각한다." (김윤식, 『염상섭 연구』, 236~7쪽에서 재인용)

24) 푸코, 『담론의 질서』, 22쪽. "나는 서구의 문학을 오랜 시간 동안 자연적인 것, 사실적인 것, 진지한 것, 또한 과학적인 것 위에서, 요컨대 진의 담론 위에서 그 지지점을 찾을 수밖에 없도록 만들었던 방식에 대해 생각하고 있다."

이 문제가 되는 것이다. 진리에 대한 의지는 문학담론만이 아니라 당대 모든 담론들의 생산을 지배하는 담론이 되기 시작한다. 이는 푸코가 말한 담론생산을 통제하는 배제의 장치 중에서 세번째이자 가장 근본적인 기제가 된다.

진리에 대한 의지가 문학담론에 압력을 행사한다. 참되다고 인정되지 않으면 문학적이지 않다고 생각했던 감각, 이것이 자연주의론에 담겨 있는 핵심적인 내용이다. 그러므로 자연주의 문학은 퇴폐의 문학도, 도피의 문학도 아니다. 그것은 계몽적 주체가 지향했던 바와는 전혀 다른 이질적 공간 위에서 자신의 길을 주파한다. 그것이 현실의 추악한 일면을 폭로하고자 했다면 이는 비판정신에서 나온다기보다는 앎의 의지에서 나온다고 생각해야 한다. 타락이 현실의 본질이기 때문에 폭로하는 것이 아니라 인간의 본질인 그 어둠과 추악함이 타락으로 인식되는 것일 뿐이다. 그러므로 20년대의 자연주의론은 문학의 한 유파가 아니라 문학의 근대적 본질에 대해 말하고 있었던 셈이다.

자연주의론이 근대문학의 핵심을 건드리고 있었다면 자연주의 문학은 계몽주의 문학이나 순수문학, 혹은 현실주의 문학도 될 수 있다. 그러나 그 역은 아니다. 왜냐하면 계몽주의 문학도 자연주의적 문학론을 거칠 때만 근대문학이 될 수 있기 때문이다. 현실주의 문학도 마찬가지다. 자본가 계급의 타도와 노동자 계급의 해방을 외치더라도 자연주의 문학론의 요체를 공유하지 않는 한 그것은 순전히 선전문학이지 근대문학적일 수 없었다. 그러므로 1930년대의 카프와 다른 민족주의자의 논쟁도 이런 관점에서 다시 살펴볼 필요가 있다. 이는 순전히 계급적 이해관계의 정치적 논쟁이기보다는 근대문학의 본질을 둘러싼, 그리고 근대적 인간의 본성을 둘러싼 인간학적 논쟁이었던 것이다.

나도향의 「출학」(1921)이나 「젊은이의 시절」(1922), 염상섭의 「표본실의 청개구리」, 「제야」(1922) 등에서 우리가 봉건적 도덕관념에 대한 비판만 간취해 낸다면 이는 문학텍스트에 대한 분석이라기보다는 계몽적 담론의 추출이 되고 만다. 1920년대 문학은 계몽적 의지보다는 진실에 대한 의지에서 자신의 영역을 찾아 갔던 것이다. 여기서는 그 추악하다고 간주된 현실, 다시 말해 제어할 수 없는 욕망과 육체의 병리적 본성에 대한 앎의 의지가 선차적인 것이었으며 '근대문학'의 규정적 본질이었던 것이다.

이런 관점에서 볼 때 염상섭의 문학이나 20년대 문학을 자아의 진정성을 추구했던 문학으로 규정하는 것은 아마도 더 협소한 규정일지도 모른다. 자아라고 말할 수 있는 영역보다 더 넓고 더 깊은 영역, 무의식이라는 심연까지 문제 삼지 않으면 규정되지 않는 인간의 진실을 다룬 문학이 1920년대에 출현하기 때문이다. 도착적이고, 히스테리컬하고, 죄의식의 강박에 싸인 인간들이 인간의 본질을 얘기하기 시작한다. 진정성이 존재한다면 그것은 자아의 차원이 아니라 인간의 무의식이라는 심층적 차원이다.

예를 들어 말하면 불국(佛國)의 모파상의 작품 『여(女)의 일생』과 같이, 미혼한 처녀가 자기의 남편 될 사람은 위대한 인물이라고 상상하고 결혼생활은 신성하고 재미스러운 남녀의 결합이라고 생각하였든 것이, 급기야 결혼하고 보니 평범한 남자에 불과하고 남녀의 관계는 결국 추악한 성욕적 결합에 불과함을 깨닫고 비탄하는 것이 자연주의 작품의 골자다.[25]

이 "추악한 성욕적 결합"에 불과한 인간의 관계를 1920년대 문학은 계속해서 발설하고 취조하고 탐색한다. 염상섭은 자연주의의 핵심을 잘 꿰뚫고 있다. 추악한 국면들에 대한 은밀한 누설의 쾌락이 자연주의이기 때문이다. 20년대 문학은 이 추악함에 대해 부끄러워하면서도 계속 말하고, 여기서 작품 생산의 쾌락을 느낀다. 그러나 비판의 쾌락이 아니라 앎의 쾌락이라는 점을 유념해야 한다. 진실에 대한 포착만이 문학의 존재 이유가 되기 때문에 문학은 "폭로의 비애"를 결코 멈출 수 없다. 인간의 진리라고 간주되는 하나의 '실체'가 없기 때문에 앎의 의지는 계속된다.

염상섭은 이런 추악한 인간의 본질을 "독이적(獨異的) 생명의 유로(流露)"이자 "개성의 표현"[26]이라고 간주했다. 이렇게 간주하는 순간 근대적 인간의 개성은 정치적 개인의 독자성보다는 일상적 인간들의 변별적인 특이성이 된다. 그러므로 각성해야 할 개성은 목표의 지점에서 환영의 손을 흔드는 개성이 아니라 그 목표의 환상을 깨부수는 추악한 본성이 된다. 개성은 다른 것이 아니라 병리성에서 확보되었기 때문이다. 그러므로 자연주의 문학은 근본적으로 "추악한 성욕적 결합"에 대한 관음증적인 태도를 유지할 수밖에 없게 된다. 인간의 추악한 본성을 포착하기 위해서 관음증적 촉수를 들이대는 문학, 바로 이것이 1920년대에 출발한 근대문학의 운명이자 현재에도 계속되는 운명인 것이다.

그러므로 자주 운위되는 리얼리즘론이라는 척도는 근대문학이 출

---

25) 염상섭, 「개성과 예술」, 『염상섭전집』 9, 35쪽.
26) 같은 책, 36쪽.

발하는 장면에서 이 특수한 진실의 놀이를 포착하기에는 무능력한 담론이다. 자연주의와 사실주의(리얼리즘)는 그 역사적 기원과 계보가 완전히 다른 것이라 사실주의 아래서 자연주의를 다룬다는 것은 심각한 오용이 되기 쉽다.[27] 리얼리즘에 대한 본격적인 논의는 1920년대 말에 가서 김팔봉에 의해 시작되었으며 그것도 주로 변증적 사실주의나 사회주의적 사실주의의 관점에서였다.[28] 이때 가서야 현실을 계급적이고 당파적이면서도 전형적으로 묘파하는 것만이 리얼리즘에 속한다는 사실이 주장되었다. 그렇지만 20년대 초반에 진행된 자연주의 문학론은 이런 30년대 리얼리즘론과 전혀 다른 차원에 있었다는 사실에 주의해야 한다. 순전히 자본주의적인 현실이 문제도 아니었으며 계급해방이 일차적 과제도 아니었다.

병리성과 인간의 진실이라는 근대문학담론의 진리의 유희는 리얼리즘적인 전형론이나 당파성에 의해서는 포착할 수 없는 것이다. 자연주의의 미학은 정치적인 현실에 반응하기보다는 그러한 정치적인 현실을 기저에서 띠받치고 있는 주체와 진실, 주체와 타자의 관계를 문제삼고 있기 때문이다. 자연주의 미학에서 가장 중요한 개념은 현실 폭로의 비애나 권위에 대한 부정보다는 "진실성"에 있다. 김동인은 「근대소설의 승리」에서 근대소설 이전의 이야기와 근대소설 사이의 차이점을

---

27) 김동인의 문학론을 리얼리즘의 관점에서 파악한 것으로는 송현호의 『한국근대소설론연구』(135~148쪽), 그리고 예술주의적 사실주의와 자연주의적 사실주의라는 항목을 만들어 세분화하고 있는 것으로는 윤명구의 『한국근대문학연구』(135~60쪽), 20년대 자연주의를 리얼리즘(비판적 리얼리즘과 사회주의 리얼리즘)과는 완전히 다른 것으로 분류하고, 이를 예술만의 근대화라는 폐쇄된 논리에 따른 것으로 파악하는 연구로는 나병철의 『근대성과 근대문학』(134쪽) 참조.
28) 조남현, 「한국 리얼리즘론의 역사」, 『한국 현대문학사상 논구』, 69~80쪽.

이야기하면서 '진실성'과 '성격'을 가장 중요한 것으로 거론하고 있다.[29] 자연주의의 핵심이 바로 '진실성'에 있었던 것이다.

첫째로 진실성을 띠지 않으면 안 된다. 가공적 이야기라고 뻔히 들여다보이는 내용을 가진 이야기는 이지적인 근대인은 돌아보려고도 아니한다. 여기서 리얼리즘이 출발을 한 것이다. 이 리얼리즘의 발달이야말로 근대소설의 생명이며 가장 큰 요소라 아니할 수 없다. 리얼리즘이라 하면 흔히 '있는 대로'를 묘사하는 것이라 오해를 하는 이가 있지만 결코 그렇지 않다. 리얼리즘의 사명은 이 복잡하고 불통일되고 모순 많은 인생 생활을 단순화하고 통일화하는 데 있다. 찌꺼기를 모두 뽑아 버리고 골자만을 남겨 가지고 그것을 정당화시켜서 표현하는 데 있다. 그런지라 실재치 못할 일이라도 실재성을 띠게 묘사하고 실재한 사실이라도 모순된 군더더기를 모두 뜯어 버리고 단순화하고 구체화하여 실재성을 띠게 하여 가지고 나타나야 한다.[30]

여기에 대해 김동인의 리얼리즘 개념이 지극히 편협한 것이라 비판할 수도 있을 것이다. "그의 리얼리즘은 공상과 대비되는 의미에서의 리얼리티의 수준에 머물러 있다. 고전소설의 허무맹랑한 이야기에 비해 실재성을 띤 이야기, 이것이 김동인이 파악한 근대소설의 요체이다"[31]라는 지적이 바로 이것이다. 그러나 우리는 인용한 김동인의 글을 다른 식으로 독해할 수도 있다. 그의 리얼리즘은 단순히 실재성을 띤

29) 박헌호, 『식민지 근대성과 소설의 양식』, 49쪽.
30) 김동인, 「근대소설의 승리」, 『조선중앙일보』 1934년 7월 15~24일자.
31) 박헌호, 『식민지 근대성과 소설의 양식』, 109~110쪽.

것만을 지칭하지 않는다.[32] 그의 표현에서 보이듯이 "실재치 못할 일이라도 실재성을 띠게 묘사"한다는 주장이 있기 때문이다. 김동인이 리얼리즘의 핵심, 다시 말해 근대소설의 핵심으로 언급하고 있는 것은 '진실성'이라는 항목이다. 사실 이것이 훨씬 중요한 문제다. 그는 진실성을 창출하기 위한 어떤 미학적이고 방법적인 장치를 갖는 문학이 리얼리즘에 속한다고 생각하고 있는 듯하다. 여기서 그의 문학론은 단순히 형식주의적인 것일 수 없다. 왜냐하면 "진실성"을 '창출'해야 한다는 요청을 그 문학론이 강하게 주장하기 때문이다. 가공의 이야기라고 쉽게 눈치채지 못하게 만들어야 한다는 것, 이것이 바로 진실성의 요체다. 진실성은 현실의 정확한 재현도 아니고, 계급적 현실의 전형적 표현도 아니다. 대신 그것이 인간의 진리여야 한다는 것, 이 진실성의 요건을 빼면 근대문학일 수 없다는 것이 김동인의 주장이다. 그는 진리에 대한 의지를 요구했던 것이지 현실과 작품의 정확한 일치라는 철학적 진리의 문제를 제기한 것이 아니다.

김동인이 말하는 리얼리즘(자연주의)은 리얼리즘/모더니즘이라는 한국근대문학 연구자들이 동의하고 있는 분석틀에서 바라볼 수 있는 성질의 것이 아니다. 김동인의 리얼리즘은 그런 사조적인 의미와는 관계가 없으며, 정치적 존재로서의 개인의 윤리적 태도와도 관련이 없다. 정치적 계몽이나 비판이 아니라 인간과 삶의 진실이라고 생각되는 측

---

32) 김동인의 리얼리즘 비판에 대해서는 임규찬, 『한국근대소설의 이념과 체계』, 185~6쪽 참조.(『창조』 창간호 「편집여언」에서 김동인은 "지상에 흐르는 글자를 보시지 말고 한층 더 깊이 종이 아래 감추어진 글자를 찾아 보셔야 합니다. (중략) 엘리자베트로서 대표된 현대 사람의 약점 (중략) 에 머리를 한번 써주십시오"라고 했다. 그리고 그런 의미에서 그는 이인직으로부터 이광수, 그리고 『창조』에 이르는 과정을 권선징악에서 조선사회 문제 제시로, 그리고 다시 조선사회 교화를 거쳐 인생 문제 제시라는 '리얼리즘의 진미'를 보여 주었다고 주장했다.)

면에 대한 진실한 묘파가 김동인의 리얼리즘론이며, 실상 자연주의론의 연속일 뿐이다. 『창조』 2호 「남은 말」에 실린 김동인의 언급을 한번 직접 들어 보자.

> 여러분은 머리를 좀 기울여 주십시오. 그리고 엘리자베트로서 대표된 현대 사람의 약점 ——주위의 반동을 안 받고 스스로는 아무 일도 못하는 점, 삶을 모르고 사는 점——에 머리를 한번 써주십시오. 강한 자가 되십시오.[33]

"인생"에 "진실"이 있다면 그것은 이렇게 엘리자베트의 약점의 형태로 표현되는 진실이다. 김동인은 그 약점을 통해 인간의 진실을 포착하고자 했다. 그렇다면 그 약점은 무엇인가? 남작이 방에 들어올 때 저항하지 못하고 몸을 맡길 수밖에 없었던 그녀의 무의식, 의식적인 저항이란 이 무의식적인 욕망 앞에서는 가소로운 것이라는 사실, 이것이다. 김동인은 인간이 강해져야 한다는 의도로 이 작품을 썼다고 하지만 실상 그가 소설을 통해서 했던 일은 인간의 약점이라는 진실을 여성의 성적 욕망과 더불어 표현하는 것이었다. 소설은 여성의 은밀한 욕망을 추적하고 드러내고 밝혀낸다.[34] 일종의 관음증적 의지다. 그렇지만 그것은 진실한 얘기다. 왜냐하면 여성의 은밀한 사적 공간을 들여다본 것이기 때문이다. 텍스트의 진실성은 현실과의 일치나 반영의 측면에서 확보되는 것이 아니었다. 그렇다고 상호텍스트적인 구조 속에서 확보되

---

33) 『창조』 2호, 59쪽.
34) 김동인의 리얼리즘을 여성의 육체를 알고자 하는 지식애적 충동과 관련해 해석한 것으로는 신수정, 『한국 근대소설의 형성과 여성의 재현 양상 연구』, 49쪽.

는 진실성도 아니다. 소설 속에서 진행되는 일들에 대해 그것은 거짓에 불과하다고 말한다면 이는 진실성을 현실의 반영에서 찾을 때만 성립할 수 있는 말일 것이다. 구체적인 사회 현실과의 일치 문제를 떠난 자리에서 시작되는 진실의 놀이가 자연주의 문학의 본질적 의미다.

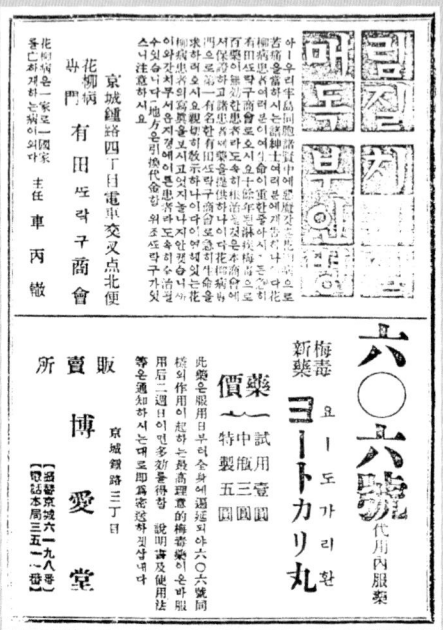

'606호'는 개화기 시대부터 널리 광고되던 매독 치료제였다. 매독과 임질은 섹슈얼리티의 문제와 함께 근대소설에 주요한 소재가 된다. 모든 불행한 사건의 중심에 성욕이 있는 것처럼 간주되는 시대가 시작된 것이다. 주체의 삶 전체를 되돌아보게 하고, 이를 통해 주체의 과거를 구성할 수 있게 해주었던 것이 바로 섹슈얼리티였다. 사진은 『개벽』 31호(1923년)에 실린 '606호'의 광고이다.

3장_병리적 주체의 형식과 인간의 진실

1. 새로운 등장인물의 출현

이제 우리는 1920년대 문학담론에서 병리적 주체들이 어떤 형식을 갖추고 등장하는지 그 현장을 살펴보아야 한다. 성적인 강박과 금욕, 죄의식, 왜곡되고 뒤틀린 병적인 욕망들은 이 시대 문학담론을 지배하는 병리적 요소들이었다. 가령 김동인의 「약한 자의 슬픔」은 비록 "미숙성"[1]의 형태이기는 하지만 당시 문학이 포착하고자 했던 문학적 대상의 특성을 전형적으로 드러내 준다. 이 작품이 충격적인 것은 근대소설에서 처음으로 여성 육체를 표현하고 있다는 점에 있다. 여성 육체의 재현도 하나의 사건이다. 그러나 이 사건이 계몽의 의지를 대신하는 '미(美)의 의지'에서 비롯된다고 하기는 어렵다.[2] 이 사건은 기본적으로 병리성의 사건과 겹쳐질 때 그 의미가 정확히 드러난다. 앎의 대상으로 선택된 것은 남성의 육체가 아니라 여성의 육체다. 여성의 육체는

---

1) 임규찬, 『한국근대소설의 이념과 체계』, 184쪽.
2) 신수정, 『한국 근대소설의 형성과 여성의 재현 양상 연구』, 61쪽.

표현되자마자 성적인 욕망의 강렬도를 따라 움직인다. 여기에 물론 남성과 여성 사이의 권력 차이도 있겠지만, 어쨌든 중요한 것은 엘리자베트의 육체에 관음증적 시선이 강력하게 개입하고 있다는 사실이다. 앎을 부채질하는 여성의 육체, 그 육체에 접근할 때만 근대적인 문학이 된다는 새로운 에피스테메가 형성되고 있는 것이다.

이런 점에서 볼 때 미의 의지는 이 앎의 의지가 표현되는 하나의 방식이라고 할 것이다. 파헤치고 드러내야 할 대상일 때 그것은 계몽적 대상일 수는 없다. 〈진·선·미〉라는 인식론적 범주를 사용할 때 〈선〉을 대체하는 〈진〉의 범주가 맹렬하게 부상하는 시대가 바로 1920년대다. 〈미〉의 범주는 〈선〉이라는 정치의 영역에 대해 문학이 자신의 존재 이유를 주장할 때 요구되었던 형식적 절차이지 근본적 절차는 아니다. 실상 〈진〉에 대한 의지, 이것이 근대문학의 근본적 요구다.

김동인의 「약한 자의 슬픔」뿐만 아니라 「마음이 옅은 자여」(1919~20), 나도향의 「젊은이의 시절」, 「J의사의 고백」(1925), 「전차 차장의 일기 몇 절」(1924), 『환희』(1922), 염상섭의 「암야」(1922), 「제야」 등 20년대 많은 작품들에서 이런 병리적 욕망들을 다양하게 찾아볼 수 있다. 이 시기 문학담론에서는 이성애에 바탕을 둔 일부일처제는 예외적인 현상이 된다. 합법적이고 도덕적인 이성의 결합보다는 근친 간의 위험한 사랑, 불륜, 관음증, 성적 방탕의 현상이 두드러졌던 것이다. 이런 점에서 "그들의 예술은 본래부터 '패륜'이었다."[3] 이제 소설이 문제 삼는 것은 "어린이의 성적 욕망, 광인과 범죄인의 그것이고,

---

3) 오문석, 「1920년대 초반 '동인지'에 나타난 예술이론 연구」, 『1920년대 동인지 문학과 근대성 연구』, 90쪽.

이성(異性)을 사랑하지 않는 자들의 쾌락이며, 몽상, 고정관념, 사소한 편집증, 또는 심각한 광기"[4]가 된다. 이전에는 거의 찾아볼 수 없었던 기이한 형상들이 이제는 전면에 나와 발언권을 쥐고 문학담론을 지배하기 시작한 것이다.

그러나 불온한 성적 욕망과 여러 병리적 상태에 대한 표출이 사회규범적 권력에 대한 대항의 의지에서 비롯된 것이라고 하기는 힘들다. 오히려 20년대 소설은 도덕적 규범에 훨씬 더 강하게 속박되어 있다. 문학은 도덕의 영역에서 쉽게 벗어나지 못했다. 그렇다고 이 도덕이 이광수 식의 계몽적 윤리와 동일한 내용을 형성하는 것은 아니었다. 대신 정치적인 윤리를 떠나 풍속과 성모랄의 윤리에 더 가까웠던 것이다. 예컨대 나도향의 「전차 차장의 일기 몇 절」은 타락한 여성에 대한 도덕적 응징의 시선으로 무장한 전차 차장의 일상을 다루고 있다. 여기서 차장은 자신의 도덕성의 본질, 즉 가부장적이고 엄숙주의적인 성윤리에 대해 자기비판이라는 내향적 시선을 획득하지 못한다. 그에게서는 여성의 부도덕에 대한 강한 질타를 가능하게 하는 규범적 권력의 파토스가 느껴진다. 그러나 전차 차장의 관음증을 자극한 것도 실상 이 도덕적 규범의 두께였다는 사실은 역설적이다. 도덕의 감시망 아래 은폐되어야 하는 것이기에 더더욱 호기심을 자극하는 것이 또한 성이다.

여성을 조용히 뒤따르면서 행적을 캐고 몰래 엿듣는 차장의 행위에서 관음증적 병리성을 간취해 낼 수 있다면 이는 바로 비도덕성에 대한 비판의 칼날이 자신에게 돌아간다는 그 역설적 상황 때문이다. 부도덕한 행실을 하는 여성의 뒤를 캐는 남성은 과연 도덕군자일 것인가.

---

4) 푸코, 『성의 역사 1 : 앎의 의지』, 56쪽.

우리는 이 역설적 상황 속에서 관음증적인 앎의 의지를 포착할 수 있다. 숨어 있기에 더욱 알고 싶은 그 성이라는 영역, 보지 말아야 하지만 동시에 너무나 보고 싶은 영역, 이것이 바로 근대문학이 개척한 새로운 공간이다. 성이라는 어두운 영역에 감시의 시선을 돌리자마자 그것은 병리적인 성이 되고 병리적인 시선이 된다. 앎의 의지는 이 도덕적 금제의 절차들과 형식들로 인해 무한히 증폭된다.

근대문학이 앎과 표현의 대상을 확장할수록 병리적인 인간이 늘어 간다. 아주 기괴한 상황이다. 병리적인 인간이 원래 많았다기보다는 작품 생산에 따라 비례적으로 증가해 가는 현상이 나타난 것이다. 문학은 도덕적 구속이라는 영역을 가로지르며 자신의 앎의 의지를 관철해 간다. 문학은 권력에 대항하는 수단이 아니었다. 문학은 권력의 억압적 본성을 고발하는 진실의 무기가 아니다. 또한 문학은 권력의 억압적 성격을 관철하는 단순한 도구도 아니다. 이제 근대문학은 자신의 성격을 새롭게 정립한다. "말하게 하려는 선동의 수단들이, 듣고 기록하는 장치들이, 관찰하고 질문하고 정식화하기 위한 절차들이 도처에서 마련되어 왔다. 성은 은폐물을 빼앗기고 어쩔 수 없이 담론의 존재에 속박당한다."[5] 문학담론은 관찰하고 기록하고 몰래 듣고 말하게 강요하는 선동 수단이 된다. 성과 육체는 자신의 영역을 지킬 수 없다. 문학은 이 육체의 영역을 어둡게 칠하면서 밝은 곳으로 데려오는 역할을 한다.

1920년대 잡지와 동인지를 통해 발표된 기행과 감상, 수필 등은 바로 이렇게 개인으로 하여금 자신을 관찰하고 질문하고 고백하게 하는 중요한 담론적 절차였다.[6] 그러나 무엇보다 소설만큼 강력한 담론

---

5) 푸코, 『성의 역사 1 : 앎의 의지』, 51쪽.

절차도 없을 것이다. 문학은 권력에 대항하는 수단이기 전에 권력을 행사하는 직접적 절차, 그렇지만 새로운 절차가 된다. 인물의 병리적 욕망을 꼼꼼히 분석하고 기록하고 관찰하고 질문하는 가장 섬세한 절차야말로 근대문학의 능력이 된다. 일기체나 편지체로 대표되는 고백체 양식이야말로 이 병리적 욕망을 해부하기에 고해성사라는 제도보다 훨씬 더 효과적이었다. 1년에 몇 번씩 하는 연중행사보다는 일상적으로 접할 수 있는 문학담론의 영향력이 훨씬 큰 법이다. 기본적으로 근대권력은 인간을 배제하고 감금하기보다는 그 인간에 대한 꼼꼼한 앎을 통해 지배한다.[7] 주체를 형성하고 주체를 해석하는 가장 효과적인 권력 수단 중에 하나가 문학일 것이다.[8]

그렇다면 왜 도착적이고 병리적인 성적 욕망들이 우선적으로 근대문학의 대상이 되었을까? 이광수의 「혈서」의 경우, 노부코와 '나'의 사랑은 단 한 번의 신체적이고 성적인 만남도 없이 절대성의 경지로 상승하는 사례를 보여 준다. 사랑이 절대적인 이유는 그것에서 모든 성적 욕망과 그 신체저 불온성을 세거했기 때문이다. 그럼에도 우리는 여기서 그 이면을 읽을 수 있다. 성적인 육체를 제거해야만 숭고한 사랑이 가능하다고 한다면 그만큼 성적 욕망이 부상하고 있었다는 반증이 아

6) 이 고백과 진술의 장치에 대해서는 아직 충분한 연구를 하지 못했다. 이런 담론적 장치들에서 진행된 자기 진술의 내용을 확인하고 이것이 소설과 공유하는 공통점이나 차이점, 그리고 담론 이외의 장치에 대한 분석도 이후 필요한 연구일 것이다.
7) 권력개념의 변모와 그 내용에 대해서는 푸코, 『비정상인들』, 57~72쪽 참조.
8) 푸코는 고해성사라는 중세적 절차가 근대에는 문학이나 여러 담론으로 확장되었다고 한다(푸코, 『성의 역사 1 : 앎의 의지』, 76, 80쪽 참조) 식민지 조선의 경우, 우리의 관점에서 볼 때 인간에 대한 가장 섬세한 앎, 특히 병리적인 욕망과 신체에 대한 앎에 있어 문학(소설)만큼 뛰어난 제도는 없다고 생각한다. 아직 근대적 학문의 체계가 확실히 세워지지도 않은 상황에서 인간에 대한 이해에 있어 소설만큼 훌륭한 장치가 없었던 것이다.

니겠는가. 성이 불온하면 불온할수록 이광수 식의 추상적인 사랑도 읽을 만한 것이 된다. 이 기독교적 금욕주의는 성본능을 박탈하고자 하는 노력이지만 그렇다고 그것이 성공하기 어렵다는 것도 상식이다. 욕망의 제거처럼 어려운 고행을 몇몇의 수행자 빼놓고 과연 누가 쉽사리 달성할 것인가? 그러므로 그 어려움만큼의 가치가 숭고한 사랑에 주어지는 법이다.

염상섭의 「표본실의 청개구리」도 이와 크게 다르지 않다. 식민지적 조건에서 광기에 빠진 김창억이라는 인물을 다루고 있는 이 작품에서 우리는 작지만 매우 중요한 성적 욕망의 문제를 접하게 된다. 지금까지 이 문제가 제대로 다뤄진 적은 없는데, 김창억이 미치고 만 것은 사회정치적 불운만이 아니라 아내와의 성적인 문제도 있었다는 점에 주목해야 한다. 나이가 많았던 김창억에게 젊은 후취의 건강하고 왕성한 성욕은 부담이 되었으며, 그리하여 아내를 감당할 수 없는 존재로 느끼고 있었다.

> 그러나 애처의 강렬한 애(愛)는 힘에 겨워서 충분한 만족을 줄 수가 없었다. 혈색 좋은 큼직하고 둥근 상에서 되굴되굴 구는 쌍꺼풀 눈썹 밑의 안광은, 곱고도 귀여우면서도, 부시기도 하고 미웁기도 하며, 무서워서, 바로 볼 수가 없었다. 그는 될 수 있는 대로 피하였다.[9]

분명 염상섭은 「표본실의 청개구리」에서 이 성적인 문제를 아주 명쾌하게 포착하고 있었다. 정치적 불행으로 인한 실성이 과연 가능한 것인지 알 수는 없지만 최소한 성욕만큼은 김창억에게 엄청난 부담으로 느껴졌다고 할 수 있다. 이 작품에서 감당불가능한 성욕은 실성과 무의식적인 관계를 갖고 있었다. 염상섭은 정치적 현실과 성적 현실의 관계를 엄격한 인과관계보다는 병치되는 현실로 설정하고 있는 것 같다. 그러므로 아내의 과도한 성욕은 김창억의 광기와 그리 동떨어진 관계에 있는 것은 아닐 듯하다.

김동인이나 나도향의 작품은 이광수나 염상섭보다 더 직접적으로 이질적인 성적 욕망을 주체의 모든 사건의 원인인 것처럼 제시한다. 다시 말해 "성욕에 대한 관심은 개인이 자신의 정체성과 삶 전체를 돌아보게 하는 계기로 작용한다. 자신의 정체성을 묻기 시작하는 사춘기는 동시에 성에 대한 관심이 전면화되는 시기이기도 하다."[10] 이들 문학은 무진장한 원인으로서의 힘이 성에 있다고 토로하기 시작한다. 이렇게 20년대 들어서야 겨우 인간은 자신이 어떠한 존재인지를 묻기 시작했다. 그것도 성과 육체를 통해서.

"성적 행동에는 아무리 은밀한 사건——돌발사고든 일탈이든, 결여든 과잉이든——이라도 생존 기간을 통틀어 가장 다양한 결과를 초래할 수 있다고 가정된다. 그래서 19세기에는 모든 질병과 육체적 기능장애가 적어도 부분적으로는 성적인 병인을 갖는다고 상상되었다. 어린이들의 못된 습관에서 성인의 폐병, 노인의 뇌졸중, 신경질환, 그리고 종족의 퇴화에 이르기까지, 당시의 의학은 성적 인과관계의 그물

---

9) 염상섭, 「표본실의 청개구리」, 『염상섭전집』 9, 32~3쪽.
10) 박헌호, 「나도향과 욕망의 문제」, 『1920년대 동인지 문학과 근대성 연구』, 308쪽. 여기서 그는 나도향의 문제의식이 '성욕'을 매개로 전개된다고 지적하고 있다. 304쪽에서도 "도향이 관심을 기울였던 것은 근대적 현실 속에서 성욕이 차지하는 위상이었다. 그는 성욕이란 인간의 일반적인 존재조건이라 전제하고, 반봉건적 욕망의 억압과 자본주의적 욕망의 범람이 착종된 현실 속에서 성욕이란 어떠한 의미와 위상을 갖는 것인지를 묻고 있는 것이다."

을 완벽하게 엮었다."[11] 이 같은 서구의 역사적 상황에 대한 푸코의 언급은 20년대 조선의 문학에서도 동일하게 발견된다. 나도향의 『환희』에서 여주인공 혜숙이 폐병에 걸리는 이유가 바로 그것이다. 가난한 고학생 김선용을 배신하고 부유하지만 타락한 존재 백우영에게 겁탈을 당하고 그와 결혼할 수밖에 없었다는 죄책감과 더불어 성적 타락에 대한 지독한 강박적 염려 때문에 혜숙은 폐병에 걸린다. 폐병의 원인조차 단순히 가난이나 비위생적 생활 습관과 같은 사회적 요인과 관련될 수 없었던 시대가 바로 20년대다. 조직병리에 속하는 폐병일지라도 발병 원인은 성적인 문제와 관련되었다.

이광수의 「혈서」에서 폐병에 걸린 노부코가 범속한 인간과는 다른 숭고한 존재가 되듯이 병리적인 성적 욕망과 거기서 벗어나고자 하는 결벽증적 태도는 특이한 개인들을 형성하는 계기였다. 나도향의 「젊은 이의 시절」처럼 누이에 대해 근친애적 욕망을 보이는 존재는 과거에는 문학적 대상이 될 수도 없었으며, 사회 윤리적으로도 제재의 대상이었을 뿐이다. 그러나 이제 그런 도착적 인물도 "하나의 등장인물"[12]이 되기 시작했으며, 사실 가장 근대적인 등장인물이 된다. 20년대 문학담론은 이 특이한 등장인물의 과거와 병력과 유년기와 기질과 삶의 형태

11) 푸코, 『성의 역사 1 : 앎의 의지』, 83쪽.
12) 푸코는 19세기에 일어난 이런 사태를 다음처럼 표현하고 있다. "동성연애자의 성적 욕망은 습관적인 죄라기보다는 특이한 기질로서, 그와 한 덩어리를 이루고 있다. (중략) 예전의 남색가는 일시적인 탈선자였으나, 오늘날 동성연애자는 하나의 부류이다.(중략) 19세기의 정신의학자들이 곤충처럼 채집하여 기이한 세례명을 붙인 그 하잘 것 없는 성적 도착자들 또한 마찬가지이다. 라제그의 노출광, 비네의 물신숭배자, 크라프트-에빙의 수간자와 동물지상주의자, 로레더의 자기단독성욕증 환자가 있으며, 나중에는 복합시선 애호증 환자, 여성화증 환자, 노인애호증 환자, 성미학적 도착자, 그리고 냉감정의 여자들이 있었다." (푸코, 같은 책, 60~2쪽)

들을 뒤쫓기 시작한다. 전지적 시점이든 관찰자 시점이든, 아니면 일인 칭의 고백의 형식이든 표현을 담당한 쪽은 모두 인간의 병리적 본성과 그 특이성을 드러내고자 했다. 이제 그들은 단순히 금지된 행위의 주체 가 아니라 분석하고 탐구하며 관찰해야 하는, 특이성을 가진 근대적 개 인이 된 것이다.

염상섭의 「표본실의 청개구리」는 이런 근대적 현상을 가장 명확히 보여 준 작품이라 할 것이다. 배제되고 감금되어야 할 광인이 아니라, 그 과거의 이력부터 현재의 생활까지 그리고 그의 병리적 욕망들까지 세세하게 추적해야 하는 중요한 등장인물이 광인 김창억이다. 김창억 에 대한 주인공 X의 호기심은 개인적 호기심이라기보다는 근대문학의 전형적인 호기심이다. 그러므로 이 관음증은 근대문학의 본질적 태도 가 된다. 근대문학은 인간의 병리성을 성을 중심으로 분류하고 명명하 고자 했다. 병리성이 부정의 대상이나 유폐의 대상이기보다 앎의 대상 이 되었다. 근대문학의 확산은 바로 병리적 주체의 세밀한 분류와 확산 에 기여했던 것이다.

이를 사생활이나 사적 경험에 대한 호기심이라 할 수 있을지도 모 른다. 그러나 사생활은 인간에 대한 진실을 포착하는 과정에서 발생한 효과이지 사생활 자체가 근대문학의 목적이 될 수는 없다. 사생활은 하 나의 계기이자 절차였으며, 근대문학이 궁극적으로 추구했던 것은 개 인 혹은 인간에 대한 특성별 분류였다. 이언 와트(Ian Watt)에 따르면 사생활은 소설의 태동기부터 소설의 중요한 주제가 되었다고 한다. 개 인주의, 가정, 여자들의 사생활, 프로테스탄트 윤리 등에 가치를 두는 태도 또는 인생과 도덕에 대해 개인적 해석을 내릴 수 있는 권리를 묶 어 와트는 "중산층 의식"이라 규정하는데, 이 의식과 사적 경험에 대한

관심이 어우러져 근대소설의 형성에 중요한 역할을 하게 되었다는 것
이다.[13]

    그러나 한국 근대소설이 꼭 사생활에 대한 관심을 그 중심에 둔 것
만은 아니었다. 「표본실의 청개구리」에서 보이는 X의 좁은 방과 신경
증적 주체의 태도나, 「약한 자의 슬픔」의 엘리자베트의 방 그리고 성적
욕망의 표출은 물론 사생활과 사적 공간이 없었다고 한다면 형성될 수
없는 문학적 경험이지만, 그렇다고 이것이 문학의 목적이 되지는 못한
다. 중요한 것은 이 사적 경험에 대한 묘사가 아니라 이 경험을 매개로
근대문학이 보여 주고자 하는 의지에 있다. 그것은 바로 인간의 진실에
대한 근대적 규정을 마련하고자 했던 의지였다. 사생활의 포착은 인간
에 대한 앎의 의지에서 관음증을 낳는 하나의 계기이기는 하지만 주된
흐름이 되지는 않는다. 사생활의 등장도 근대의 특유한 경험이지만 근
대문학의 담론은 이 사생활을 뚫고 들어가 거기서 인간의 욕망을 포착
하고자 한다. 여기서 성적인 기호와 욕망의 특이성은 개인을 유형화하
고 인물에 개별적 성격을 부여하는 중요한 요소가 된다.

2. 상처받은 히스테리적 주체의 환각적 자기 연출

1) 과거의 탐색과 희생자 환상

아주 사소한 감정도 1920년대 문학에서는 표현해야 할 중요한 대상이
된다. 그 사소함에 부여된 중요성에 주목해야만 이 시대 문학의 의지를
정확히 이해할 수 있다. 나도향의 「별을 안거든 울지나 말 걸」(1922)은
사랑의 비애를 그 감정적 미묘함에 입각해 고백하는 작품이다. "그 저
의 작은 가슴에 쓰리고 아픈 전상을 주고 푸른 비애로 물들여 주고 빼

지 못할 애달픈 인상을 박아 준 그 몽롱한 과거를 지금 다시 돌아다볼 때 어찌 눈물이 아니 나고 어째 가슴이 못 견디게 쓰리지 않을 수가 있을까요?"[14] 그렇다면 도대체 어떤 통탄할 상처가 있었길래 이리도 처절한 표현이 등장한 것일까? 그런데 그 고백의 실내용을 들여다보면 우리는 웃지 않을 수 없다. 왜냐하면 그 상처가 지금 우리의 감각으로는 고백거리조차 되지 않는 것이기 때문이다. MP양을 만나서 가슴이 두근거린다는 것, 친구 R도 그녀와 관계가 있다는 사실을 알고 걱정된다는 것, MP가 R을 배척해서 R이 우울하다는 것, 그녀를 쟁취한 기쁨도 잠시 그녀가 자신을 모른 체 지나쳐 버리자 슬픔을 느꼈다는 것, 이런 사소한 감정들로 이루어진 소설인 것이다. 돌아볼 과거가 있는데, 그 과거는 사랑의 아픔으로 생긴 작고 여린 상처로 이루어져 있다.

사소하다면 지극히 사소한 사실들을 고백의 대상으로 만들면서 문학담론은 자신의 새로운 영역을 개척해 간다. 이제 영웅적인 인간과 광대한 영토는 문학담론의 대상일 수 없게 된다. 표현해야 한다면 인간의 내밀한 욕망이지 의지적 인간의 면모는 아닌 것이다. 그렇지만 이를 꼭 여성적 감수성으로 규정할 필요는 없다. 문제는 성적인 욕망과 관련된 내밀함을 포착할 수 있는 감수성의 능력이지 남녀의 구분은 무의미하다. 이런 점에서 우리는 20년대 감수성을 히스테리적 감수성이라 규정할 수 있을 듯하다.

여기서 히스테리의 의미에 대해 알아보자. 우리가 20년대 문학담론에서 포착하는 히스테리는 확실한 증상을 갖는 정신질환으로 분류

---

13) 이언 와트, 『소설의 발생』, 6장 참조. 그리고 사적 경험과 소설의 관련성에 대한 다른 연구로는 피터 브룩스, 『육체와 예술』, 제2장 참조.
14) 나도향, 「별을 안거든 울지나 말 걸」, 『나도향전집』 상, 50쪽.

하기가 어렵다. 실제로 어떤 질환의 양상보다는 '변덕스러움'에 가까운 것이 히스테리적 주체의 특징이다. 히스테리는 "자궁이 온몸을 휘젓고 돌아다니는 특정 고통, 거짓말하고 속이려는 환자의 성향, 신경 손상, 무아지경 상태, 마력적 홀림, 저항의 한 형태, 불가해한 유행병"과 같이 다양한 방식으로 설명된다. 그러나 우리에게는 '히스테리컬하다'는 수식어로 표현될 수 있는 영역이 중요한데 그것은 "예술적 표현, 유혹, 과도한 욕구, 사회적으로 부적절한 행동, 광적 참여"[15] 같은 태도들에 해당된다. 질환의 명확한 형태가 부재하다는 점에서 문학작품 속 히스테리는 주체의 욕망과 태도를 중심으로 고찰하는 것이 적절하다.

마초니에 따르면 서양에서 히스테리는 단지 유명한 질병일 뿐만 아니라 여성성을 구축하는 문제적인 영역이었다고 한다. 여성의 신비적 경험을 특정화시켜 묘사하기 위해 히스테리가 자주 동원되었다는 것이다.[16] 그런데 우리가 보기에 1920년대 근대문학담론에서 히스테리는 여성에만 국한된 주체의 형식이 아니었던 듯하다. 앞에서 나도향의 「별을 안거든 울지나 말 걸」에서 보았듯이, 히스테리적 감수성은 남성 주인공에게도 성격 형성에 중요한 요소였다.[17] 당시에는 남성과 여성의 구별보다는 특이한 성격의 근대적 인간형을 구축하는 것이 중요한 관심사였던 것이다.

---

15) 보로사, 『히스테리』, 8쪽.
16) Mazzoni, *Saint Hysteria*, p. 5.
17) 반면 마초니의 언급처럼 여성성을 구축하는 데 있어 히스테리가 쓰인 경우는 현진건의 「B사감과 러브레타」에서 시작된 것이 아닌가 생각된다. 이때 구축되는 여성성도 남성의 권력적 시선에 의해 억압되고 수축되는 여성성이라는 특징이 있다. B사감은 여성 중에서도 가장 심각한 성적 불감증을 갖고 있는 존재다. 그런데 이것이야말로 남성이 여성에게 요구하는 여성상이라는 점이 중요하다.

20년대 문학에서는 병적이고 신경질적이며 감정의 기복이 심한 인물들을 자주 발견할 수 있다. 모두 히스테리컬한 성격의 인물에 포함시킬 수 있는 유형들이다. 사실 일상적인 수준에서도 유혹이나 기만, 과장된 몸짓, 부적절한 감정, 과도한 요구나 혐오, 노골적인 성적 행동이나 성교에 대한 과시적 거부와 같은 비정상적인 감정표현을 보이는 인간들을 히스테리적인 인간이라는 식으로 규정하고 있다.[18] 1920년대 소설도 마찬가지로 병적인 공상에 빠지는 인물이나 신경질적인 인물, 절망하거나 우울증에 걸린 인물들을 히스테리적인 인간으로 규정하기 시작한다. 김동인의 「마음이 옅은 자여」에서 주인공 K도 "신경쇠약"에 걸린 인간으로 규정된다. 당시 신경쇠약은 히스테리의 다른 이름이었다. 쉽게 상심하고 쉽게 기뻐하는 감수성, 그 히스테리적 감정의 기복이 나도향을 비롯한 백조파의 소설세계를 특징짓는다. 우리는 이제 이런 인물들을 히스테리적 주체로 규정짓고자 한다.

히스테리적 주체의 병적 공상과 과장된 절망, 그 내밀하고도 왜곡된 욕망은 근대적 인간의 전형적 특징이 된다. 소년이 문학작품의 표현대상이 될 수 있었던 것도 바로 이런 특이한 인간의 포착이 중요했기 때문이다. 나도향의 「옛날 꿈은 창백하더이다」(1922)는 어린아이의 우울한 감수성을 다루고 있다. 서술자는 성인이고 그는 열두 살의 어린 시절을 회상한다. 그는 현재 자신이 겪고 있는 우울의 정체를 해명하고자 그 기원으로 거슬러 올라간다. 과거를 갖는 존재의 표현, 현재의 병력(病歷)에 대해 과거에서 유래를 더듬는 방법은 20년대 문학이 인간

18) 보로사, 『히스테리』, 17쪽을 참조하라. 20년대에는 '성격파산'이나 '신경쇠약', '히스테리컬한'이라는 용어들이 주체의 예민한 감수성, 비정상적인 성격 등을 지칭할 때 자주 사용되었다.

의 진실을 확인해 가는 중요한 절차였다.

그는 가정사의 속내를 은밀한 비밀처럼 풀어낸다. "소학교 사학년을 다니는 내가 무엇을 알며 무엇을 감득할 능력을 가졌으며 안다 하면 얼마나 알고 감득하면 몇 푼어치나 감득하리요. 그러나 웬일인지 그때부터 나의 어린 마음은 공연히 우울하여졌다."[19] 열두 살의 어린애였던 그는 조숙하게도 우울함의 비밀을 뚜렷이 회상한다. 이제 어린이는 단순히 어린이가 아니게 된다. 그는 성격을 갖는 근대적 등장인물이 되는 것이다. 인간의 본질이 있다면 바로 이런 우울함에 근원이 있는 것은 아닌가 하는 느낌을 이 작품은 전해 준다.

> 나뭇가지 하나가 바람에 흔들리는 것이나, 저녁 참새가 처마 끝에서 옹송그리며 재재거리는 것이나, 한가한 오계(午鷄)가 길게 목 늘여 우는 것이나, 하늘 위에 솟는 별이 종알거리는 것이나, 저녁달이 눈 위에 차디차게 비치인 것이나, 차르럭거리며 흐르는 냇물이나 더구나 나무 잎사귀와 채소 잎사귀에 얼킨 백로(白露)의 뻔지르하게 흐르는 것이 왜 그리 그 어린 나의 감정을 창백한 감상의 와중으로 처틀어 박는지 약한 심정과 연한 감정은 공연한 비애 중에서 때 없는 눈물을 흘리었었다.[20]

이제 우울과 비애는 인간의 변별적 표지가 된다. "어쨌든 나는 다른 이의 어린 때와 다른 생애의 일절을 밟아 왔다." 비애의 감정 자체

---

19) 나도향, 「옛날 꿈은 창백하더이다」, 72쪽.
20) 같은 책, 72쪽.

가 문학의 대상이 될 수는 없다. 대신 타인과 구별되는 자신의 특이성을 표현할 수 있다면 비애의 감정도 중요하다. 까닭 없는 비애, 이 히스테리컬한 감정이 문학담론이 표현할 만한 것이라고 생각하게 한 중요한 요소다. 그렇지 않다면 이런 사소한 과거가 도대체 무슨 의미가 있으며, 무슨 이유로 문학담론의 대상이 되었겠는가. 이 작품은 그 내용의 깊이보다는 20년대 문학담론의 특징을 작은 스케치의 형태로 정확히 보여 준다는 점에서 의미가 있다.

등장인물의 개성적 고유성은 이처럼 병리적인 방식을 통해서만 정의된다. 다시 말해 병리적인 비애와 우울은 인간적 진실의 표현이며 소설적 표현의 대상이 된다. 작품은 어린 서술자가 기독교를 둘러싸고 일어나는 아버지와 할머니의 갈등, 그로 인한 부모의 갈등을 공포스런 눈으로 응시하는 서술로 구성된다. 서술자는 자신의 비애와 우울을 이 가족사의 작은 파생물로 간주한다. 늘 식사 자리에 부재한 아버지, 잠들었다 깨어났을 때 보이는 아버지의 무서운 표정들. 그 부재하면서도 공포스럽게 현존하는 아버지로 인해 어머니와 나에게 집안은 쓸쓸할 수밖에 없다. "그날 저녁에도 어둠침침한 마루 끝에서 갓 지은 밥을 한 숟가락 두 숟가락 퍼먹을 때에 공연히 쓸쓸하고 적적하다." 이 감정은 12살 때의 것이기는 하지만 사실 성인이 된 서술자에 의해 의미 부여되는 감정이다. 실제로 서술자는 과거의 그 어린 시절에 어머니의 고뇌를 알 수는 없었다고 자주 텍스트에 개입하면서 진술한다. 성인이 된 서술자는 12살 어린애의 감각을 추측해 가면서 표현한다.

폭풍우가 지나간 바다의 물결 같은 공기가 온 방안을 채우고 자는 듯이 고요하다. 그때에 나는 어머니의 머리카락이 덮인 두 눈을 바라보

앗다. 두 눈에는 불에 비쳐 반짝거리는 눈물 방울이 방울방울 떨어지고 있었다. 이것을 본 나의 전신의 뜨거운 피는 바늘 끝으로 찌르는 듯이 파랗게 식는 듯하였다. 나의 마음은 어머니의 눈물에서 그 무슨 비애의 전염을 받은 듯이 극도로 쓰렸었다.[21]

가정사의 어두움 속에서 드러나는 것이 어머니의 비애라면, 서술자는 자신의 우울의 기원을 그 어머니와의 동일시에서 찾는다. 어찌 보면 오이디푸스적 상처 속에서 자신의 기원과 진실을 찾고 있다고도 할 수 있다. 이 작품은 이렇게 개인의 우울의 기원을 더듬어 가는 방식을 통해 근대적인 등장인물의 탄생이 어떻게 가능했는지 알려 준다. 그가 근대문학의 등장인물일 수 있으려면 특이한 정신질환을 갖고 있거나 아니면 최소한 병든 유년기라도 보내야 한다. 이 과거의 상처가 사실인지 아닌지는 알 수 없다. 그리고 과거를 진술하는 화자가 남성인지 여성인지도 모호하다. 이런 모호성에도 불구하고 한 가지 확실한 것은 이 어린아이가 어머니와의 동일시를 통해 희생자 역할을 하고 있다는 사실이다.

성인이 되어 바라보는 유년기의 기억이 일종의 환상화된 각본이라고 할 수 있다면, 여기서 어린아이는 배척당하는 역할을 하는 인물이 된다. 그의 불안은 아버지를 중심으로 하는 가족적 세계의 불화이며, 자신이 사랑받고 있지 못하다는 느낌으로 인한 것이다. 그의 유년기는 행복하지 않다. 그의 적막은 고통인데, 이는 자신의 자리가 확보되어 있지 않은 자의 고통이다. 임상적 증상이 아니라 구조적인 측면에서 살

---

21) 나도향, 「옛날 꿈은 창백하더이다」, 82쪽.

펴볼 때 히스테리의 성격은 바로 이 희생자의 역할에서 특징적으로 드러난다.[22] 히스테리 환자는 감정적인 관계에서 무의식적 환상의 병든 논리를 자신도 모르게 스스로와 타인에게 부과하는 사람이다. 환상 속에서 그는 언제나 불행하며 만족되지 않은 희생자 역할을 맡는다. 여기서 어린 주인공이 히스테리 환자라는 것은 아니다. 그러나 작품 전체는 일종의 히스테리 환자의 환상처럼 구조화되어 있다. 심각한 결핍감, 그 속에서의 적막감, 배척당하는 자의 슬픔. 상처가 있는 성인이 지금 자신의 상처를 환상적인 과거의 각본 속에서 구축하고 있는 것이다. 존재자에게 독특하게 일어나는 고통이나 고뇌를 통해서만 인간은 자신의 개별성을 특징지을 수 있다고 했다.[23] 이제 건강함은 근대적인 인간을 규정할 수 있는 조건이 되지 못한다.

2) 거세된 아이와 환상화된 세계

성욕이 배제된 채 인간의 내밀한 상처와 감정의 기복을 중심으로 서술된 히스테리적 주체가 나도향의 소설들에서 보였다면, 20년대 문학담론에서 더 자주 확인할 수 있는 것은 성욕과 관련된 히스테리였다. 김동인의 「약한 자의 슬픔」(1919)은 성적 욕망의 무의식적 출현에 따른 당혹감과 이를 방어하기 위한 부정, 동시에 욕망에 지배당하는 육체의 착종을 통해 근대적 인간의 히스테리적 특질을 잘 보여 준다. 이 작품의 의미에 대해 "여성 육체의 재현과 성적 욕망의 발견"[24]이라 규정한 것은 이런 점에서 주목을 요한다. 먼저, 육체의 재현과 관련하여 작가

---

22) 나지오, 『히스테리의 정신분석』, 25쪽.
23) 가다머, 『철학자 가다머 현대의학을 말하다』, 246쪽.
24) 양진오, 「"약한 자의 슬픔" 다시 읽기」, 『김동인 문학의 재조명』, 155쪽.

는 엘리자베트의 육체를 "정조관념이 지배하는 육체로 묘사하는 게 아니라 성적 욕망이 은밀히 요동하는 육체로 묘사한다."

엘리자베트는 별로 안심이 되어 자리를 펴고 전나체가 되어 드러누웠다. (중략) 그는 남작의 자기를 들여다보는 눈으로 남작의 요구를 깨달았다, 하고 겨우 중얼거렸다.

"부인이 알으시면?"

'아차!'

그는 속으로 고함을 쳤다.

'부인이 모르면 어찌한단 말인가? 모르면 …… 이것이 허락의 의미가 아닐까? 그러면 너는 그것을 싫어하느냐? 물론 싫어하지. 무엇? 싫어해? 네 마음속에 허락하려는 생각이 조금도 없냐? 아 …… 허락하면 어쩌냐? 그래도 ……' (중략)

그는 남작의 시선을 피하면서 별한 웃음——애걸하는 웃음——거러지의 웃음을 웃으면서 돌아누웠다.

'아차!'

그는 세번째 고함을 속으로 발하였다.

'이것은 매춘부의 웃음, 매춘부의 행동이 아닐까?'

몇 번 거절에 실패를 한 엘리자베트는 마지막에는 자기에게 대하여서도 정이 떨어지게 되었다. 그는 뉘게 대하여선지는 모르면서도 모르는 어떤 자에게 골이 나서 몸을 꼬면서 좀 날카롭게——그래도 작은 소리로 말했다.[25]

---

25) 김동인, 「약한 자의 슬픔」, 『김동인전집』 5, 13쪽.

"이 장면에는 남성의 에로틱한 욕망의 시선과 자기 육체에 잠복해 있는 성적 욕망을 깨닫는 젊은 여성의 혼란이 복잡하게 얽혀 있다. 아주 엄밀히 말하자면, 엘리자베트는 그의 육체를 적극적으로 방어하는 여자는 아니다. 그의 육체는 은연중에 쾌락을 즐기려 한다."[26] 여성의 육체는 숨겨진 진실의 장소다. "진실은 여성이며 벌거숭이이다."[27] "전나체"로 드러누운 엘리자베트는 그런 점에서 근대문학이 보여 준 충격적인 육체이기도 하다. 여성이 육체를 드러내자, 이 육체를 향유하는 남성 작가의 시선, 동시에 독자의 관음증적 상상력이 작동하기 시작한다. 나체를 드러낸 엘리자베트는 남작의 무언의 요구에 대해 거절하지 못한다. 남작의 요구는 사실상 엘리자베트 자신의 욕망이기도 하기 때문이다. 세 번에 걸친 엘리자베트의 "실패"는 사실상 자신의 욕망을 강하게 확인하기 위한 예비동작에 불과하다. 그러나 이보다 더 중요한 상황은 독자의 은밀한 상상력을 작동시키는 충격적인 정사(情事) 장면이 아니라 거기에 대한 엘리자베트의 반응에 있다. 우리는 여기서 엘리자베트가 전형적으로 히스테리직 성격을 갖고 있음을 알 수 있게 된다.

　벌떡 일어나 앉아서 의복을 입기 시작하였다. 속곳 바지로서, 버선까

---

26) 양진오, 「"약한 자의 슬픔" 다시 읽기」, 162쪽.
27) 피터 브룩스, 『육체와 예술』, 80∼1쪽. 여기서 브룩스는 여성의 육체가 진실의 장면이 되는 시기가 특히 19세기 이후 심화되는 역사적 문맥 속에서만 존재한다고 이야기하고 있다. 그러나 그는 여성 육체에 대한 관심을 정신분석적인 관점에서 인간에게 고유하게 존재하는, 유아기 때부터 형성되는 "지식애적 충동"으로 설명하고 있다. 그러나 우리는 이 분석이 현상에만 그치고 있음을 지적하고자 한다. 왜냐하면 그런 충동이 궁극적으로 목적하는 바가 단순히 "성적 욕망(지식애적 충동)"의 만족이라고 생각되지는 않기 때문이다. 근대문학은 이 육체의 비밀(진실)을 중심으로 인간을 규정하는 자율적이고 독자적인 장르였다.

지 신는 동안에 그의 머리에는 남작을 잡으려는 생각은 없어지고 엊저
녁 기억이 차차 부활키 시작하였다.

'내 속이 왜 그리 약하단 말인고? 정신이 아득하여질 이유가 어디 있
어? 아무래도 그렇게 되겠으면 정신이나 …… 아, 지금 남작은 무엇하
고 있노?'

그는 자기가 남작에 대하여서도 애정을 가지게 된 것을 깨달을 때에
차라리 놀랐다.[28]

전나체의 몸은 이제 서서히 의복을 갖춰 간다. 그러면서 그녀는 갑
작스레 자신이 남작을 사랑한다는 사실을 깨닫는다. 사실 이 사랑의 감
정은 우리들의 감각으로는 이해하기 곤란하다. 겁탈을 당했다고 생각
하면서 그 겁탈한 자에 대해 갑작스레 애정을 느낀다면 정말 이상한 일
이 되지 않겠는가. 그렇지만 앞서 지적했듯 남작과의 정사가 겁탈이 아
니라 엘리자베트의 무의식적 욕망에서 비롯된 것임을 알게 된다면 이
사랑의 감정도 그렇게 이해 못할 것은 아니다. 사실 그녀는 육체라는
무의식적 층위에서는 사랑을 느끼고 있었으면서도 의식이 이 사실에
저항해 가면서 차후에 추인하는 식으로 욕망을 받아들이고 있는 것이
다. 그녀가 발견한 것은 육체와 욕망이라는 무의식이었다. 무의식의 발
견만큼 근대적인 현상도 없으며, 근대문학에 어울리는 현상도 없다.

엘리자베트가 남작에게 저항도 하지 못하고 재빨리 육체를 맡긴
행위는 일종의 "자기패배적 행동"이다. 히스테리를 정의하기란 쉽지
않지만 자아의식의 구조를 통해 설명해 보면, 한 가지 전형적인 성격은

---

28) 김동인, 「약한 자의 슬픔」, 14쪽.

바로 자신에 대한 혐오와 타인에 대한 의존성이라고 한다. 자기혐오가 심하고 자기애가 결여되어 있으며 동시에 자기에 대한 연민으로 가득 차 있는 성격의 인간은 자기가 남에게 어떻게 보일 것인가가 가장 핵심적이고 민감한 사안이 된다. 자기 자신을 혐오하는 무의식적 특성 속에서 자존감을 유지하고자 하는 필사적인 노력이 나온다. 그리하여 타인과 친밀한 관계를 원하게 되는데, 그러면서도 자신이 사랑받지 못하거나 거절당할 것이라는 믿음으로 인해 심한 양가감정에 빠지게 된다. 이 때문에 히스테리적인 주체는 자기 공개가 지나치게 빠른 자기 패배적 행동을 통해 타인과 아주 빨리 가까워지려는 성향을 보이기도 한다.[29]

　　엘리자베트가 남작 앞에서 보여 준 태도가 바로 자기 공개가 지나치게 빠른 자기 패배적인 행동이다. 잠재된 그녀의 성적 욕망이 비록 폭발 직전의 것이었다고 감안하더라도 남작에게 몸을 맡긴 행위는 너무나 빠른 것이었다. 그만큼 엘리자베트가 타자의 인정과 시선에 종속된 존재라는 사실을 보여 준다고 해석할 수 있다. 허약한 성격인 만큼 타자의 인정에 민감하고, 타자와의 친밀한 관계를 통해 자신의 자존감을 유지하려는 욕망도 강하다. 그런 점에서 히스테리적 주체는 스스로도 독립적이지 못하지만, 타자 또한 독립적으로 존재하지 못하게 한다. 타인은 독립적인 존재가 아니라 자신을 인정하고 사랑해 주거나 잠재적으로 자신을 거부할 가능성이 있는 자신의 연장(延長), 즉 자신의 대상으로서의 존재가 된다.[30] 이런 관점에 설 때 우리는 작품의 말미에서 엘리자베트가 외치는 독백을 이해하게 된다.

---

29) 김중술·이한주·한수정, 『사례로 읽는 임상심리학』, 101~2쪽.
30) 같은 책, 540쪽.

나는 참 약했다. 일 하나라도 내가 하고 싶어서 한 것이 어디 있는가? 세상 사람이 이렇다 하니 나도 이렇다, 이 일을 하면 남들은 나를 어찌 볼까, 이런 걱정으로 두룩거리면서 지냈으니 어찌 이 지경에 이르지 않았으리요.

하고 싶은 일은 자유로 해라. 힘써서 끝까지! 거기서 우리는 사랑을 발견하고 진리를 발견하리라. 그렇지만 강한 자가 되려면은? (중략)

그렇다! 강함을 배는 태는 사랑! 강함을 낳는 자는 사랑! 사랑은 강함을 낳고 강함은 모든 아름다움을 낳는다. 여기 강하여지고 싶은 자는——아름다움을 보고 싶은 자는——삶의 진리를 알고 싶은 자는 다 참사랑을 알아야 한다.[31]

하고 싶은 일을 자유롭게 하는 것, 이는 타인의 시선에 종속되지 않기 위한 방법이자 자신에 대한 사랑에서만 가능한 일이다. 자신을 사랑하지 않는 자, 그는 타인에 종속되고 만다. 그리고 그런 자는 늘 약한 자이다. 엘리자베트의 독백은 이런 점에서 그렇게 심한 비약은 아닐 것이다. 대신 이 깨달음이 작품의 서사적 과정 속에서 표현되지 않고 있다는 점에서 서툰 것이기는 할 것이다. 어쨌든 「약한 자의 슬픔」은 히스테리적 주체가 자신의 존재론적 본질을 찾아가는 탐색의 서사라고 할 수 있다.

그런데 여기서 특히 중요한 것은 강해져야 한다는 엘리자베트의 의지가 여성적 위치에서 표현되지 않는다는 점이다. 그녀는 여성이 남성중심의 질서에서 어떻게 여성적 가치를 발견할 것인가를 얘기하지

---

31) 김동인, 「약한 자의 슬픔」, 41쪽.

않는다. 이는 그녀가 원하지 않은 임신을 하고는 남작의 겁탈에 대해 소송을 걸지만 결국 패소하게 되었다는 사실을 돌아볼 때 더욱 이상한 일이다. 소송과정을 포함해 모든 공적인 질서가 남성적인 권력에 의해 장악된 것처럼 묘사하면서도 여성적 위치에서 강자가 되어야 한다는 주장을 하지 않는다면 정말 이상한 일이다.

근래의 정신분석 이론에 따르면 히스테리 상태는 남자와 여자로 이분화 되어 있지 않다고 한다. 히스테리 환자는 페니스를 소유한 남자와 질을 소유한 여자가 아니라 남근 소유자와 남근이 박탈된 사람으로 구분하는 환상에 고정되어 있다는 것이다.[32] 그러므로 히스테리 환자의 세계는 "세도가와 비천한 사람, 강자와 약자, 젊은이와 노인, 건강한 사람과 불구자로 양분되어 있는 유아적 세계"가 된다. 엘리자베트의 세계인식이 이와 같은 설명에 전형적으로 부합한다는 사실을 알 수 있을 것이다. 그녀는 여성임에도 불구하고 여성으로서의 강함을 이야기하지 않는다. 그 대신에 그녀는 세계를 강자와 약자의 구도로 파악한다. 자신은 여성이 아니라 약자 일반이 된다. 그녀에게 세계는 남자와 여자의 대립보다는 강자와 약자의 대립이 부각되는 아이의 환상화된 세계다.

엘리자베트를 통해서 알 수 있는 김동인의 세계인식은 히스테리적인 것이다. 그는 세계를 강자와 약자의 구도에서만 바라본다. 자신을 능멸할 만큼 강인함을 갖고 있는 타자를 재빨리 찾아내지만, 동시에 도와줄 수 없을 정도로 자신의 마음을 아프게 하는 무능한 타자도 찾아낸다. 그는 이렇게 강자와 약자만을 찾아낼 뿐이다. 이들은 모두 히스테

---

32) 나지오, 『히스테리의 정신분석』, 157쪽.

리 환자의 불만족을 초래하는 타자들이다. 히스테리 환자는 아이의 환상화된 눈으로 세계를 보기 때문에 엘리자베트의 강함은 여성적 가치의 회복이나 여성성의 주장이 아니라 어른이 되는 것일 수밖에 없다. 어른이 되고자 하는 아이의 히스테리적 환상의 세계, 이것이 「약한 자의 슬픔」이 표현하는 병리적 세계다.

이것 말고도 그녀의 히스테리적 특징은 여러 측면에서 발견된다. 그녀는 자기 과시의 연극적 상황을 즐기는 여성으로 묘사되어 있다. 히스테리적 성격이라고 하면, 허영심이 많고 자기중심적인 사람, 정서가 불안한 사람, 매력적이지만 피상적인 감정을 나타내는 사람, 극적이고 주목받기를 요구하며 연극적 태도가 극단적으로는 거짓말이나 사이비 논리로까지 이를 수 있는 사람, 성적인 일에 잘 이끌리며 성도발적 행동을 취하지만 스스로는 불감증인 사람, 인간관계에서 종속적이고 강압적인 사람을 가리킨다고 한다. 이런 인물들의 가장 큰 특징은 한 마디로 연극적 형태나 가장(假裝)의 행동에 민감하다는 것이다.[33] 엘리자베트는 이런 태도를 전차를 탔을 때 가장 전형적으로 보여 준다. 타인의 시선을 느끼며 황홀해 하는 엘리자베트, 그녀는 분명 새로운 시대의 근대적 여성이다. 과거의 여인이 이렇게 대담할 수는 없는 법이다.

엘리자베트가 비록 자기애가 부족한, 자기비하적 감정을 가진 인물이기는 하지만, 그럼에도 여성의 욕망을 충격적으로 제시하고 있다는 점에서 새로운 등장인물이다. 그런데 엘리자베트의 욕망은 곧게 뻗어 나갈 수 없다. 서사의 과정에서 중요한 '재판'은 이와 관련되어 중요한 사실을 지시한다. 여기서 재판은 "엘리자베트의 은밀한 성적 관

---

33) 폰 브라운, 『히스테리』, 31쪽.

계를 외부에 완전하게 폭로하는 계기"[34]일 수도 있다. 또한 여성의 성적인 욕망을 비정상적이고 규범에 어긋난 것이라고 판결을 내리는 남성 중심의 권력이 표현되는 장이라고도 할 수 있다. 그녀는 자신의 욕망을 개체로 한정하지 않고, 재판이라는 사회적 과정을 통해 사회적 권력의 장 속에 위치시킨다. 지금까지의 연구에서도 논의되듯이 "자아의 각성"은 이 작품의 중요한 주제를 이루는 것이지만[35] 그 각성의 내용과 방법도 특징적이라는 점에 주의할 필요가 있다.

여성의 성을 중심에 놓고 사회는 재판이라는 공적인 절차를 통해 성의 정당한 사용과 비정상적 사용을 판결한다. 성은 단순히 사적인 공간에 갇혀 있는 은밀한 것만은 아니다. 「약한 자의 슬픔」이 의미 있는 작품이라면 그것은 이 성적 욕망이 사회적 담론 체계와 어떻게 연관되어 있는 것인지, 달리 표현하면 사법담론이나 의학담론이 어떤 식으로 내밀한 성적 욕망의 세계에 간섭해 들어오는지 보여 주고 있다는 점에서라고 할 것이다. 그러므로 "성적 욕망을 즐기는 여성은 고통의 운명을 결코 피할 수 없다는 위선적인 플롯"[36]으로 귀착되고 말았다고만은 하기 어렵다. 「약한 자의 슬픔」은 욕망의 해방을 계몽적으로 주제화시킨 작품이 아니다. 그보다는 그 은밀하고 감춰진 성적 욕망을 알고자 하는 의지의 표현인 것이다. 이것은 근대문학이 갖고 있는 쾌락의 일종이다. 서술자의 시선은 곧 독자의 상상력을 작동시킨다. 서술자와 독자는 이를 통해 쾌락을 공유한다.

---

34) 양진오, 「"약한 자의 슬픔" 다시 읽기」, 164~6쪽.
35) 장수익, 「김동인 소설과 근대문학의 자율성」, 『김동인 문학의 재조명』, 236~41쪽.
36) 양진오, 「"약한 자의 슬픔" 다시 읽기」, 169쪽.

3) 폐쇄된 자기의식과 유아적 나르시시즘

어느 영역이나 그렇듯이 문학담론에서도 언표의 주체는 남성이다. 히스테리는 여성들의 병리라기보다는 남성들의 전유물처럼 느껴지는 게 1920년대 문학담론의 특징이다. 그도 그럴 것이 이 시대 문학은 남성 작가들이 지배적으로 활동한 영역이 아닌가. 김동인의 「마음이 옅은 자여」가 대표적인데, 남성의 히스테리가 무엇인지 우리는 이 작품을 통해 명확하게 이해할 수 있게 된다. 동시에 병리적 주체라는 근대적 등장인물의 특성을 고스란히 파악하게 된다. 조강지처를 내쫓고 신여성과 연애에 빠진 한 유약한 남성의 고백을 담은 편지와 일기의 모음이 「마음이 옅은 자여」다. 신여성 Y와 사랑에 빠지고 나서의 감정의 섬세함보다는 Y가 다른 남성과 정혼한 사이임을 알고 겪게 되는 번민이 중심이다. 실연의 아픔에 따른 번민과 아내에 대한 죄의식이 온갖 감상적 분위기와 함께 침울한 색채로 가득하다.

주인공 K는 일종의 "성격파산자"다. 최초의 자유시 「불놀이」를 쓰기도 하고 『창조』의 동인으로 활동하기도 했던 주요한은 이 작품에 대한 비평을 『창조』 제8호에 싣고 있는데, 그 제목이 다름 아니라 「성격파산」이다. 그의 비평은 핵심을 찌른다. "「마음이 옅은 자여」의 K의 성격이야말로 파산자의 성격이다. 종이보다 더 옅은 성격이다. 그의 생활에는 아무 근거도 없고, 그의 감정은 발작적이다. 나는 이러한 K의 성격을 현대조선청년의 전형이라 본다. 이리 말하면 조선청년 된 자는 매우 노하겠지마는 나는 그것이 참말이라고 믿는다."[37] 주요한에 따르면 K는 발작적인 성격파산자다. 성격파산은 김동인의 작품만이 아니

---

37) 주요한, 「성격파산」, 『창조』 8호, 4쪽.

라 1920년대 조선 청년들의 특징이기도 하다는 것이 주요한의 해석이다. 주요한의 감각이 틀리지 않다면 히스테리적 주체야말로 가장 근대적인 인간형에 해당하는 셈이다.

"종이보다 더 얇은" 성격의 발작적 인물인 K는 텍스트 내에서는 '신경쇠약'으로 규정된다. 그가 절대적으로 의존하고 있는 절친한 친구 C는 K가 실연으로 번민에 빠져 있자 신경쇠약에 걸렸다고 말해 준다. 아무리 이 작품이 K의 자기비판에 초점이 맞춰져 있다고 하더라도 신경쇠약은 부정적인 이미지보다는 찬사에 가깝다. 그것도 섬세하고 예민하며 현실에 대해 민감하게 반응하는 근대적인 주체를 기리는 찬사다. 「마음이 옅은 자여」가 의미를 형성하는 지점은 바로 모든 현실의 번민을 껴안고 살아가는 주체를 형상화했다는 점에 있다. 히스테리적 주체는 이 시기 문학담론이 가장 선호하는 주체의 형식이었다.

20년대 문학담론은 차라리 신경쇠약에 걸리고자 하는 욕망을 표현하고 있다고 해도 무방하다. 신경쇠약과 결핵성의 센티멘털리즘을 버리라고 했던 이광수의 절규와는 반대로, 신경쇠약이야말로 근대적인 주체의 가장 선명한 형식이었던 것이다. 원래 신경쇠약은 신경증의 다른 말로, 신경이나 기억, 혹은 관념 형성의 작용과 감각이 쇠약해진 것이 아니라 어떤 부분에 집중적으로 투여되어 다른 쪽이 약해진 현상이다.[38] 삶의 모든 방면에 흥미가 떨어졌다고 환자가 말할지라도 그는 특정한 병리적 측면에 대해서는 엄청난 흥미를 갖고 있는 법이다. 이 신경쇠약을 병리적 분류체계에 따라 규정해 보면 히스테리에 포함된다고 할 수 있다.

---

38) 이종규, 『노이로제』, 22쪽.

히스테리는 크게 전환장애와 신체화장애를 포함하는 신체형장애, 해리장애, 히스테리성(연극성) 성격장애로 나눌 수 있다고 한다.[39] 전환성 히스테리는 주지하다시피 특정한 신체적 원인이 없는데도 마비나 호흡곤란, 실신 등의 신체증상을 보이는 경우를 말한다. 그리고 해리장애는 그 특징적 증상이 기억의 상실이나 정체성에 대한 망각을 보여 준다. 마지막으로 히스테리성 성격장애는 대인관계에서의 심한 의존성이나 과도한 주도성, 자기중심성과 정서적 미숙성, 내면의 억압된 분노와 그 조절의 어려움, 대인관계의 피상성과 진솔한 관계형성의 어려움, 현상적으로 심한 혼란감과 자기통제의 어려움 등의 특징을 보여 주는 질환이다. 어찌 보면 히스테리성 성격장애를 안 갖고 있는 사람이 있을까 싶을 정도로 질환에 대한 규정이 폭넓은 것도 사실이다. 문학담론에서 확인할 수 있는 히스테리는 위에서 말한 것 중 세번째인 히스테리성 성격장애 정도다. 「마음이 옅은 자여」의 주인공 K는 위에서 말한 히스테리적 성격의 특징을 고스란히 보여 주고 있다는 점에서 그를 히스테리 주체라 명명해도 크게 잘못된 일은 아니다. 실연으로 인한 시기와 질투 그리고 증오의 감정들, 파괴에 대한 욕구, 저주하겠다는 분노의 극단적 표출 등은 그의 자기중심성과 정서적 미숙성, 대인관계에서의 극단적인 의존성, 동시에 대인관계의 피상성, 내면적 통제 능력의 부족을 여실히 보여 준다.

그가 와 있을 때 너무 재미 없어서 나는 그가 안 오기를 바랐다. 그렇지만, 그가 안 올 때는,─아─생각하기도 무섭다. 심장을 태우는 시기. 나는 시기가 일어날 때는 이를 삭이려 하지 않고 오히려 여러 가지 공상으로 더 심하게 하여 가지고, 혼자 성이 나서 팔을 두르며 눈물을 뿌렸다. 이 심장을 태우다 못하여 내 온몸까지 태우는 단장(斷腸)의 시기가 이때의 나의 다만 하나의 양식(糧食)이다.

악마의 어두운 입, 나는 그것이 무섭다! 이전 거기서 자라날 때는 그 무서움을 몰랐지만, 한번 온대(溫帶)의 맛을 본 나는 거기 다시 돌아갈 수가 없다. 가면 나는 파멸된다! 나를 파멸에 이르게 한 자는 Y, Y 없었다면, 나는 그 악마의 입에서라도 만족히 살았을 터이다. Y 없었다면 나는 이런 비경(悲境)에 이르지 않았으리라. 나의 파멸

(그렇다—나의 장래는 파멸밖에는 없다!)의 원인은 하나에서 열까지다—Y에게 있다. 앞에 보이는 깜깜한 차디찬 삶, 소름이 먼저 끼치는 삶, 그의 원인은 Y에게 있다. 내가 어찌 Y의 불행을 바라지 않을까!

나는 온갖 것을 저주하여 마—지 않노라! 사람을 저주하노라, 누리를 저주하노라, 그리고 검을 저주하노라! (중략) 아—온갖 것을 저주한 뒤에 내게 남은 것은—죽음밖에는 없다. 죽고 싶은 마음이 자꾸 난다. 한번은 칼도 목에 대어 보았다. 승홍(昇汞)을 물에 타서 맛까지 본 적도 있다! 그때마다—이유 없이 씩—웃고 말았다.[40]

이렇게 세상에 대한 저주, 자살충동, 극단적인 허무의식 등으로 점철된 K의 내면이 어쩌면 곧 광기의 형태로 폭발할지도 모르겠다. 그러나 이는 기우에 불과하다. 그는 광기를 모른다. 왜 그런가? 그의 행동은 세계 전체를 부정해 버리는 파괴적인 광기나, 세계로부터 등을 완전히 돌려 버리는 자폐적인 광기의 어느 축에도 들지 않는다. 우리가 K

39) 히스테리에 대한 분류는 김중술·이한주·한수정, 『사례로 읽는 임상심리학』 제2부의 '장애별 사례를 통한 심리학적 평가의 실제'를 참조했다.
40) 김동인, 「마음이 옅은 자여」, 『창조』 5호, 24~6쪽.

의 모습에서 발견하는 것은 실상 유아적인 제스처뿐이다. 즉 K를 히스테리 주체라 간주할 때 가장 중요한 성격과 정서적 특징은 유아적 심리 상태의 표출이다. 모든 책임을 Y에게 전가하는 유아적인 인식구조 속에 존재하는 인간이 칼을 목에 대어 본들 그게 자살의 행위일 수가 있겠는가. 수은을 물에 탄들 그 이상한 맛을 조금 보는 것 말고 어떤 대범한 행동을 하겠는가.

우리는 그의 유아적 심리 구조의 단서를 작품의 말미에서도 다시 찾을 수 있다. 자신의 외도로 인한 아내와 아들의 죽음 앞에서 꺼내는, 정말 침중해야 할 그의 토로는 무엇일까? "그대를 이렇게 한 것은 지금 이기적 남자들이 발명한, 그, 여자의 인권을 무시한 사조에 취하였던 이 나, 그대의 남편"이라는 말은 실상 책임회피에 불과한 수사적 표현이다. 자기비난이라는 방식을 취하고는 있지만 궁극적으로는 봉건적 이데올로기에 자기 책임의 대부분을 옮겨 버리고 있는 것이다. 이것이 근대문학 초기에 달성된 자기인식의 한 단면이라고 해도 좋다. 자신의 문제가 무엇인가를 따지기보다 헛된 망상이나 광기의 제스처를 통해 자기인식에 이르기를 거부하는 유아적 심리 구조야말로 히스테리적 주체로서의 K의 본모습이다. 이를 좀더 자세히 살펴보자.

편지형식이 끝나고 새롭게 진행되는 일기 부분에서 Y는 K에게 결코 없어서는 안 될 절대적인 존재로 등장한다. 배신한 아내로 인해 "찬 생활"에 빠진 '나'는 "Y 없이는 생활하여 갈 수가 없다." 그만큼 Y는 나의 전부라는 것인데, Y에게 집중된 나의 의식에는 어떤 은폐된 것이 있다. 실상 그가 Y에게 계속 매달리는 까닭은 자신의 아내가 자신을 버리고 떠났다는 이유 하나밖에는 없다. 그런데 그 아내가 현재 집으로 돌아와 며느리와 어머니로 열심히 살아가고 있다면 어떻게 해야 하는

가. 이제 그는 세상을 저주할 이유도 없고, Y에게 온통 의존할 이유도 없다. 그런데도 그는 이 사실을 결코 받아들이려 하지 않는다. 아내에 대한 증오와 더불어 Y에 대한 절대적 의존은 동시적으로 요구되는 것이지만, 여기에는 현실에 대한 명확한 인식의 거부가 자리 잡고 있다.

현재의 삶이 차가운 생활이고, 이를 아내가 아니라 바로 자신이 만들어 낸 것이라면 이 사실을 수락하는 순간 그는 아내 곁으로 돌아가야 한다. 그러나 계속해서 아내에게 책임을 돌리기 위해서는 현실을 부정해야 하고, Y를 숭고하고 절대적인 여성으로 신화화해야 한다. 히스테리 주체의 전형적 특징이 타자를 독립적인 존재로 간주하지 않는 것이라는 점에서 K의 태도는 전형적으로 히스테리적이다. K가 사랑하는 신여성 Y는 K 자신을 인정해 줘야 하는 존재이지 그 자체로 가치 있는 대상은 아니다. 그녀의 인정과 사랑이 없을 때 K는 쉽게 절망에 빠지는 유아적 인간이 되어 버린다. 자신을 대단한 존재라 생각하고, 이런 자신을 무시한 아내에 대해, 그리고 여러 인물에 대해 증오감을 보이는 K는 철저히 자기중심적 인간이다. 그리하여 자존감에 위협이 되는 단서, 즉 타인의 말과 행위에 대해 굉장히 민감해지고 쉽게 과도한 정서적 반응을 내비친다.[41] 그 경향이 너무나 강하기 때문에 그런 자기중심성은 취약한 자존감의 다른 표현이라는 사실을 금방 눈치 챌 수 있다.

---

41) 김중술·이한주·한수정, 『사례로 읽는 임상심리학』, 534쪽. 박영희의 「이중병자」(『개벽』, 53호)에도 자기중심적이면서 타인의 말과 행위에 민감한 히스테리적 주체가 등장한다. 간호부 김운경의 직업적 친절을 사랑이라 해석하고, 김의사의 운명론을 나약한 것이라 비판하는 주인공 윤주가 동맹파업중인 상황에서 사장에게 돈을 타내는 비겁한 행위를 하면서도 그것이 운경과의 사랑을 위한 희생이라 착각하는 것은 히스테리적 주체의 전형적 특징이다. 그러나 이 작품을 우리의 논의 속에 넣어 분석하기 어려운 것은 이 작품의 전체적 의지가 인간의 병리적 본질에 대한 앎의 의지라기보다는 그런 건강하지 못한 인간의 나약함을 극복해야 한다는 계몽적 의지에 가깝기 때문이다.

자기인식이 타자나 세계에 대한 관계 속에서 자신의 위치와 역할을 언어로 대상화하는 것이라면 K야말로 이 자기인식에 이르기를 거부하는 인간이다. 아내의 변화된 모습을 통해 자기를 돌아봐야 할 지점에서 그 현실을 은폐하기 위해 Y가 자신에게 전부라는 망상을 계속해서 유지하는 것을 보아도 이를 알 수 있다. 타자나 세계와 적절히 대화할 수 없는 폐쇄된 자기의식의 구조는 일기에서 계속된다. 이 폐쇄성을 깨고 최소한도의 자기인식에 이르도록 하는 것이 삼인칭 서술부분이다. '나'라는 인물에 입각한 서술에서 '그'라는 삼인칭 서술로 바뀌는 부분에서 텍스트는 어떤 인식의 전환을 기능적으로 보여 주는 것 같다. 일인칭의 직접적 말하기 방식에서 삼인칭이라는 간접화된 방식으로의 변모는 '내'가 '그'로 바뀌는 것만큼 독서과정에서 거리감을 생산해 낸다. 일인칭과 삼인칭은 병렬적 구조라기보다는 서로를 지시하면서 두께를 만들어 내는 입체적 구조라고 생각할 수 있다.

"이상 C에게 보낸 K의 자백"으로 끝나는 일인칭 부분 뒤에 "10월 아흐렛날은 이르렀다. K의 앞에 나타났다"는 진술에 의해 갑작스럽게 삼인칭으로 포섭된 일인칭이라는 사실을 깨닫게 하는 텍스트의 구조는 그만큼 일인칭 부분을 거리감을 갖고 기억할 수 있게 한다. 그러나 김동인의 일원묘사 형식이 그렇듯이 이 삼인칭 부분에서 화자는 철저히 K의 의식에 내재한 서술태도를 유지한다. K의 의식을 대상화해서 비평적으로 독자에게 전달하지 않는 것이다. K의 의식에 간섭해 들어오는 유일한 타자는 C밖에 없다. C는 K에게 부정항을 제출할 수 있는 유일한 타자로서 이 타자와의 대화에 의해 K는 자기의 사랑의 열병이 사실 일종의 유행병이었고, 그렇게 심각한 것이 될 수 없음을 깨닫게 된다.

그의 Y에 대한 번민은 역시 '하고 싶어서 하는 번민'에 지나지 못 하였다. 뜻하지 않고 나오는 참마음의 번민이 아니다. '내게는 무슨 번민이 있다. Y는 간다.' 부러 생각하여 꺼내는 타발적 번민에 지나지 못 하였다.[42)

이 순간 Y는 절대적인 존재에서 무의미한 존재로 추락하고, 일기에서 '나'를 지속시켰던 망상은 해체된다. "참 마음의 번민"이 아니었던 실연의 고뇌는 그만큼 K의 유아병적인 인식의 소산이었음을 이젠 깨달을 수 있는 것이다. 그러므로 그의 광적인 태도는 현실을 어른스럽게 수용하지 않으려는 유아의 투정부리기 정도였음이 드러난 것이다. 그렇다면 K의 심각한 내면의 갈등에서 그나마 진정성을 찾을 수 있는 것은 무엇인가? '너는 Y에게서 무엇을 구하느냐! 정신상 오락보다 오히려 정욕의 … 뉘가 내 귀에 속삭이는 것 같다. 아―나는 Y에게서 정욕의 만족을 구하지 않았는가? 정신상 즐거움보다도 오히려 …"[43) 청교도적 결벽성과도 같은 이런 고백에서 확인되는 것은 주체 안에 내재한 이질적인 그 무엇, 통제되지도 않는 타자로서의 성적인 욕망이다. "아! 육의 환락 뒤에 일어나는 이 육체의 아픔, 그보다도 더 심한, 마음의 아픔."[44)

프로이트는 "타고난 소질이 허용하는 것보다 더 고결한 마음을 갖고 싶어 하는 사람은 모두 신경증 환자가 된다"[45)라고 했다. K의 결벽

---

42) 김동인, 「마음이 옅은 자여」, 『창조』 4호, 40쪽.
43) 같은 책, 11쪽.
44) 같은 책, 15쪽.
45) 프로이트, 『문명 속의 불만』, 21쪽.

증적 표현은 사실상 자신이 Y와 함께 했던 과거의 시간과 경험 모두를 "정욕"의 추구였다는 사실을 통해 부정하고자 하는 의지에 다름 아니다. 성숙하지 않은 아이 같은 존재는 자기의 경험 전체를 받아들이지 못하고 뭔가를 바깥으로 뱉어내 버리기 마련이다. 이런 점에서 K는 전형적인 유아다. 이 유아적 결벽증, 그리고 히스테리가 근대문학적 주체의 속성인 것이다. K는 부정적인 자기 표상과 함께 타자에 대해서도 부정적인 표상을 간직하고 있다. 그런데 특히 중요한 것은 자기에 대한 부정적 표상이 히스테리적 주체에게까지 인식되지는 않는다는 사실이다. 부정적인 타자 표상이 훨씬 더 강렬하기 때문에 자신이 타인에게 준 피해보다는 타인이 자신에게 입힌 손해에 훨씬 더 민감하게 반응하는 정신적 상태를 갖고 있는 셈이다. 일종의 자기 몰각, 혹은 나르시시즘이라고 할 수 있는 성격적 결함이 거의 만성적인 상태에 도달한 자가 K다.

결국 여기에서 우리는 K가 한 집안의 가장도, 심지어 남성도 아니라는 사실을 깨달을 수밖에 없게 된다. 물론 그가 남성이며 한 집안의 가장이라는 캐릭터를 부여받은 것이 사실이라고 하더라도 주체의 구조적 특성에 의하면 그는 성적 정체성뿐만 아니라 사회적 정체성마저 모호하다. 가장이지만 가장임을 부정하고, 남성이지만 남성임을 긍정하지 못하는 인물이 바로 K다. 그렇다고 해서 여성적인 정체성이라고 규정하기는 어렵다. 여성적인 정체성마저 여러 담론적 실천에 의하여 구성된 것이라고 할 때 우리는 K를 히스테리적 주체라고 명명할 수밖에 없게 된다. 그는 성적·사회적 정체성이 모호한 히스테리적 주체인 것이다.

4) 불감증의 남성과 근원적 위선

성적 욕망의 과잉만이 문제는 아니다. 성적 욕망의 결핍도 병리적인 주체를 만들어 낸다. 염상섭의 「암야」(1922)는 제어할 수 없는 욕망의 분출이 아니라 그 반대의 상황 때문에 번민하는 주체의 태도를 보여 준다. 주인공 X는 욕망이 안으로만 발산된다는 것, 즉 욕망의 방향이 반대라는 사실이 번민을 낳는다. 그의 고민은 정열적인 존재가 되지 못한다는 것, 철저히 이지적인 논리로만 살고 있다는 것에 있다. 차가운 열정이라고도 할 수 있는 모순형용적 상황이다.[46] 이를 가장 단적으로 보여 주는 것이 바로 애인 N에 대한 태도이다. 약혼자가 직접 등장하지는 않지만 그녀의 사진을 통해 전개되는 X의 사유는 다음과 같다.

> 가엽게! …… 너도 내 일생의 연밖에 안 되겠구나 …… 대체 내가 너를 사랑하는가. …… 사랑한다면 무슨 이유로? …… 응! 이유 없는 것이 진정한 사랑이래! …… 그러나 아직 사랑할 능력과 권리가 남았다 할 수 있을까? 이성 앞에서 부르르 떠는, 어머니 젖꼭지에서 떨어진 채 그대로 있는 순결한 처녀에 대한 정신적 매춘부와 같은 정열의 방사자! 분염(奔焰)과 같은 초련의 가슴에, 이지의 눈이 푸르게 뜬 찬 돌이 안길 제, …… 아아, 울 것이다. …… 아아 사기다! 최고 도덕으로 죄악이다![47]

---

46) 서영채는 이런 태도를 주체가 서 있는 자리를 정확하게 인식하고자 하는 냉정한 자기 인식의 태도, 다시 말해 차가운 낭만주의라 명명하고 있다(서영채, 『한국 근대소설에 나타난 사랑의 양상과 의미에 관한 연구―이광수, 염상섭, 이상을 중심으로』, 서울대 박사학위논문, 2002, 107쪽).
47) 염상섭, 「암야」, 51~2쪽.

약혼자 N이 정열을 외부로 표현한다면 X는 그것을 이지적인 사유로 뜯어 보지 않으면 만족할 수 없고, 이것이 그의 고뇌의 정체다. X에게 정열이 없는 것은 아니다. 대신 그것이 늘 차가운 이성의 힘으로만 나타날 뿐이라는 사실이 문제다. 이것이 그에게는 최대의 고민이자 이 편지글[48]을 쓰게 하는 동인이 된다. 여기서 재미있는 사실은 그가 그런 자신의 태도에 대해 "최고 도덕으로 죄악"이라고 간주한다는 점이다. 욕망의 분출이 20년대 문학의 주체들에게 당혹스러운 것이었고, 그 당혹스러움을 제대로 처리하지 못할 때 죄의식을 낳았다면 그 반대의 상황, 즉 철저히 이지적인 면모도 일종의 죄악이 된다. 도덕적 판단의 영역에 속해 있는 이성적 범주라는 것은 어떻게 보면 역설적인 것이지만, 이 역설이 성립할 수 있었다면 그것은 그 이성적 범주가 하나의 열정이었다는 점에서 그럴 수 있었다고 할 것이다.

불감증의 남자, 혹은 섹슈얼리티에 대한 엄청난 부하를 견디어 나가는 히스테리적 남성. 히스테리는 기본적으로 여성을 주대상으로 하는 병리라고 알려져 있지만 그 원인을 자궁이 아니라[49] 뇌에서 찾기 시작한 16세기 이후부터 남성도 히스테리에 걸릴 수 있다는 인식이 마련된다. 여성의 히스테리에 대해서도 여러 가지 입장이 있었는데, 18세기에는 여성의 성충동을 억제해야 히스테리를 치료할 수 있다고 생각한 반면, 19세기에 이르러서는 여성의 성충동이라는 것이 애초부터 존재하지 않으며 불감증이 정상적인 현상이라는 견해가 유포되기 시작

---

48) 이 작품에 붙어 있는 부제는 이 작품이 편지의 한 부분임을 드러내고 있다. 자세한 내용은 4장에서 다룬다.
49) 히스테리는 그리스어로 자궁을 뜻하는 'Hystera'에서 왔다고 한다. 이 자궁원인설은 16세기까지 영향을 미쳤다(폰 브라운, 『히스테리』, 37~8쪽).

한다. 프랑스의 피에르 자네에 따르면 여성 히스테리 환자란 성충동이 정상 수치 이하로 떨어진 상태를 가리켰다. 이 시기 이후 불감증은 처음으로 히스테리 증후의 통상적인 표본이 되었다. 결국 히스테리 환자에 대해서는 두 가지 표상이 존재한다. 색정적인 히스테리 환자와 불감증의 히스테리 환자.[50]

남성 히스테리 환자는 기본적으로 여성적 자질을 가진 자를 뜻했다. 여성의 사랑받고 싶어하는 소망이 남성 히스테리 환자에게서는 인정받고 싶은 욕구라는 증후로 전환되며, 여자의 비논리는 남성에겐 불만의 형태로, 여성의 변덕은 우유부단으로, 여성의 불감증은 성불능으로 각각 변화되어 나타난다고 생각되었다.[51] 이처럼 「암야」의 X도 일종의 불감증(혹은 성불능)에 걸린 남성 히스테리 주체의 전형적 성격을 보여 준다.

우리는 이런 병력(病歷)의 인물을 현진건의 「B사감과 러브레터」에서 다시 만날 수 있다. B사감이라는 인물은 X의 이성적(異性的) 형상이다. 그러나 「B사감과 러브레터」가 성적인 억압 때문에 벌어진 일인 것처럼 묘사되어 있다면 「암야」에서는 그 어떤 억압의 흔적도 느낄 수 없다는 점에서 두 인물은 다르다. X의 욕망을 억압하는 그 어떤 권력도 없다. 그럼에도 불구하고 X의 욕망은 메말라 있다. 아니 발산되지만 늘 차가운 이성의 능력으로만 나타날 뿐이다. 너무나 강렬하지만 그것은 늘 냉소의 힘을 띤다. 이처럼 인간이 근원적으로 비뚤어져 있다는 사실을 표현하고 있다는 점에서 「암야」의 문학적 의미를 찾아야 할

---

50) 폰 브라운, 『히스테리』, 51~60쪽.
51) 같은 책, 338~342쪽.

것이다. 우리는 여기서 억압이 없었다면 정상적인 X를 볼 수 있었을 것이라고 생각해서는 곤란하다. 부정적이고 억압적인 권력이 없어도 애초부터 뒤틀려 있는 존재, 그가 바로 X다.

근대문학담론은 여성의 히스테리적 면모 자체에 관심이 있지 억압의 기원이나 권력의 기원에 대한 고려는 없다.[52] 만약 있다고 하더라도 그것은 봉건적 가부장제라는 불투명한 실체 정도밖에 되지 않는다. 그러나 문학담론은 이 불투명한 실체와 대결하고자 하는 의지를 전혀 내보이지 않는다. 만약 저항이 일차적인 문학의 의지였다면 20년대 문학은 탄생할 수 없었으며, 탄생했더라도 전혀 다른 모습을 보여 주었을 것이다. 인간이 병들었다면 그것이 사회적 권력의 억압적 속성에 의한 것이라는 인식은 20년대 문학담론에서는 중요한 것이 아니었다. 대신 인간의 병리성이 오히려 인간의 진실된 모습이 아닌가 하는 확증을 얻고 싶어 했다.

그런데 의외로 X의 차가운 이성은 견고하지 않다. 그 와해되기 쉬운 성질은 아리시마 다케오(有島武郎)의 「출생의 고뇌」를 앞에 둔 X의 태도를 통해서 알 수 있다. 친구들의 예술을 사이비라고 비판하며 "생사의 문제"로 받아들이지 않는 위선적인 태도를 "자기기만"과 "자기

---

52) 20년대 문학에 대한 기존의 연구가 갖고 있는 전제가 바로 어떤 사건엔 현실적 원인이 있다는 가정이다. 이를 정신분석학적 방식으로 바꿔 말하면, 증상이란 "육체적 고통으로 나타나는 하나의 기표인데 이 기표는 다른 기표, 즉 억압이라는 '장애물' 아래 놓여 있는 까닭에 의식적으로 나타나지 못하는 또 하나의 기표를 대신하는 대치물"(브룩스, 『육체와 예술』, 421쪽)이라는 관점과 유사하다. 증상엔 어떤 원인이 있다는 것, 다시 말해 증상은 일종의 "은유"일 뿐이라는 사고방식이 전제로 깔려 있는 것이다. 그래서 20년대 문학의 병리적 양상에 대해서도 3·1운동 후 식민지의 무기력한 지식인의 상황을 그 원인으로 제시하기는 하지만, 이것이 텍스트상에서 명확한 관련성을 드러내지 않는다는 점에서 적절한 접근 태도는 아닐 것이다.

조롱"이라고 절규하던 X는 「출생의 고뇌」를 몇 페이지 읽고 나서는 눈물을 흘리기 시작한다.

> 그의 일생에 처음 경험하는 눈물이었다. 인정미에 감격한 눈물은 여행 중 찻간에서도 흘려 본 적이 있었다. 의분이나 열분에 못 이겨서 몸을 떨며 운 일도 있었다. 그와 반대로 월하에 이별을 애석하여 눈물짓는 처녀의 손을 붙들고도, 냉연히 돌아설 만큼 누선(淚線)이 고갈한 때도 있었다. 그러나 이 눈물은 자기 자신도 알 수 없는 눈물이었다.[53]

꽝장히 냉소적이고 차가운 열정의 소유자인 X의 이력치고는 감정의 기복이 너무 심하다. 이것은 「출생의 고뇌」라는 작품의 성격에서 나온 것이라 하기 어렵다. 그만큼 X는 정서적인 상황에 대한 몰입을 최소화하고 있었던 것이다. 그렇지만 심층적으로는 정서적인 자극에 의해 와해되기 쉬운 불안정한 상태에 놓여 있기 때문에 억제의 긴장이 풀리면 바로 눈물을 쏟는 감상적이고 히스테리컬한 인물이 되는 것이다. 히스테리는 원래 그 비결정적이고 변화무쌍한 증상 때문에 깔끔한 분류작업의 대상이 될 수 없었고, 의사들을 당혹케 하는 혼란스러운 임상적 용례로 나타났다고 한다. 그 중에서도 히스테리의 특징으로 거론하는 것은 여성적 본질을 연상시킨다고 하는 가변성과 변덕스러움이다.[54] 감정의 급격한 기복이야말로 히스테리적인 인간이라는 대중적이고 의학적인 규정을 얻게 한다.

---

53) 염상섭, 「암야」, 56~7쪽.
54) 펠스키, 『근대성과 페미니즘』, 282쪽.

X의 눈물에서 우리가 느끼는 것이 바로 이 가변성이다. 냉소와 울음, 차가운 이성과 뜨거운 슬픔. 그렇다면 차가운 이성적 성격이란 감정의 심한 억제와 위축의 다른 표현이라고 할 것이다. 감정에 대한 과도한 억압은 감정을 충분하게 인식하고 느끼고 표현할 수 있는 능력을 떨어뜨리고 정서적인 상황에 몰입하지 못하게 한다.[55] 이에 따라 X는 주변의 대인관계에 대해 적절한 관심을 보여 주지 못하며, 사회적으로 불편한 느낌이 심해지고 있다. 그 주위에서는 친밀하고도 온정적인 애착관계가 거의 형성되지 못한다. 이 심각한 고독감이 아마도 급작스런 눈물의 폭발 형태로 드러났을 것이다.

예술을 한다며 기생과 노닥거리기나 하는 친구들을 사이비 데카당스라 경멸하지만, 그는 자신이야말로 이 속물적 영역으로 끌려갈 위험성이 많다고 느낀다. 그들을 절름발이 소년에 비유하고 있지만 X 자신이야말로 심층적으로는 차라리 이 절름발이 소년이 되고 싶은 것이다. 혹은 그런 절름발이 소년이 될지도 모른다는 두려움에 공포를 느끼고 있었던 것이다. 뜨지도 않는 연을 날리는 절름발이 소년, 그런 행위 자체를 즐거워하는 소년, 이 소년이야말로 X가 비록 부인하고 있을지라도 자신의 심층적 모습을 정확히 보여 준다고 생각하는 표상인 셈이다. 그는 결혼을 한다는 것, 결국 남성적 정체성을 강하게 형성하면서 한 여자를 책임진다는 사실이 두려웠던 것이다. 차라리 절름발이 소년이 되고 싶은지도 모른다.

그는 지금 사회적으로 요구되는 이상적인 자기상에 대해 동의할 수 없기 때문에 이성적인 냉소를 날리는 것이다. 그 기준에 따를 때 자

---

55) 김중술·이한주·한수정, 『사례로 읽는 임상심리학』, 126쪽.

신은 자격미달이다. 결국 자기비하의 감정과 함께 자기 연민이 겹쳐 있는 히스테리적 주체가 바로 X다. X는 타인의 속물성에 대한 비판의 형태로 자신을 은폐하고 있지만 실은 그 속물성이 남의 문제가 아니라는 것을 그의 속물적인 '눈물'이 보여 준다. 그러나 X는 자신의 내면에 가로놓인 위선에 대해 무지하지 않다는 점에서 「마음이 옅은 자여」의 K와는 다르다. "그들이라 하며 매도하는 자기 자신이 벌써 그 한 분자가 아닌가? 아닌가가 아니다. 그 수괴다." 자기 자신을 속여야만 살 수 있는 동물이 바로 인간이다. 그 중에서도 근대적인 인간이란 바로 위선을 본질적으로 간직한 인간인 것이다. 어떤 원인에 의해 비뚤어진 것이 아니라 근본적으로 비뚤어진 인간이 바로 근대적인 인간이라고 염상섭은 주장하고 싶은 것이다.

이 근본적인 왜곡과 기만과 위선에서 벗어날 수 있는 인간이 있으면 나와 보라는 것이 염상섭이 은연중 하고 싶은 말이다. 왜 이렇게 되었는지 알 수는 없지만, 근대적인 주체는 모두 다 이 위선적 뒤틀림에서 자유롭지 못하다. 타인에 대한 비난은 결국 자신에 대한 비하에 다름 아닌 셈이다. 염상섭이 김동인과 다르다면 바로 이 차원에 있다. 타자에게 책임을 떠넘기는 유아적 나르시시즘이 아니라 위선의 핵심이 인간의 본질이라고 인식하는 자의 눈물이 바로 그것이다. X는 세계 안에서도 불편하지만 자기 자신 안에서도 불편한 존재다. 반면 「마음이 옅은 자여」의 K는 세계 안에서 불편하지만 자신 안에서는 편안한 존재였다.

이런 점에서 볼 때 X의 히스테리는 계속될 것이다. 그것은 세계 안에서도, 자신 안에서도 해결책을 찾을 수 없는 그런 성격의 것이기 때문이다. 무한히 펼쳐진 듯한 넓고 긴 광화문통을 걸어가는 X의 발걸음은 그렇다고 고독 속으로 침잠하는 잠행의 길은 아니다. 그의 울음이 상징하듯이 그는 이 상황을 벗어나게 해줄 그 어떤 것을 간절히 갈구한다. 해답을 찾을 수 없을 뿐, 해답을 포기한 자는 아닌 것이다. 그러나 도대체 원인을 알 수 없는데 어떻게 해답을 찾을 수 있을 것인가. 포기할 수는 없지만 해답의 불가능성 앞에 놓인 자의 막막함이 X의 발걸음을 따라다닌다.

5) 금욕적 여성과 연극적 궁지

「암야」의 주인공과 같이 불감증의 히스테리를 보여 주는 작품이 바로 현진건의 「B사감과 러브레터」(1925)이다. 이 작품은 히스테리의 형성에 있어 기독교의 금욕적 태도가 상당한 영향을 행사하고 있다는 점에서 특이하다.[56] B사감은 다름 아닌 청교도적 윤리감각에 의해 히스테리적 불감증에 빠진 경우에 해당한다. 그녀는 "딱장대요 독신주의자요 찰진 야소군(예수교인)으로 유명하다." 야소군, 즉 기독교도인 B사감은 신을 믿고 있는 만큼 독신주의를 고집해도 이상할 것이 없는 인물로 그려진다. 그녀는 과연 어떤 모습일까?

> 사십에 가까운 노처녀인 그는 주근깨투성이 얼굴이 처녀다운 맛이란 약에 쓰려도 찾을 수 없을 뿐인가, 시들고 거칠고 마르고 누렇게 뜬 품이 곰팡슨 굴비를 생각나게 한다. 여러 겹 주름이 잡힌 훨링 벗겨진 이마라든지, 숱이 적어서 법대로 쪽지거나 틀어올리지를 못하고 엉성

---

56) 우리의 연구에서는 빠졌지만 문학과 기독교의 만남이 심층적인 간섭현상을 일으키고 있는 부분에 대한 연구가 필요하다.

하게 그냥 빗어 넘긴 머리꼬리가 뒤통수에 염소똥만 하게 묶은 것이라 든지, 벌써 늙어가는 자취를 감출 길이 없었다. 뾰족하고 입을 앙다물고 돋보기 너머로 쌀쌀한 눈이 노릴 때엔 기숙생들이 오싹하고 몸서리를 치리만큼 그는 엄격하고 매서웠다.[57]

　이렇게 구체적으로 묘사된 인물은 근대의 문학작품에서도 보기 드물다. 근대문학은 「B사감과 러브레터」에서 비로소 구체적인 인간의 형상을 만나게 된다. 외모 콤플렉스를 가질 만도 한 인상이고, 이런 추악한 외모 덕분에 결혼을 비난하는 것도 이해할 법하다. 작품 속에서 B사감은 외모에 대한 콤플렉스를 해소하기 위해 삶의 전략을 다르게 취한다. 보통의 여성들처럼 근사한 연애를 꿈꾼다거나 결혼을 선망한다거나 하는 것은 오히려 위험하다. 그것은 자신에 대한 환멸에 빠지는 지름길이다. 그녀의 전략은 바로 "사내란 믿지 못할 것, 우리 여성을 잡아먹으려는 마귀인 것, 연애가 자유이니 신성이니 하는 것도 모두 악마가 지어낸 소리인 것"[58]이라고 주장하는 방법이다. 악마와 담을 쌓고 금욕적으로 살기, 모든 성적인 욕망에 대해 철저히 봉쇄하기, 이것이 그녀의 삶의 전략이다.

　매력 없는 인간이라는 자기 현실을 주시하지 않기 위해서는 모든 연애의 욕망을 타락의 길로 각색해야 한다. 그녀의 부정적인 타자 표상은 삶의 테크닉에서 비롯된 것이지만 이것이 오히려 그녀를 궁지에 몰아넣는다. 모든 사내란 여성을 잡아먹으려는 악마에 불과하다는 과도

---

57) 현진건, 「B사감과 러브레터」, 『현진건전집』 4, 196쪽.
58) 같은 책, 198쪽.

한 피해의식은 사태에 대한 정확한 평가에서 비롯된 것이 아니라 부정적인 자기상을 은폐하는 과정에서 만들어 낸 것이다. 이 인공적 구축물이 금방이라도 와해될 듯 위태롭다는 것이 B사감의 인격적 특징이다. 혼자서 연애편지를 읽는 그녀의 모습은 이 와해의 지점을 정확히 드러낸다.

이 장면은 그야말로 한 편의 연극처럼 상연되고 있다. 연애편지를 남몰래 읽는 B사감, 그녀를 몰래 훔쳐보는 여학생, 이 여학생과 B사감을 동시에 바라보는 독자라는 관객. 그런 점에서 이 작품은 관음증의 삼중적 구조로 되어 있다. 훔쳐보기의 삼중 구조로 인해 B사감은 히스테리적 주체가 된다. 여성이지만 여성적 정체성을 부정하고 차가운 금욕적 사감으로 살아가는 그녀, 그러나 내밀하고 유폐된 공간 내에서는 첫사랑에 빠진 소녀의 감수성을 재현하고 싶어하는 욕망에 들뜬 뜨거운 그녀. 여학생들은 이 사감의 정체가 궁금하다. 그만큼 독자들도 궁금하다. 궁금한 것은 평범한 인간이 아니라 이렇게 궁지에 빠져 어떻게든 정신적으로 상황을 극복해 보려 노력하는 히스테리적인 주체다.

그녀는 싸늘하지만 이것이 연극적 제스처라는 것은 금방 들통 난다. 혼자서 편지를 읽는 모습, 다시 말해 편지의 연극적 독해는 그녀가 얼마나 자신의 감정을 제대로 통제하고 있지 못한지 알려 준다. 자신의 추악한 외모에 대한 은폐된 분노, 자신에게 애정을 보이지 않는 남성들에 대한 공개된 저주, 그리고 사내들과의 연애에 달뜬 여학생들에 대한 숨겨진 질투, 이 모든 감정과 욕망들이 복잡하게 얽혀 있는 B사감은 그러므로 더더욱 자기 자신을 통제할 수 없다. 수많은 인격으로 분할된 다중인격의 변덕스러운 성격을 생각해 보면 쉽게 이해할 수 있다. 그녀의 기독교적 금욕은 이 내면적 궁지를 통제하기 위한 궁색한 테크닉이다. 금욕이 실패할 수밖에 없는 것은 당연하다. 그것은 궁극적으로 자신을 포기하는 경지까지 도달하지 않으면 늘 여러 욕망의 분출로 인해 위태로워지기 때문이다.

자기 포기에까지 이르지 못한 B사감은 남몰래라도 자신의 욕망을 표현해야 한다. 그렇게 하지 않고서는 한 순간도 살아갈 수 없는 법이다. 편지를 읽는 그녀의 행위가 한 편의 연극이 된 것은 바로 이런 사정 때문이다. 편지를 읽는 행위마저 자기 안의 또 다른 자아의 관찰과 주시에 의해 감시될 것이기 때문이다. 관음증의 삼중 구조. 「B사감과 러브레터」는 한 편의 연극이지만 그 안에서는 삼중적인 관음증의 시선이 교차한다. 먼저 B사감의 층위에서는 자신의 연극을 관찰하는 또 다른 자아의 활동으로 인해 히스테리적 주체가 되는 과정이 있다. 그리고 여학생의 층위에서는 히스테리적 주체에 대한 호기심과 앎의 의지가 작동한다. 마지막으로 독자의 층위에서는 히스테리적 주체에 대한 관음증과 함께 독자 자신에 대한 감시의 시선이 복합적으로 작동한다. 병리적 주체에 대한 응시 속에서 발생하는 쾌락은 여학생과 독자의 층위에 놓여 있다. 히스테리적 주체는 쾌락적 응시의 대상이 되며, 계속해서 문학담론에 의해 재생산된다.

그녀의 독신주의는 히스테리적 주체의 진솔한 표현이지만 그녀 자신은 이를 받아들이지 않는다. 금욕이 타당하다고 생각하면 할수록 그녀는 여학생들로부터 고립된다. 이런 상황이 그녀의 편지 독해를 히스테리 환자의 연극으로 상연되도록 강제한다.[59] 편지를 몰래 읽는 일

---

59) 히스테리적 성격의 일반적 특징으로 크리스티나 폰 브라운은 "연극적 형태"나 "가장(假裝)"을 들고 있다(폰 브라운, 『히스테리』, 31쪽).

인이역(一人二役)의 연극은 자신이 만든 내적 전략의 궁지를 상징한다. 이 궁지는 동시에 B사감의 성적인 쾌감이 발산되는 지대이기도 하다. 전환히스테리 환자에게 히스테리 증상이 나타나는 신체 부위가 실상 은폐된 성감대이기도 하듯이, 그녀의 연극은 일종의 쾌락의 발산 장소이기도 한 것이다.[60]

B사감은 자신의 금욕주의와 독신주의라는 삶의 처방으로 인해 히스테리적 주체가 되지만, 동시에 여학생들로 하여금 목격하게 만든 서술적 장치에 의해 히스테리적 주체가 되기도 한다. 여학생들이 꿈꾸는 당대의 규범이란 바로 아름다운 결혼이며, 이런 시각에서 볼 때 못생기고 완고한 여성의 독신주의는 히스테리 환자의 아집이 되고 만다. 히스테리는 원래 그 자체로 발생하는 것이 아니라 관계구조에 의해 발생한다. 기혼자들이 미혼자들이 히스테리컬한 까닭은 성관계가 없기 때문이라고 해석하거나, 반대로 성생활에서 만족을 얻지 못해 히스테리에 빠지게 되었다고 미혼자들이 기혼자들에 대해 해석하는 것들이 대표적이다.[61] 독신주의는 그 자체로 히스테리적이지는 않다. 그러나 양성 간의 결혼이 여성의 미덕으로 간주되는 윤리적 규범의 영향이 강해지면 그 규범에서 벗어나는 존재는 히스테리 환자로 치부되는 경우가 많다. 히스테리는 여성 육체의 의학적 병리화를 보여 주는 전형적인 사례로, 점차 여성성에 대한 기존의 사회 규범과 일치하지 않는 모든 행동 양태를 명명하게 되었던 포괄적인 개념이었다.[62] 여성에 가해지는 규범적 여성상은 여성을 히스테리화한다. 그렇지만 사회 규범이 요구하

---

60) 라플랑슈·퐁탈리스, 『정신분석사전』, 547~9쪽.
61) 폰 브라운, 『히스테리』, 26쪽.
62) 펠스키, 『근대성과 페미니즘』, 282쪽.

는 여성성이 극단화되면 바로 B사감처럼 될 수 있다. 그녀는 정숙해야 하고, 남성을 가까이해서는 안 된다는 여성적 규범을 극단적으로 체화한 경우다. 그렇다고 텍스트가 B사감의 히스테리를 규범에 대한 저항으로 읽는 것은 아니다. B사감이 도덕적 규범의 정치성에 의해 히스테리화된 것으로 보았다면, 이런 과정을 표현한 텍스트는 최소한 남성적 권력에 대해 비판적인 태도를 갖고 있지 않겠는가. 그러나 텍스트는 이런 가능성을 봉쇄해 버린다. B사감은 측은한 인물이지만, 사회적으로 규범의 내파를 야기하는 아이러니적 효과 속에 있지는 않다. 오히려 텍스트는 B사감의 연극적 자기표현을 한 편의 희극으로 해소해 버리고 만다. 그녀의 행위는 쾌락을 유도하는 은밀한 연극이지 비판적인 감응을 유도하는 정치적 맥락을 복원하지 않는다.

이 지점에서 우리는 1920년대 문학담론의 중요한 성격 하나를 포착할 수 있게 된다. 즉 이 시대 문학담론은 비판보다는 쾌락에, 사태의 원인보다는 사태의 본성에, 인간의 변화보다는 인간의 진실에 더 많은 관심을 가지고 있었다는 사실을 말이다. 「B사감과 러브레터」는 여학생과 독자의 중첩적 구조를 통해 히스테리적 구조 속에 갇힌 B사감에 대한 은밀한 관음증을 자극하는 텍스트다. 여기서 B사감은 규범을 대상으로 한 편의 불화의 전투를 펼치는 여성이 아니라 남몰래 애정을 갈구하는 병리적인 주체가 된다.

6) 유혹의 놀이와 책임 주체의 소멸

금욕적 여성이나 불감증의 남성만이 히스테리적 주체의 전부는 아니다. 성은 욕망의 주체에 의해 억압되기도 했지만, 그 출현으로 인해 주체를 혼란에 빠뜨리기도 하는 모호한 영역이었다. 성은 주체들의 수많은 사건을 낳는 촉발의 장치였다. 성이라는 영역은 건드리기 무서워 모른 체 덮어 둬도 문제를 일으켰지만, 건드리면 건드릴수록 훨씬 더 많은 문제를 낳았다. 나도향의 「J의사의 고백」(1925)은 연애에 끼어들기 마련인 질투와 시기의 미묘한 감정을 중심으로 한 남성과 두 여성 사이의 은밀하고도 노골적인 성적 욕망이 표현되어 있다는 점에서 재미있으면서도 충격적인 작품이다. 작품은 남편이 있는 여성 늑막염 환자 S를 유혹한 한 젊은 의사 J의 고백적 참회의 형태로 구성되어 있다. 기혼 남성인 이 의사의 불륜은 당시의 관념으로 재면 심각한 죄악에 속할 것이다. 그런데 이 사내가 늑막염 환자 S를 유혹한 동기가 재미있는데, 사내는 그것을 질투심이나 보복 심리에 의한 것으로 풀이한다. 한때 사귀기도 했던 간호부 O는 현재 다른 남성과 연애 중이다. 그런데도 이 간호부는 의사가 다른 여성에게 마음을 주는 것을 용납하지 않는다. 서술자인 의사의 표현을 볼 때 간호부는 전형적으로 색정적인 히스테리 환자다.

> 그는 또 다시 다른 애인을 얻어 두었습니다. 그러나 O는 언제든지 내 옆에 다른 여자가 가까이 오지를 못하게 하였습니다. 이것은 일종의 변태 심리에서 나오는 질투이겠지요. 그뿐 아니라 자기의 자존심과 자부심을 유지하려는 여자의 앙칼진 마음인지도 모르겠습니다.[63]

O는 허영심이 강하고 자기중심적이며 주목받기를 요구하는, 연극적인 태도가 몸에 밴 히스테리 주체의 전형적 성격을 보여 준다.[64] 연

---

63) 나도향, 「J의사의 고백」, 『나도향전집』 상, 196쪽.

인관계를 청산한 지금도 간호부는 의사의 연애생활에 적극적으로 개입하면서 온갖 질투를 다 드러낸다. 의사는 간호부의 행위를 자부심을 유지하려는 히스테리적 주체의 질투라고 분석한다. 어느 날 형님의 소개로 S라는 미모의 늑막염 환자가 진료를 받으러 온다. 그녀에 대한 묘사는 상당히 성적인 부분을 건드리고 있는데, 가령 "S는 당신도 아시다시피 미인이었습니다. 더구나 그 눈썹 긴 눈에 검은 눈동자가 말할 때마다 광채 있게 도는 것이라든지 어여쁜 입이 반쯤 웃음을 띠는 것에 어쩐지 사람의 마음을 끄는 데다 그의 넝청넝청 걷는 걸음걸이는 그대로 뒤로 가서 껴안을 만하였습니다"[65]와 같은 표현은 전형적이다. 사내가 뒤에서 껴안고 싶을 정도로 자극적인 여성이 S라는 것이다. 이 순간 독자의 호기심과 성적 욕망도 갑작스럽게 자극된다.

이 껴안고 싶다는 느낌은 단순히 그녀의 외모에 대한 묘사에 그치지 않는다. 문제는 이 충동을 의사 J가 직접 실천으로 옮긴다는 데 있다. 세 인물이 동등하다면 그것은 성적 욕망의 동등성에 있다. 모든 인

---

64) 나지오에 따르면 히스테리의 모습은 "전체적으로 향락하는 것에 대한 끈질긴 거부를 중심으로 집중되어 있는 불만스러운 관계, 성에 민감한 관계, 슬퍼하는 관계로 나타"나면서 신경증적 고통이 주로 몸으로 표현된다고 한다(나지오, 『히스테리의 정신분석』, 33쪽). 하지만 히스테리가 모두 신체적인 고통으로 전환되는 증상을 보이는 식으로 표현되는 것은 아니다. 반면 강박증은 무의식의 견딜 수 없는 향락이 강박적인 관념의 고통으로 대치되는 특징을 갖는다. 하지만 한국의 근대문학에서는 신체적 증상으로 전환된 히스테리를 찾아보기 어렵다. 「B사감과 러브레터」의 경우 연극적 신체라는 형태를 볼 수 있기는 하지만 직접적인 신체전환 히스테리를 찾을 수는 없다. 히스테리는 기본적으로 신체반응이 큰 것과 작은 것으로 구분할 수 있는데, 전자에 속하는 것은 간질, 발작, 경련, 호흡곤란, 두통, 메스꺼움, 졸도, 상상임신 등이며, 후자에는 불감증이나 촉각 마비와 같은 감각능력의 상실, 시각, 청각, 후각의 전체 혹은 부분적 상실 등이 속한다. 또한 신체의 전체 혹은 부분에 나타나는 마비현상들, 시각상실, 보행불능, 불안정한 걷기나 서기, 쓰러질 것 같은 신체적 상태, 생리불순, 거식증이나 그 반대 증상인 폭식증 등도 여기에 속한다(폰 브라운, 『히스테리』, 30쪽).
65) 나도향, 「J의사의 고백」, 『나도향전집』 상, 196쪽.

물은 성적인 욕망을 다른 방식으로 치환해서 은폐한다. 의사의 욕망은 S만이 아니라 간호부에게도 향한다. 환자에 대한 진료를 방해하는 간호부의 질투가 문제라면 당연히 병원에서 내쫓아야 한다. 그런데도 J는 간호부를 옆에 두고 있다. 헤어지긴 했지만 아직도 그녀에 대한 욕망이 남아 있다는 반증이 아니고 무엇이겠는가. S를 진료할 때 보여 주었던 간호부의 불친절한 태도를 따지러 그녀의 숙소를 찾아갔을 때 의사는 간호부의 새로운 애인을 발견한다. 그리고는 밤새도록 술을 마시고 만취 상태로 귀가한다. 왜 그랬을까? 아내도 있는 사람이. 아직도 간호부를 포기하지 않았기 때문이다. 새로운 사내에 대한 질투심을 술로라도 눌러 끄지 않고서는 견딜 수 없었던 것이다.

집에 돌아가서 아내에게 느낀 부끄러움은 바로 그의 은밀한 욕망에 대한 자책에 다름 아니다. 결코 그는 간호부를 미워하지 않는다. 대신 소유하고 싶어 미칠 지경이다. 그런데 그녀는 의사 한 사람에게만 만족하는 여성이 아니다. 의사는 이런 상황을 견디기 힘들어한다. 의사가 간호부의 새로운 애인에 대해 질투한다면 간호부도 S에 대해 질투한다. 간호부의 질투심이 S에 대한 불친절로 나타난다면 의사의 질투심은 S에 대한 유혹으로 나타난다. 간호부에게 내심 복수할 기회를 찾고 있었는데, S가 나타난 것이다. S와 의사의 불륜행각은 간호부 O의 질투심 때문이라기보다는 O에 대한 의사 J의 질투심 때문이었다. 그런데도 의사는 이렇게 고백한다. 간호부 O의 질투심 때문에 자신이 S와 불륜에 빠질 수밖에 없다고. 욕망의 심층을 파고들지 못하고 자꾸 표면을 기웃거리는 고백.

그러나 의사가 늑막염 환자 S를 유혹하게 된 것은 단순히 O에 대한 질투심과 반발심 때문만은 아니다. 오히려 이 질투심을 S를 유혹하는 꼬투리로 삼았을지도 모른다. 의사는 아내든 O든 S든 아름다운 여성이라면 가리지 않고 소유하고 싶은 욕망에 어쩔 줄을 몰랐던 것이다. 물론 이 강력한 욕망은 무의식적인 것이라 인물들의 의식의 표면에서는 발견할 수 없다. 그래서 의사는 자신의 심층적 욕망에 대해서는 무지하다. 대신 O의 질투나 O에 대한 반발심, 혹은 S의 유혹 때문에 그런 사건들이 벌어진 것으로 생각한다. 하지만 서술자가 무심하게 넘긴다고 해서 텍스트적 수준에서도 이 무의식의 층위가 은폐되는 것은 아니다. 텍스트는 이 성적 욕망이라는 인간의 무의식이 야기하는 사건들을 충실히 보여 준다.

그러나 이 기혼남성의 문란한 성적 행위는 그만의 잘못도 아니다. 미모의 여성 S조차 남편이 동경으로 떠나 있는 사이 이성에 대한 그리움을 참을 수 없었다고 고백한다. 그러므로 의사가 S에게 먹인 술은 사실상 S가 자발적으로 먹은 것이었다. 의식의 층위에서는 나의 유혹이지만 성적 욕망의 층위에서는 상호간의 유혹인 것이다. 그러니 도대체 누구의 잘못이겠는가. 누구의 잘못도 아니지만, 사건은 계속 일어나고 잘못은 계속된다.

그러나 그의 너무 쓸쓸함은 그와 같이 일어나는 의심을 이겨 버리고 문 밖으로 그를 끌어내기에 너무 많은 힘이 있었으며 또는 적막한 가운데에서 젊은 여자가 주리고 주린 이성(異性)에 대한 그 어떠한 위안이 너무 결핍함을 깨달았었던 것도 사실이었습니다.[66]

---

66) 나도향, 「J의사의 고백」, 『나도향전집』 상, 206쪽.

서술자 의사의 시각에서 파악된 S의 심리다. 이 서술을 볼 때 S는 충분히 유혹당하고자 했으며, 심지어 길거리를 피해 으슥한 곳으로 갈 때는 "누가 보면 내외로 알겠네"라고 말함으로써 의사로 하여금 그녀의 욕망을 짐작하도록 부채질했다는 사실을 알 수 있다. S는 확실히 의사를 유혹했다. 그런데도 의사의 유혹에 이끌린 수동적인 상황에 있었던 것처럼 묘사된다. 성적 욕망의 동등성, 그러나 의식에 있어서의 계속되는 오해. 이것이 이 「J의사의 고백」을 흥미롭게 만드는 요소다. 의사의 고백은 의식이라는 표면에 놓여 있지만, 그럼에도 성적 욕망이라는 무의식적 층위를 가끔씩 표면에 솟아오르게 한다. 나의 불륜이 순전히 간호부의 질투에 대한 반발심에 불과한 것일까? 이런 의문이 의사를 괴롭히고 있고, 고백을 야기한다.

이 글을 쓰려는 나는 몇 번이나 주저하였는지 알 수가 없습니다. 이 글은 나의 인격을 당신에게 대하여 스스로 낮추는 동시에 또는 나의 죄악의 기록을 스스로 짓는 것이 되는 것을 앎으로 몇 번이나 들었던 붓을 내던졌는지 알 수가 없습니다.[67]

작품의 처음이다. S의 남편에게 보내는 고백의 편지다. 의사 자신의 "죄악의 기록"으로 읽어 달라고 한다. 물론 죄악에 대한 고백이기에 심각한 결단이 필요했을 것이고, 많은 주저가 있었을 것이다. 그러나 지금까지 분석한 대로 이 유혹의 놀이 속에서 모든 사건을 책임질 주체는 존재하지 않는다. 모두 다 성적 욕망의 노예였던 것이지 행위를 주

---

67) 나도향, 「J의사의 고백」, 『나도향전집』 상, 193쪽.

도한 자는 없는 것이다. 혹은 세 사람 모두 행위를 주도했고 서로를 촉발했다고 할 수도 있을 것이다. 다음의 고백은 사태를 더 정확히 파악한 것이라 할 것이다.

　　당신도 이 글을 보시면 새삼스럽게 놀라실 줄 압니다. 그리하고 또 S라는 여성이 얼마나 당신에게 원망스럽고 또는 무서운 여자인 것을 당신도 아시겠습니다. 그러나 그 죄는 결코 S에게만 있는 것이 아닙니다. 대부분의 책임이 '나'라는 사람에게 있습니다. 나라고 하는 사람만 없었다면 S라는 여성도 그와 같은 무서운 죄악 ──사람으로서 사람을 업신여긴다는 죄악은 짓지 않았으리라고 생각합니다. 어찌하였든지 이 죄악을 짓게 된 나로서 이 글을 써서 당신에게 모든 사실을 자백하여 그 죄를 사하는 동시에 또는 이 '나'라는 사람에게도 다소간에 동정할 점이 있는 것을 알아주시기를 바라는 바입니다.[68]

　　모든 죄가 S에게만 있는 것이 아니라 자신에게도 있으며, 세 사람 모두의 잘못이라는 것이다. 그중에서 자신의 잘못이 가장 크다는 것인데, 이로 인해 고백의 당사자가 되었을 것이다. 그런데 고백의 말미에 자신에게 "다소간에 동정할 점"이 있다고 말하는 이유는 무엇인가? 까닭은 이렇다. 자신은 S를 유혹했고, S도 자신을 유혹했지만, 자신의 유혹은 간호부 O의 질투에 대한 보복 심리에서 비롯되었다. 즉 자신의 죄가 무겁지만, 모든 것을 뒤집어쓸 수는 없다는 것이다. 의사가 자신을 동정해 달라고 하는 지점에서 의사는 진실에 대해 맹점을 보인다.

---

68) 나도향, 같은 책, 193~4쪽.

죄는 모두의 것이면서 동시에 아무의 것도 아니다. 그렇지만 먼저 죄를 고백하면서 인간적 정당성을 확보하고자 하는 태도가 의사에게 있다. 고백이지만 어떻게 보면 책임 회피의 태도도 숨어 있다. 우리는 이런 주체를 히스테리적 주체라 부를 수 있다. 그는 사태를 저지른 죄인임에도 불구하고 사실은 희생자였다는 사실을 은연중 주장하고 싶은 것이다. 이 희생자 역할의 강조, 이것이 히스테리적 주체의 큰 특징이다.[69] 간호부 O의 질투로 인해 벌어진 비극적 사태, 이 사태 속에서 참회해야 하는 희생양으로서의 자신, 이런 희생자 환상의 드라마가 바로 「J의사의 고백」이다. 이 환상을 드러내면 남는 것은 아무의 책임도 아닌, 그러면서 모두의 책임인 성적 욕망이다.

그렇다면 우리는 "다소간에 동정할 점"을 찾아낼 수도 있다. 도대체 우리는 그의 무엇에 대해 동정해야 하는가? 그것은 바로 그가 성욕이라는 무의식의 희생자라는 사실이다. 이 사실을 그는 도저히 알 수 없었지만 텍스트는 알고 있었다. 고백하는 자는 자신의 죄를 찾아내지만, 동시에 그는 자신을 둘러싼 인간의 무의식도 드러낸다. 책임지고자 해도 책임질 수 없는 어떤 영역, 인간의 미지의 진실을 드러내는 일, 이것이 문학의 소명이었다.

7) 근친적 욕망과 모성적 퇴로

20년대 성은 단순히 육체적 욕망이나 이성애적 욕망에 갇혀 있는 것은 아니었다. 우리는 「동백꽃」이나 「봄봄」의 작가 나도향에게서 근친애적 욕망을 다룬 작품을 발견할 수 있다. 현재는 도착적인 것이라 분류되고

---

69) 나지오, 『히스테리의 정신분석』, 25쪽.

심지어 인류학적 금기인 근친애가 문학담론에 등장한다는 사실은 20년대 문학의 에피스테메의 특징을 분명히 드러낸다. 욕망의 해방이 아니라 욕망에 대한 분석, 욕망의 억압이 아니라 욕망에 대한 앎의 의지가 문학담론을 지배했던 것이다.

　나도향의 「젊은이의 시절」(1922)이 바로 그런 작품이다. 주인공 철하와 그의 사촌누이 경애 사이에는 근친애적 감정이라 할 미묘한 파토스가 형성되어 있다.[70] 나도향의 초기 작품이 그렇듯이 이 작품에서도 우리는 히스테리적 감수성의 과잉을 찾아볼 수 있다. 경애는 어느 날 연인 영빈으로부터 절교의 편지를 받는다. 이 순간 경애와 철하는 과도한 감상에 빠져 비통을 표현한다. 여기서부터 텍스트는 히스테리적 주체의 감상적 자기 고백이 된다. 이는 인물의 층위에서도 그렇지만 텍스트 전체의 층위에서도 마찬가지다. 극단적인 감정의 변화들은 쉽사리 이유를 필요로 하지 않는다. 이 급격한 감정의 변화와 행동의 전환, 그리고 근친적 욕망의 노출과 죄의식, 울음과 웃음의 반복적 등장은 한 편의 연극과도 같은 히스테리 환자의 착란상태를 잘 보여 준다.

　경애는 땅에 엎드리어 울었다. "예술가는 다 악마이다. 다 그만두어라", 그는 자꾸자꾸 느껴 운다. 영빈의 머릿속에는 벌써부터 나의 누이를 더럽히고 있다. 보이지 않는 그의 머릿속에는 몇만 번 나의 누님을 침상에서 맞았다. 그 머릿속에 있던 음욕의 환영은 몇천 번인지 모른

---

70) 박헌호도 「젊은이의 시절」이 근친상간적 욕구를 드러내고 있다는 사실에서 그 파격성을 찾고 있다. 다만 그는 이를 나도향의 전체 소설과의 관련성 하에서 설명하면서 성욕이 매개가 되어 개인의 내면과 사회적 현실의 변증법적 결합에 도달한 것으로 의미부여하고 있다(박헌호, 「나도향과 욕망의 문제」, 앞의 책, 303~323쪽).

다. 아아, 악마, 독사, 너는 옛적에 에덴에서 이브를 꼬이던 배암이다. 철하의 가슴은 갑자기 무엇이 터지는 듯하였다. 갑자기 "누님!" 하고 부르짖으며, "누님은 예술을 욕보였습니다." 경애는 자기 오라비의 갑갑하여 어찌할 줄 모르는 것을 보고 그가 엎어져서 가슴을 문지르며 우는 것을 보고 또 자기에게 원망하듯 하는 소리에 (중략) 그의 오라비를 (중략) 쳐다보는 그의 눈에는 사랑의 빛이 찼다. "그놈이 나의 누님의 원수라 함보다도 나의 원수입니다. 그놈은 예술을 욕보였습니다." 철하는 자기 누님의 사랑스러운 항복을 받고는 갑자기 마음이 더욱 흥분되었다. "나의 손에 주정이 타는 듯한 날카로운 칼은 없지만은 그놈의 가슴을 이 손으로라도 깨뜨려 버릴 터입니다." 경애의 마음은 어디까지나 자랑스러웠다. 경애는 눈물을 씻고 아무소리 없이 나간다. 그가 몸을 슬쩍 돌릴 때에 그의 희고 고운 옷자락이 바람에 슬쩍 날리어 그의 부드러운 육체의 윤곽이 선명하게 철하의 눈에 보였다. 아아, 정욕! 그는 고개를 다시 내려 엎드려 책상 위에 엎드렸다. 그는 자꾸 울었다.[71]

철하의 근친애적 욕망은 음악의 여신이라는 환상적 수사를 통해 표현되고 있어 애매하다. 그러나 이 애매함이 어떤 은폐의 작용을 한다는 느낌을 더 강하게 준다. 다 보여 주지 않고 살짝 가리고 있어 가린 부분을 더 도드라지게 하는 속임수처럼. 철하는 지금 누이 경애가 경험하는 실연의 아픔에 강력하게 동일화된 상태다. 누이를 슬프게 하는 배

---

71) 나도향, 「젊은이의 시절」, 41~5쪽을 요약적으로 제시했는데, 5페이지에 걸쳐 있는 감상의 엄청난 변화를 보여 주기 위해서다.

신자 영빈은 철하의 원수이자 악마다. 그런 사이비 예술가에 대해 증오의 심정으로 표현한다. 예술가는 모두 악마라고. 그러나 이상하게 철하는 이 슬픔의 정조 속에서도 욕망의 표출을 억제하지 못한다. 누이의 육체와 그 윤곽을 곁눈질하는 철하는 지금 욕망의 화신이지 동정의 인간이 아니다.

"그가 몸을 슬쩍 돌릴 때에 그의 희고 고운 옷자락이 바람에 슬쩍 날리어 그의 부드러운 육체의 윤곽이 선명하게 철하의 눈에 보였다. 아아, 정욕! 그는 고개를 다시 내려 엎드려 책상 위에 엎드렸다." 철하는 지금 위험한 순간이다. 누이에 대한 '정욕'을 주체할 수 없다. 사실 누이의 실연은 철하의 기회이기도 하다. 경쟁자가 없어졌으니 욕망이 부채질되는 것도 당연하다. 철하의 고통은 여기서 정체를 드러낸다. 그것은 누이의 아픔에 대한 동정이 아니라, 경쟁자가 사라지고 나서 자연스럽게 표출되는 '정욕'이다. 이 근친애적 욕망이 철하로 하여금 죄의식 속에 빠지게 한다. 텍스트는 이 철하의 명확한 욕망을 은폐하기 위한 환상적 수사로 가득하다. 그런 만큼 텍스트 자체가 히스테리적 주체의 자기 환상이라고 할 정도다.

감상적인 환상의 과잉은 금기라고 할 수 있는 근친적 욕망[72]에 대한 방어 작용의 결과다. 환상은 문학적 장치라기보다는 생리학적이고 의학적인 장치인 셈이다. 철하는 이 욕망을 계속해서 억압할 수밖에 없

---

72) 원래 도착증(perversion)은 '정상적인' 성행위 ——성기의 삽입을 통해 오르가슴을 얻는 것을 목표로 하는, 이성과의 성교로 정의되는—— 에 비해 일탈된 행위로 정의되지만, 더 넓은 의미에서는 성적인 쾌락의 획득에서 비정형적인 수단을 동반하는 성 심리 행위 전체를 뜻하기도 한다. 프로이트도 물품음란증, 동성애, 근친상간을 도착증의 사례로 들고 있다.(라플랑슈·퐁탈리스『정신분석사전』, 115~7쪽)

고, 이 억압 과정이 텍스트의 진행 과정이 된다. 무마와 금지의 작용이 오히려 표현하고 드러내는 기능을 한다.

> 그는 부끄러움도 잊어버리고 옷을 벗었다. (중략) 철하 뒤에는 눈썹을 푸르게 단장하고 가슴의 유방을 내보이며 입에는 말하기 어려운 정욕의 웃음을 띠고 푸른 달빛을 통하여 아지랑이 같은 홑옷 속으로 타는 듯한 육체의 말할 수 없는 부드러운 대리석 같은 살의 윤곽을 비치었다. 그는 알지 못하게 그 여자의 뭉클하고 부드러운 유방을 끼어 안았다. 그는 타는 듯한 입을 맞추었다. 초자연의 순간이었다. 그때 또다시 유창한 마왕의 웃는 소리가 들리었다. "하하하 하하하하", 철하는 꿈같이 몇 시간을 보내었다. (중략) 마왕과 그 여자는 깜짝 놀라 손을 마주 잡고 여명 속에 숨어 버리었다. (중략) 음악의 여신은 아무 말도 없었다. (중략) 그 여신은 감정적인 여신이었다. 그의 눈에서는 눈물이 자꾸자꾸 흘렀다. (중략) 철하는 그 여신을 단단히 쥐었다. 그러나 그 여신은 돌아가려 하였다. 철하는 놓지 않았다. 그때 여신의 몸은 구름같이 변하고 아지랑이 같이 변하고, (중략) 그는 다시 엎드려 울었다. 철하가 눈을 떴을 때에는 그 여신을 잡았던 손에 자기 누이의 고운 손이 잡혀 있었다. 자기 누이는 자기 손을 잡고 그 위에 눈물을 뿌리고 있었다.[73]

환상적으로 처리되어 있을망정 여성의 육체가 직접 묘사되어 있다는 점, 애무의 과정이 생생하게 표현되어 있다는 점 등에서 위의 묘

---

73) 나도향, 「젊은이의 시절」, 『나도향전집』 상, 48~9쪽.

사는 상당히 성적 쾌락을 자극한다. 그런데 이 감각이 순전히 환상의 세계 속에서만 존재하는 것은 아니다. 철하가 환상적 꿈의 세계에서 깨어났을 때 여신의 손을 잡고 있던 철하의 손에 현실 속의 누이의 손이 쥐어져 있다. 정상적으로 처리할 수 없는 이 욕망, 긍정할 수도 부정할 수도 없는 욕망의 상태. 철하는 마왕과 함께 나타난 부드러운 "가슴의 유방"을 가진 여자를 껴안으면서 환상적인 방식으로 근친애적 욕망을 표현한다. 그러나 이것마저 위험하다. 환상도 어쨌든 욕망의 표현이고, 환상이라고 해서 금기가 작동하지 않는 것은 아니기 때문이다.

철하는 밤이 지나고 새벽이 찾아오자 회개의 눈물을 흘린다. '마왕의 시간'에 표현했던 욕망이 다시 죄의식을 불러일으키는 것이다. 음악의 여신은 이 죄의식을 사해 줄 수 있는 존재로 설정되어 있다. 프로이트가 예술적 승화를 말하듯이, 일종의 승화작용으로서 음악이 등장한다. 그러나 「젊은이의 시절」이 근친적 욕망을 음악의 여신을 통해 승화시켰다는 것은 도대체 무슨 뜻인가. 철하의 환상을 구체적으로 살펴보자.

처음엔 예수의 환상이 나타나고, 다음엔 술의 마왕, 마지막으로는 음악의 여신의 환상이 등장한다. 예수는 위안을 주지 못한다. 철하의 육체적 욕망은 기독교적 의식으로는 절대 구원받을 수 없다. 죄의식 자체가 기독교적 윤리의 지배 속에서 생산된 것이기 때문이다. 그렇지만 이 예수의 환상은 문학담론과 도덕적 담론의 교섭을 잘 보여 준다. 기독교적 윤리의식은 작품의 층위에서 구체적으로 간섭해 들어오는 물질적 담론이다. 근친애는 단순히 하나의 잘못이나 잘못된 생각이 아니라, 죄의식을 불러일으키는 추악한 것이라는 철하의 반응은 철저히 기독교적이다. 우리는 20년대 문학담론에서 근친애가 도덕적인 분할의

선에 의해 구획되는 현장을 목격할 수 있다.

그러나 이 분할에는 구체적인 느낌이 없다. 다시 말해 도덕적 담론이 과연 부르주아의 생산경제의 측면에서 비롯되는 것인지, 아니면 근대 부르주아 가족의 담론과 관련되는지 알 수 없다는 것이다. 최소한 「젊은이의 시절」은 이런 점에서 철저히 추상적이고 관념적이다. 대신 도덕적 분할의 선과 욕망의 선을 상호 접속시키면서 문학공간을 구축하고 있다는 점에서 전형적으로 20년대 문학담론이라 할 것이다.

다음으로 술의 마왕은 관능적 여성과의 디오니소스적 혼음의 상태를 만들면서 철하의 쾌락을 최고도로 높인다. 그러나 동시에 고뇌도 정점으로 끌어올린다. 디오니소스적 혼음의 끝에는 죄의식의 악마가 기다리고 있기 때문이다. 환상적 향유와 죄의식의 폐쇄된 회로를 벗어날 길 없는 철하는 음악의 여신을 필요로 한다. 여기서 음악의 여신은 모성적 존재를 상징하는 것으로 되어 있다. 철하는 자신의 죄의식을 이 모성적 존재를 통해 덜어 내려 한다. 그리고 음악의 여신의 손이 곧 경애의 손이듯이 경애가 곧 모성적 존재가 된다. 관능적 존재로서의 경애가 모성적 존재가 변모할 때 철하의 죄의식도 사라진다. 왜냐하면 철하의 근친적 욕망이 모성적 존재에 대한 애정의 갈구로 변형되었기 때문이다. 이제 근친적 욕망은 모성적 사랑에 대한 추구로 승화된다.

그러나 이 모성적 퇴로가 욕망의 출구가 될 수는 없다. 철하가 지향하는 음악이라는 예술이 모성적인 안식처가 된다는 발상은 철저히 예술적인 상상력일 뿐이다.[74] 성적 욕망의 기독교 윤리적인 포획에 비해 구원으로서의 예술담론은 새로운 것이기는 하지만 무력한 것이다. 예술담론이 구원의 조건으로 설정된 것도 실상 주체를 형성하는 윤리적 담론의 강력함을 증명할 뿐이다. 최소한 1920년대 문학담론은 이

도착적 욕망에 대해 해답을 찾지 못했다. 찾았다면 그것은 예술적 승화라는 추상적인 수준에서일 뿐이다. 이 시기 성도착은 주체로 하여금 자신을 해부하게 하는 병리적 기제였다. 주체가 성도착을 자신의 권리로 삼을 수 있을 정도로 주체의 양식이 바뀌지 않는 한 해답을 발견할 수는 없는 법이다. 이 성애적 위반은 근대적 주체성의 형성에서 상당히 중요한 계기다.[75] 히스테리가 일반적으로 여성적 경향의 주체를 형성하는 기제였다면 성도착은 남성적인 경향의 주체를 형성하는 병리로 인정되었다고 한다.[76] 철하의 성도착은 자기 심문과 고백을 가능하게 한다. 그리고 이를 통해 철하의 근대적 주체성이 형성된다. 이 시기 성도착은 병이라기보다는 주체의 변별적 자질이 되었다.

3. 강박증적 주체와 거부된 향락

1) 성충동의 표현과 도덕적 감수성의 새로운 분할

최승만의 「황혼」(1919)은 비록 작은 희곡 소품이지만, 신경과민에 의한 주체의 죽음을 다루고 있다는 점에서 이 시기 문학의 일반적인 특징을 보여 주고 있어 참고삼을 만하다. 전 4막으로 구성된 이 작품에서

---

74) 근대소설의 여성인식을 살펴보면서 누이 경애가 속물적인 남성들과는 달리 음악가가 되기를 간절히 원하는 철하의 유일한 원조자이자 이해자라고 보는 경우도 있다(이혜령, 「1920년대 동인지 문학의 성격과 여성인식의 관련성」, 『1920년대 동인지 문학과 근대성 연구』, 116쪽).

75) 펠스키, 『근대성과 페미니즘』, 270쪽.

76) 같은 책, 283쪽. 여성에게 성도착이 나타나지 않는 이유로 펠스키는 크라프트 에빙의 말을 인용하고 있다. "여성에게 있는 본래적인 요인과 외래적인 요인 ─ 정숙함과 관습 ─ 의 장애 때문에 자연히 여성은 도착적인 성적 본능을 표현할 수 없다." 그리고 프로이트의 연구를 따라서 여성의 히스테리가 남성의 부인된 성도착이라고 말한다(284쪽).

주인공은 가정의 반대에도 불구하고 이혼을 하고 다른 여성과 재혼하는 과정에서 극도의 사회적 억압과 긴장 때문에 "신경쇠약"[77]에 걸리게 된다. 이런 점에서 그의 병은 개인적인 질환이라기보다는 사회적인 질환이라고 할 수 있을 것이다. 신경쇠약은 사회적 규범이 만들어 낸 죄의식의 개체적 표현의 일종이기 때문이다. 그러므로 우리는 작품에 표현된 신경쇠약이라는 병명을 구체적으로는 일종의 강박신경증이라고 분류할 수 있을 듯하다. 신경쇠약은 정확한 질환명은 아니다. 주체의 조건에 따라 히스테리가 되거나 강박증이 될 수 있다.

강박신경증(Obsessive-Compulsive Neurosis)은 기본적으로 과격한 초자아의 활동에 의해 자아가 받는 핍박과 죄의식이 주조를 이루는 병이라고 말할 수 있다.[78] 적절한 방어기제의 작용에도 불구하고 정상적으로 억압되지 않은 욕망이 고개를 들 때 비정상적으로 이뤄지는 방어가 바로 강박신경증이고, 이 욕망 때문에 죄의식이 형성된다고 한다.[79] 강박신경증에 대한 다양한 해석과 연구를 종합해 보면 기본적으로 아주 높은 도덕적 기준을 유지하는 자아나 초자아 때문에 발생되는

---

77) "신경쇠약"이라는 병명은 20년대 병리적인 인물의 특성을 지칭하는 데 자주 사용되었던 것이지만, 정신병리학적으로는 상당히 포괄적인 병명이기도 하다. 신경쇠약은 노이로제(이종규, 『노이로제』, 4쪽) 즉 신경증이며, 히스테리, 강박증 등을 포함한다.

78) 신석호, 「강박신경증의 정신분석적 치료 1 : 자아심리학의 관점」, 『정신분석』 11권 1호, 1쪽. 강박신경증의 정신병리는 프로이트의 경우, 개인의 자아가 잊어버리기로 결정하여 이미 억압한 고통스러운 정서(affect)가 어떤 부적절한 사고(idea)로 인해 다시 나타날 때 형성되며, 이런 용납할 수 없는 사고는 성적인 경험과 자극의 토양에서 자란다고 한다. 이외에도 안나 프로이트의 경우는 자아보다 이드가 더 빨리 성숙함으로써 강박적인 방어가 작동하기 시작한다고 주장하기도 한다.

79) 우리는 여기서 유아의 성충동, 그리고 억압과 방어라는 정신분석학의 환원론적 기제를 택하려고 하지는 않는다. 대신 어떤 욕망이든 그 욕망의 분출이 억압된다는 것, 이것은 아버지라는 초자아든 사회적 권력이라는 초자아든 초자아라는 대상이 개입하는 작용이라는 것, 그리고 욕망에 대한 초자아의 억압이 어떤 병리적 상태를 초래한다는 것을 인식하고 이러한 일반적인 구조를 통해서 문학적 표현들을 검토하고자 하는 것이다.

병리라고 정리할 수 있을 듯하다. 강박증에서 등장하는 죄책감은 통상 자기비난의 형태로 전환되어 나타난다고 한다. 강박신경증을 항문성애라는 유아적 단계로의 퇴행과 같은 프로이트적 방식으로 다루는 것은 작품 분석의 가능성을 봉쇄하기 때문에 여기서는 〈초자아-죄책감-강박증〉이라는 일반적 구조만을 문제 삼고자 한다.

「황혼」의 주인공은 개인의 행복을 방해하는 사회적 규약에 대해 극도의 혐오감을 보이지만, 동시에 사회적 현실의 압력이 주는 공포에서 벗어나지도 못한다. 혼령의 형상으로 주인공을 괴롭히는 전(前) 부인은 주인공의 죄책감의 연극적 표현 형태이다. 희곡이라는 장르적 제약성 때문에 신경쇠약으로 인한 고뇌가 세밀히 그려지지는 못했지만, 그럼에도 아주 이른 시기에 사회와 마주친 근대적 개체의 병리를 신경쇠약으로 표현하고 있다는 점에서 인상적이라 할 만하다.

그러나 우리가 1920년대 문학담론을 살펴볼 때 훨씬 흔하게 마주치는 장면은 개체의 욕망 내부의 문제로 인해 발생하는 주체의 번민이며 고뇌이다. 이 고뇌에 대한 병리적 탐구와 표현이 문학담론이 담당해야 하는 영역이라는 인식은 이 시기 형성된 것이었다. 그러므로 강박증적 주체는 문학담론이 주석을 달아야 하는 중요한 인간의 본질이 된다. 그렇다고 당대에 강박증에 대한 이론적 인식이 형성되었다고 말하는 것은 아니다. 대신 이렇게 강박적으로 표현되는 주체에 대한 관심이 끊이지 않았고, 이것이 근대문학이라는 인식이 광범위하게 형성되고 있었다는 사실에 주목해야 한다. 병리적 주체를 의학적 분류에 따라 분석했든 안 했든 사후적인 의학적 분류보다 중요한 것은 병리적 주체에 대한 포착이다. 1920년대 문학담론은 특이한 주체, 곧 병리적인 주체에 대한 일관된 관심을 갖고 있었다.

푸코에 따르면 담론이 재생산되는 과정에는 담론의 우연성을 지배하는 내부적 과정이 있다. 그중에서 '주석의 원리'라고 부르는 것이 지금 우리의 분석과 관련되는데, 기존에 존재하는 어떤 텍스트를 계속해서 변주해 가면서도 그 기본 형태를 인식할 수 있게끔 하는 원리가 그것이다. 가령 일차적 문헌으로서 『오디세이아』는 반복적으로 표현되는데, 이는 동시대의 여러 판본이나 베라르의 번역의 형태를 취할 수도 있고, 수많은 해설서들이나 조이스의 『율리시즈』의 형태를 취할 수도 있다. 이처럼 "주석은 담론의 우연을 그에 어떤 역할을 부여함으로써 제거하고자 한다."[80] 담론들은 변화하지만 그럼에도 어떤 일관된 형태를 유지하는 주석의 원리에 의해 지배를 받는다. 담론이 이 원리를 벗어나면 그 계보적 연속성을 상실하게 된다. 한 에피스테메 내의 담론은 각각의 텍스트에 대한 주석이라고 할 수 있을 정도로만 변이를 이루는 법이다.

앞에서 분석한 히스테리적 주체나 지금 분석하는 강박적 주체와 같은 병리적 주체는 근대문학의 담론이 집요하게 관심을 갖고 있던 주체의 형식들이다. 문학담론은 이런 병리적 주체를 벗어나서는 성립하지 않는다. 다시 말해 문학담론을 규제하는 내재적 과정이 있는 것이다. 이것이 도스토예프스키에서 기원하든, 모파상에서 기원하든 어쨌든 이 주석의 원리의 기원은 확실하게 알 수는 없는 노릇이다. 대신 우리는 그 주석의 원리가 최소한 병리적 주체를 중심으로 규제적 원리를 행사하고 있다는 사실을 알 수 있다. "보존되는 기언(旣言)들, 반복되는 기언들, 변이되는 기언들"의 정체는 확인할 수 없다. 그러나 이차적

---

80) 푸코, 『담론의 질서』, 26쪽.

인 텍스트들, 다시 말해 주석서들은 계속해서 웅성거린다. 그것은 "은밀한 반복이라는 꿈에 의해 내부로부터 가공된다."

주석서들은 "열려진 복수성과 불확실성"을 형성한다. "새로운 것은 말해진 것 안이 아닌, 그의 재귀라는 사건 안에 존재한다."[81] 1920년대 문학담론은 하나의 작품이 아니다. 그것은 열려진 복수성의 형식을 갖는다. 그리고 그것이 어떤 것을 형성할 수 있을지는 아직도 불확실하다. 그러나 어쨌든 그것은 반복되는 사건이다. 우리는 이 반복을 병리적 주체라는 요소 속에서 찾을 수 있다. 다시 말해 우리의 생각으로는 담론의 반복은 병리성이라는 사건의 형태로만 가능하다.

다시 강박적 주체로 돌아가자. 전영택의 「운명」(1919)이 보여 주는 세계가 그러한데, 감옥에 간 주인공 '동준'을 배반한 한 여성의 편지를 장식하는 주된 관심사는 바로 성욕의 악마성과 참담한 죄의식이다. 동준은 감옥을 나와서 자신이 사랑했던 H라는 여성의 소재를 추적하지만 결국 어디로 갔는지 알아낼 수 없게 된다. 이때 한 통의 편지를 받는다. 일종의 배신의 편지이자 고백의 편지다. H가 동준에게 보낸 자백의 편지에서 가장 핵심적인 사안은 동준이 감옥에 가고 없는 사이에 그녀가 성욕이라는 문제로 인해서 가장 크게 고통을 받았다는 사실이다.

그때에 제 마음에는 성의 욕망이 가장 힘 있게 깨어서 혼자서는 도저히 견딜 수 없는 적막과 슬픔과 괴롬을 깊이깊이 맛보기 시작하였습니

---

81) 푸코, 같은 책, 26쪽. 푸코는 주석의 원리가 새로운 담론을 무한히 구성할 수 있게 해주면서도, 이미 말해졌던 것을 처음으로 말해야 하며, 결코 말해지지 않았던 것을 지치지 않고 반복해야 하는 역설을 안고 있는 것으로 설명한다.

다 …… 처음에는 저도 혼자서 몹시 부끄럽고 괴로워하였나이다. 그래서 울면서 하나님께 전과 같은 사람이 되게 하여 달라고 간절히 기도도 하였나이다 …… 여하간 저는 점점 더 신경질이 되고 비관적이 되고 차차 감정이 되고 마음이 담대해져서 사회의 도덕과 법률, 따라서 세상의 습관 같은 것을 아주 잊어버리기까지 되었습니다 …… 그보다도 어찌하여 하룻밤을 지낼까함이 가장 큰 고통이요 난사(難事)이었나이다.[82]

한 여성으로 하여금 될 대로 되라는 심정으로까지 몰고 간 것은 도저히 참을 수 없는 성욕이라는 육체적 욕망이었다. 이 작품이 당시 충격적이었다면 아마도 성욕에 대한 과감한 고백, 그것도 여성의 고백이라는 점이었을 것이다. 그 어떤 욕망보다도 강력한 성욕이야말로 세계의 도덕률조차 무시할 수 있게 한다는 참회의 기록만큼 호기심을 자극하는 것도 없다. 아니 이렇게 말하는 것이 더 적절할 것이다. 이런 작품의 창작이 독자의 호기심과 문학의 쾌락을 형성했던 것이라고. 병리적 주체의 반복되는 주석의 놀이는 근대적인 문학담론을 형성하면서 그 담론에 유혹되는 독자를 형성한다. 그리고 작가와 독자의 문화적 네트워크는 병리적 주체의 주석을 반복하게 한다. 그렇다고 1920년대 에피스테메의 형성에 있어 작가와 독자의 물질적 관계만이 결정적인 것이라고 해서는 안 된다. 윤리적 규율, 식민지 정치적 조건의 변화, 의학적 인식의 변화 등 무수한 물질적 요인들의 상호관련성을 따져야 한다. 어쨌든 근대적인 에피스테메는 병과 분리할 수 없는 인간을 인간의 진실

---

82) 전영택, 「운명」, 『창조』 3호, 59쪽.

로 생산하는 쾌락의 영역이 된다.

「운명」은 성의 고백에 대해 윤리적 심판자의 태도를 취하지 않는다는 점에서 특이하다. 「J의사의 고백」이 간호부를 은연중 비판했다면, 「마음이 옅은 자여」는 봉건적 이데올로기에 대한 책임전가를 보여 주었다. 그러나 이 작품은 여성의 성욕이 인간의 본연적 본성이라고 말하고 있는 듯하다. 작품의 말미를 장식하고 있는 것이 H의 편지인데, 이 편지가 배신의 고백이자 참회의 기록인데도 불구하고 주인공의 의식을 지배하는 도덕적 서술자가 어떤 해석적 판단도 내리지 않고 있다. 더 이상 여성들을 믿을 수 없다는 동준의 결심과 다른 사내에게 갈 수밖에 없었다는 H의 과감한 성적 고백은 서사 구조상으로 대등하게 병치된 채 노출되어 있다.

H는 1910년대 말의 여성이다. 도덕적 규율의 지배는 H의 강박적 의식을 형성한다. 성적 충동이라는 내부의 이질적 타자는 주체를 혼란스럽게 한다. 신께 예전의 자신으로 되돌아가게 해달라고 빌기도 해보지만, 이런 식으로는 해답을 찾을 수 없다. 그 충동의 강렬도만큼 주체의 강력한 해석적 노력이 필요한 것이다. 그녀는 이 노력을 포기한다. 아니 포기할 수밖에 없을 만큼 성적 욕망은 강렬하다. 도저히 견딜 수 없는 충동으로 하여금 주체를 지배하게 할 때 그녀는 다른 사내를 만난다. 그러나 윤리적 규율 속에 갇혀 있기에, 특히 사랑을 언약한 남성이 있을 때 충동의 표현은 죄의식을 형성할 수밖에 없다. 사실 이런 이질적이고 침투적인 충동이야말로 모든 인간이 경험하는 것이지만, 특히 그 생각이나 충동 자체에 과도하게 의미를 부여하게 되면 강박적 사고를 갖게 된다.

여기서 H는 성적 충동 자체를 비도덕적 행위인 것처럼 생각한다.

이를 "도덕성 융합 오류"[83]라고 부른다. 생각이나 충동 자체에 과도한 의미를 부여할 때 생각과 행위의 경계가 허물어지면서 생각이 바로 행동과 같은 실재성을 띤 것으로 여겨지게 된다. 이것이 바로 강박신경증 환자의 전형적 특성이다. 죄의식은 이런 식으로 형성된다. 그렇다면 죄의식 형성의 기제로 충동보다는 강력한 초자아, 다시 말해 순결에 대한 강박을 지적하는 것이 옳을 것이다. 초자아가 지독히도 처벌적이고 엄격할 경우 자아는 초자아의 요구에 순응해 완벽한 청결과 도덕성의 형태로 강력한 반동형성의 방어기제를 만든다. H의 죄의식은 이 극도로 고양된 도덕성의 이면일 뿐이다. H의 고백은 한마디로 강박증적 주체의 고백이자, 정신분석이다.

　여자가 남자보다 강박신경증에 더 잘 걸리는 이유는 이 고결성에 대한 강박, 다른 말로 표현하면 청교도적 감성의 강도가 남성보다 훨씬 강렬하기 때문이다. 이는 여성의 본성 자체가 청교도적이라고 말하는 것이 아니다. 여성에게 부과되는 금욕적인 사회적 억압이 남성에 비해 과도하기 때문에 그런 권력의 차이가 병리의 차이를 낳는 것이다. 반면 남성이 여성에 비해 신경증에 걸릴 확률이 낮은 것은 "이중적 성도덕"이 남성에게만 허용되기 때문이다. 다시 말해 배우자가 아닌 자와의 비합법적 성관계가 남성에게만 허용되는 성도덕의 이중성 때문에 남성들은 금욕적 요구로부터 어느 정도 자유로울 수 있다. 남성에게 위선적 성도덕이 있다면, 여성에게는 순결의 강박이 자리 잡게 되는 것이다.

　그녀는 "향락한다는 데 대한 두려움"을 가지고 있기 때문에 그에 대한 "집요한 거부"의 정서를 내보인다. 도덕적 심판은 그녀의 육체를

---

83) 이용승·이한주, 『강박장애』, 136쪽.

포위하고, 그녀는 청교도적 강박 속에서 육체에 대한 감시의 시선을 계속해서 내보내야 한다. 문학이 아무리 '미'의 영역에 존재한다고 해도, 이 도덕과의 접속을 끊어 낼 수는 없다. 문학담론은 도덕적 접속의 물질적 관계로 인해 청교도적 강박증이라는 도덕적 감성을 계속해서 생산한다. 이성적인 통제가 불가능한 그 비이성적인 영역, 이는 순전히 사적인 영역은 아니다. 왜냐하면 여기서 그어지는 도덕적 분할이 사회적으로 관철되기 때문이다. 실증적인 의학적 분석이 행해지기 전에 이 감정의 무질서는 유죄성을 획득한다. 도덕적 규율과 문학담론의 끊임없는 접근.

도덕적 영역과 인간 본성의 영역이 구분되는 질서가 전근대적인 것이라면 인간 본성을 도덕적 감성이 분할해 가는 시기가 근대다. 이에 따라 인간은 심리학적인 영역 속에서 분석된다. 인간이 우주와 교류한다거나 풍속의 윤리 안에 있다거나 하는 시대는 지났다. 이제 인간은 심리적 무질서나 비이성적 어둠 속에서 규정된다. 인간은 무엇 '안에' 있는 존재가 아니라 무엇 '인' 존재다. 그 '무엇'은 병리성의 표면이자 주름이다.

여기서 확인하고 넘어가야 할 것이 있다. 과연 금기가 설정된 모든 곳에서 죄의식이 형성되는 것인가? 「운명」의 H가 죄의식에 빠진 것이 불온한 성적 충동의 발로이자 다른 남성과의 만남에 기인하는 것인가? 전근대에도 여성의 배신이 죄의식을 낳았던 것일까. 이는 자세히 확인해 봐야 할 문제이지만 확실히 그렇다고 하기는 어렵다. 최소한 죄의식이라는 감정, 다시 말해 문학담론의 분석대상이 되는 그 미묘한 감정은 근대적 산물이라고 봐야 한다. 다시 말해서 "금기가 신경증으로 변환되는 과정의 중간단계가 있는데, 이 단계에서는 도덕적 책임, 곧 윤리적 관점에서 행해지는 죄의식의 내면화"[84]가 이루어져야 하는 것이다. 푸코는 신성모독이라는 종교적 영역이 아니라 윤리적 영역이 병적인 규정과 만나는 것으로 분석한다. 「운명」에서 확인할 수 있는 것이 바로 이것이다. 병리성은 도덕적 영역과 만나는 것이지 의학적이거나 종교적인 영역과 만나지 않는다. H의 죄책감은 문학담론과 교섭하는 강력한 윤리적 영역의 지층을 확인하게 해준다. 이를 문학담론의 층위에서 바꿔서 얘기하면 인간에 대한 병리적 규정은 의학권력의 개입 이전에 문학담론과 도덕담론의 분절에 의해 진행되고 있었다고 말할 수 있다.

그러나 「운명」에서 확인할 수 있는 문학담론의 특이성은, 그리고 20년대 욕망의 특이성은 이 성적 충동에 개입하는 윤리적 분할이 철저히 외적인 것이라는 데 있다. H는 방탕의 의도 때문에 죄의식에 휩싸이는 것이 아니다. 문제는 어떤 의도도 없이 그런 충동이 회피할 수도 없는 형태로 분출된다는 것이다. 여기서 그녀의 병은 교정 가능한 병이 아니라 오히려 인간 본능의 통제 불가능한 표현이 된다. 이 막무가내인 충동에 대해 도덕적 포획은 내부가 아니라 외부에서 포위하고 질책할 뿐이다. 욕망은 막을 수 없이 쏟아져 나오는 것이라 도덕적 규율은 외부에서 죄의식의 공격을 행사할 뿐이다. 윤리적 분할은 욕망 내부로 진

---

84) 푸코, 『광기의 역사』, 192쪽. "한 문화에서 마법의 행위와 신성모독적 행동의 효력이 더 이상 인정되지 않을 때부터 그것들은 병적인 것이 된다고들 생각하는 경향이 있다. (중략) 이 변화는 신앙에 죄의식을 불어넣음으로써 이 변화의 효력을 무화시킨 과도기적 시대에 이뤄졌다." 그리고 다음 구절을 보라. "비이성의 영역을 우리가 파악하기는 어렵지만, 이 영역에 대해 고전주의는 독창적인 반응방식, 말하자면 수용을 창안했을 정도로 충분히 섬세한 감성을 품고 있었다. 19세기의 정신의학을 출발점으로 하여 질병의 확실한 증상으로 바뀔 판이었던 그 모든 징후는 거의 두 세기 동안 '불경건과 괴상함 사이에서', 신성모독적인 것과 병적인 것의 중간지점에서 분할되어 있었다. 비이성의 고유한 양상은 바로 거기에서 파악된다." (같은 책, 193쪽)

입하지 못하고 욕망의 표현을 사후적으로 추인하면서 공박할 뿐이다.

이 윤리적 분할과 욕망 간의 철저한 외재성은 무엇을 의미하는 것일까? 다름이 아니라 이는 욕망의 교정 불가능성의 지대에 주체가 자리 잡기 시작했음을 의미한다. 주체는 의도적인 통제를 통해서 스스로의 도덕적 무질서를 교정할 수 있는 것이 아니다.[85] H의 성적 충동은 인간 외적인 운명의 개입도 아니며 추악한 동기에 의한 타락도 아니다. 인간을 징벌하려는 하늘의 계시나 자연적 운명이라는 초개인적 원인이 작동한 것이라면 인간이 할 수 있는 일은 운명의 수용이나 간절한 회개의 기도밖에 없을 것이다. 그리고 자유로운 의지의 문제였다면 처벌을 통해 교정받아야 할 것이다. 그러나 H는 그 어느 편에서도 자신의 욕망을 처리할 수 없다. 이제 욕망은 외부도 의지도 아닌 인간 본연의 내부, 그 어두운 심층에서 흘러나오는 것으로 규정된다.

욕망의 처소가 어두운 이유는 규정할 수 없기 때문이며, 흐름의 형식을 띠는 이유는 인간의 능동성이 개입되지 않는 욕망의 성격 때문이다. 규정불가능하고 수동성을 요구하는 그 은폐된 지점, 이 지점을 문학담론이 포착하고자 한다. 이는 인식되는 영역이기는 하지만 그럼에도 규정이 불가능한 지대다. 경험이 가능할지라도 처리할 수는 없는 무력(無力)의 지대다. 여기서 근대문학담론은 인간과 마주친다. 윤리적 분할이라는 외부의 규율을 뚫고 자연의 운명도 아닌, 인간의 '운명'을 만나기 시작한 것이다. 그러므로 「운명」에서 "운명"을 초자연적인 숙

---

85) 이런 사실을 우리는 푸코의 『광기의 역사』와 비교해 보면 아주 명확하게 알 수 있다. 고전주의 시대 성병환자들이 수용될 때 그들의 문제는 타락과 방탕의 불순한 의도였다. 그것은 음욕의 죄이기 때문에 나쁜 동기를 제재하는 수단에 의해 교정할 수 있는 것으로 간주되었던 것이다(푸코, 같은 책, 174쪽).

명으로 읽어서는 안 된다. 신이 내린 형벌도 아니고, 신조차 극복할 수 없는 그런 운명, 즉 모이라(Moira)도 아닌 것이다.[86] 그것은 인간이 자신의 어두운 심층에서만 발견할 수 있는, 인간 내부의 운명이다. 인간에게 운명이 있다면 그것은 외부가 아니라 철저히 안쪽에 자리 잡은 그 욕망의 모호성에 있는 것이다. 욕망과 욕망의 표현이 이제 운명이자 근대적 인간의 숙명이 된다.

이렇게 하여 문학담론의 주체는 변한다. 사회적 공간을 편력하는 신소설적 주체가 아니라 개체의 내면의 심층을 탐사하는 병리적 주체가 20년대 문학담론의 주체가 된다. 주체의 여행은 이제 외부를 찾는 모험이 아니라 내면의 불가사의함을 찾는 모험으로 전환된 것이다. 푸코의 표현으로는 서사시적인 것에서 소설적인 것으로, 화려한 행위로부터 비밀리에 실현되는 개별성으로, 장기간의 망명으로부터 유소년기의 내면적인 탐구로, 기사들의 창 시합으로부터 환각[87]으로 중점이 이동한 것이다. 그 어두운 심층을 의식의 밝은 빛 속으로 끌어내는 일이 문학의 과제가 된 것이다.

2) 임질의 공포와 근대적 가족 윤리의 형성

성은 20년대 문학담론에서 계속해서 추문의 대상이자 탐구의 대상이 된다. 성을 건드리는 순간, 인간은 그 매혹의 공포 속에서 벗어날 수 없다. 죽음이나 폭력도 성을 앞설 수는 없었다. 20년대는 죽음이나 폭력조차 성을 중심으로 사유되었다. 성이야말로 이 시대 최대의 관심사였

---

86) 인간의 의도와 목적을 파괴해 버리는 것으로서의 운명과 운명의 여신 모이라에 대해서는 니체, 『아침놀』, 130절 참조.
87) 푸코, 『감시와 처벌』, 253쪽.

다. 니체의 표현으로는 "에로스의 악마화"가 최대의 관심사가 된 것이다. "악마 에로스는 연애에 관한 일체의 사항에 대한 교회의 소곤거리는 이야기와 비밀주의 덕분에 점차로 모든 천사와 성자보다도 인간의 관심을 끌게 되었다. 그것은 우리 시대 속에까지 영향을 미치고 연애 이야기가 온 세상에 공통된 단 하나의 참된 관심사가 되었다."[88] 그렇다고 성에 대한 말초적 관심이 문학담론을 뒤덮었던 것은 아니다. 성은 오락과 유희가 아니라 진지한 고뇌의 중심에 있었다. 성에 대해 진지할 수밖에 없었던 것은 그것이 인간을 형성하고 발견하게 하는 것이었기 때문이었다. 인간에 대한 깊이 있는 분석은 인간 자체에 대한 직접적인 탐구로는 불가능했다. 문학담론은 이를 섹슈얼리티에 대한 탐색이라는 우회의 방식을 통해 달성하고자 했다.

성을 둘러싼 도덕적 금기 속에서 공포는 성적 욕망을 타고 흐른다. 공포는 순결성 상실이나 타락의 공포, 죄의식의 공포로도 나타났지만, 임질을 통해 가정 해체라는 위협으로 나타나기도 했다. 현진건의 「타락자」(1922)는 가족이라는 하나의 도덕적 공간이 임질이라는 공포의 계기를 통해 어떻게 위태로워지는지 분석한다. 위험한 섹슈얼리티만큼이나 가족 중심의 병리적 통제도 심해진다. 그러나 이 병리적 통제는 세균학적 박멸 논리가 아니라 "욕망의 경찰"[89]이 활동하는 방식을 취한다. 문제는 섹슈얼리티의 위험성이지 세균이 아닌 것이다. 그런 만큼 욕망에 대한 규율도 쉽지 않다. 박멸이 아니라 끊임없이 감시해야 하는 욕망, 그리고 이를 통해 구성되는 강박증적 주체가 문제인 것이다.

---

88) 니체, 『아침놀』, 76절.
89) 신수정, 『한국 근대소설의 형성과 여성의 재현 양상 연구』, 104쪽. 여기서 욕망의 경찰은 현진건의 소설을 지칭하고 있다.

텍스트의 서술자는 임질의 공포에도 불구하고 성욕을 은밀히 자극한다. 도덕적 규율의 교사라기보다는 섹슈얼리티의 유혹자에 가깝다. 임질이나 매독과 같은 성병은 원래부터 낭만화될 조건을 갖지 못했는데, 그것은 이런 질병이 주로 도덕적 범주에서 징벌의 의미를 띠고 있었기 때문이었다.[90] '천형'(天刑)이라는 표현처럼 성병은 도덕적인 타락의 끝에서 얻는 사회적 징벌의 상징이었던 것이다. 폐병이 지독하고 *끔찍한* 질병이었음에도 낭만적인 이미지와 결합할 수 있었던 것에 비하면, 성병은 애초부터 이런 행운과는 거리가 멀었다. 그래서 성병은 타락의 신호이기도 했지만 그 타락의 대가이기도 했다. 「타락자」에서 임질은 위험과 공포의 질병이다.

> 나는 임질에 걸리고 말았다. 공교하게 그 몹쓸 병은 옮았을 그때로 나타나지 않고 며칠 후에야 증세가 드러났다. 거의 행보를 못하리만큼 남몰래 아팠다.[91]

이 작품 전체의 분위기는 "춘기대청결"이라는 말이 상징적으로 암시하듯이 위생담론적 배경의 작동과 함께 임질균에 대한 세균학적 상상력이 지배한다. 그러나 오해하지 말아야 할 것은 이런 분위기 속에서도 개화기의 위생권력이 작동하지는 않는다는 사실이다. 건강과 병을 명쾌하게 구분한 전제 아래에서 질병을 뿌리째 뽑아야 한다는 인식은 「타락자」에서는 찾아볼 수 없다. 발본색원의 대상은 욕망이다. 다시 말

---

90) 손택, 『은유로서의 질병』, 68쪽.
91) 현진건, 「타락자」, 126쪽.

해 임질과도 같이 은밀하고 치명적인 욕망이 문제이지 생활환경의 위생적 개선이 중요한 것은 아니다. 그러나 세균과는 달리 도저히 근절할 수 없는 것이 욕망이다.

　서술자이자 주인공인 '나'는 아내가 있는 몸이지만 현재 기생 춘심에게 흠뻑 빠져 있다. 그녀에 대한 욕망은 도저히 뿌리칠 수 없는 것이어서 그녀에게 끌려가는 마음 앞에서 속수무책이다. 그런데 이 감정은 양가적이다. 끌려가면서도 벗어나고 싶다는 생각이 들지 않는 게 아니다. 그는 이렇게 표현하고 있다. "향기는 고만두고 썩어가는 몸과 마음의 송장 냄새가 그곳 일면에 자욱하였다. 나는 일종의 공포와 구역을 느꼈다."[92] 아름다운 기생 춘심에게서 좋은 향기와 함께 죽음의 향기가 느껴진다는 것, 이것이 바로 양가감정의 표현이다. 그녀에게서는 죽음의 공포가 느껴진다. 그렇다면 이 죽음의 이미지는 어디서 비롯된 것인가. 그것은 바로 성병이다.

　성병은 죽음을 불러오는 치명적인 질병이지만, 수치감을 극단적으로 초래하는 질병이기도 하다. 그의 부끄러움은 어디서 기인하는가. 바로 가족이다. 죽음과 수치는 가족의 공간이 주체를 포섭하기 위해 깔아 놓은 위험의 표지판이다. 성윤리는 풍속이나 사회적 규정보다 가정도덕에 의해 훨씬 더 강하게 규정된다. 가족이라는 제도가 합리적인 인간의 척도를 결정한다.[93] 임질은 기생 춘심에게서 옮아온 것이기는 하지만 가족 바깥으로 벗어난 성이 받아들일 수밖에 없는 징벌의 질병이

---

92) 현진건, 같은 책, 113쪽.
93) 푸코는 『광기의 역사』에서 서구의 경험이기는 하지만 가족이 하나의 공적인 영역처럼 군주의 권한에 직접 결합된 억압력으로 작동하던 시대를 분석하고 있다. "가족제도가 이성의 범위를 결정하는 셈이고, 그 범위를 넘어서는 곳에는 위험한 미치광이가 우글거리며, 거기에서 인간은 비이성과 온갖 발작 증세에 시달리고 만다."(『광기의 역사』, 183쪽)

다. 임질에 걸리지 않고자 한다면 가족과 성과 욕망의 삼일치를 이루어야 할 것이다. 이렇게 부르주아적 가정의 윤리가 형성되고 지배하기 시작한다.

「타락자」에서 주인공 '나'는 아내가 있는 몸이면서도 당연히 기생을 만날 수 있는 것처럼 생각한다. 이는 대가족제도나 봉건적 가부장제의 존속을 의미할 것이다. 그러나 시대는 변해가고 있다. 부르주아적 가정의 윤리는 임질의 공포와 함께 자신의 권력을 행사해 간다. 기생에게 가도 좋다. 대신 임질에 걸리면 가부장으로서의 권위를 상실하게 될 것이라는 경고도 함께 수용하라. 이것이 20년대 가족의 윤리가 된다. 위협과 경고와 징벌의 폭력을 수반하는 도덕적 윤리의 강제력. 이런 점에서 볼 때 부르주아 가족은 욕망에 대한 폭력적 주형(鑄型)과 함께 탄생했다고 봐도 무방하다.

주인공이 매혹과 공포의 양가성에서 움직인다면, 아내도 이중적인 태도를 보인다. 춘심을 찾아가는 남편에게 보이는 아내의 관대함은 어떤 한계지대를 갖고 있다. 그 지대를 남편의 욕망이 넘어서는 순간 아내의 관용은 공격성으로 바뀐다. 춘심을 만나더라도 그것은 유흥의 일종이어야지 성적 교섭까지 가서는 안 된다는 은연중의 경고가 있는 것이다. 이를 통해 아내가 지키고자 하는 것이 바로 가족이라는 근대적인 공간이다. 그리고 가족의 경계를 넘은 성은 아내에게까지 임질을 옮기면서 가족을 파탄의 상태로 몰아간다.

아내는 요강에 걸터앉아 온몸을 부들부들 떨고 있다. 차마 볼 수 없이 새빨갛게 얼굴을 찡그리고 있다. 그 눈에서는 고뇌를 못 이기는 눈물이 그렁그렁하였다. 나는 모든 것을 깨달았다. 병독(病毒)은 벌써 그의 순결한 몸을 범한 것이다. 오늘 청결하느니라고 힘에 넘치는 격렬한 일을 한 까닭에 그 증세가 돌발한 것이다! 춘심의 사진을 처음 볼 때에 웃고만 있던 그로서 그것을 찢게 된 신산한 심리야 어떠하였으랴! 그의 태중에는 지금 새로운 생명이 움직이고 있다. 이 결과가 어찌될까? 싸늘한 전율에 나는 전신을 떨었다. 찡그린 두 얼굴은 서로 뚫을 듯이 마주보고 있었다. 육체를 점점이 씹어 들어가는 모진 독균의 거취를 살피려는 것처럼. 그리고 나는 독한 벌레에게 뜯어 먹히면서 몸부림을 치는 어린 생명의 약한 비명을 분명히 들은 듯싶었다.[94]

요강에 걸터앉아 얼굴을 찡그리고 있는 아내의 모습을 볼 때 이는 임질의 전형적인 증상이다. 요도에 임균이 감염되어 임균성 요도염이 되는 경우 증상은 남성의 요도염과 같아서 역시 전염된 수 일 후에 요도가 아프며 특히 소변을 볼 때 굉장히 아프다.[95] 임신한 아내에게는 이제 태아에까지 전염될지 모른다는 공포가 추가된다. 이 순간 부르주아 가족의 윤리는 가부장에 대한 엄청난 증오감을 내보인다. 부르주아 가족은 가장(家長)의 윤리조차 형성하지 않으면 안 된다. 그것은 욕망을 둘러싼 위험한 전투이자 전략이다. 그러나 남편은 지고 말았다. 이제 가정의 윤리를 받아들여야 한다. 그가 듣고 있는 환청은 "독한 벌레에게 뜯어 먹히면서 몸부림을 치는 어린 생명의 약한 비명"이기 때문이다.

그러나 임상의학적으로 임질은 태아에까지 전염되지는 않는다.

---

94) 현진건, 「타락자」, 128쪽.
95) 정준태, 『성기질환의 신요법』, 93쪽.

임질의 고름이 눈에 들어가면 실명의 위험이 있기는 하지만 선천매독처럼 태아에게까지 전염되는 "선천임질"과 같은 것은 없다. "독한 벌레에게 뜯어먹"힌다는 세균설적 수사법은 매독의 치명성이 임질에까지 옮겨진 효과일 것이다. 제어되지 않는 욕망은 가정의 질서를 송두리째 파괴한다. 그런 만큼 가장의 윤리나 아내의 윤리가 필요하다. 윤리적 질서는 이제 문학담론의 표현을 통해 정언적으로 요구되기 시작한다. 가족은 방탕한 욕망을 판별하는 시금석이자 권력의 공간이 된다. 「타락자」는 의학 권력의 해석 작용과 함께 부르주아적 가족의 윤리가 문학담론을 경계로 형성되는 지점을 보여 준다는 점에서 의미 있는 작품이다.

성욕은 이제 단순히 개체의 죄의식 수준에서 해결될 문제가 아니게 된다. 근대적 주체는 강박적인 주체가 되지만, 이는 추상적인 순결 의식에 사로잡힌 주체가 아니라 근대적 가족 윤리의 체화와 관련된 구체적 주체가 된다. 가장이라면 가장에 해당되는 욕망의 윤리가 있다. 이 윤리를 받아들이지 않으면 임질을 앓을 수도 있다. 강박적 주체는 순결에 대한 강박만이 아니라 임질의 공포도 함께 받아들여야 한다. 「타락자」와 함께 강박적 주체는 단순히 근대적 인간이 아니라 가족의 구성원으로서의 인간의 진실을 파헤친다. 인간의 자연적 본성이 아니라 사회적 공간을 점유한 구체적 인간의 진실을 포착한다.

성이 자연적 본성을 갖고 있다는 것은 중요한 사실이 못 된다. 문제는 문학담론이 이 성을 포착하고자 한다는 사실이다. 그런데 포착의 대상이 되려면 성 자체가 대상으로서의 성격을 갖춰야 한다. 성은 가족 윤리의 영역에서 파문의 대상이 될 때만 인식된다. 그리고 이런 성만이 문학담론에서 중요해진다. 문학담론이 규정하는 성은 이미 윤리적 한계를 넘은 것으로 비판돼 버린 성이다. 개체적 윤리든 가족의 윤리든 윤리적 규정과 더불어서만 문학담론은 자신의 표현 대상을 확보할 수 있었다. 도덕의 영역이 그늘을 드리우지 않은 근대적인 성은 없다. 문학담론이 표현하는 성은 이미 자연스럽지 않은 성, 이질적이고 불편한 성이다. 이것만이 주체의 진실을 확보하게 해준다. 주체로 하여금 자신을 되돌아보게 하는 장치, 이것이 불편한 진실로서의 성이다. 임질은 그 가장 극단적 형태라고 할 것이다.

가부장적 주체가 되지 못한 자, 그는 세상물정을 하나도 모르는 어린아이에 불과하다. 아이에게 하나씩 교육시켜야 하듯이 부르주아적 가족의 윤리도 교육의 과정 속에서 탄생한다. 이것이 「타락자」가 주장하고자 하는 바다. 남편은 가장이지만 실상 어린애에 불과하다. 기생에게서 온 편지까지 자랑삼아 아내에게 보여 주는 어처구니없는 짓도 불사한다. 남편의 유아적 본성은 기생과의 관계에서도 드러난다. 기생이 보여 주는 감정에 대해 진정한 사랑이니 뭐니 하는 생각 자체가 벌써 기생의 세계에 대해 하나도 모르는 문외한임을 입증한다. 춘심은 기생이 걸어가야 할 길에서 한 치도 벗어나지 않는다. 돈 많은 갑부를 찾아 떠나는 그 길에서. 이런 사실에 대해 절망의 포즈를 취하는 것은 우습기 그지없다.

세상물정을 모르는 아이에겐 준엄한 교육이 필요하다. 적절한 관용으로 안 된다면 임질이라도 불사해야 한다. 임질의 공포는 세계의 본성을 하나도 모르는 무지한 어린애에게 주어지는 공포다. 다시 말해 자의적으로 욕망을 행사하고자 하는 자에게 내리는 교육적 징벌이자 의학권력의 협력이다. 이제 어린애는 성인이 될 것이다. 그러나 대신 욕망의 자연스러운 발산은 불가능해진다. 그는 강박적인 주체, 강박적인 가부장이 되어야 한다. 근대 부르주아적 윤리를 체득한 자, 성의 경계를 엄밀히 지키는 자가 되어야 한다. 성에 관련된 의학지식과 그 권력이 강박적 주체를 만들어 낸다. 부르주아의 사적 윤리는 사법적인 권력이나 국가적 권력의 층위를 떠나 의학권력의 조력 하에 형성되고 있다. 이 장면을 「타락자」가 보여 주고 있는 것이다.

3) 강박적 순결과 죄의식의 선험성

섹슈얼리티는 화폐로 자주 치환되었다. 섹슈얼리티의 표현이 죄의식의 고통과 분리되지 않았다면, 돈에 대한 욕망도 순결의 상실과 분리되지 않았다. 성적인 강박은 돈에 대한 강박과 아주 가까운 것이었고, 심지어 구별할 수 없이 동일한 것이라는 인상을 남겼다. 나도향의 처녀장편 『환희』(1922~3)나 이광수의 유명한 장편 『재생』과 『사랑』 모두 성적인 순결과 돈에 대한 경멸이 상호연결된 것임을 주장하고 있었다. 사실 신(神)과 돈은 경쟁적 관계에 있다. 돈이 세속의 신이 되는 까닭은 돈이 갖고 있는 전지전능성, 다시 말해 질적으로 다양한 것들을 하나의 등가형태로 표현할 수 있는 능력 때문이다. 음악과 같은 정신적 산물이 양털과 같은 육체적 산물과 비교될 수 있는 것은 바로 화폐의 등가형식 때문이다. 이는 다양한 모순이 신 앞에서 해소되는 것과 같은 이치라고 짐멜은 말한다.[96] 이런 점에서 신은 세속적으로는 돈이 된다. 이 때문에 성직자들은 신의 경쟁자인 돈을 경멸할 수밖에 없다. 역으로 돈을 경멸하지 않는다면 그는 신을 숭배하는 성직자가 아니라 다른 것을 숭배하고 있는 성직자일 것이다.

---

96) 짐멜, 『돈의 철학』, 303~6쪽. 화폐의 지배력에 대해서는 317쪽 참조.

이 신으로서의 화폐의 가공할 능력에 대해서는 마르크스의 지적도 비슷하다. 화폐를 소유하고 있다면 화폐를 가지고 무엇이든 살 수 있으므로 모든 대상을 자기 것으로 만들 수 있는 전능성을 갖는 셈이다.[97] 화폐를 통해 대가를 지불하고 구매한 것은 화폐 소유자의 것이 된다. 화폐의 힘이 커지면 나의 힘도 커진다. 여기서 화폐의 속성이 나의 속성이 되는 일이 벌어진다. "내가 무엇이고 내가 무엇을 할 수 있는가는 결코 나의 개성에 의해서 규정되지 않는다." 나의 무능력을 능력으로 전환시키는 화폐의 힘은 이런 점에서 일종의 신적인 능력이라 할 수 있다.

그러나 이런 능력 때문에 화폐는 좋은 소리를 듣지 못한다. 화폐는 모든 인간적이고 자연적인 질들을 혼동시키는 "뚜쟁이"가 된다. 마르크스의 표현대로 용감함을 구매할 수 있는 사람은 비겁해도 용감한 사람이 되듯이, 화폐는 모든 모순되는 속성을 교환해 버린다. 그리하여 "화폐는 불가능한 일들을 친숙한 것으로 만들며, 자신과 모순되는 것들로 하여금 자신과 입 맞추도록 강요한다."[98] 이 뚜쟁이로서의 화폐의 속성 때문에 돈에 대한 혐오감이 생겨난다. 인간의 고유성이나 능력을 돈의 힘으로 인위적으로 만들어 낼 수 있기 때문에 돈은 인간의 개성을 은폐한다. 그의 본질이 무엇인지, 그의 능력이 무엇인지를 알 수 없게 하는 것이다. 개성의 본연적 순수성을 은폐하고 전도시켜 버린다는 점

---

97) 이 전능성을 마르크스는 괴테의 『파우스트』의 한 구절을 인용하면서 설득력 있게 보여 준다. "내가 육두마(六頭馬)의 돈을 지불할 수 있다면/그 말의 능력은 곧 나의 것이 아니겠는가?/나는 힘차게 뛰어가네, 나는 정상인일세/마치 스물 네 개의 다리를 가진 사람처럼 말일세."(칼 맑스, 「1844년의 경제학 철학 초고」, 『칼 맑스 프리드리히 엥겔스 저작 선집』 1, 87쪽)
98) 같은 책, 91쪽.

에서 화폐는 뚜쟁이다. 그리고 화폐는 모든 모순되는 것들을 접속하게 하고 멀리 떨어져 닿을 수 없는 것까지 한데 맞붙여 버린다는 점에서 뚜쟁이다.

돈은 뚜쟁이이고, 신의 세속적 경쟁자이기 때문에 순결의 강박에 싸인 주체들에게는 일차적으로 혐오의 대상이 될 수밖에 없다. 돈에 대한 혐오는 섹슈얼리티에 대한 혐오와 정확히 닮았다. 섹슈얼리티가 순결한 존재를 타락의 존재로 둔갑시키듯이 돈도 마찬가지다. 돈은 타락을 낳는 경제적 섹슈얼리티다. 1920년대 문학담론에서 보이는 돈에 대한 경멸은 성에 대한 환멸과 궤를 같이 하는 것이었다. 이처럼 돈에 대한 강박적 배타의식을 주제로 한 작품이 동아일보에 연재되었던 나도향의 장편 『환희』다. 그러나 돈만이 주제가 아니다. 돈에 대한 강박은 성적 순결에 대한 강박과 함께 등장한다. 이런 점에서 『환희』는 성과 돈의 상호관련성을 증명하는 텍스트가 될 것이다.

이 작품에서는 폐병이 하나의 주제를 형성할 정도로 전면적으로 부상한다. 가난한 동경 유학생을 배신하고 돈 많은 남자와의 행복한 생활을 꿈꾸던 이혜숙은 결혼 후 갑자기 폐병에 걸린다. 한편 이혜숙에게 실연을 당한 가난한 고학생 김선용은 동경에서 고독하게 자살을 시도한다. 이런 구도 속에서 볼 때 이혜숙의 폐병은 일종의 징벌과도 같은 느낌을 던진다. 가난하고 순수한 남성을 배신했다는 죄의식이 폐병이라는 실체적 표현으로 나타난 것이다. 그러나 그녀는 폐병이 아니라 자살로 생을 마감한다. 한 번 걸리게 되면 죽게 된다는 그 폐병에 의해 죽을 때까지 마냥 기다릴 수도 없었다. 그만큼 죄의식은 용납할 수 없는 것이었다. 죽음을 앞당겨야 했던 것이다. 순결성의 강박은 이 정도로 막강했다.

폐병 때문에 청춘이 지는 게 아니라, 지나가 버린 청춘이 폐병으로 상징된다. 이혜숙은 결혼을 하기 전까지는 너무도 순결해 세상 물정에 대해서는 하나도 모르는 백치와 같은 존재였다. 돈은 많지만, 아니 많아서 이미 타락해 버린 백우영과의 결혼은 그녀의 청춘시대의 종언이기도 하다. 이 종언의 안타까움을 상징하는 것이 폐병이다. 그러나 폐병은 동시에 성숙을 의미하기도 한다. 이혜숙은 결혼생활을 하면서부터 어른이 된다. 결혼생활의 불만과 과거의 연인 김선용에 대한 죄의식은 번민을 낳고, 이것이 그녀를 성인의 세계로 인도한다. 폐병은 성인이 되었음과 동시에 순결한 청춘의 시기가 '환희'처럼 사라져 버렸음에 대한 안타까움의 표현이다. 그런 점에서 폐병은 고독하고 번민하는 근대적 주체를 위한 문학적 장치다. 혜숙의 순결함은 아직 내면을 가진 주체가 되지 않았음을 드러낼 뿐이고, 성숙하지 않은 증거일 뿐이다. 내면을 가지기 위해서는 병을 앓아야 한다. 혜숙의 번민은 바로 내면이 병들기 시작했음을 표현한다. 근대적 주체는 대부분 내면의 병을 앓는 주체이고, 폐병은 그 내적인 번민의 외적인 분출물이다.

　　그러나 이 작품에서 정말 이상한 것은 이혜숙과 김선용의 관계다. 그녀는 배신했다는 심한 자책에 빠질 정도로 김선용을 과연 사랑했는가. 그런데 문제는 우리가 이를 텍스트 상에서 확인할 도리가 없다는 사실이다. 텍스트 상으로 김선용과 이혜숙의 만남은 아무리 길어도 1시간을 넘지 않는다. 그리고 둘은 손목 한 번 잡은 일이 없다. 그런데도 배신했다는 느낌을 갖는 이혜숙의 심리는 무엇일까? 이 지점에서 우리는 이혜숙의 심리를 물을 것이 아니라 텍스트의 무의식, 혹은 20년대 문학담론의 무의식을 문제 삼아야 한다. '죄의식의 선험성'이라고 말할 수 있을 그런 감각이 문학담론을 지배한다. 이혜숙이 진정 김선용을 사랑했기 때문에 그를 배신하고 나서 심각한 죄의식에 빠진 것이 아니라 죄의식이 선험적으로 작동하기 때문에 그녀는 죄의식에 빠진다. 죄의식은 어떤 물질적 인과관계에 의해 발생하는 것이 아니라 모든 성적이고 순결한 주체들에게 선험적인 효과로 작동한다.

이혜숙은 죄의식을 앓기 위해서 김선용을 만난 것일 뿐이다. 그것도 스치듯 지나치는 관계로 말이다. 한 남성과 진지한 연애 관계에 돌입하기도 전에 연애는 실패의 운명에 처한다. 그리고 이는 돈 많고 타락한 남성의 유혹으로 처리된다. 그녀는 김선용보다 백우영에 대해 더 많은 것을 알 수밖에 없는 현실적 조건에 처해 있다. 그러므로 그녀가 백우영을 택한다고 해서 나쁠 것은 없다. 김선용을 만나 애정을 싹틔울 시간과 현실적 조건의 부재는 역설적으로 이혜숙의 죄의식을 형성하는 터전이 된다. 죄의식은 경험적인 기반 없이도 선험적으로 작동할 수 있다는 것이 20년대 문학담론이 내세우는 은밀한 명제다.

실상 이혜숙의 죄의식을 형성할 수 있는 현실적 조건은 백우영의 유혹에 저항하지 못했다는 점이 유일하다. 이는 순결해야 할 주체에게 닥친 악마의 유혹이다. 그녀는 이 유혹을 점검하고 자신을 성찰하고 순결을 유지하지 못했다는 점에서 죄의식의 처벌을 받을 수도 있을 것이다. 자신의 영혼에서 진행되는 불확실한 움직임에 대해 이혜숙은 적절히 조사하지 못했다. 그래서 악마의 유혹에 떨어진 것이다. 색욕이든 물욕이든 어쨌든 영혼의 타락을 낳았다는 점에서 악마에게 던져진 것이다. 영혼의 무조건적 순결성, 이것이 바로 이혜숙이라는 인물이 갖고 있는 선험적 명령이다. 순결은 강박적으로 요구되지 어떤 설득과 합리적 언술로도 해명되지 않는다.

이혜숙의 삶의 윤리는 강박적 순결과 죄의식의 선험성 안에 놓여 있다. 그녀 삶의 목적은 관계의 확장이 아니라 순수성이다. 이 순수성만이 지고의 가치를 갖는 것으로 놓여 있다. 순수성을 위해서 필요한 유일한 삶의 처방은 무자비한 죄의식이다. 죄의식이 이 강박적 주체로 하여금 자기를 조사하고 해독하게 한다. 이혜숙은 자기 삶의 가능성 위에 놓여 있기보다는 이 선험적인 금욕적 윤리라는 추상적 세계 속에 놓여 있다. 비록 기독교적인 세계가 작품 속에 나타나지는 않지만 이는 철저히 기독교적 윤리에 속한다. 푸코에 따르면 기독교 윤리학의 목표는 불멸과 순수성이고, 신에게 종속되기 위해 자신의 욕망을 해부하고 조사하는 것에 있다.[99] 기독교적 주체의 구조에서 신의 계시와 신적인 구원만을 제거한 방식의 금욕적 윤리만이 이혜숙의 세계를 지배한다.

그렇다면 고뇌와 번민을 통한 건강한 주체의 형성은 가능할까. 혜숙은 세상의 쓴맛을 보고 성숙한 여인이 될 수 있을 것인가. 고통과 시련의 순간이 인간을 성숙시키기도 한다는 일상적인 관념으로 재더라도 20년대 문학담론은 성숙의 건강성을 모르는 것 같다. 혜숙은 고통의 정점에서, 다시 말해 성숙의 정점에서 자살한다. 성숙은 세계를 살아갈 능란한 힘을 주기보다는 비애와 통한다. 청춘의 시기는 인생의 꽃이지만, 열병을 앓는 사춘기와도 같다. 열병은 앓아 볼 가치가 있는 것이기는 하지만 이 화려한 시기 다음에는 모조리 비애와 비극성이 자리잡는다. 이것이 1920년대 문학담론이 형성한 감수성이다. 폐병은 이런 낭만화된 비극성을 상징한다.

『환희』에는 두 가닥의 연애 관계가 존재한다. 〈이혜숙-김선용-백

---

99) 드레피스·라비노우, 「윤리학의 계보학에 대하여」, 『미셸 푸코 : 구조주의와 해석학을 넘어서』, 340쪽.

우영〉의 계열 옆에는 〈이영철-설화〉의 연애가 있다. 기생 설화의 자살은 이혜숙의 경우보다도 교환관계라는 자본주의적 질서에 대한 낭만적 환멸이 더욱 더 강조되어 있다. 설화는 기생이라는 신분적 조건 때문에 이혜숙의 배다른 오빠인 영철과 사랑의 완성에 이르지 못한다. 그렇다면 기생이라는 신분 조건은 당시 사랑의 속성과 어떤 관계에 놓여 있었던 것인가.

사랑은 기본적으로 자본의 질서와 같은 일반화된 관계와 불화를 일으키는 열정의 일종이다.[100] 짐멜에 따르면 사랑하는 사람들은 자신의 사랑이 지금까지 한 번도 존재한 적이 없는 유일무이한 것이어야 하며, 다른 어떤 것과도 비교될 수 없는 절대적인 감정이어야 한다고 생각하는 법이다. 그러나 자본주의적 교환의 질서는, 앞에서 말한 화폐의 속성처럼 모든 질적이고 유일무이한 것들을 화폐라는 등가성의 형식으로 교환가능하게 만들어 버림으로써 그 "유일성의 감정"을 사라지게 하는 소외를 낳는다. 그만큼 돈이 지배하는 세상이 비속하다는 인식을 주는 것은 인간의 문제라기보다는 화폐의 속성과 관련된다. 사랑이라는, 자신의 인격적 고유성과 전일성을 제공하는 열정이 교환의 질서 속에서 소외되어 버리는 현상은 기생 설화에겐 특히 뼈저린 현실이 된다.

영철에 대한 사랑이 투명하게 일대일의 인격적 만남으로 관계 지어질 수 없게 왜곡하는 것이 바로 화폐라는 매개의 악마적 속성이다. 기생의 사랑이 과연 진정한 사랑일 수 있는 것인가, 기생은 돈을 바라고 사랑을 파는 매음녀가 아닌가 하는 사람들의 회의는 설화의 열정을 열정 자체의 진정성의 차원에서 수용하기를 거부한다. 그리고 사랑의

---

100) 짐멜, 『짐멜의 모더니티 읽기』, 85쪽.

진정성이 돈에 대한 비속한 욕망으로 변질될 수밖에 없는 존재론적 조건을 자각하는 순간이 설화에게는 죽음의 순간이 된다. 가치의 훼손, 혹은 순수성의 훼손은 20년대 병리적 주체들에게는 회복도 역전도 불가능한 영역이다. 돌이킬 수 없다면 그만 이 세계를 떠나야 한다.

이처럼 교환질서의 악마성은 사랑의 순결성과 순수성을 근본적으로 오염시키는 것이라 세계를 떠나지 않으면 벗어날 수도 없는 괴물이다. 혜숙의 죽음이나 설화의 죽음은 모두 이런 낭만적인 초월의 욕망을 표현한다. 그들에게 현실은 돌파의 대상이 아니라 가치 보전이 불가능할 때는 재빨리 이탈해야 할 부정적인 공간이다. 이들에겐 어떤 역사적 인식도 없다. 자본의 질서가 존재하지 않는 목가적 자연으로의 회귀가 불가능하다는 인식도 없다. 역사적이고 현실적인 조건에 대한 분석, 그 조건의 필연성에 대한 분석은 20년대 문학담론과 만나지 못했다. 이 속에서 강박적인 주체들은 세계 속에서도, 자신 안에서도 편할 수 없는 존재들이었다. 죽음은 현실이라는 장벽이 주는 고통이었다기보다는 현실에 대한 과도한 환멸이 낳은 강박이었다. 죽음은 사회적 죽음이라기보다는 문학적이고 상징적인 죽음이 되었다. 염상섭의 「표본실의 청개구리」가 이 초월 불가능성에 대해 사유하고 있다는 점과 비교해 보면 나도향의 『환희』는 아직도 소녀적 감수성에 머물러 있었던 셈이다.

그렇다면 세계와 현실에 대해 어떤 도전의 자세도, 앎의 의지도 보여 주지 않는 이 자폐적인 주체가 도대체 무슨 목적으로 살아갔는지 궁금하지 않을 수 없다. 우리는 여기서 목적이 사라진 삶과 마주한다. 순결에 대한 강박은 절대적인 정언명령의 형식을 띤다. 순결성은 도대체 무엇을 낳을 수 있고, 삶에 어떤 의미를 주는가에 대한 물음이 빠져 있는 자리가 20년대다. 어떤 외적인 목적도 자리할 수 없는 목적 부재의 폐쇄된 체계. 성적 순결이든 돈에 대한 순수성이든 순결성의 무조건적 명령에 따라야 한다는 이 엄청난 강박의 세계. 이 강박의 존재이유를 물어야 한다.

4) 육체의 포기와 숭고한 정신주의

우리는 이를 이광수의 『사랑』(1938~9)을 통해 살펴볼 수 있다. 비록 같은 20년대는 아니지만 『사랑』은 동일한 문학담론적 지층 속에 있으며 나도향이 묻지 않고 대답하지 않았던 부분을 문제 삼고 있어서 비교해 볼 가치가 충분하다. 『환희』에서 보았던 어떤 순결성의 형식과 비슷한, 아니 그보다 훨씬 강력한 고도의 정신주의를 『사랑』이 보여 준다. 이만큼 병적인 정신주의는 우리 문학 역사상 찾아보기 어려울 것이다.

이광수의 소설 대부분이 그렇듯이 이 작품의 구성도 아주 간략하다. 안빈이라는 정신주의적 인품을 가진 의사, 그를 정신적으로 사랑하려는 순옥, 그녀를 사랑하는 육체파 인물 허영. 기본적으로 삼각관계를 바탕으로 하고 있는 이 작품에서 기존의 삼각연애구도와 확연히 다른 것은 주인공들의 행복한 결합으로 작품이 끝나지 않는다는 데 있다. 이광수는 나도향보다 훨씬 명확하게 육체성에 대해 부정적이다. 성욕이든지, 육체적 건강이든지 육체적 이미지를 떠올리게 하는 모든 것들은 신성한 정신주의의 대립물이 된다. 이 극단적인 신체 경멸의 태도는 부정적 인물인 허영의 설정에서부터 나타난다.

그의 스포츠맨다운 체격을 보아도 알거니와, 그는 여간해서 종교적 신앙을 가질 사람은 아니었다. 자기가 퍽 물질적이요 관능적인 것이 순옥의 몽상적이요 신앙적인 것을 그리워하는 것이라고 스스로 해석하였고, 또 순옥을 대하여서도 자기와 순옥과 둘이 합하는 것이 반쪽과 반쪽이 합하여 완전한 하나를 이루는 것이라고 여러 번 말하였다.[101]

"스포츠맨다운 체격"이 허영의 특질이듯이 당연히 그는 물질적이고 관능적인 세계의 담지자가 된다. 20년대 문학담론이 발견했던 그 육체라는 괴물은 여기서 철저히 부정의 대상이 된다. 사건을 낳았던 육체는 여기서도 사건을 낳지만, 이제 그 육체의 비밀을 포착하는 데 문학담론의 관심이 있는 것은 아니다. 육체는 통제의 대상이며, 심지어 억압의 대상이다. 섹슈얼리티라는 타자성은 인간의 본성이지만 추악한 본성이라는 것이 이광수의 생각이다. 육체적 열정은 철저히 거부된다. 열정이 존재해야 한다면 그것은 숭고한 정신주의의 형식으로만 드러나야 한다.

이 잔혹한 정신주의의 표현이 순옥의 지극히 기묘한 선택을 설명해 준다. 순옥은 안빈을 무척 사랑한다. 그런데 이 사랑에 섹슈얼리티가 끼어들면 안 된다. 정신적인 사랑만이 해결책이다. 그렇다면 이 근절할 수 없는 섹슈얼리티라는 괴물은 어떻게 처리해야 하는가? 여기에 이광수의 천재적인, 그러면서도 악마적인 해결책이 있다. 그 괴물 같은 육체를 숭고한 안빈과는 함께 하지 못하게 해야 한다는 것, 다시 말해 스포츠맨다운 관능적인 허영에게 던져 줘 버리면 된다는 것, 이것이다. 순옥은 안빈이 아니라 허영과 결혼한다. 이것이 『사랑』의 가장 충격적인 장면이고 이광수의 질문이자 해답이다.

---

101) 이광수, 「사랑」, 『이광수전집』 6, 47쪽

순옥의 눈에서는 눈물이 흘러내린다.

"그러기루 허영이허구 일생을 살구 있겠어?"

하고 인원은 순옥의 손을 잡는다.

"무얼 못 사우? (한숨짓고 잠깐 말을 끊었다가) 간호부가 환자 간호하는 셈치구 살지."

"그렇게 싫은 혼인을 억지루 할 것은 무어야?"

"어디 별 사람 있나? 다 그렇구 그렇지."[102]

　허영을 선택하는 순옥의 태도는 사실상 안빈의 사상적 지향점을 은밀히 모방한 것이기도 하다. 불교의 연기설을 삶의 윤리로 채택하는 안빈은 이 세계에서 자신에게 주어지는 어떠한 것도 빚을 갚는 셈치고, 나아가 감사하는 마음으로 받아야 한다고 역설한다. 이것이 더 나은 미래의 인과를 만드는 것이란다. 세계를 받아들이기 위해 자신을 희생해야 한다는 단순한 윤리다. 순옥의 세계에서 "순옥 자기를 살덩어리로만 사랑하는 것 같"은 허영은 일종의 "환자"다. 순옥은 환자 허영을 치유하는 간호부가 된다. 육체를 탐닉한다면 까짓것 줘버리면 된다. 육체란 애초부터 아무런 중요성도 없는 애물단지였으니까. 이것이야말로 엄청난 "동물 학대"이자 잔혹함이다.

　육체가 모든 죄를 낳는 것이라 부정해 버리고, 육체를 학대하면서 지복의 감정을 느끼는 이 도착적인 사유는 철저히 기독교적인 주체와 닮았다. 신의 계시에 도달하기 위해 자신의 육체성을 죽이고 자기를 포기해 버리기. 이들은 욕망을 죽여 버리고 성행위에서도 쾌락을 제거하

---

102) 이광수, 『사랑』, 174쪽.

고자 한다.[103] 허영과 잠자리를 같이 하는 순옥은 아무런 쾌락도 안 느끼려 한다. 그녀는 모든 즐거움을 배격한다. 그녀에게는 "망아상태"가 삶의 최고의 목표가 된다. 육체적이고 지상적인 모든 것은 죄가 되고, 이 육체로부터 벗어나는 길만이 지고의 감정을 선사할 것이라는 인식이 전제되어 있다.

　우리는 순옥이 평화로운 정신주의의 세계 속에서 안식하고 있는 모습을 볼 수 있다. 그러나 우리는 그 이면에서 육체의 관능을 죽이고자 애쓰는 "만성신경과민"을 짐작할 수 있다. 고도의 정신주의 뒤편에는 육체에 대한 폄하와 자기혐오, 자기학대가 있는 법이다.[104] 허영을 치료하는 간호부가 되겠다는 이 희생주의 뒤편에서 인간에 대한 엄청난 혐오를 우리는 읽을 수 있다. 니체는 여기에 대해 다음처럼 비판하고 있다. "필연적이고 규칙적으로 일어나는 감각을 내면적인 비참함의 원천으로 만들고 이를 통해 내면적인 비참함을 모든 인간에게 필연적이고 규칙적인 것으로 만드는 것은 끔찍한 일이 아닐까!"[105] 육체에 대한 불신과 저주, 영혼의 고양과 숭고함의 인식은 동전의 양면이다. 그러나 육체적 고통에 대한 이런 치료방법이 실상 진통제에 불과한 것이지 근본적인 치유가 아니라는 것은 상식 중의 상식이다. 육체적 욕망을 우리 삶의 일부분으로 녹여 우리 삶의 창조적 능력으로 사용할 일이지 죽여 없앨 일은 아닌 것이다. 이광수는 지금 "전대미문의 엉터리 치료제"[106]를 광고하고 있는 셈이다.

---

103) 드레피스·라비노우, 「윤리학의 계보학에 대하여」, 『미셸 푸코: 구조주의와 해석학을 넘어서』, 341쪽.
104) 순수정신주의의 병리적 상태에 대해서는 니체, 『아침놀』, 39절.
105) 같은 책, 76절.
106) 같은 책, 52절.

이 고도의 정신적 순결주의가 과학적 합리성의 의상을 입고 등장한다는 점에서 정말 위험하기 짝이 없다. 순결은 도대체 어디에 있는가? 실체는 있는가? 우리는 없다고 생각하지만 의사 안빈과 이광수는 있다고 주장한다. 그것도 혈액 속에. 혈액 속의 화합물에는 순결한 감정일 때 나오는 요소와 부정한 욕망일 때 나오는 요소가 서로 다르게 존재한다는 것이다. 정신의 상태가 곧 화학적 성분으로 나타난다는 이 사이비 실체론적 사고는 유치하기 그지없다. 그럼에도 작품은 계속 밀고 나간다. 허영에게서 더러운 독소 "아모로겐"이 나온다면 순옥에게서는 그 대립물인 "아우라몬"의 성분이 추출된다. 사실상 "아모로겐"이나 "아우라몬"은 이광수가 지어낸 화학적 구성성분이다. 그러나 "감정 내지 정서 활동"이 어떤 "생리학적 결과"를 낳을 것이라는 가설 하에 박사학위논문을 준비하고 있는 안빈의 연구는 꽤나 합리적인 성격을 갖추고 있다. 우리는 현재 정서의 차이가 뇌파의 차이 정도로 나타난다고 생각하지만, 이광수는 이를 혈액 성분의 차이와 연관짓고 있는 것이다.

앞에서도 언급했듯이 "피"는 1920년대 문학담론에서 중요한 질료였다. 폐병은 피와 관련된 질병이었으며, 이 피는 그 선명한 색깔만큼 순결하고 열정적인 애정의 기호였다. "부정한 피"라는 수사가 존재하듯이 이광수는 순결한 정신주의를 위해 피의 수사학을 도입하고 있는 것이다. 그렇다면 부정한 피는 어떻게 될까. 부정한 신체를 갖고 있는 자들은 어떤 병을 드러낼까. 쉽게 추측할 수 있듯이 이광수는 여기서도 상투적인 상상력을 이용한다. 당연히 허영은 매독에 걸린다. 난잡한 성관계가 초래한 질병이었다.

"웅 허군 좀 어떠시오?"

하는 것이 첫인사였다. 허영이가 근일에 두통이 나고 가끔 현훈증이 난다는 것이었다. (중략)

"바세르만 반응을 보게요?"

"글쎄. 만일 그렇다면 치료를 해야 안 허우?"

이 말에 순옥은 또 한 가지 앞이 캄캄함을 느낀다. 젊은 사람이 혈압이 높다면 매독을 의심할 수도 있는 것이다. 다음 순간에 순옥은 섭을 생각하였다. 부모가 매독이 있으면 그 자녀에게 선천 매독을 상상하지 아니할 수 없는 것이다.[107]

두통이 나고 "현훈증"(현기증)이 난다는 것은 매독 2기의 전형적인 증상이다. 감염 후 3개월 가량 지나서 나타나는 증상으로서 빈혈과 두통, 현기증이 나타나고 몸이 마르게 된다. 매독 2기라고 하면 매독균 스피로헤타가 전신에 퍼져 있는 상태를 말한다. 그렇지만 허영은 이 기간을 지나서 3, 4기라고 할 수 있는 만성매독상태에 다다른 듯하다. 순옥의 신단에 따르면 허영은 지금 심장병을 앓고 있기도 한데, 이것마저도 "매독이 원인일 것"이라고 생각하고 있다. 스피로헤타가 혈관·심장·신경·척추·뇌 등을 침식하는 상태가 바로 만성매독기이다. 과연 허영의 "바세르만" 혈청매독반응은 "양성"으로 나온다. 불순한 "아모로겐"의 피를 간직한 허영은 결국 죽음에 이르지만, 그런 허영에게 몸을 바치는 신성한 "아우라몬"의 피를 가진 순옥은 성스러운 이미지로 채색된다. 피의 수사학과 매독의 은유가 결합되어 불순한 육체와 욕망

---

107) 이광수, 「사랑」, 『이광수전집』 6, 344~5쪽.

은 정신주의를 위해 제거된다. 순옥과 안빈 앞에서 남녀의 구분은 더 이상 의미가 없다. "사람보다 이상 경계에 가면 벌써 남성이니 여성이니 하는 것이 없는 것"이다. 순옥은 안빈에 따르면 "벌써 사람의 경계를 뛰어넘은 존재"이다. 이 자비의 화신 순옥은 다음과 같이 결심한다.

> 어디서나 또 한 번 한씨와 허영을 만나서 또 한 번 며느리가 되고 아내가 되어서 기어이 그들의 마음을 참기쁨으로 인도하고지고.[108]

여성이라는 육체를 포기했으니 허영을 다시 만난다 해도 아무런 두려움도 없다. 그를 간호하면서 구원에 이르게 하겠다는 신념만이 더욱 숭고해진다. 순옥이 증명한 것은 과연 무엇일까? 여성성을 초월해 같이 병을 앓아 가면서 타락한 허영을 간호하던 순옥이 증명한 것은 무엇일까? 이 도저한 정신주의는 무엇을 증명하는가? 그녀는 정말 진실한 태도로 살아왔다. 진실성의 극단이 순옥의 삶이다. 그렇다고 정신주의적인 삶이 진리를 증명할 수 있는 것은 아니다. 그런 진실성의 태도는 진리도 거짓도 증명하지 못한다. 대신 진실성에 대한 의지만을 보여줄 뿐이다.

이광수의 『사랑』은 나도향이 묻지 않은 질문, 순결성의 강박이 목적하는 것을 은연중 누설한다. 그것도 한참의 시간이 흐른 후에 말이다. 그것은 진실성의 추구다. 이 진실 추구에 대한 강박은 다른 것을 목적으로 하지 않고 진리만을 목적으로 한다. 그것이 진리임을 증명할 수는 없으나 최소한 진실성에 대한 태도만으로도 진리를 증명할 수 있기

---

108) 이광수, 「사랑」, 『이광수전집』 6, 458쪽.

나 하듯이. 순수한 자만이, 이 순결을 위해 희생해 본 자들만이 인간의 진실을 말할 권리를 얻기나 하는 듯이. 이 자기 희생의 숭고함과 진실성은 어떤 외적인 목적과도 관계하지 않는다. 대신 진리에 대한 의지에만 강박적으로 묶여 있다. 20년대 문학담론은 이 진리에 대한 강박에 다름 아니다. 성욕과도 같은 더러운 욕망을 낳는 이 세계를 버리든지 껴안든지 간에 중요한 것은 순결성에 어떤 외부적 연결 지점이 없다는 사실이다. 순결성은 주체의 변모를 통한 성숙이나 현실과 세계의 개조에 이르는 지점과도 만나지 못한다. 순결성이 만나는 유일한 자리는 바로 진리에 대한 의지이다. 알아야 한다는 것, 그 근대적 주체에 대해 알아야 한다는 욕망만이 문학담론을 지배한다. 1920년대 순결의 강박은 앎의 강박과 만날 뿐이었다.

이광수의 『사랑』은 철저히 기독교적이다. 작품의 내용이 불교적인 사유를 중심으로 구성되어 있을지라도 그 근저에는 기독교적인 세계관이 놓여 있다. "감각에 대한 증오, 감각의 기쁨에 대한 증오, 기쁨 일반에 대한 증오가 그리스도교적이다."[109]

아무런 기쁨도 없이 진행되는 무한정의 희생, 육체에 대한 완전한 저주 속에서 솟아오르는 숭고함의 감정. 기쁨이 있다면 이런 숭고함이라는 추상적 기쁨일 뿐이다. 그러나 혜숙에게든 순옥에게든 목숨의 박탈과 육체의 박탈이라는 자기희생은 일종의 정언명령이다. 거기에는 개인적인 기쁨이 들어설 자리가 없다. "내적인 필연성도 없고, 철저한 개인적 선택도 없이, 기쁨도 없이 일하고 생각하고 느끼는 것보다 더 빨리 파괴하는 것이 무엇이란 말인가? '의무'라는 기계보다 더 빨리

---

109) 니체, 『안티크리스트』, 21절.

파괴하는 것이 무엇이란 말인가?"[110] 그러나 이런 니체의 반박에 귀 기울일 혜숙과 순옥이 아니다. 그들의 희생은 자기 행위의 진실성을 확보하기 위한 진리증명일 뿐이다. 삶에 대해 얘기하는 것이 아니라 진실에 대한 의지만을 말하고자 할 때, 거기서는 이런 순결과 희생의 강박이 나타난다.

5) 강박적 주체와 광인의 만남

순결과 같은 '관념'에 강박적으로 집착하는 주체는 『환희』처럼 현실적 죽음에 이르거나 『사랑』처럼 육체의 포기(죽음)에 이르는 것으로 그 끝을 맺는다. 그러나 염상섭의 「표본실의 청개구리」(1921)처럼 광기의 위기와 만나는 경우도 있다. 이 작품은 성적인 강박은 아니지만 어쨌든 강박적인 주체를 중요한 문학적 인물로 생산하고 있다는 점에서 전형적인 20년대 문학이다. 『환희』나 『사랑』의 강박이 자살이나 육체의 포기를 통해 현실을 초월하고자 하는 병리적 욕망을 보여 주었다면, 「표본실의 청개구리」는 현실 초월의 불가능성을 이야기한다. 그렇다고 건강한 주체의 가능성을 말하지도 않는다. 인간은 모두 신경증에 걸렸다는 프로이트의 명제처럼 이 작품도 신경증을 앓든지 아니면 광기에 빠지든지 하는 선택지를 제시한다. 그러나 광기가 주체의 어떤 대안도 될 수 없다는 사실을 인정한다는 점에서 염상섭은 신경증적 주체를 인간의 숙명으로 만든다. 그만큼 현실적이지만 암울한 것도 사실이다.

「표본실의 청개구리」는 주지하듯이 "광기의 테마와 함께 그의 임상의학적인 관심 내지 의학적 담론과 상상력이 적지 않게 발휘된 작품

---

110) 니체, 『안티크리스트』, 11절.

으로서 병리적 리얼리즘의 성격을 지닌다."[111] 일인칭 서술 부분에서 주인공 X는 강박신경증 환자다. 'X'라는 이름 자체가 이 모호한 인간의 비밀, 그 신경증적 본질을 지칭하는 기호이기도 하다. X의 발화는 신경증 환자가 정신분석가 앞에서 나지막하게 읊조리는 자기 병력(病歷)의 진술에 다름 아니다. 그의 의식을 장악하고 있는 것은 일종의 악몽과도 같은 관념인데, 그것은 "해부된 개고리가 사지에 핀을 박고 칠성판 우에 자빠진 형상"[112]이다. 그냥 개구리도 아닌 해부된 개구리, 그리고 심지어 사지에 핀이 박힌 해부 대상으로서의 개구리를 부조리한 현실에 대한 문학적 재현으로 읽기는 어렵다.[113]

자본주의적 현실과 주체의 병리적 표현 사이에 어떤 인과관계가 있다면 우리는 이 텍스트를 부조리한 현실에 대한 문학적 재현으로 읽을 수 있을 것이다. 그러나 우선 이런 인과관계를 텍스트 상에서 결코 확인할 수 없다는 점, 그리고 그런 독법이 리얼리즘적 재현을 특권화한다는 점에서 우리는 받아들일 수 없다. 현실과 주체 사이에 인과관계를 설정하는 것은 현실과 텍스트 사이에 재현의 관계를 설정하는 태도와 다르지 않다. 어떤 사건에 현실적 원인이 시간상으로 앞서 존재하고, 이것이 주체에게 병리적 결과를 낳는다는 것이 인과의 논리다. 그러나

---

111) 이재선, 『현대소설의 서사시학』, 201쪽.

112) 염상섭, 「표본실의 청개구리」, 『염상섭전집』 9, 11쪽.

113) 염상섭 작품의 광기나 신경쇠약을 자본주의 현실과 관련된 메타포로 읽는 관점도 많다. 대표적으로 다음을 보라. "염상섭의 초기 3부작에서 등장하는 광기나 신경쇠약과도 연결된다. 19세기 후반 이후 광기나 신경쇠약 등은 하나의 메타포로 사용된다. (중략) 그런데 19세기 후반에 이르러 역설적으로 광기는 도구적 합리성과 교환가치가 전면화된 현실, 또 탈출구가 존재하지 않는, 그것을 수용할 수 없음을 의미하는 메타포로 변용되었던 것이다."(박현수, 「염상섭의 초기 소설과 문화주의」, 『상허학보』 1호, 1999.12, 320쪽)

원인과 결과는 그렇게 분리된 것도 아니며, 결과 속에도 계속해서 원인이 작동하고 있다. 심지어 하나의 사건은 인과의 관계보다는 다양한 힘들의 조성의 변화에 더 긴밀히 관련된다. 그러므로 현실과 주체라는 두 항의 시간적 인과 관계는 받아들이기 힘들다.

증상에는 어떤 원인이 있다는 것, 다시 말해 증상은 단순히 은유일 뿐이므로[114] 그 원인을 파악하면 분석과 치료가 가능하다는 정신분석적 관점은 현실과 텍스트 사이에 재현의 관계를 설정하게 한다. 텍스트는 어떤 원인의 증상과 같다는 것, 그리고 그 원인은 현실이라는 것, 이것이 리얼리즘적 독해가 빠지기 쉬운 함정이다. 그러나 앞에서도 지적했듯이, 증상 자체가 환자의 해석이라는 점에서 볼 때 증상에도 계속해서 해석이라는 원인이 작동하고 있기 때문에 시간상으로 먼저 있어야 할 원인을 고정할 수는 없는 법이다. 3·1 운동 이후 식민지 지식인의 무기력함이 텍스트의 원인이 된다든지, 도구적 자본주의가 원인이라든지 하는 관점은 텍스트를 구성하면서 작동하고 있는 텍스트적 원인의 실재성을 은폐한다.

그러므로 텍스트에 기초할 일이지 텍스트 바깥의 현실을 논할 일이 아니다. 텍스트와 현실이 관련을 갖는다면 그것은 의학담론이나 윤리적 담론의 물질적 층위에서이지 순수한 자본주의나 정치적 현실이 아닌 것이다. 핀에 고정된 개구리를 메스로 찌를 때의 치떨리는 느낌은 X의 신경이 자극되는 느낌의 정확한 표현이다. 그는 지금 신경과민이

---

114) 증상이란 "육체적 고통으로 나타나는 하나의 기표인데 이 기표는 다른 기표, 즉 억압이라는 '장애물' 아래 놓여 있는 까닭에 의식적으로 나타나지 못하는 또 하나의 기표를 대신하는 대치물"(브룩스, 『육체와 예술』, 421쪽)이라는 관점은 리얼리즘적 재현의 독법과 유사하다.

초래하는 엄청난 각성상태에 빠져 있다. 개구리가 수술칼 아래서 경험했을 공포를 X가 그대로 느끼고 있다는 점에 주목해야 한다.

> 팔 년이나 된 그 인상이 요사이 새삼스럽게 생각이 나서 아무리 잊어
> 버리려고 애를 써도 아니 되었다. …… 새파란 〈메스〉, 닭의 똥 만한
> 오물오물하는 심장과 폐, 바늘 끝, 조그만 전율 …… 차례차례로 생각
> 날 때마다 머리끝이 쭈뼛쭈뼛하고 전신에 냉수를 끼얹는 것 같았다.
> 남향한 유리창 밑에서 번쩍 쳐드는 〈메스〉의 강렬한 반사광이 안공을
> 찌르는 것 같아 컴컴한 방속에 들어 누웠어도 꼭 감은 눈썹 밑이 부시
> 었다. 그러나 그럴 때마다 머리맡에 놓인 책상 서랍 속에 넣어둔 면도
> 칼이 조심이 되어서 못 견디었다.[115]

이 신경과민에 대해 텍스트는 어떤 현실적 원인도 제시하지 않는다. 그러므로 이를 그대로 받아들여야 한다. 문제는 「표본실의 청개구리」가 바로 이 신경과민의 장면에서 출발한다는 사실이다. 현실 정치적 원인에 의한 신경과민은 텍스트의 관심이 아니다. 텍스트는 어쨌든 병든 강박적 주체로부터 출발한다. 이것이 1920년대 문학담론의 절대적 요구사항이다. 그러므로 다시 현실에서 그 원인을 찾는 환원론으로 돌아갈 이유가 없다. 우리는 어떤 이유인지는 몰라도 X가 강박증으로 인해 자살충동에 빠져 있다는 점을 중시한다. 정상적인 인간이 미쳐 가는 과정이나 미친 인간이 치료를 통해 정상으로 되돌아가는 과정을 다루는 것에 20년대는 관심이 없다. 대신 선험적으로 병리적 주체가 요

---

115) 염상섭, 「표본실의 청개구리」, 12쪽.

구되었던 것이다.

"메스"의 관념은 책상 서랍 속에 놓인 면도칼과 연결되어 자신도 모르게 손목을 그을지도 모른다는 두려움을 낳는다. 강박신경증은 제어할 수 없는 생각이나 충동, 혹은 어떤 이미지의 형태로 발생하는 강박사고 때문에 행위에 장애를 초래하는 기제다.[116] 구체적으로는 성적이거나 공격적인 내용의 충동, 오염 및 감염에 대한 두려움, 어떤 실수나 사고에 대한 의심, 신성모독적이거나 도덕관념에 배치되는 생각, 질서가 깨어져 완벽하지 못한 상태 등이 주체를 괴롭힌다. 이 관념은 의식적인 노력으로는 결코 제거할 수 없다. 『환희』의 혜숙과 『사랑』의 순옥도 바로 이 오염에 대한 두려움, 신성모독에 대한 두려움에 빠진 강박적 주체였다.

> "〈메스〉-면도, 면도-〈메스〉……, 잊으려면 잊으려 할수록 끈적끈적하게도 떨어지지 않고 어느 때까지 꼬리를 물고 머리 속에서 돌아다녔다. 금시로 손이 서랍으로 갈듯갈듯하여 참을 수가 없었다. 괴이한 마력은 억제하려면 할수록 점점 더해왔다."[117]

여기서 X는 강박적인 행동보다는 강박적 충동으로 괴로워한다. 강박증에서는 반복적으로 손을 씻거나 어떤 행위를 동일하게 반복하는 강박행동이 보이는 대신 순수하게 사고의 형태로만 전개되는 경우를 순수강박사고 유형이라고 하는데,[118] X가 바로 이런 경우에 해당된

---

116) 이용승·이한주, 『강박장애』, 21~4쪽.
117) 같은 책, 12쪽.
118) 같은 책, 77쪽.

다. 생각 자체가 혐오스러운 내용들이나 충동적이고 본능적인 내용의 생각들, 죄책감을 일으키는 내용들로 이루어져 있다. X의 경우에는 바로 자살의 충동이 강박사고에 해당한다. 그는 이런 충동적 생각만으로도 그런 일이 일어날 가능성이 높다고 생각하는 가능성 융합 오류[119]에 해당하는 강박장애 환자의 성격을 보여 준다.

> 한 개비를 드윽 켜들고 창틀 우에 얹어둔 양촉을 집어 내려서 붙여 놓은 후 서랍을 열었다. 쓰다가 몇 달 동안이나 끌어둔 원고, 편지, 약갑들이 휴지통 같이 우글우글한 속을 부스럭부스럭 하다가, 미끈 하고 잡히는 자루에 집어넣은 면도를 외면을 하고 꺼내서 창밖으로 뜰에 내던졌다.[120]

X의 정체성을 구성하는 물건들이 "서랍" 속에 숨어 있다. "원고" 와 "편지"와 "약갑들"이다. 원고와 편지가 그의 문학청년의 지향을 가리키는 환유적 사물이라면, 약갑들은 그의 신경증을 지시하는 환유적 사물일 것이다.[121] 그는 강박증적 주체다. 그리고 그의 방도 이런 병자의 병실에 다름 아니다. 지나치기 쉽지만 X는 상당히 많은 약을 복용하는 환자인 것 같다. 우리는 사소하다면 사소할 수 있는 이 부분에서 근대문학담론의 비밀을 한 가지 간파하게 된다. 약갑들은 원고와 나란

---

119) 이용승·이한주, 같은 책, 137쪽.
120) 염상섭, 「표본실의 청개구리」, 12쪽.
121) 김윤식은 이 부분에서 약갑보다 원고와 편지에 집중해 "지식인 청년의 전유물"로서의 "글쓰기"와 연결되는 사물이라고 해석하고 있다(김윤식, 「근대소설 형성기의 내면풍경」, 『한국현대문학비평사론』, 223쪽).

히 서랍 속에 들어 있다. 원고는 약갑이 있는 공간에서 쓰인다. 문학담론은 병리성의 자리에서 진행된다. 병리성은 문학담론과 겹쳐지면서 병리적 주체를 형성한다. 〈약갑-원고-X〉가 전혀 다른 계열들이면서도 한 방에 있을 수 있었던 것은 1920년대 문학담론의 에피스테메의 전형적인 현상이다. 이것이 병리성의 문학담론이다.

우리는 이 장면에서 확실히 문학담론의 본성을 파악한 듯한 느낌을 받는다. 문학이란 무엇인가? 그것은 인간의 고통을 치료하는 치료제인가? 아니면 사회적 모순을 고발하는 참여의 본성을 갖는가? 그렇지 않다면 언어의 한계를 돌파하는 언어 놀이의 극한인가? 1920년대 문학담론은 이렇게 대답할 것이다. 문학은 병리적 주체의 고백적 진술이라고. 우리는 이제 그 질환자들의 고백을 계속해서 들려줄 것이라고. 그리고 다른 것을 문학에 요구한다면 문학은 아무것도 대답해 줄 수 없을 것이라고.

문학담론은 이 순간 하나의 제도적 효과를 얻는다. 문학은 병리적 주체의 고백적 진술이라는 규정을 만들어 낸 것이다. 이것이 과연 이광수가 추상적으로 말했던 〈문학=Literature〉와 관계나 있겠는가. 만약 〈문학=Literature〉가 있다면 그것은 지금 염상섭이 「표본실의 청개구리」 도입부에서 보여 주고 있는 바로 그런 것이다. 독자가 동의하고 말고 할 성질의 것이 아니다. 독자는 이 강박적 주체 X의 고백적 진술을 즐겁게 들어야 한다. 그리고 또한 그것과 다른 독서를 20년대 문학담론에 요구할 수도 없다. 이렇게 문학담론은 병리성을 통해 자신의 규범적 본성을 형성해 간다.

강박증적 주체 X는 평양으로 여행을 시작한다. 그의 여로는 신경증으로부터 벗어날지도 모르겠다는 희미한 가능성의 일환이기도 하지만, 실상 그런 몸부림의 불가능성에 대한 체념적 확인의 성격이 더 크다. 그가 친구들의 권유에 어쩔 수 없다는 듯이 평양행 기차에 올라타고 있는 그 수동성이 바로 이를 말해 준다. 또한 이 여행은 한국문학사에서 보기 드문 장면의 표현이기도 하다. 신경증 환자와 정신분열증 환자의 만남이라는 기이한 접속.[122]

우리는 이 병리적 주체들의 접속을 하나의 '사건'으로 받아들일 필요가 있다. 우선 병리적 주체들이 문학담론의 공간을 장악했다는 것, 이것 자체만으로도 문학사에서 엄청난 사건이다. 그리고 신경증 환자가 광인을 만난다는 것, 이는 병리적 주체에 대한 관심이 엄청났다는 사실의 반증이다. 신경증 환자만으로는 부족했다는 것, 광인마저 등장해야 했다는 것은 1920년대 문학담론의 요구를 본능적으로 깨닫고 있는 염상섭의 현명함을 보여 주고 있다. 병리성의 문학적 폭발, 이는 신경증 환자와 광인의 만남을 가능하게 한 원동력이다. 신경증 환자에 대한 정상인의 분석이 아니라 신경증 환자의 자기 분석과 고백이 20년대 문학담론의 핵심적 특징이다. X는 이 자기 해부와 고백을 김창억이라는 광인과의 만남을 통해 수행한다.

X는 원래부터 죽음에 대한 충동을 갖고 있었다. 반복되는 죽음충동의 강박, 이것이 나아갈 수 있는 한계는 어디인가? 아마 광기 아니면 죽음일 것이다. 그러나 X는 면도칼을 내버렸다. 그렇다면 그에게 남은 위기는 광기로 돌입할지도 모른다는 정신적 상태일 것이다. 이 광기야말로 신경증 환자 X의 다른 모습일지 모른다. X는 김창억의 광기를 추

---

122) 신경증을 섬세하게 표현했던 박태원조차 「적멸」에서 광기를 실험하는 정신분열자와 정상인의 만남을 주선할 뿐, 광인과 신경증자의 만남은 보여 주지 못했다.

적한다. 그의 내력과 병력을 추적하는 분석가가 된 것이다. 그러나 이 분석은 일종의 자기 해부이기도 하다. 중요한 것은 병리적 주체에 대한 과거 분석이 행해지고 있다는 것이다. 김창억의 광기는 실상 대단한 것은 아니다. 그리고 광기의 이유도 대단한 것은 아니다. 그러나 그 내력이 꼼꼼히 추적되고 있다는 사실 그 자체, 그리고 「표본실의 청개구리」의 상당 부분이 이 병리에 대한 추적에 할애되고 있다는 사실이 정말 중요하다. 여기서 우리는 20년대 문학담론의 의지를 포착하게 된다.

그것은 바로 병리적 주체에 대한 앎의 의지이다. 도대체 「표본실의 청개구리」가 어떤 문학적 저항의 포즈를 보여 줄 수 있을 것인가? 이 작품은 식민지 현실에 대한 문학적 비판에 뜻이 있지 않다. 염상섭이라는 인물의 문학적 세계 자체가 원래부터 그랬다. 20년대 문학담론은 그 담론 내부의 규칙을 만들어 간다. 그것은 텍스트 외부에 대한 재현이나 텍스트 외부의 현실에 대한 비판과는 아무런 관련이 없는 담론 규칙이다. 병리적 주체 자체가 관심의 대상이고 취조의 대상이다. 문학담론은 이런 주체들에 대한 앎이 아니고는 자신의 목적을 알지 못했다. 이것이 중요한 문학담론의 규칙이다.

4. 망상과 광기 그리고 도착의 세계

1) 처벌의 망상과 피해의 망상

현상윤의 「핍박」(1917)은 1910년대라는 이른 시기에 인텔리의 편집증적 망상이 지배적인 모티프로 등장한다는 점에서 특징적이다. 이 작품도 「표본실의 청개구리」와 같이 편집증적 주체의 자기 고백적 진술이라는 점에서 20년대 문학담론의 자장 내에 있다. 어쨌든 자기 해부와 고백은 정상인이 아니라 병리적 주체의 몫이라는 점이 이 작품에서 다시 확인된다. 주인공이자 고백자인 '나'는 타인들의 시선을 견디기 힘들어 한다. 그는 타인의 시선을 자신에 대한 집착과 핍박으로 전환시켜 해석한다. 이런 점에서 그는 전형적인 피해망상증적 주체다. 원래 편집증(paranoia)은 피해(박해/처벌)망상과 관련되어 등장하는 정신병리로서, 기본적으로 정신세계 내부에서 유래한 위협에 대해 자신을 방어하기 위한 병리적 시도의 일종이다. 예컨대 프로이트는 받아들일 수 없는 동성애적 열망을 다루려는 시도를 편집증이라고 보았다. 그리고 다른 연구자는 자존감에 대한 위협의 지각과 그 위협의 원인을 외적 요인으로 귀인(歸因)하는 방어적 기제가 결합된 결과로 보았다.[123]

편집증적 병리를 보여 주는 주체는 자의식이 "자기를 표적으로 지각하는 경향(self as target), 즉 누군가 자신을 쳐다보는 것 같은 느낌으로 가득 차 있으며, 부정적 생활사건이나 자극에 의해 자기-이상(ego-ideal) 괴리가 활성화되면 극단적인 외부 귀인을 통해 실제 자기와 이상적 자기간의 지각된 괴리를 적극적으로 줄이려 한다."[124] 편집증에서는 자아의 이상적 상이 중심이 된다. 이상적 상의 훼손에 대해 민감한 편집증적 주체는 방어를 위해 타인에게 그 원인을 돌려 버리는 정신적 구조를 갖는다. 「핍박」에서도 나는 주변 사람들의 침묵 속에서 자기 자신을 질책하는 시선만을 느낀다. 경관의 시선은 나를 취조하고 기회만 닿으면 체포해 버리려는 듯하다. 지나가는 농부들의 말과 시선은 공부깨나 했다는 인텔리가 일자리도 얻지 못하고 있는 초라한 처지

---

123) 이훈진, 「편집증 집단의 자기개념과 주의 및 기억편향」, 『심리과학』 9호, 77~8쪽.
124) '자기-이상'은 '자아이상'으로, '이상적 자기'는 '이상적 자아'로 번역되는 것이 통례지만, 여기서는 이훈진의 번역을 고치지 않고 그대로 따랐음을 밝힌다.

를 비웃고 있는 듯하다. 집으로 귀가하는 농부들에게서는 따뜻한 가족의 사랑이 그려지면서 그들이 자신에게 "이 놈아 우리는 우리 이마에 흐르는 땀을 먹는다 해도 조금이나 미안이나 고통이 있을쏘냐 …… 어리고 철없는 놈아 무엇이 어째—권리니 의무니 윤리니 도덕이니 평등이니 자유이니 무엇이 어째. 나는 다 모른다"[125]라고 하는 듯하다.

고백자는 자신을 둘러싼 현실을 이분법의 세계로 분할한다. 구체적 물질성 수준에서 삶의 의미를 찾는 농부들과 추상적 관념 속에서 살아가는 무능력한 인텔리. 문제는 이런 이원론이 피해망상을 만들어 낸 것이지만 그는 이런 사실을 깨달을 수 없다. 편집증은 사태의 원인이지만 사태에 대한 방어기제이기도 하기 때문이다. 편집증은 주체의 도피적 해결책이므로 그에게 현실에서의 자존감 회복은 불가능하다.

고백자 '나'의 편집증은 편집증 중에서도 처벌편집증(punishment paranoia)에 속한다. 자신을 스스로 비난하고 자신을 나쁘게 보며, 타인이 자신을 정당하게 처벌한다고 간주하는 사고의 패턴이 처벌편집증의 특징이다.[126] 인지이론에 따르면 편집증에서 핵심적인 것은 자기(self)다. 처벌편집증은 타자를 강력한 것으로 보는 반면 자신을 허약한 것으로 간주한다. 그리고 타자가 위협적인 존재라면 자신은 처벌받아야 하는 존재가 된다. 그는 타인으로부터 결점투성이인 자신을 숨기기 위해 온갖 노력을 하는데 이것이 편집증적 태도를 형성한다.

그러나 「핍박」에서는 이 피해의 양상만이 두드러질 뿐 거기서 회피하려는 행위는 보이지 않는다. 그렇지만 처벌편집증의 전형적인 증

---

125) 현상윤, 「핍박」, 『청춘』 8호, 90쪽.
126) 김중술·이한주·한수정, 『사례로 읽는 임상심리학』, 333쪽.

상처럼 여기서 자기를 소유하는 것은 자신이 아니라 타인이 된다. '나'를 지배하는 것은 타인의 시선이다. 그 시선이 과연 타인들의 의도를 얼마나 정확히 반영하고 있는가 하는 점은 문제되지 않는다. 중요한 것은 '나'의 세계가 온통 타인의 시선에 의한 처벌과 꾸짖음으로 채워져 있다는 것이다. '나'는 타자의 시선을 다시금 되돌려 줄 만한 능력을 갖고 있지 못한 무력한 상태다. 그는 타자에게 완전히 압도되어 있다.

텍스트는 「표본실의 청개구리」처럼 이 망상의 원인을 분석하지 않는다. 즉 원인에 대한 관심은 없다. 대신 병리적 주체를 촘촘히 묘사하고자 한다. 고백자는 자신의 내면을 섬세하게 해부한다. 그런데 해부하는 과정 속에서 그는 처벌편집증에 사로잡힌 주체로 구성된다. 지식인과 농민, 추상적 세계와 현실적 세계의 이분법이 이런 주체를 만들었다고 생각해서도 안 된다. 이 구도는 망상적 주체가 구성한 현실이지 망상적 주체를 구성하는 현실이 아니기 때문이다. 그렇다고 지식인이나 인텔리의 본성을 추적하는 것에 관심이 있는 것도 아니다. 대신 왠지모르게 내면이 고통스럽다는 것, 이 병든 내면을 말하지 않을 수 없다는 것, 문학이 존재한다면 문학은 이 병든 주체를 표현해야 한다는 당위만이 강하게 읽힌다.

우리는 이런 망상적 존재를 김동인의 「명문」(1925)에서 다시 확인할 수 있다. 김동인은 문학담론의 '근대성'에 대해 염상섭을 제외하고는 가장 민감한 촉수를 갖고 있었던 것으로 생각된다. 이처럼 그는 병리적 주체에 대한 표현을 '참' 문학이라고 간주했다. 근대의 문학담론을 형성하는 데 있어 김동인의 역할은 무시할 수 없다. 애초부터 병리적 주체에서 문학담론의 질료를 포착한 김동인은 「명문」에서도 종교망상이라는 특이한 병리적 영역을 다룬다. 우리는 이 작품에서 기독교의 전파와 더불어 나타나게 된 새로운 종교 행태에 대한 풍자적 태도를 엿볼 수 있다. 근대화의 과정은 곧 기독교 전파의 과정이기도 하며, 이는 인간의 새로운 모습과 갈등을 야기하는 것이기도 했다.

나이 17~8세까지 공자와 맹자의 도를 배우던, 전판서 집안의 아들 전주사(田主事)는 어느 날 예배당에서 "강도(講道)"하는 것을 듣고 갑작스레 예수교인이 된 인물이다. 예수교인이 되고 나서 생긴 변화 중 한 가지는 여성의 지위 향상과 관련되는데, 아내를 예수교인으로 만들면서 "단지 '여편네' 이던 그의 아내는 '당신' 이요, '마누라' 요, '그대' 인 아내로 등급"이 올라간다. 그러나 예수교의 전파가 이런 표면적인 향상만을 가져온 것은 아니었다. "평화롭고 점잖고 엄숙하던 이 집안에는 예수교가 뛰쳐 들어오자부터 온갖 파란이 일어났습니다." 이 파란은 아버지와의 갈등이라는 방식으로 드러난다.

기독교에서 죄의식이라는 것이 갖는 보편성, 혹은 근대인이 품고 있던 죄책감이라는 내면이 당시 얼마나 낯선 광경이었는지는 이 작품에서 명확히 알 수 있다. 죄의식이야말로 철저히 근대적인 형성물이다. 다른 신(神)을 섬기는 것이 잘못이라는 아들의 말에 "너의 하나님도 질투는 꽤 한다"고 반응할 뿐인 아버지에게 아들의 행태 중에서 가장 이해되지 않는 부분이 바로 죄의식이다. "다만 한 가지, 그는 전지전능하신 당신의 선(善)지식을 모르는 것뿐이 그의 죄악이라면 죄악이겠습니다"는 아들의 기도를 엿들은 아버지의 반응은 다음과 같았다.

애, 고맙다. 하나님한테 내 죄를 용서하라고? 이 전판서는 자기 철이 든 이래 죄라고는 하나도 범하지 않은 사람이다. 내 죄를? 이 자식! 네 아비의 죄가 대체 무엇이냐? 대답해라.[127]

'죄'라는 관념 자체가 얼마나 낯선 것인지 전판서의 대꾸가 증명한다. 잘못은 있었어도 죄는 있을 수 없다. 인간의 잘못이, 혹은 실패가 지은 죄에 대한 벌이 되는 논법은 모두 기독교적인 것이다. 육체적이든 정신적이든 그 어떤 고통도 인간의 죄에 대한 응당한 대가라는 논법은 기독교적이다.[128] 인간이 자신을 도덕적이지 못한 존재로 설정할 때만 죄의식을 가질 수 있다. 원래 도덕적 규정을 실천할 수 없는 무능력은 도덕적 규정의 까다로움 때문이지 인간의 무능력 때문은 아니다. 그러나 기독교에서는 이를 전도해 다음처럼 해석한다. 우리 자신이 도덕을 지킬 수 있는 존재가 못 된다고. 따라서 우리는 행복과 행운을 기대할 자격도 없다고. 그러므로 도덕적인 약속은 우리보다 더 뛰어난 존재인 신에게만 주어진다고.[129] 기독교의 논리는 인간의 자기경멸로 귀착된다. 전판서에겐 이런 전도된 의식이 없다. 기독교란 낯선 이방인의 것이지 전판서의 삶과는 무관한 것이기에.

모든 것을 기독교의 프리즘을 통해 이해하는 전주사는 완고한 아버지에 의해 집안에서 쫓겨나는 수모를 겪는다. 아버지가 죽어가는 마당에서야 극적으로 화해하고 집안으로 복귀한다. 그러나 전주사의 기독교 집착은 또 다른 대상을 필요로 한다. 이제는 어머니다. 며느리 나이가 사십이 되었어도 후손이 없어 근심이 많던 어머니는 결국 노망에

---

127) 김동인, 「명문」, 『김동인전집』 5, 220쪽.
128) 이는 니체 철학의 중심 주제다. 특히 『안티크리스트』를 보라. 니체는 불교가 기독교와 얼마나 다른지 얘기한다. 불교는 고통의 실재적 원인을 살피는 실증적인 종교라 죄에 대한 싸움을 말하지 않고 고통에 대한 싸움을 얘기한다(니체, 『안티크리스트』, 20절). 유교나 불교의 영향하에 있었던 조선에서 죄의식이라는 것은 철저히 이식되고 수입된 근대적인 산물이다.
129) 니체, 『아침놀』, 21절.

들고 종들로부터도 놀림 받는 천덕꾸러기가 된다. 기독교적 연민에 심각히 빠진 전주사는 사랑의 정신을 몸소 실천하고자 한다. 어머니를 "주무시게" 하는 결단을 택한 것이다. 그의 결단과 함께 어머니는 "몹시 구역을 하고, 그만 세상을 떠나" 버린다. 아마도 독극물 중독에 의한 사망일 것이다.

전주사의 생각과 행동이 망상(편집증; paranoia)으로 판명나는 것은 바로 이 지점에서다. 공자의 도를 따르던 인간이 기독교를 받아들였다는 것이 크게 이상할 것은 없다. 근대화의 과정에서 종교의 열차를 갈아타는 과정은 흔했던 것이다. 그러나 이런 과정에서 살인까지 발생할 정도라면 그 행태를 낯선 것으로 받아들이지 않을 수 없을 것이다. 전주사의 의식을 지배하고 있는 것은 종교망상이다. 세계를 해석하되, 철저하게 기독교적일 것. 기독교 신(神)의 시선에서는 인간 세계의 율법에 어긋나는 것도 성스러운 행위가 될 수 있다는 것이 전주사의 인식이다.

"하나님이시여. 당신은 이 세상에 죄악이 너무 퍼졌을 때는 큰 홍수로써 세상을 박멸한 하나님이외다. 지금 제 어머니 때문에, 저는 어머니를 미워하는 역도의 죄를 지으며, 어머님께서도 만날 고생으로 지내실 뿐 아니라, 집안 몇 식구가 그 때문에 잠시도 마음을 못 놓고 지냅니다. 제 이 어머니를 하나님 앞에 돌려보내는 것이 가장 착하고 옳은 일인 줄 저는 생각합니다." 뿐만 아니라 이제 일 년을 더 살지 못할 만큼 몸이 쇠약한 것은 누구나 아는 바요, 이제 더 산다는 그 일 년이 또한 다만 어머니의 껍질을 쓴 한 바보에 지나지 못하는지라, 그것은 어머니가 아니요, 벌써 송장이 된 어떤 몸집에 조금 손을 더하는 것에 지나지 않겠습니다. 그는 그 "벌써 송장으로 볼 수 있는 어떤 몸집"에 조금 손을 더하려고 작정하였습니다.[130]

전주사의 관점에서 볼 때 어머니를 주무시게 한 것은 십계명 가운데 하나인 부모에 대한 효를 지킨 것이지 회개할 죄악에 속한 것이 아니다. 노망으로 인해 어머니 자신의 존엄성을 지킬 수 없는 상황이라면 홍수로 세상의 죄악을 직접 박멸한 하느님처럼 자신도 어머니를 미리 편하게 해주고 하느님 앞에 인도한다면 죄가 아니라는 것이다. 여기서 전주사의 망상은 단순한 편집증의 형태에서 거의 정신분열증으로까지 진행되었음을 알 수 있다. 편집증적 행위가 지속될 때 그것은 분열증에 다름 아니다. 분열증의 하위 범주에 편집증이 있다.

어머니를 "잠재운" 것을 선행이라고 주장하는 전주사는 결국 사형의 언도를 받고 "천당 재판석"에 이르게 된다. 천당으로 갈 줄 알았던 전주사, 그런데 그에겐 지옥행이 결정되었다. 하늘의 관점에서 보았을 때 십계명 중에서 살인을 금한 여섯째 계율의 위반이었음이 드러났다는 것이다. 그렇다고 전주사의 논리에 문제가 있는 것은 아니다. 십계명에 대한 해석의 문제이지 하늘의 관점이 꼭 맞는 것도 아니다. 계율이 서로 충돌할 때는 하늘도 해결할 수 없다. 오직 현실을 떠나 죽음의 세계로 갈 때만 계율의 충돌이 없는 삶을 살 수 있을 뿐이다. 즉 살아있지 않을 때만 계율 없이, 계율의 충돌 없이 살 수 있는 법이다.

가만히 보면 전주사의 의식 세계에 어떤 논리적 모순도 없다는 사실을 알 수 있다. 푸코가 『광기의 역사』에서 보여 주는 다음의 사례와

---

130) 니체, 『아침놀』, 21절.

하나도 다르지 않다. 자신의 몸이 유리로 되어 있다고 상상하는 사람은 광인이 아니다. 누구라도 꿈속에서 이런 이미지를 볼 수 있으므로. 그런데 자신의 몸이 유리로 되어 있으며, 깨질 위험이 있으니 단단한 물체는 만지지 말아야 하고, 심지어 움직이지도 않고 있어야 한다는 결론을 이끌어 내면 그는 광인이 된다.[131] 다시 말해 추론의 과정에서는 그 어떤 비논리도 없다. 전주사에게서도 이런 엄밀한 논리적 절차를 확인할 수 있다. 어머니가 고통을 당하고 있다, 하느님은 고통을 당하는 자를 보살피라 했다, 어차피 죽을 텐데 노망에 든 어머니를 하루라도 빨리 하느님 곁으로 가게 하는 것이 도리어 선행이다, 그러므로 살해는 살해가 아니라 이웃사랑의 실천이다.

그러나 전주사의 논리는 궁극적으로 광기의 논리다. 이성적인 언어를 구사하지만, 신이라는 가상적 이미지를 차용해서 현실화시켰다는 점에서 광기다.[132] 망상장애는 원래 정신분열증 환자의 행동처럼 이해할 수 없는 돌발적인 것이 아니라 조직적이고 체계화되고 논리적으로 진행되는 것이라고 한다.[133] 어머니 살해까지 이른 전주사의 행위는 실제 일상생활에서 발견되는 요소들을 중심으로 구축된 것이라 사리에 맞기도 하다. 어떤 인격의 와해나 일상생활의 와해도 부재하다는 점에서 그를 엄밀한 의미에서의 정신분열증 환자라고 규정하기는 어렵

---

131) 미셸 푸코, 『광기의 역사』, 388쪽.
132) 푸코는 고전주의 시대 광기의 한 특성으로 이 정신착란을 들고 있다. "광기의 궁극적 언어는 이성의 언어, 그러나 이미지의 위세에 둘러싸이고 이미지가 규정하는 가상공간에 한정된 이성의 언어이며, 그리하여 둘 다 이미지의 총체성과 담론의 보편성을 넘어, 집요한 특수성이 광기를 빚어내는 특이하고 그릇된 조직을 형성한다."(푸코, 같은 책, 389쪽)
133) 이정균 · 김용식 엮음, 『정신의학』, 289쪽.

다. 다만 망상을 망상만으로 유지하지 못한 채 직접 현실에서 실현시켰다는 점에서 광기와 유사하다 할 것이다.

망상의 여러 계열에서 전주사의 경우는 피해형 망상(Persecutory type)[134]으로 분류할 수 있을 듯하다. 망상장애에서 가장 흔한 유형으로, 과도한 피해의식을 중심으로 구성되는 망상이다. 전주사가 어머니를 독살하게 된 것도 어머니가 받는 피해와 자신이 받는 피해를 과장했기 때문에 발생한 것이었다. 그러나 여기서 주의해야 할 것은 이 망상에 갇힌 인물이 타자에 대해 전혀 공격적이지 않다는 사실이다. 그는 타인을 비난하지도 않으며, 자신을 우월하다고 생각하지도 않는다. 대신 어머니와 관련된 고통의 현실을 마술적으로 이해한 것일 뿐이다. 그에게는 자신의 특별함을 강조하는 일반적인 피해편집증 환자의 우월한 의식이 존재하지 않는다. 그에게는 대신 어머니에 대한 연민과 타인에 대한 망상적 배려가 가득 차 있다. 그는 일종의 선한 망상광이다. 편집증적 망상은 근대적인 주체의 특이한 정신형식이었다. 이는 근대가, 그리고 문학담론이 만들어 낸 인물이다.

2) 광기의 심각성과 주체의 진실

광기와 광인은 20년대 문학담론의 주된 질료였다. 대표적으로 염상섭의 「표본실의 청개구리」(1921)나 이광수의 「윤광호」(1918), 김동인의 「목숨」(1921), 「광염소나타」(1929), 현진건의 「사립정신병원장」(1926) 등이 있다. 광기에 어떤 변함없는 본질이 있는 것은 아니다. 그리고 우리의 경우는 서양의 고전주의적 경험이나 근대적 경험과도 달랐다. 광

---

134) 이정균 · 김용식 엮음, 같은 책, 292쪽.

기는 그 이웃 계열에 따라 의미를 조금씩 달리하는 주체의 형식이었다. 이광수의 「윤광호」는 동성애와 관련된 광기를 보여 준다. 작품은 윤광호라는 인물이 동성애의 실패로 인해 광기로 돌입하고 결국 죽음에 이르는 과정에 대한 간략한 보고서의 형식을 지닌다. 이 보고서의 형식은 자의적인 것은 아니었다. 광인에 대한 묘사는 1920년대 대개 보고서나 일지, 병력 기록서의 형식을 띠었다. 김동인의 「목숨」이 일지의 형태라면, 「표본실의 청개구리」는 병력 기록서의 일종이다. 그만큼 광기는 의학적 관찰의 형식을 띠었지만, 그렇다고 의학적 판정이 광기를 실증적으로 규정하지는 않았다.

주인공 윤광호는 P에 대한 짝사랑과 그 사랑의 실패로 인해 미칠 듯한 슬픔에 젖는다. "광호는 눈에서 술이 흐르도록 취하였다. 그리고는 책장에 끼인 책을 끄집어내어 말끔히 찢어 버리고 깔아 놓았던 이불과 방석도 온통 찢어 버렸다. 그리고 광인 모양으로 P의 이름을 부르며"[135] 통곡한다. 이 광호라는 인물은 그 등장부터가 심상치 않다. 그는 평범한 인물이 아니다. 벌써 내면에 깊은 균열이 있는 존재로 등장한다. "광호의 심중에는 무슨 결함이 있다. 보충하기 어려울 듯한 크고 깊은 공동(空洞)이 있다. 광호는 자기의 눈으로 이 공동을 보고 이것을 볼 때마다 일종 형언할 수 없는 비애와 적막을 감(感)한다."

사랑에 빠진 존재는 일상적인 주체와 다른 태도를 보이는데, 광호에게서는 그것이 비애와 적막감으로 표현된다. 채울 수 없는 공동(空洞)으로 가득한 존재, 이는 실연의 아픔을 간직한 존재이다. 실연은 주체의 상태를 급진화시켜 심지어 광기에 이르게 한다. 광기에까지 이르

---

135) 이광수, 「윤광호」, 『청춘』 13호, 76쪽.

지 않는 주체가 평이함 속에 머무르는 일상적인 인간이라면 근대소설의 등장인물이란 비정상이라고 이름할 수 있는 인간이어야 한다. 윤광호는 그런 점에서 일종의 광인이다. 그런데 보통의 광인답지 않게 그는 자살로 생을 마감한다. 죽음에까지 이르는 결론은 이광수의 상투적인 수법이긴 하다. 순결의 극한이든 삶의 극한이든 이 극한의 형이상학을 문학적 문법으로 만드는 데 있어 이광수를 따를 자는 없다.

이 작품에서 광기는 상당히 축소되어 있지만, 그럼에도 우리는 그 특성을 "난폭성의 내면세계"라고 규정할 수 있다. 그것은 위험한 본능이다. 비록 타자나 사회에 대한 공격성은 아니지만, 자신에 대한 공격성이 그대로 노출된다는 점에서 위험하다. 정신의 합리적 통제를 따르지 않는 육체의 자의적 결정이 지배적이라는 점에서 윤광호의 광기는 위험하다. 광기는 은폐된 정신의 질병이 아니라 철저히 육체적인 질병처럼 나타난다. 자살이라는 육체적 경험으로 표현되는 광기.

「윤광호」의 광기가 사랑의 실패로 인한 감정의 격정에 따른 결과였다면, 여기서 광기는 부차적인 지위에 머물러 있었다. 중요한 것은 사랑의 완성이나 미완성이지 광기라는 형상 자체에 대한 분석은 아니었다. 그러나 우리는 광기를 그 온전한 모습 속에서 포착할 수 있는데, 그것이 바로 염상섭의 「표본실의 청개구리」다. 이광수에게 광기가 인간을 알기 위한 장치였다기보다는 사랑의 절대성을 표현하는 문학적 수사였다면 염상섭에게 광기는 인간의 헤아릴 수 없는 본성의 측면에 놓여 있었다. 그것은 메타포가 아니라 인간 자체가 된다.

「표본실의 청개구리」에서 광기는 예찬의 대상이면서 동시에 비하의 대상이기도 하다. 주인공이자 관찰자인 X가 광인 김창억을 대하는 태도는 일종의 경악과 예찬이다. 그러나 X의 친구들은 조롱의 시선으로밖에는 김창억을 대하지 않는다. 이것이 1920년대 광기의 현실일 것이다. 인간으로 치부될 수 없는 기인(奇人), 차라리 비인간이라고 해야할 광인에 대한 규정은 X의 친구들을 통해 나타난다. 광인은 무의미하다. 왜냐하면 비인간이기 때문에. 비인간은 인간 사회 내부에 있어도 존재 가치가 없는 무의미한 존재다. 심심풀이나 조롱의 대상이지 관심의 대상일 수 없다. 이런 태도는 아마도 광기에 대한 전근대적 인식의 연속일 것이다. 어쨌든 광인은 "비인간의 표지"를 지닌 것이라 신이 담당하거나 느슨한 풍속이 담당해야 할 존재였다. 그런데 광인의 형상이 변한다. 광기에 대한 인식은 X의 시선에 의해 변형된다. 근대적 경험이 끼어들기 시작한 것이다.

"예, 왔소?"

간단히 대답을 하고, 여전히 돌아앉아서 장도리를 들었다. 세 사람은 일시에 깔깔깔 웃었다. 그러나 귀밑부터 귀얄 같은 수염이 까맣게 덮은 주먹 만한 하얀 상(相)을 힐끗 볼 제, 나는 "앗—"하며 깜짝 놀랐다. 감전한 것 같이 가슴이 선뜻하며 심한 전율이 전신을 압도하였다. 그리고 그 다음 순간에는 다소 안심된 가슴에 이상한 의혹과 맹렬한 호기심이, 일시에 물밀듯하였다. 중학교 실험실의 박물선생이 따라온 줄로만 안 것이었다. 그러나 아무 이유 없이 무의식적으로 경건한 혹은 숭엄한 감이 머리 뒤를 떠미는 것 같아서 무심중간에 모자를 벗고 인사를 하였다. 여러 사람들이 흥흥흥 하며 웃는 것을 볼 때 나는 미안하기도 하고 무슨 큰 불경한 일이나 하는 것 같아서 도리어 쾌씸한 듯이도 보이고 혹은 이 사람이 심사가 나서 곧 뛰어내려와 폭행이나 하지 않을까 하는 염려도 생기었다.[136]

광인 김창억을 친구들과 함께 만나는 장면이다. 김창억 앞에서 X는 경박할 수 없다. 친구들의 웃음과 X의 진지함은 묘한 대조를 이룬다. X는 김창억에게서 심상치 않은 점을 발견한다. 전율을 느낀다. 문제는 바로 이 지점에 있다. 그가 광인 앞에서 심각해진다는 것, 이것은 정말 근대적인 '사건'이다. 최소한 문학담론 상의 사건이다. 광인은 '비인간의 표지'를 떼고 이제 인간이 된다. 그것도 심각하게 주시하고 조사하고 파악해야 할 인간이 된다. 그래서 「표본실의 청개구리」는 김창억의 광기를 추적하는 병력(病歷) 조사의 형식을 취한다. 우리는 이 형식에 엄청난 의미를 부여해야 한다. 대수롭지 않은 부분이 아니라[137] 근대적인 사건의 장면이다.

X는 김창억 앞에서 왜 그리 놀랐던가? 친구들은 단순히 정신착란과 실성의 형태로 광인을 받아들이고 있는데도 그는 왜 그리 신중했던가? 우리는 여기서 X가 강박증적 주체였다는 사실을 환기해야 한다. 그는 김창억에게서 자신과 비슷한 어떤 본성을 직감한다. 그리고 그 본성은 비인간으로 치부해 버릴 소외의 영역이 아니라 심각하게 고려해야 하는 영역이 된다. 그것이 바로 인간과 관련된 영역이다. X는 광인 김창억에게서 인간을 보는 것이지 사회적 고통을 보지 않는다. 이 순간 인간에 대한 태도가 바뀐다. 인간이라는 존재 자체가 바로 밝히고 분석해야 할 대상이 된 것이다. 인간이 인식의 공간 속으로 들어온 것이다. 이것이 바로 근대문학담론의 '사건'인 것이다.

다 안다고 치부되었거나 아예 관심의 대상이 아니었던 그 인간이

---

136) 염상섭, 「표본실의 청개구리」, 『개벽』 15호, 143쪽.
137) 김윤식, 『염상섭 연구』, 152~5쪽. 고백체와 내면의 관련성 아래서 김창억의 병력 묘사 부분은 사족이며 소설작법의 무지라고 평가하고 있다.

이제 조사의 대상이 된다. 그래야만 조금이라도 포착할 수 있는 것이 인간의 본질이나 된다는 듯이. 인간은 주어진 대상이 아니라 취조의 대상이다. 그런데 그 인간을 인간이 분석해야 한다. 이때 인간의 진실은 정상성에서 포착되지 않는다. 인간은 광기의 형태 아래 인식된다. 이것이 「표본실의 청개구리」가 문학담론에서 만들어 낸 놀라운 역사적 장면이다. 푸코의 말대로 이 순간 광기는 "19세기 진화론의 관점에서 규정되는 모습, 다시 말해서 인간의 진실, 그러나 인간의 감정, 인간의 욕망, 인간 본성의 가장 거칠고 가장 속박적인 형태들 쪽에서 바라본 인간의 진실"[138]이 된다. 물론 푸코의 분석은 고전주의 시대의 비이성에 대한 규정이고, 수용이라는 역사적 경험을 동반하는 규정이다. 이런 관점에서 보았을 때 1920년대의 광기는 수용이라는 역사적 경험 없이, 그리고 정신의학적인 실증적 규정과 관련 없이 문학담론적 규정에 의해 형성된다. 그러므로 여기서의 광기는 질병의 정확한 실증적 형태는 아니다. 대신 주체의 비밀을 간직한 병리적 형태의 일종이다.

"북국의 철인(哲人), 남포의 광인" 김창억의 망상은 무엇으로 구성되어 있을까? 전지적 시점으로 서술되는 김창억의 인생내력은 정확히 환자의 병력(病歷) 기록서다. 영웅이 아니라 환자, 모험이 아니라 병력의 진술이 문학이 되는 시대가 온 것이다. 광인은 부정이나 소외의 대상이 아니라 탐구의 대상이 된다. 김창억은 왜 미쳤을까? 신산하고 고된 운명이 그렇게 만든 것으로 작품은 묘사한다. 일찍 부모를 잃고, 아내도 잃고, 신동 소리를 들었지만 공부할 수 없었던 운명. 어떤 사건에 연루되어 겪었던 사 개월간의 옥살이라는 고통스런 경험. 젊은 후처(後

---

138) 푸코, 『광기의 역사』, 199쪽.

妻)의 출분(出奔). 이 모든 것들에 김창억은 절망했던 것 같다.

그러나 그의 광기를 구성하는 요소는 이런 현실의 고통보다는 착란적 사유에 있다. 삼 원 오십 전에 삼층 양옥을 짓는 행위는 분명 광인의 것이다. 그러나 그것이 청빈이나 기행(奇行)에 그치지 않고 광기에까지 이른 것은 사유의 성격에 있다. 그는 삼층 양옥을 "동서친목회"의 회의실로 만들고자 했다. 동서친목회란 동양과 서양의 평화를 위해 김창억이 생각해 낸 조직이다. "세계평화 유지 사업으로 회(會)를 하나 조직하여야 할 터인데, 회명(會名)은 무엇이라고 할까. 국제연맹이란 것은 있으니까 국제평화협회? 세계평화협회? 그것도 안 되겠어! 동서양이 제일에 친목하여야 할 것인즉 '동서친목회' 라 하지!"[139] 이 거창한 국제정치적 사업이 광인 김창억의 사유 내용이다.

그는 일종의 "자유사상"을 망상의 주된 내용으로 갖고 있다. 뜻대로 풀리지 않는 삶의 핍박이 왜 이런 자유사상의 망상으로 드러나는지는 알 수 없다. 어쨌든 20년대 담론에서 광기는 '자유사상' 의 형태를 띤다. 그는 현실적 조건을 뛰어넘는 자유사상가다. 이 순간 광인이 된다. 그리고 세계 평화의 사명은 신의 계시에 따른 것으로 되어 있다. 종교적 관점에서는 심각한 '신성모독' 이, 윤리적 관점에서는 가족을 버린 '방탕' 한 생활이, 사상의 관점에서는 '자유사상' 이 김창억이라는 인물의 광기의 구성요소가 된다. 그러나 1920년대 광인은 아직 위험한 인물이 아니었다. 남포에서 벌이는 김창억의 기행을 남포 사람들은 희극적인 사건으로만 대한다. 그리고 그가 삼층 양옥을 태우고 금강산으로 갔다가 다시 후처의 고향인 평양 보통문 밖에서 거적을 깔고 생활할

---

139) 염상섭, 「표본실의 청개구리」, 『개벽』 16호, 121쪽.

때도 그는 위험의 대상이 아니다. 사회 내부에서 은거할 수 있는 조용한 존재로서의 광인.

이런 점에서 1920년대의 광기는 아직 의학적 대상은 아니었던 듯하다. 더 정확히 말하면 의학적인 규정 속에서 광기가 정의되지는 않았던 듯하다. 아직 수용의 대상이 될 정도로 위험한 존재는 아니었던 셈이다. 모든 사람들의 조소의 대상일 뿐인 광기, 그렇기에 심각할 수 없는 광기가 X에게만 심각했던 것은 그가 김창억을 "환자로서의 개체성"보다는 "인물로서의 개체성"[140]에서 포착하고 있었기 때문이다. 사회적으로 아직 배제되지 않은 존재, 사회 속에 섞여 있을 수 있는 존재, 그렇지만 문학담론이 포착하고자 하는 존재, 그것이 광인이었다. 「표본실의 청개구리」가 광기의 원인과 광기의 증상에 대해 아주 모호하게 얘기하는 것은 아마도 이런 배경이 깔려 있었을 것이다. 원래 명확한 실증적 인식은 사회적 배제를 통해서만 가능한 법이다. 푸코의 말대로 "비이성이 사전에 파문대상임에 따라서만 인식대상으로 등장할 수 있었다"[141]는 서구의 경험은 여기서도 똑같이 적용될 수 있다.

푸코에 따르면 고전주의 시대 광기는 더 이상 악에 대한 보편적인 형태의 의식이 아니게 된다. 대신 사회 안에 존재하는 구체적 인물이 되면서 "광기가 구현되는 각각의 인물을 대상으로 하여 질서와 치안상의 예방을 목적으로 광기를 단번에 몰아낼 가능성이 생겨난다."[142] 광기는 최초의 등장 시점부터 바로 정신의학적 시선에 의해 분석되지 않는다. 인식되기 위해서는 먼저 수용을 통해 파문하는 절차가 있어야 한

---

140) 푸코, 『광기의 역사』, 224쪽.
141) 같은 책, 204쪽.
142) 같은 책, 203쪽.

다. 그들을 한데 모으지 않으면 인식할 수 없는 것이다. 그러므로 정신의학은 수용이라는 역사적 경험 이후에 가능해진 실증적 작업이다.

이런 점에서 볼 때 「표본실의 청개구리」는 아직 광인을 구획하거나 배제하지 않은 시대의 작품이다. 광인은 사회적으로 유랑하는 자다. 그리고 그는 가족이 감시해야 할 대상이었다.[143] 가족의 감시라는 것은 곧 사회적 통제가 진행되지 않았다는 증거다. 그들은 분류되고 인식될 조건 속에 놓여 있지 않았던 것이다. 그런데도 X는 광인 김창억을 주목했으니, 이는 분명 문학적 사건인 셈이다. 1920년대 문학담론 속에서 광기는 아직 "사회적 감성"의 문제가 아니었다. 범죄나 무질서, 혹은 추문과 관련해 윤리적 재단이 집행될 대상에서 광기는 제외되어 있었다. 섹슈얼리티가 의료과학의 도움 없이도 직접적인 사회적 감성의 대상이 되어 죄의식을 만들어 낸 것에 비한다면 광기는 다른 길을 걷고 있었다. 성적인 문제는 드러나는 순간 벌써 윤리적인 분할에 의해 규율되었던 반면 광기는 아직 어떤 분할의 구획 속에도 갇혀 있지 않았다. 사법적이고 윤리적이고 의료적인 분할이 진입하지 못한 영역이 광기였다.

그래서 광기는 사회 내부에서 용인되는 희극일 수 있었다. 그러나 「표본실의 청개구리」는 이런 사회적 배경 속에서도 광기에 대한 분석에 돌입한다. 그렇다면 이 광기의 본성은 무엇인가? 텍스트는 광기를 어디서 비롯된 것으로 보는가? 가령 성욕처럼 본능의 차원에서 바라보는가 아니면 운명으로 간주하는가? 적어도 텍스트는 광기를 본능의 차

---

143) 실제로 광인 김창억을 감시하는 일은 사회가 아니라 가족, 구체적으로는 김창억의 친척이 담당해야 할 몫이었다. 그만큼 광인은 사회적 통제의 대상이 되지 못했다.

원에서 해석하지 않는다. 김창억은 내부에서 비롯된 인식의 혼돈에서 광기로 돌입하지 않는다. 그리고 이 작품에서 광기는 아직 질병이 아니다. 질병의 바깥, 그러면서 실존적 고통이 초래하는 결과로서 광기는 정상성의 바깥에 놓여 있다. 질병도 아니고 사법적인 규정도 아니며 윤리적 정죄(定罪)도 아닌 영역에 놓여 있다. 우리는 이를 '병리적 주체의 영역'이라 부르고자 한다.

사회적 관심 혹은 무관심의 대상이지만 심각한 위험으로 간주되지 않는 존재, 그러므로 병자도 아니고 사법적 권력이 침투할 이유도 없는 존재. 그렇다고 섹슈얼리티처럼 윤리적 정죄가 가해지지도 않는 존재.「표본실의 청개구리」는 이 광인을 철저히 인간의 형상으로, 다시 말해 '주체의 영역'으로 포착한다. 그는 타자이지만 정죄되지 않는 타자이다. 그는 자신의 운명에 의해 정죄될 뿐 사회적 파문을 당하지는 않는다. 그는 사회 속에서 살아갈 수 있지만 이는 착란적 사상이 무해한 한에서이다. 없어도 그만이지만 있어도 크게 부담스럽지 않은 존재로서의 광인. 우리에게는 모호한 이런 광기의 모습이 X의 시선에 포착된 것이다. 그것은 인간의 진실을 말하는 자로서의 광인의 포착이다. 광인은 주체를 구성하는 진실을 누설한다. 실존적 고통이라는 원인을 갖지만, 그럼에도 그 원인도, 결과로서의 광기도 인간은 통제할 수 없다는 것, 인간은 이 광기를 통해 자신의 유한한 본질을 인식한다는 것, 이것이 「표본실의 청개구리」가 분석하는 광기다.

3) 관음증적 주체와 앎의 의지

우리는 이제 병리적 주체의 끝에 도달했다. '1920년대 문학을 대표할 수 있는 작품이 도대체 뭔가?' 하고 묻는다면 우리는 서슴지 않고 전영택의 「운명」(1919)과 염상섭의 「표본실의 청개구리」를 들 것이다. 「운명」이 욕망의 내재성과 인간의 진실을 표현했다면, 「표본실의 청개구리」는 광기와 인간의 진실을 다루고 있었다. '그렇다면 지금까지 분석한 모든 작품들을 관통하는 의지, 1920년대 문학담론의 의지를 보여주는 작품은 없는가?' 하고 묻는다면 우리는 또 다시 서슴지 않고 나도향의 「전차 차장의 일기 몇 절」(1924)을 들 것이다. 이 작품의 주제는 관음증이다. 그리고 관음증은 20년대 문학담론의 근본적 의지다. 그런 점에서 20년대 문학담론은 「전차 차장의 일기 몇 절」을 만들기 위해서 존재했다고 해도 과언이 아닐 듯하다. 그리고 그 영광을 김동인이나 이광수, 염상섭이 아니라 나도향이 차지한다는 것도 이채롭다.

도대체 이 작품은 어떤 작품이길래 이런 기묘한 영광을 차지한 것일까? 「전차 차장의 일기 몇 절」은 일기체 형식으로 되어 있으며, 전차 차장이 서술자로 등장하여 한 여성에 대해 보고하는 형식을 이루고 있다. 시골에서 올라온 한 여성이 있다. 동정심을 불러일으킬 정도로 구차한 형색이라 차장이 도움을 주기까지 했는데 한 달만에 만났더니 몰라보게 세련되게 변했다. 손에는 금반지를 끼고. 그러나 놀라움은 경이의 반응이 아니라 타락에 대한 경멸의 반응에 가깝다. 차장이 자세히 살펴보니 이 여성의 변모 주위에는 늘 새로운 남성의 교체가 있었다. 역시나 차장의 짐작이 맞았다. 시골의 순진한 여인이 서울에 와서 타락하고 만 것이다. 차장은 윤리적 규율의 화신처럼 행동한다. 순수함과 타락의 이분법만이 차장의 삶의 척도다.

풍기문란이 정죄의 대상이 된다면 시골스러움은 동정의 대상이 된다. 타락의 현장은 도덕적 규율이 곧바로 뒤덮는 장소가 된다. 여기에는 한 치의 불일치도 없다. 감성에 대한 국가의 개입이 없어도 차장과 같은 존재로 인해 도덕 규율의 침투에는 아무런 문제가 없다. 그는 도덕을 지키는 수호신이다. 차장에게 그녀는 "음부탕자"(淫婦蕩子)와 어울리는 "수상스러운" 여자다. "여자는 마음 한 번 쓰는 데 당장에 백만장자의 아내가 될 수 있고, 추파를 한 번 보내는 데 여러 남자의 끔찍한 사랑을 받을 수가 있는 것"[144]이라는 여성폄하의 평가는 이런 조건에서 당연한 반응이라 할 만하다. 그러나 텍스트가 도덕적 훈계를 위해 쓰였다면 우리가 이 작품을 주목할 이유는 없다.

중요한 것은 차장의 도덕성이 아니라 그 도덕성이 표현되는 방식이다. 그는 도덕성이라는 가면을 쓰고 여성을 미행하기 시작한다. 그렇다면 준사법적 주체로서 행위하고 있는 것인가? 아니다. 그는 관음증적 욕망에 끌려 들어가는 존재에 불과하다. 감성의 무질서, 혹은 타락의 의지를 정죄해야 한다면 당연히 여성은 피해 가지 못하고 준엄한 심판을 받아야 할 것이다. 그러나 이런 척도는 차장이라고 예외로 남겨두지 않는다. 그러므로 이 작품은 풍속의 타락에 대한 비판에 목적이 있는 것이 아니다. 차장의 고백을 보자.

나는 웬일인지 오늘 그 여자를 본 후로는 나의 가슴속에 있는 피가 한 귀퉁이에서부터 타오르기를 시작하여 석쇠 위에 염통을 저며 놓고 그것을 들여다보는 듯이 지지-타는 속에서도 무슨 새 생명이 불 위에 떨어져 그 불을 더 일으키는 듯한 느낌이 있었다.[145]

---

144) 나도향, 「전차 차장의 일기 몇 절」, 『나도향전집』 상, 187쪽.
145) 같은 책, 187쪽.

타오르는 피, 가슴을 불타게 하는 욕망. 차장이 윤리적이고 사법적인 주체라면 그는 위선적인 존재일 수밖에 없다. 여성을 비난하기 전에 자신의 욕망의 불부터 꺼야 할 테니까 말이다. 우리는 이 작품에서 윤리적 직관이나 규율이 정말 보잘것없는 가면에 불과하다는 점을 알 수 있다. 가족적 구조에 종속시켜야 할 성적 욕망을 일반 남성과의 악마적인 계약을 통해 성적 방탕의 영역으로 밀어 넣은 쪽이 그 여자이지만, 차장이라고 나을 것은 전혀 없다. 차장은 애초부터 이 여성에 마음이 있었다. 그것도 그 여성의 육체를 소유하고 싶다는 욕망이. 여성과 가까이하는 남성에 대해 느끼는 까닭 없는 질투는 까닭이 없지도 않다. 자신의 불온한 욕망을 떨치기 위해서라도, 더 정확히 말한다면 그녀를 사로잡고 싶다는 욕망 때문에 차장은 미행을 시작한다. 이 부분이 중요한 것이다.

차장이 윤리적 법관으로서 여성을 미행할 때 차장의 의도와 달리 노출되고 마는 것은 관음증이었다. 차장은 몰래 엿보고 즐기는 쾌락, 바로 관음증의 쾌락을 자신도 모르게 보여 준다. 이것이 이 텍스트의 매력이다. 이 차장의 의지는 바로 텍스트의 의지다. "리비도 아만디(libido amandi, 사랑에의 갈망), 리비도 도미난디(libido dominandi, 권력에의 갈망), 리비도 카피엔디(libido capiendi, 지식에의 갈망)"[146]는 항상 밀접하게 연관되어 있는 것이다. 그녀에 대한 소유의 욕망은 그녀의 모든 것을 알고 싶다는 욕망과 겹친다. 차장은 계속해서 그녀를 따라다닌다. 골목길로 들어섰더니 남녀가 은밀히 손을 잡고 있기도 하고, 서로 불온한 농담을 주고받기도 한다. 차장은 엿보고 엿듣는다. 차

---

146) 피터 브룩스, 『육체와 예술』, 40쪽.

장은 모든 것을 알고 싶다. 이러는 사이 이 음탕한 남녀가 여관 앞에 선다. 그리고는 안으로 조용히 사라진다. 차장은 망단(望斷)한 표정이다. 그러나 차장의 관음증의 의지는 멈추지 않는다.

그 여관 속에는 반드시 무슨 수상한 일이 있을 것을 알았으나 그것을 알 길이 없었다. 하는 수 없이 멍멍히 돌아올 때 그 집 담 모퉁이를 돌아서려니까, 불이 환하게 비치는 들창 속에서 남자와 여자의 지껄이는 소리가 들리며 미닫이를 닫는 소리가 들리었다. 나는 옳지! 이 방이로구나 하는 생각이 들며 귀를 기울여 듣고 있었다. 조금은 아무 말이 없어서 공연히 나의 가슴이 아슬아슬하여졌다. 그러더니 옷이 몸뚱이에서 미끄러져 벗어지는 소리가 연하게 들리더니 기침소리 두어 번이 나며 전깃불이 확 꺼지었다. 나는 모든 것이 더러웠다. 내 가슴속에서 부드럽고 따뜻하게 타던 모든 것이 그대로 꺼져 버렸다. 옆에 있는 개천에 침을 두어 번 뱉고서 큰길로 돌아섰다.[147]

남녀가 들어간 방이라고 생각되는 들창 아래서 귀를 기울이고 있는 차장의 모습을 상상해 보라. 도대체 여성과 차장 중 누가 더 타락했고 변태적인지. 차장은 아슬아슬한 가슴으로 이제 옷 벗는 소리를 듣는다. 기침소리가 들리더니 전깃불이 꺼진다. 이 순간 차장이 느꼈을 절망은 말하지 않아도 충분히 짐작할 것이다. 모든 것을 보고 싶고 듣고 싶고 알고 싶은 그 미지의 성이라는 공간, 그 공간에 발을 디뎠건만, 마지막 관문은 닫혀 있다. 장벽 앞에서 관음증은 더 커지는 법이다. 불 꺼

147) 나도향, 「전차 차장의 일기 몇 절」, 『나도향전집』 상, 192쪽.

진 여관방이라는 공간이야말로 차장의 앎의 의지가 맹렬히 타오르는 섹슈얼리티의 공간이다. 차장은 앞으로도 계속 그 여성을 미행할 것이다. 아니면 다른 여성이라도. 이것이 그의 일상이 되고 말 것이다.

　수상한 남녀와 여관의 들창과 차장의 엿듣는 행위. 이 장면에서는 차장뿐만 아니라 독자의 호기심도 엄청나게 증폭될 것이다. 차장의 관음증은 독자의 관음증을 충동질한다. 차장의 절망감은 독자의 절망감과 동일할 것이다. 안타까움에 차장이 침을 뱉을 때 독자도 손을 치고 있을 것이다. 관음증의 주체는 독서의 안팎에서 맹렬히 생산된다. 「전차 차장의 일기 몇 절」은 문학담론의 비밀을 간취해 낸다. 그것은 20년대 문학담론이 무엇을 중심으로 움직이고 있었는지를 말해 준다. 문학담론은 관음증적 의지, 다시 말해 저 비밀스럽고 궁금하고 알아야 하는 성이라는 미궁에 대한 맹렬한 앎의 의지를 갖고 있었다. 그리고 성이 인간과 관계되는 요소라는 점에서 이것은 인간에 대한 관음증이었다. 관음증적 주체에 대한 호기심, 병든 주체에 대한 앎의 의지가 문학담론을 움직여 간 동력이었다.

고백이라는 장치만큼 고백하는 자신에게조차 숨겨진 욕망의 정체를 드러내는 데 효과적인 기제는 없었다. 고백만이 자신을 만날 수 있는 유일한 길이었고, 고백의 강도만큼 주체의 진실이 확보되었다. 그야말로 근대적 인간은 고백의 동물이 되었다. 위의 그림은 알브레히트 뒤러의 「자신의 죄를 고해하며 스스로를 채찍질하는 남자」이다.

4장_문학담론의 규칙과 고백의 절차들

1. 근대문학의 본질로서의 고백체

1) 문학의 원리와 고백의 형식

1920년대 문학담론은 병리성에 대한 포착과 표현에 매달렸다. 최소한 '근대문학'이란 병리적인 주체의 내면적 탐색과 고뇌의 표현이 아니면 안 된다는 인식이 형성되기 시작했다. 우리는 이를 담론의 우연성을 지배하는 담론 내부적 과정들과 관련해서 이해하고자 한다. 문학담론은 인간과 세계의 모든 사건을 다루는 것이 아니었다. 등장인물은 병리적 주체로 한정되었고, 그 주체의 표현은 고백의 형식이어야 했다. 푸코는 이를 "과목의 원리"라고 부른다.

"하나의 과목은 대상들의 한 영역, 방법들의 한 집합, 진(眞)으로 간주되는 명제들의 한 무리, 규칙들과 정의들, 기술들과 도구들의 놀이에 의해 정의"[1]된다. 과목의 원리는 이 영역 속에 들어오는 누구든 따라야 하는 "익명적인 체계"이다. 가령 식물학과 의학을 보자. 식물학은

---

[1] 푸코, 『담론의 질서』, 29쪽.

식물들에 관한 모든 진리들로 이루어진 총합으로 규정될 수 없다. 거기에는 일정한 역사적 오류도 포함되어 있는 법이다. 식물에 관한 하나의 명제가 17세기 말 이후의 식물학에 속하려면 "그 식물의 가시적인 구조, 그 가까운 또는 먼 유사성들의 체계 또는 그 유체들의 역학에 관련되어야 했다." 의학에서도 이는 마찬가지다. 만약 의학적 명제가 울혈이나 더워진 기체, 또는 마른 고체들과 같은 은유적이고 질적이며 실체적인 개념들을 사용할 경우 19세기 의학에서는 그것이 더 이상 의학적인 것으로 간주되지 못했으며, 심지어 의학 바깥으로 추방되었다.[2]

하나의 명제가 한 과목에 속하기 위해서는 우선 그 과목의 원리 안에 속해야 한다. 맞거나 틀리기 이전에 "맞는 것 안에" 있어야 하는 법이다. "사람들은 종종 19세기의 식물학자들이나 생물학자들이 멘델이 밝혀 낸 사실들이 타당함에도 왜 보지 못했는가를 종종 묻곤 했다. 그것은 멘델이 그의 시대에는 낯설었던 대상들에 대해 말하고, 낯선 방법들을 실행했으며, 낯선 이론적인 지평 위에 존재했기 때문이다."[3] 멘델이 맞는 것 안에 들어가기 위해서는 우선 인식론적 층위의 변화가 필요했던 것이다.

이처럼 문학담론도 '과목의 원리'를 갖는다. 이 원리에서 벗어날

---

2) 푸코, 『담론의 질서』, 30쪽.
3) 푸코, 『담론의 질서』, 31쪽. 문장이나 명제상의 동일성이 있다고 해도 그것이 언표의 동일성을 뜻하지는 않는다. 이를 들뢰즈는 다음과 같이 표현한다. "동일한 슬로건의 문장인 '광인은 보호원으로'는 그것이 18세기처럼 죄수와 광인이 혼동되는 것에 대해 항의하는가, 반대로 19세기처럼 죄수로부터 광인을 구분하는 보호원을 요구하는가, 혹은 오늘날에서처럼 병원환경의 변질에 대해 반대하는가에 따라서 완전히 다른 담론적 형성(formation discursive)에 속한다." 이처럼 동일한 기술이나 언명도 "완전히 다른 측정의 단위, 거리, 배치, 심지어 제도 등의 집단을 야기할 수 있기 때문이다."(들뢰즈, 『들뢰즈의 푸코』, 32쪽)

때면 '문학적'이지 않은 것, '근대적'이지 않은 것으로 추방되었다. 이 과정이 문학의 개념을 둘러싸고 김동인과 염상섭이 이광수에 대립했던 지점에서 발생한 사건이다. 과목은 "담론의 생산에 대한 통제의 원리"이다. 그러므로 이 원리 밖에 있다고 생각했던 이광수의 문학은 김동인에 의해 부정되고 비판될 수밖에 없었다. 이광수가 주장하는 계몽적 주체는 '근대적'이고 '문학적'인 주체일 수 없었던 것이다. 김동인은 인간이 윤리적 규율을 통해 이상적이고 관념적인 인간으로 변모할 수 있고 이 변모를 추동하는 것이 문학이어야 한다는 이광수의 문학 개념을 받아들일 수 없었던 것이다. 이는 인식론적 층위가 변한 것이지 이광수와 김동인의 성격 차이가 아니다.

　1920년대 문학담론은 병리적 주체와 함께 고백의 형식이라는 과목의 원리를 갖고 있었다. 이 시기 문학은 고백이 아니면 문학적이지 않다고 간주했다. 계몽적 주체의 문학가 이광수마저 고백의 형식을 자주 활용할 수밖에 없었던 것은 이런 사실을 정확히 증명한다. 병리적 주체와 고백은 문학담론의 내부적 통제 원리였다. 그러나 이런 통제 원리가 문학담론을 구속하는 원리라고 해서 담론의 생산이 제한되는 것은 아니었다. 오히려 이런 구속과 제한은 담론을 생산하는 자극제이고 촉매제였다. 20년대 문학담론에서, 그리고 우리가 살아가고 있는 현대에 이르기까지 이 원리는 지속되고 있고, 이 원리 속에서 수많은 작품들이 생산되고 있다는 사실을 우리는 충분히 알고 있다.

　고백이라는 기제는 순전히 형식적인 요건만을 강하게 요구하는 원리가 아니다. 가령 서간체 소설이나 일인칭 고백 소설만이 고백의 형식을 갖고 있다고 말할 수는 없다. 형식은 고백체가 아니어도 고백의 의지를 보이는 작품들이 많다. 그리고 20년대 문학담론은 이런 고백의

의지를 따라 생산되었다. 이런 관점에 서면 비록 3인칭 소설이라고 해
도 고백의 원리를 포착할 수 있게 된다. 고백이라는 기제는 내재적 원
리이지 형식적 요소가 아니다. 김동인의 「약한 자의 슬픔」은 전지적 서
술로 일관한 작품이다. 그럼에도 초점은 엘리자베트의 내면이지 세계
의 사건이 아니다. 그녀의 내면이 고백되기 위해 사건이 구성되는 것처
럼 보일 정도로 고백이 중심이다. 특히 작품 말미에 가면 서술자가 완
전히 엘리자베트와 일치되는 장면이 있다. 서술자의 말은 곧 엘리자베
트의 말이 되고, 그녀의 내면은 서술자의 내면이 된다. 인물과 거리를
유지하지 못하는 서술자의 미숙 이전에 고백의 원리가 이런 현상을 만
들어 낸 것이다.[4]

　　서사론의 대가인 웨인 부스도 이렇게 말하고 있다. "1인칭으로 이
야기되었거나 3인칭으로 이야기되었다고 말하는 것은 좀더 정확하게
화자의 어떤 특질이 어떤 특수한 효과와 어떠한 관계가 있느냐 하는 것
이 설명되지 않는 한, 아무런 중요한 의미도 전달되지 못할 것"[5]이다.
"고백체 형식이 모두 단일한 1인칭 자아의 고백으로 이루어지는 것은
아니다. 오히려 고백은 당사자가 자신의 경험을 직접 털어놓는 고백 외
에 관찰 대상의 고민에 대한 고백을 보고하는 형식이 있을 수도 있는
것이다."[6] 서사론적 연구의 불필요성에 대해 말하는 것이 아니다. 중요
한 것은 3인칭의 서술이 어떤 효과 속에서 진행되고 있는지를 보는 것

---

4) 나도향의 「젊은이의 시절」도 3인칭 서술로 일관하지만 고백의 형식을 벗어나지 않는다.
　　다시 강조하지만 '고백'은 소설의 형식이 아니라 내적 원리다.
5) 웨인 부스, 『소설의 수사학』, 172쪽.
6) 장수익, 「한국근대소설사의 탐색」, 115쪽. 여기서 장수익은 고백체와 김동인의 일원묘사
　　가 균형을 유지할 수 있는가 없는가에 따라 소설의 변화를 설명하고 있다.

이다. 담론의 규칙 속에서 시점을 논할 필요가 있는 것이다. 모든 1인칭 소설이 고백이 아니듯이, 모든 3인칭 소설이 비(非)고백체는 아닌 법이다.

그렇다면 같은 고백의 형식 중에서 일기체와 서간체는 어떻게 구별되는가? 보통 서간체는 2인칭 수신자를 전제하지만, 일기체는 자기독백적이라고 말한다.[7] 그러나 고백을 내적 원리로 볼 때 우리는 일기체마저 수신자를 전제한다고 간주한다. 서사론적 층위에서 형식상 존재하는 편지의 수신자와 같은 수신자가 아니라 담론 내부에 존재하는 심층적 수신자를 찾아내야 한다. 일기를 쓴다는 것은 무엇인가? 일기는 정말 철저히 자기독백적인가? 전혀 그렇지 않다. 일기 쓰기는 일종의 참회이고 반성이며 고백이다. 그렇다면 누구에게 참회하는가? 부모가 될 수도 있고 교사가 될 수도 있으며, 익명적으로 존재하는 사회적 권력 혹은 양심일 수도 있다. 어쨌든 수신자는 존재한다. 그러므로 일기 쓰기나 신 앞에 참회하는 것은 고독한 작업이 아니다. 정말 고독하다면 그는 일기를 쓰지 못할 것이다. 아니면 고백체를 벗어나 다른 형식의 글을 쓸 것이다.

우리는 고백의 형식을 이런 각도에서 보고자 한다. 고백은 단순히 내면세계를 드러내기 위한 문학적 방편[8]은 아니다. 병리적 주체에 대한 탐색은 고백의 형식을 요구한다. 그리고 이것은 철저히 근대적인 현상이다. 섹슈얼리티가 야기하는 인간의 혼돈과 불안, 그리고 광기의 모

---

7) 이재선, 「한국단편소설의 서술유형」, 171쪽. 이재선은 "서간체와 대동소이한 1인칭소설의 특수형태로 이른바 일기체소설을 들 수 있다"면서 양자간의 차이를 "우선 서간체는 제2인칭으로서의 수취인을 전제로 한 자기보고임에 비해서 후자인 일기체는 자기독백 내지는 자화적(自話的)인 데가 있다"고 규정한다.

호한 지대를 탐색하는 방법은 고백이라는 근대적인 형식밖에는 없었다. 주체의 진실이 고백이라는 절차에 의해 산출될 것이라는 인식은 근대적인 것이다.[9] 푸코가 말한 이런 현상은 비단 서구적인 것만은 아니다. 20년대 문학담론은 이를 철저히 증명한다. 우리는 섹슈얼리티와 광기를 날 것으로 만나지 않고 고백의 기제를 통해서 만난다. 문학담론은 병리적 주체를 표현하지만 그것은 고백이라는 장치 속에서였다. 고백의 기제는 담론의 규칙이다. 이 규칙을 떠난 자리에서 문학의 근대성은 사라진다.

1인칭 소설이든 서간체소설이든 3인칭 소설이든 형식적 구별은 무의미하다. 20년대 문학담론에서 다양한 형식들의 산출은 고백의 기제가 통제하는 원리 속에서 이루어졌다. 그 원리는 수신자를 전제한 발신자의 고백, 그리고 병리적 주체의 솔직한 고백, 마지막으로 진실성을 낳는 고백이었다. 이 원리의 동일성이 20년대 문학담론을 하나의 에피

---

8) 김윤식은 유서의 형식이나 편지의 형식이라고 해서 다 고백의 형식이라고 할 수 없음을 명확히 지적하고 있다. "유서의 형식이라든지 편지의 형식이 그 자체에 멈추지 않고 고백(내적 독백)의 형식을 이루고 있다는 사실이다. 고백체라는 제도적 장치가 아니고는 「제야」의 저토록 지루하고도 무의미한 내용이 만들어질 수가 없는 것이다."(김윤식, 『한국근대소설사연구』, 184쪽) 그러나 김윤식은 고백체를 수입된 것으로 볼 뿐, 20년대의 내재적 원리에 의해 해명하지 않기 때문에 염상섭 소설 주인공들의 내면을 공허한 것으로 규정한다. 고백체가 수입이듯이 내면도 수입된 것으로 보는 것이다. "그렇지만 우리가 여기서 주목할 것은 그 독창성이라든가 자생적인 것이란 내실이 없는 일종의 추상성에 지나지 못한다는 점이다. 「암야」의 주인공 X가 왜 우울증에 빠져 허우적거리고 있으며, 「표본실의 청개고리」의 주인공 X는 왜 안주를 못하고 죽음의 두려움에 시달리며 미치광이인 김창억을 동정하는지, 또한 「제야」의 신여성이라 자처하는 창녀적인 성격의 여인인 최정인이 그를 용서해 주겠다는 남편의 편지를 받고도 자살의 길을 택하는지 등등에 관하여 우리는 아무런 논리적 정당성이나 현실적인 해답을 얻어낼 수가 없다. 작가가 현실적인 기반을 떠나 주관적이고 추상적인 자리에서, 다시 말해 주어진 제도적 장치에 이끌리어 작품을 쓴 것인 만큼 그 공허함은 피할 수 없는 것이다."(같은 책, 166쪽)
9) 푸코, 『성의 역사 1 : 앎의 의지』, 75쪽.

스테메 속에 포함하게 한다. 21세기의 문학이 이런 원리 속에서 아직도 움직이고 있다면 우리는 20년대 문학담론의 재생산을 보고 있는 것이다. 아직도 근대성은 지속되고 있다.

타자에 대한 관찰보다 주체에 대한 탐색, 건강한 자보다 병든 자에 대한 인식, 설득과 선포보다는 내밀한 고백, 이것이 근대문학이 만들어낸 담론적 규칙이다. 이 담론은 미래를 말하지 않는다. 대신 과거를 추적한다. 그것은 사회의 무질서를 비판하지 않는다. 대신 내면의 무질서를 이야기한다. 근대의 고백소설은 이 내면의 혼돈과 미래의 불투명성을 자기성찰적 방식을 통해 추적하는 소설이다.[10] 이런 점에서 볼 때 '고백소설'은 하나의 장르나 형식이 아니라 근대문학의 본질이다. 이는 근대성의 본질에 해당하기 때문에 순전히 문학담론만의 문제도 아니다.[11]

푸코에 따르면 서양 사회는 고백을 진실의 산출이 기대되는 중요한 의식(儀式)의 하나로 간주해 왔다고 한다.[12] 고백하지 않으면 진실을 알 수 없다는 인식이 만들어진 것이다. 문학도 이런 층위에서 변모하고, 심지어 철학도 이렇게 변한다. "단순히 자기 자신 안에서 ──어떤 잊혀진 앎 또는 어떤 천성의 흔적 속에서── 가 아니라, 그토록 많은 순간적인 인상들을 가로질러 의식의 본질적인 확실성을 구해 내는 자기검토를 통해, 진실과의 근본적인 관계를 추구하는 것이 가능하게

---

10) Axthelm, *The modern confessional novel*, p. 2.
11) 우리가 자신의 진실을 만나는 근대적 형식을 바꿀 수 있다면 우리는 근대를 넘어설 수 있을 테고, 동시에 문학의 모습도 달라질 것이다. 그러나 그것이 어떤 형태를 띨 수 있는지는 아직 알 수 없다. 푸코의 후기 작업이 여기에 대한 단서를 제공할 것이라고 믿는다.
12) 푸코, 『성의 역사 1 : 앎의 의지』, 75쪽. 고백의 구조와 의미에 대한 규정은 주로 푸코의 논의를 따랐음을 밝혀 둔다.

되었다."[13] 개인의 정체성도 증명방식의 변화를 수반한다. 근대 이전에는 주로 신분적 조건이나 타인의 신원 보증에 따라 자기 정체성을 형성한다. 그러나 근대 이후 자신에 대해 진실을 말할 수 있는 자만이 자신의 존재를 증명할 수 있게 된다. 진실의 담론을 통해 존재의 정당성이 자리 잡게 되는 것이다.

"진실의 고백이 권력에 의한 개체화 절차의 핵심에 자리 잡은 것이다."[14] 가령 개화기 때 이인직이 쓴 신소설 『혈의누』(1906)를 보자. 주인공 옥련의 정체성은 무엇인가? 조선출생이라는 점, 일본 장교의 도움을 받는다는 것, 미국으로 유학을 떠나게 되었다는 것 등등. 옥련의 자기동일성은 바로 조선이라는 국가와 국가의 위기라는 거대한 체계들과의 관련 속에서만 규정된다. 그러므로 우리는 옥련에게서 그 어떤 내밀한 영역도 확인할 수 없다. 『혈의누』를 읽어도 우리는 옥련의 활동과 사회국가적 배치만을 알게 되지 옥련에 대해서는 도통 모르게 된다. 『혈의누』는 근대문학의 담론적 규칙 속에 들어오지 않는다. 에피스테메가 다른 것이다.

최소한 개인이라는 근대적 인간에 대해 말할 수 있으려면 자신의 행위와 생각과 욕망에 대해 자신에게서 발화된 고백의 형태를 거치지 않으면 안 된다. 즉 자기 자신에 관해 말할 수 있거나 말해야 하는 진실의 담론을 통해 존재의 정당성을 인정받아야 하는 것이다. 20년대 문학담론이 고백의 형식과 관련되는 것은 바로 이 근대적 개인과 주체를 다루기 때문이다. 더 이상 조선과 일본과 미국의 거시적 관계가 아니라

---

13) 푸코, 『성의 역사 1 : 앎의 의지』, 77쪽.
14) 같은 책, 76쪽.

개인의 욕망과 죄의식과 병이라는 미시적 관계가 관심의 대상이 되기 때문이다. 이광수의 『무정』(1917)이 근대적인 소설이라고 규정될 수 있는 것은 이형식이라는 인물을 구성하는 체계가 조선과 전통, 근대와 문명이라는 큰 틀만을 담고 있는 것이 아니라 거기에 미세하게 연애와 성적인 욕망에 대한 자기 언급과 고백이 존재했기 때문이다. 조선을 교육적으로 계몽시켜야 한다는 주인공 이형식의 선구자적 목소리 이면에 욕망의 미세한 층이 존재했기 때문에『무정』은 신소설의 세계를 떠날 수 있었던 것이다.[15]

하지만 『무정』은 아직 과도기적인 작품이다. 사회와 국가와 문명이라는 거대기계들과 결별하지 않으면 20년대 에피스테메 속으로 진입할 수 없다. 고백의 형식이 근본적인 것은 바로 이 때문이다. 고백은 거대기계들과 관련되지 않는 특수한 기제다. 아니 이렇게 말하는 것이 더 정확할 것이다. 계급이나 국가, 사회제도라는 거대기계와 관련되더라도 그것이 주체의 내밀성을 경유해야만 근대문학적인 것이 된다. 이제 문학은 주체의 병든 상태를 필요로 한다. 무의식적 욕망, 죄의식, 신경증적 강박, 광기의 위험 등은 고백의 기제를 요구한다. 개체로 하여금 자신을 취조하고 해부하게 만드는 것은 고백이라는 절차를 통해서다. 이것이 개체가 개체를 만날 수 있는 근대적인 방법이자 원리였다.

---

15) 그러므로 여기서 이념성과 흥미성이라는 범주로 작품을 분석할 수 없는 한계를 만나게 된다(김윤식·정호웅, 『한국소설사』 참조). 『무정』에 등장하는 애정의 삼각관계를 이념성과 흥미성만으로 규정하게 될 때 그 연애를 과연 근대적인 것이라 할 수 있을지 의문이다. 왜냐하면 신소설의 연애도 이념성과 흥미성의 두 범주 아래서 분석될 수 있기 때문이다. 그러므로 우리가 『무정』의 근대성을 이야기하려면 이념성과 흥미성이 아니라, 욕망의 내밀성과 고백적 형식에서 찾아야 할 것이다.

2) 고백의 구조와 진실성의 효과

이제 고백의 구조를 알아 보자. 우선 고백은 "말하는 주체와 언표의 주어가 합치하는 담론의 의식이다."[16] 1인칭 서술의 경우, 고백하는 자가 곧 텍스트 내에서 행위하는 주체가 되는, 언표주체와 행위주체의 동일성이라는 구조를 갖는다. 그러나 3인칭 서술의 경우는 언표주체가 행위주체와 다르다는 형식적 특성이 일반적이다. 그럼에도 불구하고, 두 주체가 일치하는 사태가 발생하는데 우리는 이때 고백의 기제가 3인칭 서술에서도 지배적이었다는 사실을 확인할 수 있다. 앞에서도 말했던 것처럼 나도향의 「젊은이의 시절」은 확실히 3인칭 서술의 작품이다. 그럼에도 불구하고 언표주체가 행위주체와 완전히 이질적이라는 느낌은 들지 않는다. 대신 신자(信者)가 진술하는 참회, 다시 말해 사제(司祭) 앞에서 무릎 꿇고 행하는, 자신의 근친적 욕망의 고통과 불가피함에 대해 죄의식 섞인 토로를 드러내는 표현으로 읽힌다. 이런 점에서 고백되는 내용이 서술형식에 있어 '나'의 것이든 '그'의 것이든 관계없이 언표주체가 행위주체에 접근하는 현상은 20년대 문학담론에서 일반적이었다.

작품의 주인공들은 제각기 자신의 범죄, 자신의 과오, 자신의 생각과 욕망, 자신의 과거와 자신의 꿈, 자신의 유년기, 자신의 질병과 자신의 비참을 고백한다. 이들은 가장 말하기 어려운 것을 최대한 정확하게 말하려고 애쓰기도 하며, 자신의 부모나 교사 혹은 의사나 연인에게 그 고백이 진정한 것임을 강조하기도 한다. 고백의 대상이 없을 때는 일기를 쓰는 방식으로 고백한다. 어쨌든 고백해야 했다. 이 고백이 문학담

---

16) 푸코, 『성의 역사 1 : 앎의 의지』, 75쪽.

론의 규제적 원리였으므로. 푸코의 표현을 따르면 "유달리 고백을 좋아하는 사회"가 된 것이다. 고백의 형식이 아니면 인간은 자신의 심층적 진실을 표현할 수 없었다.

　　재판이나 의학, 교육, 가족, 연인관계에까지 확산된 고백의 효력을 직접 확인할 수는 없지만, 우리는 소설을 통해 소설이 그런 고백의 확장에 얼마나 크게 영향을 미쳤는지 알 수 있다.[17] 1920년대 소설은 서술자의 고백을 듣는 수신자로 연인과 부모, 의사와 사제(司祭), 교사와 제자를 자주 선택했다. 이광수의 「어린 벗에게」(1917)라는 작품은 어린 제자들에게 보내는 교사의 고백(사실은 계몽)이었으며, 염상섭의 「제야」는 남편(연인)에게 띄워 보내는 최후의 참회록이었으며, 나도향의 「젊은이의 시절」은 사제에게 털어놓는 신자의 고해성사였다. 나도향의 「별을 안거든 울지나 말 걸」(1922)은 "만하 누님"이라는 명백한 수신자를 대상으로 하는 고백체 소설인데, 아마도 그녀는 발신자에게 있어서는 자신의 모든 괴로운 욕망을 보듬어 줄 수 있는 모성적 존재였을 것이다. 왜냐하면 사랑에 실패한 아픔을 고백하는 화자가 성숙한 성인이라기보다는 상처에 민감하고 연약한 유아적 본성을 갖고 있기 때문이다. 마찬가지로 나도향의 「출학」은 연인에게 띄우는, 연인을 배신한 여성의 참회의 기록이다. 이처럼 우리는 1920년대 문학의 도처에서 고백의 양식이 증폭되는 현상을 만날 수 있다. 고백의 기제를 빼놓고는

---

17) "거기에서 아마 문학상의 변모가 유래했을 것이다. 다시 말해서 용기 또는 거룩함의 시련을 중심으로 한 영웅담 또는 초자연적인 이야기에 집중되어 있던 이야기하고 듣는 쾌락에서, 고백이라는 형식 자체에 의해 어른거리는 신기루처럼 제시될 뿐인 진실을 자기 자신의 마음속으로부터 말들 사이로 떠오르게 하려는 한없는 노력에 따라 규제되는 문학으로 이행된 것이다." (푸코, 같은 책, 76~7쪽)

20년대 문학담론을 논할 수 없는 것이다.

고백은 발신자와 수신자를 필요로 하지만 둘 사이의 관계가 평등하지는 않다. 이 양자 사이에는 모종의 권력관계가 전제되어야 한다. 다시 말해 고백은 "권력관계 안에서 전개되는 의식(儀式)"이다. "왜냐하면 단순한 대화자에 그치는 것이 아니라, 고백을 요청하고 강요하고 평가함과 동시에 판단을 내리고 벌하고 용서하고 위로하고 화해시키기 위해 개입하는 결정기관인 상대가 잠재적으로나마 현존하지 않으면 고백이 이루어지지 않기 때문이다."[18] 이는 바흐친이 고백의 세 가지 국면에 대해서 이야기했던 것과 다르지 않다. 그는 고백의 구조와 다성적 소설의 구조가 유사함을 지적하면서 고백의 세 가지 국면에 대해 말하고 있다. 고백자가 반성적 행위를 통해 자신을 고립적인 존재로 설정하고자 해도 고백 자체의 구조상 이는 불가능하다. 거기에는 신이나 독자와 같이 초월적 척도를 갖고 있는 타자가 이미 존재하기 때문이다. 바흐친은 이 고백을 정당화시키고 인정하는 외재적 타자의 존재를 고백에서 필수적인 것으로 본다. "'나를 위한 나'는 점차 '신을 위한 나'가 된다."[19] 이 고백자와 신의 관계가 다성적인 소설에서 작가와 인물의 긴장 관계와 같다는 것이 바흐친의 생각이다. 바흐친의 고백에 대한 사고는 푸코가 말하는 권력 관계가 전제된 대화 관계와 비슷한 측면이 있다. 즉 고백에서 중요한 것은 발신자라기보다 궁극적으로 권력을 쥔 초월적 타자인 것이다. 자기 고백으로 보이더라도 거기에는 신이나

---

18) 푸코, 『성의 역사 1 : 앎의 의지』, 79쪽.
19) Smith, *Confession in the novel : Bakhtin's author revisited*, pp. 31~6. 바흐친은 여기서 초월적 타자를 신(god)으로 설정하고 있지만, 20년대 초반 소설에서 확인할 수 있는 타자는 이 외에도 다양하다.

권력을 쥔 다른 초월적 타자가 이미 개입되어 있다는 사실에 주의해야 한다.

고백을 권력관계의 한 형식으로 보는 관점은 아주 중요하다. 지금까지 고백체에 대한 연구는 일기체나 서간체, 혹은 1인칭 고백체에만 한정되는 경향이 있었다.[20] 고백의 기제보다 고백의 서사형식만을 강조하게 되면 고백은 1인칭 서술에 한정된다. 그러나 발신자와 수신자 간의 권력관계를 고려할 때 3인칭의 형식도 고백의 구조 속에 포함할 수 있다. 그리고 사실 포함시켜서 논해야 한다. 서술자가 3인칭의 인물에 근접하게 될 때 그것이 고백의 표현처럼 보이는 것은 중심적 행위자나 발화자가 실상 3인칭의 인물이라기보다는 서술자가 되기 때문이다. 3인칭의 인물은 서술자의 대리자에 불과한 경우가 많다. 서술자가 언표의 주체라고 할 때 그에게는 벌써 발화의 수신인인 권력적 타자가 상정되어 있다. 그렇지 않으면 서술자가 3인칭의 인물을 자신의 언표 내로 끌어들일 이유가 없는 것이다.

우리가 보기에 고백은 근대소설의 한 형식이 아니다. 즉 형식적 범주가 아니라 근본적 기제다. 고백은 20년대 문학담론의 특징적 양상이지만, 그럼에도 근대의 보편적 현상이다. 고백의 방식으로만 주체는 자신의 진실을 전할 수 있다. 20년대에 대한 분석은 20년대에 국한된 것이 아니라 20년대에 출발한 근대성의 본질을 확인하는 작업이다. 그런 점에서 우리는 근대성의 본질을 고백의 기제, 다시 말해 주체와 진실의 특정한 관계 양상 속에서 파악한다. 주체가 자신에 대해 말해야 한다는

---

20) 1인칭에 한정된 고백체 연구로는 우정권, 『한국근대고백소설의 형성과 서사양식』 참조. 그리고 김지영, 「1920년대 문학에서 고백의 성립과 자기 인식의 문제 : 이광수, 김동인, 염상섭을 중심으로」 참조.

것, 이것만큼 근대적인 현상이 없다.[21]

이런 관점에서 우리는 수신자를 형식적 특성에서 규정하지 않는다. '만하 누님'에게 보내는 고백이든 '남편'에게 보내는 고백이든 우리는 그런 형식적 수신자에는 관심이 없다. 중요한 것은 수신자의 심층적 특성을 확인하는 일이다. 가령 고백을 드러내는 소설형식인 일기체와 서간체의 형식적 차이는 대개 텍스트 내에 "그 고백을 듣는 수신자의 존재 유무"[22]를 가지고 판단한다. 일기체는 당연히 고백의 수신자가 없다. 그러니 서간체와 다르다는 것이다. 당연한 말이지만 더 이상 분석의 여지가 없는 말이다. 그러나 우리는 일기체의 수신자를 찾아내려한다. 그렇다고 독자를 수신자로 설정하는 것은 문학적 변별력을 갖기어렵다. 독자를 대상으로 하지 않는 문학이란 존재할 수 없기 때문이다. 수신자는 표면적인 인격체나 가상적인 독자에 그치지 않는다. 그런수신자와 구별되는 수신자를 찾기 위해서는 발신자의 성격을 규정해야 한다. 텍스트 내적인 분석이 필요한 이유다.

예컨대 나도향의 「전차 차장의 일기 몇 절」은 '나'라는 행위자의언표로 구성된 일기체의 형식을 갖는다. 그렇다면 이 일기의 수신자는누구인가? 우선 발신자를 구조적으로 포착할 필요가 있다. '나'는 한여성의 행적을 은밀히 뒤쫓는, 일종의 관음증 환자다. 성적인 사항에대한 관음증적 욕망이 들끓는 그의 고백을 받을 수 있는 수신자는 의사아니면 사제다. 환자로서 자신의 증상에 대한 고백이 주된 것이라면 수신자가 의사가 되겠지만, 그가 자신을 환자라고 인식하지 않고 있다는

---

21) 여기에 대해서는 이 책의 5장에서 자세히 다룰 것이다.
22) 손정수, 「김동인 초기 소설에 나타난 서사 형식의 변모과정에 관한 고찰」, 『김동인 문학의 재조명』, 182쪽.

점에서, 그리고 타락의 현장을 고발하고, 참을 수 없는 욕망에 대한 불편함을 호소하고 있다는 점에서 수신자는 사제가 되어야 한다.

　이와 같은 구조적 분석을 사용하게 되면 명확히 수신자를 표명하지 않은 작품에서도 우리는 발화자의 특성을 통해 발신자의 성격과 함께 수신자의 성격을 확인할 수 있다. 김동인의 「약한 자의 슬픔」은 엘리자베트라는 히스테리 환자의 고백이며, 수신자는 당연히 의사일 수밖에 없다. 반면 남편을 수신자로 설정하고 최후의 고백을 보여 주는 염상섭의 「제야」에서 실제로 수신자가 남편이 아니다. 표면적인 수신자 하부의 심층적 수신자를 찾아내야 한다. 「제야」의 발화자 최정인은 과거지사에 대한 참회에 집중하고 있는데, 이런 관점에서 보면 삶의 종결 지점에서 그 삶에 대한 회고를 들을 수 있는 사제라는 수신자를 가정해야 한다.

　이처럼 명확히 1인칭 고백체가 아니어도 20년대 문학담론은 권력을 쥔 수신자를 상정하고 있으며 이런 식으로 텍스트는 구조화되어 있다. 우리는 억지로라도 수신자를 찾아내야 한다. 왜냐하면 섹슈얼리티처럼 인간의 모호하고 은밀한 욕망은 쉽게 표면에 드러나지 않는 특성을 가지기 때문이다. 성은 원래 억지로 숨기려 하기 때문에 은밀한 것이 아니라 성 자체가 근본적으로 은밀한 것이다. "그리하여 고백은 단순히 주체가 정말로 숨기고 싶어 하는 것을 대상으로 하는 것이 아니라 주체 자신에게도 숨겨져 있고 그래서 묻는 자와 질문당하는 자가 함께 참여하는 고백의 작업을 통해서만 점차적으로 해명될 수밖에 없는 것을 대상으로 삼는 경향이 있다."[23] 주체는 고백 이전에는 그 욕망이 숨

---

23) 푸코, 『성의 역사 1 : 앎의 의지』, 80쪽.

겨져 있는 것이라는 사실도 모른다. 주체가 은폐한 것이 아니라 주체에게 은폐되어 있는 그 진실을 찾아내는 작업을 고백이 담당하는 것이다.

그리고 우리가 수신자를 찾아내려 하는 까닭은 고백이라는 기제에서 지배의 작인이 수신자에게 있기 때문이다. 고백을 유도하고 이끌어 내는 수신자 없이 행해지는 것은 고백일 수 없다. 일기 쓰는 행위가 고백일 수 있는 것은 거기에 어떤 사회적 초자아가 내면적으로 활동하고 있기 때문이다. 가령 「표본실의 청개구리」에서 X가 느끼는 자살충동은 본인도 그 이유를 알 수 없는 성질의 충동인데, 이것은 여행이라는 서술적 장치를 통해 새로운 타자를 만나는 과정을 필요로 한다. 이 과정 전체는 X라는 강박증 환자가 자신의 심각한 병리적 상황을 정신과 의사 앞에서 진술하는 고백과 같은 것이 된다. 텍스트의 서술 자체가 일종의 고백의 구조와 상동인 것이다. 여로(旅路)라는 형식은 편지나 일기의 형식처럼 고백을 위한 장치다. 정신질환 환자가 분석가 앞에서 자신의 병력을 시간의 순서를 좇아 표현하고자 하듯이, X는 여로라는 형식의 공간적 질서를 통해 자신의 신경증을 분석하고 있는 것이다.

그렇다면 왜 고백하는가? 원래 고백은 발신자의 내재적인 변화를 언표행위의 목적으로 한다. 언표행위만으로 그는 자신의 무고함을 인정받고, 속죄되고, 영혼이 정화되고, 과오의 짐을 벗으며, 해방되고, 구원을 약속받는다. 고백은 정화의 기능을 갖는다. 이런 점에서 고백이 과도하게 등장하는 것이다. 나도향의 「J의사의 고백」은 이를 아주 잘 보여 준다.

이 글을 쓰려고 결심하였을 때 또 이 손에 들은 철필촉이 나의 신경을 바늘 끝으로 새기는 듯이 싸각싸각하는 소리를 내며 나의 쓰지 않으면

아니 될 글을 쓸 때 비로소 나의 내면생활에 무슨 큰 변환이 있는 것을 깨닫게 되었습니다.[24]

여기서 고백자는 고백하는 행위만으로도 내면의 변화를 느낀다. 물론 이 고백의 과정은 바늘로 신경을 찌르는 듯한 고통의 과정이기도 하다. 그러나 과거의 죄를 참회한다는 행위만으로도 자신에게 변화가 초래된다는 쾌락이 없으면 고백은 수행될 수 없다. 고백의 고통은 고백의 쾌락과 연결된다. 해방과 정화의 묘한 쾌감은 고백자에게만이 아니라 독자에게도 전염된다. 이것이 고백을 사회적으로 광범위하게 퍼지게 한 동력이다.

또한 고백이 고통인 까닭에 고백은 저항을 뚫지 않으면 안 된다. 고백하지 못하게 하는 저항을 뚫고 표현되었다는 점에서 그것은 그 자체로 진실성의 효과를 낳는다. 고백해야 한다는 것은 그에 따른 수많은 책임감을 떠안아야 하는 심각한 상황을 낳는다. 동시에 은밀한 성적인 욕망을 고백해야 할 때 고백자는 성적 욕망 주위에 달라붙어 있는 사회적 규범들이 엄청난 무게로 가하는 압력을 느껴야 한다. 바로 이런 저항의 계기들이 역설적으로 고백의 진실성을 만들어 내는 것이다. 다시 말해 그 내용이 뭔가 은밀한 비밀인 것처럼 만들어야 하고, 그리고 그 내용의 발설은 비밀의 영역에서 나왔기 때문에 진실한 것이라는 효과를 창출해야 하는 것이다. 그렇다고 고백의 내용이 뭔가 거창해야 하는 것은 아니다. 우리가 20년대 문학담론에서 확인하는 것들은 어찌 보면 지극히 사소한 것들이다. 그렇지만 고백이라는 절차가 개입될 때 그 사

---

24) 나도향, 「J의사의 고백」, 『나도향전집』 상, 193쪽.

소함은 이제 인간의 진실에 대한 발화가 된다. 나도향의 「별을 안거든 울지나 말걸」이라는 작품은 실연에 대한 비애의 고백이다. 그러나 그 연애사는 너무나 사소해서 소설의 대상이 되지 않을 것처럼 여겨지지만 그것이 고백이라는 절차를 밟으면서 이 소설은 인간에 대해 어떤 미묘하고 중요한 진실을 표현하고 있는 작품이 된다. 이것이 고백의 효과다. 그것은 진실성을 갖고 있는 것이기에 담론생산의 필요성이 생겨나는 것이다.

2. 고백의 요청과 주체의 분할

1) 계몽의 교사와 실천적 정언명령

앞에서도 지적했듯이 고백은 발신자와 수신자라는 대화의 쌍방을 필요로 한다. 그러나 이것만으로 고백을 특징지을 수 없다. 가장 중요한 것은 수신자가 권력에 있어 우위에 위치해 있다는 사실이다. 고해성사의 구조를 볼 때 이는 명확하다. 신자는 사제 앞에 자신의 죄와 과오들을 털어놓아야 한다. 그러나 이 진실의 토로는 사제의 권력, 정확히는 신자와 사제 간의 권력관계 속에서 가능하다. 권력의 차이가 없다면 고백은 이뤄지지 않는다. 그러므로 중요한 것은 수신자의 권력이다. 우리가 20년대 문학담론을 분석해 보면 수신자는 크게 세 가지 유형으로 나눠진다. 학생, 의사, 사제가 수신자의 세 유형이다. 누님이나 부모도 있으나 그런 경우는 아주 드물며, 가장 많은 것은 의사와 사제를 수신자로 설정한 작품들이다.[25] 누님이나 부모는 고백의 대상이기 어렵다. 실제로 이들은 사제의 대행자로 기능한다고 봐야 한다.

　그러나 문제는 학생을 수신자로 설정한 이광수의 작품군들이다.

교사가 제자에게 고백할 수 있는가? 권력은 교사의 편에 있는데 어떻게 제자에게 고백을 할 수 있겠는가? 욕망을 죄라고, 과오라고 말해 주는 자는 권력을 쥔 자이다. 그러나 세상의 처세를 가르치는 교사가 제자의 권력 앞에서 자신의 신념을 과오이자 욕망의 죄로 표현할 수는 없는 법이다. 고백이 죄의식의 해소와 같은 주체의 변화를 야기하기 위해서도 고백을 들어 주는 수신자에게 권력이 있어야 한다. 이광수의 작품들은 형식적으로는 고백체 비슷하지만 실상 고백의 기제를 정확히 따르지 않는다.

　발신자가 권력을 쥐는 구도에서 고백의 서술은 고백자의 변화를 낳지 않는다. 그는 자신의 신념을 설득하기 위해 고백의 형식을 이용한다. 그러므로 변화는 일방적으로 설득적 계몽을 들어야 하는 수신자의 몫이 된다. 우리는 이를 〈교사-학생〉의 구조라고 부른다. 이는 고백의 기제와 완전히 다르다. 〈학생-교사〉의 구조라면 우리는 고백이라 부를 수 있다. 제자가 교사에게 자신의 과오를 표현하는 구조는 정확히 고백의 구조와 일치한다. 그러나 〈교사-학생〉의 구조는 고백이 아니라 계몽이고, 과오의 고백이 아니라 신념의 설득이며, 내면의 변화가 아니라 세상의 개조를 외친다.

---

25) 모성적 존재를 수신자로 설정한 나도향의 「별을 안거든 울지나 말 걸」과 같은 작품은 극소수다. "누님 하고 눈물이 날 만치 감격에 떨리는 목소리로 누님을 불러 보고 싶습니다"로 시작하는 이 작품은 자신의 슬픔을 포근히 안아 줄 수 있는 존재를 갈구한다. "거안 위에 피곤한 손을 한가히 쉬이시는 만하 누님에게 한 구절 애달픈 울음의 노래를 드려 볼까 하나이다." 만하 누님은 실연의 모든 설움과 아픔을 다독여 줄 수 있는 모성적인 존재일 것이다. 그러므로 이런 작품은 유아적 응석의 발화라고 할 수 있을 것이다. 그러나 실제 고백의 대상으로 모성적 존재가 설정된다는 것은 거의 불가능하다. 왜냐하면 고백은 그렇게 성스러운 일이 아니기 때문이다. 추문과 수치의 의식이 없는 고백은 고백이 아니다. 그러므로 이런 작품이 극히 드물 수밖에 없으며, '만하 누님'은 사제의 변형적인 존재라고 봐야 한다.

서간체나 일기체, 일인칭의 서사를 사용하더라도 우리는 이러한 서술방식을 고백체라 부르지 않는다. 형식적인 규정으로는 고백체가 될지 모르지만 고백의 엄밀한 규정에 따르면 고백체가 아니다. 그리고 고백에 대한 규정은 단순히 문학형식상의 구분에 그치지 않는다. 우리는 앞에서 고백의 기제를 근대성의 본질로 인식했다. 이런 점에서 고백에 대한 엄밀한 규정은 근대성의 본질과 일치해야 한다. 정신분석적 치료의 과정이 전형적으로 드러내듯이 권력은 분석가에게 있지 환자에게 있지 않다. 분석가가 권력을 쥐지 못할 때 환자는 분석가에게 병리적 현실을 진술하지 않는다. 환자가 애초부터 권력관계 속에 들어가 있기 때문에 그는 환자인 것이다.

　　그런데도 〈교사-학생〉의 구조는 고백체의 형식을 빌린다. 왜 그럴까? 왜 이광수의 계몽은 고백의 형식을 빌려야만 했는가? 우리는 이를 앞에서 말한 진실성의 효과와 관련해서 파악할 수 있다. 고백의 형식은 주체의 진실을 표현한다는 효과를 갖는다. 고백하기 어려운 것을 저항을 뚫고 참회의 심정으로 고백한다는 것은 그 내용의 경중과 진위를 떠나 진실의 표현으로 인정된다. 이광수의 작품은 바로 이 진실성의 효과를 이용한 것이다. 계몽의 답답한 일방성과 관념성이 진실성의 외투를 걸칠 때 계몽의 선전이 효력을 발휘할 것이므로.

　　계몽적 발화의 진실성이 고백의 구조에 의해 확보될 때 계몽적 고백은 그 자체로 수신자의 변화를 초래한다. 이광수의 작품을 대하는 즉시 독자는 자신을 제자나 학생의 위치로 동일시할 수 있게 되고, 동시에 교사의 진정성 어린 설득의 말을 들으며 진실한 참회에 동참한다. 발신자가 아니라 수신자가 변하는 것이다. 이것이 이광수가 노린 전략이다. 그는 고백체 양식을 계몽적 수사의 전략으로 활용할 줄 안 노련한 소설가였다.

학생이라는 수신자를 설정하고 전달되는 교사의 계몽적 발화의 구조를 갖고 있는 작품들이 많다. 물론 텍스트 내에 학생이라는 수신자가 명확히 표명되어 있을 수도 있고 아닐 수도 있다. 그러나 계몽적 의지의 교사가 발신자일 때 그 텍스트의 심층적 수신자는 학생이다. 이때 학생은 조선의 일반 민중일 수도 있으며, 지식인이나 실제 학생일 수 있다. 이광수의 『무정』이 상징적으로 보여 주었듯이 〈교사-학생〉의 구조는 문명에 대한 근대 조선의 인식과 동일하다. 서구 문명국이 교사라면 조선은 아직도 배워야 하는 학생이며, 이광수와 같은 선지자가 교사라면 조선인들은 배움이 부족한 학생이다. 당연히 이런 구조 내에서 목표가 되는 것은 오직 하나, 건강하고 도덕적인 주체의 정립이다. 주체의 진실이 아니라 주체의 생산과 정립을 위한 계몽적 의지가 고백의 구조를 빌린 것이다. 필요한 것은 조선인의 개조이지 조선인의 진실이 아니다.

이광수의 「어린 벗에게」(1917)만큼 〈교사-학생〉의 구조를 정확히 보여 주는 작품도 드물 것이다. 장편 『무정』의 단편형식 버전인 셈이다. 이 작품은 모두 4통의 편지로 구성되어 있는 서간문 형식의 소설이다. 조혼과 봉건적 도덕의 폐해를 비판하며 사랑의 순결성과 고귀함을 "어린 벗"에게 설파하는 계몽적 담론의 전형적 특징을 보여 준다. 이 작품에서 수신자는 "정의의 용사 될 공부"를 해야 할 '학생들'이다. 이들에게 김일련이라는 여성과의 사랑과 기이한 인연을 이야기하면서 사랑의 위대성, 다시 말해 사랑 없는 봉건적 도덕관념을 비판하고자 한다. 계몽하는 교사와 설득당하는 학생의 구조는 서간체의 형식에도 불구하고 내면의 고백보다는 논설적 담론의 특징을 강하게 부여하고 만다.[26] 주인공 "임보형"의 사랑은 1920년대 문학에서 드러난 병리적이고 외설적인 성격보다는 이상형으로 존재하는, 근대적인 인간의 새로운 덕목으로 나타난다.

「어린 벗에게」는 사랑의 은밀함이나 섹슈얼리티의 악마성에 대해서는 관심이 없다. "부부가 될 때에 얼굴도 못 보고 이름도 못 듣던 남남끼리 다만 계약이라는 형식으로 혼인을 맺자 일생을 이 형식에만 속박되어 지나는 것"[27]으로서의 조선의 결혼형식, "짐승의 자웅을 사람의 맘대로 마주 붙임과 다름" 없는 봉건적 결혼에 대한 계몽주의자의 비판이 전부다. 이광수의 '사랑'에 대한 논의는 남녀간의 알 수 없는 미묘한 심리보다는 전근대적인 가문의 결합에 대한 비판에 집중한다. 사랑은 적극적인 규정보다는 부정적인 규정 속에서만 나타난다. 그러므로 이광수는 '이것은 사랑이 아니다'라고만 얘기하지 '이것이 바로 사랑이다'라고 말하지 않는다. 혹시 그가 이것이 사랑이라고 할 때도 그것은 육체성을 버린 추상적이고 관념적인 사랑에 그친다. 그에게는 아직 육체적 욕망의 어두운 심연에 대한 탐구가 없다. 계몽의 강박은 육체를 망각한다. 이런 점에서 그는 20년대 에피스테메와 관련이 없는 과거의 인물이다.

이광수의 「혈서」(1924)도 계몽적 언설의 문학에 속한다. 그것이 폐병의 미학이라는 예술적 장식을 입고 있음에도 불구하고 우리에겐 계몽의 강박만이 강하게 느껴진다. 이 작품은 일인칭 주인공 시점으로 전개된다. "내가 동경 T대학에 있을 때 일이다. 분명히 삼 년 급 적에

---

26) 권용선, 『1910년대 '근대적 글쓰기'의 형성과정 연구』, 116쪽.(이 작품이 서간체 형식임에도 불구하고 고백과 계몽이 완전히 분리되어 있지 않다고 지적하고 있다)
27) 이광수, 「어린 벗에게」, 『이광수전집』 8, 31쪽.

생긴 일이라고 기억한다"²⁸⁾라는 서술로 시작하는 이 작품은 과거에 대한 회상의 형식이라는 정보를 우선 제공한다. 회상의 시점은 언제인가? "그것이 십오 년 전 일이다. 나는 그 동안에 하나도 이루어 놓은 것은 없거니와(37자 삭제) 유리 표박하느라고 다시는 사랑할 새도 없었고, 사랑할 생각도 없이 사십이 가까워지고 말았다"²⁹⁾는 표현을 통해서 알 수 있듯이 15년 전의 사건을 관조할 수 있는 성숙한 나이에 진술하고 있다. 언표주체는 행위주체이며 이 구조는 인물의 발화에 진실성의 효과를 부여한다.

"나도 일생에 처음 경험하는 이 아픔과 외로움"이라는 표현이나 "나는 일생에 이렇게 슬픈 가을을 경험한 일이 없었다"는 표현은 이 작품을 고백의 양식에 가깝게 만든다. 그렇게도 아픈 사랑의 경험을 이야기한다는 것, 이것이야말로 고백 양식이 생산할 수 있는 힘이기 때문이다. 그렇지만 이 고백은 사랑의 비밀이나 사랑과 관계된 욕망에 대한 앎의 의지에서 작동하지는 않는다. 죽는 순간에야 사랑을 이루는 마쓰다 노부코라는 여성의 비극, 폐병 걸려 죽는 노부코의 찰나적이면서도 절대적인 사랑, 그 앞에서 조국에 대한 맹세조차 파기하는 주인공. 이 텍스트는 시간을 정지시킨 한 순간, 그 순간에 절대성을 부여하는 비시간적인 사랑을 가장 숭고한 것으로 제시한다. 이광수의 '사랑' 개념에는 늘 시간이 빠져 있다. 사랑은 시간이나 현실과 만나지 않는다. 절대적이고 순결한 신성의 공간에 유폐된 것이 이광수의 '사랑'이다. 사십에 가까운 서술자가 말하고자 하는 것이 바로 그런 '사랑'이다.

---

28) 이광수, 「혈서」, 『이광수전집』 8, 125쪽.
29) 같은 책, 150쪽. 괄호 안은 인용 원문.

노부코의 사랑에 감동했다면 그런 사랑을 실천해야 한다는 암묵적 명령과 설득, 이것이 바로「혈서」의 의지다. 표면적으로 보면 폐병을 비롯해 비극적 감수성을 자극하는 병적인 사랑과 허무주의적 죽음을 애기하는 것 같지만[30], 이광수에게 이는 철저히 계산된 수사적 전략이다. 죽음을 앞에 두고 하는 사랑만이 순결하다는 것, 그 찰나에서만 "마음속에 완전한 깨끗함"[31]을 느낀다는 것, 지속되는 사랑이란 곧 불순해지고 만다는 것. 바로 이런 '찰나'의 형이상학은 타락에 대한 전면적인 거부를 뜻한다. 노부코의 처절한 절규에서 울지 않을 독자가 없듯이, 독자는 이 순간 이광수 식의 사랑에 설득당하고 만다. 이 설득은 바로「혈서」가 구사한 고백적 진술이라는 수사적 전략 때문이었다.

이광수의「H군을 생각하고」(1924)도「혈서」와 같이 폐병이라는 소재를 통해 계몽의 의지가 발휘되는 소설이다. 전체적으로는 서술자 '나'의 회고로 이루어져 있다. '나'는 H의 스승이기도 하면서 텍스트 전체적으로는 발화를 주도하는 '교사'가 된다. 즉 학생이라는 수신자를 대상으로 H와 C의 비극적이고도 희생적인 사랑을 전달하겠다는 것이다. H는 열정적인 선생답게 사랑에도 열정적이다. 어떤 오해가 끼어들어 사랑하는 C와 이별하고는 지병인 폐병으로 인해 곧 사그라질 몸이다. 그런데도 C에 대한 사랑은 포기하지 않는다. H의 실연의 아픔과 고백을 다시 서술자 '나'는 '학생'이라는 가공의 수신자에게 훌륭한 인간의 전형으로 제시한다. 타인의 경험이지만 고백의 외형으로 인해

30) 백철은 이광수를 전영택, 김동인, 염상섭 등에게서 보이는 성격파산과 연애생활, 공상생활로 표현되는 퇴폐적 문학경향과 공통된 특성을 갖고 있다고 분석하고 있다.(백철,『신문학사조사』, 148쪽)
31) 이광수,「그의 자서전」,『이광수전집』6, 419쪽.

진실성의 효과는 계속된다. H의 고백은 서술자의 회상 속에서 계몽을 위한 고백으로 전환된다.

> 이때의 C는 사람같이 보이지는 아니하였다. 혼인도 아니 하고 정식 약혼조차 아니 한 애인을 따라 저 시골 구석 빈궁한 농가에 가서 일 년 동안이나 그 애인의 혈담과 대소변을 손수 치르고 마침내 자기의 품속에 안고 운명을 보고 온 C는 결코 세상 사람은 아닌 듯하였다.[32]

폐병에 죽어가는 애인 H를 위해 결혼하지 않았으면서도 혈담과 대소변을 받아가면서 일 년이나 헌신한 C가 실상 작품의 주인공이다. 서술자 '나'는 바로 이 헌신적인 희생정신의 화신 C를 '학생'들에게 보여 주고 싶었던 것이다. 이처럼 거룩한 인간이 어디 있는가 하는 투로. 서술자의 감동은 고백의 형식을 통해 수신자의 감동으로 변화되어야 한다. 이것이 이광수가 택하는 서술 전략이다.

미완이지만 이광수의 「사랑에 주렸던 이들」(1925)도 이 헌신성을 말하고자 한다. "형과 서로 떠난 지가 벌써 팔년이구려"로 시작되는 점에서 서간체의 형식을 표방하고 있다. 이런 장치가 바로 고백의 효과를 노린 이광수의 전략이다. '형'이라는 수신자는 서술자가 예전에 사랑했던 여인의 오빠이자 자신의 친구다. 서술자는 8년 전 그 여동생과 관련된 일을 알리고자 한다. 그때 일은 오해라고, 자신의 진정성을 믿어 달라고 얘기한다. 무슨 일이 있었던가? 서술자가 밤중에 그 '여동생'의 방에 들어간 것은 사악한 의도, 즉 "음욕" 때문이 아니었다는 것, 사

---

32) 이광수, 「H군을 생각하고」, 『이광수전집』 8, 166쪽.

실은 김씨의 행동이 수상해서 여동생을 보호하기 위해서였다는 것. 그런데도 자신이 의심을 받았지만 구구히 변명하지 않으려 했다는 것. 이런 과거사의 술회라는 점에서 일견 고백의 형식으로 보인다. 다시 말해서 '형'이라는 사제에게 자신의 잘못을 참회하는 신자의 고백처럼 느껴지기도 한다.

그러나 작품의 주안점은 여기에 있지 않다. 지금까지 서술된 부분은 그 다음의 효과를 위한 장치에 불과하다. 과거의 사건에 얽힌 욕망의 드라마를 묘사하기보다는 다른 이야기를 하고 싶어서 고백의 장치를 마련한 것이다.[33] 이 다음의 이야기도 앞에서 말한 것만큼 진실한 것이니 믿어 달라는 말이다. 그는 현재 자신의 아내가 된 여자의 기구한 인생 내력을 전하고 싶은 것이다. 미완에 그쳐서 그 여자의 내력을 충분히 알 수 없지만, 우리는 이광수가 무엇을 얘기하고 싶은 것인지 미리 눈치를 챌 수 있다. 서술자의 얘기를 듣고 "어쩌면 그렇게도 나와 정지가 꼭 같으십니까" 하고 반응하는 것으로 봐서 창기(娼妓)였던 이 여자도 아마 무고한 처지에도 불구하고 오해로 인해 인생의 전락을 겪을 수밖에 없었던 인물일 것이다. 서술자는 자신의 발화가 진실된 것이라는 장치를 미리 마련했다. 그러므로 지금부터 얘기하는 여인의 얘기도 진실된 것이 된다.

---

33) 한 여자와의 만남 이후의 삶보다는 자신의 지나온 삶의 내력에 대한 고백이 이 작품의 중심적 내용이라고 보는 연구도 있다. 자신이 어떤 사람인지 알려야겠다는 사실이 서사를 추동하는 힘이라는 것이다.(김지영, 「1920년대 문학에서 고백의 성립과 자기 인식의 문제 : 이광수, 김동인, 염상섭을 중심으로」, 『현대소설연구』 28호, 82쪽) 그러나 표면적으로는 이 작품이 억울한 누명에 대한 변명과 참회의 기록처럼 보일지라도 텍스트의 중심적 의도는 이 정체불명의 여성을, 그 여성의 위대성을 전달하는 데 있다. 이런 점에서 이 텍스트는 고백체를 활용한 계몽적 의도의 작품에 불과하다.

그녀는 어떤 인물인가? 창기라는 미천한 신분에도 불구하고 현재 서술자의 온갖 아픔을 다 안아 주는 넓고도 깊은 사랑의 여신이다. 「혈서」의 노부코나 『사랑』의 순옥, 「H군을 생각하고」의 C와 한 치도 다르지 않은 인물이다. 이 위대한 사랑, 그 절대적인 사랑만이 인간을 구원할 것이라고 말하고 싶은 것이다. 지금 서술자는 사제 앞에 선 신자가 아니라 학생을 가르치는 교사다. 희생적 사랑의 위대함을 가르치는 교사, 문명의 가능성을 이런 교육과 계몽에서 찾는 교사다. 미래적 삶의 가능성을 이미 보아 버린 교사의 신념 앞에서 수신자 학생들, 곧 조선인들은 감동에 떨면서 그 계몽적 언설을 정언명령으로 받아들여야 하는 것이다.

2) 불가해한 욕망의 물음과 정신분석적 진술

⟨교사-학생⟩의 구조가 고백의 기제를 계몽적 전략 속에서 활용한 경우라면, 앞으로 살펴볼 ⟨환자-의사⟩의 구조나 ⟨신자-사제⟩의 구조야말로 가장 고백에 합당한 구조라 할 것이다. 고해성사의 장소가 있다고 해보자. 그렇다면 고해해야 할 가장 중요한 요소는 무엇일까? 당연히 '성'(性)일 수밖에 없다. 직접적인 성교에 관한 것이든 육체적 욕망에 관한 것이든 고해는 성을 포위하고 성으로 하여금 그 깊은 심층을 드러내도록 압박한다. 양심의 이름으로 죄의식을 추궁하고 성적인 문제에 관해 그 은폐된 진실을 드러내도록 하는 고백이야말로 가장 중요한 "성적 욕망의 장치"라 할 것이다. 원래 성은 "혼인 장치"를 통해 규제되었으나 18세기 이후부터는 이 장치와 포개지면서 성의 통제구역을 넓혀 가는 "성적 욕망의 장치"가 고안된다. "혼인 장치는 허가된 것과 금지된 것, 규정된 것과 비합법적인 것을 확정짓는 규칙 체계를 중심으로

구축되는 반면, 성적 욕망의 장치는 유동적이고 동질이상적이며 정세에 의해 좌우되는 권력의 기술에 따라 기능한다."[34] 혼인 장치가 간통이나 혼외관계를 중심으로 교접 행위의 정당성 여부를 판별하고 법을 유지하는 데 중점을 둔다면 성적 욕망의 장치는 그보다 훨씬 넓은 영역을 관장한다.

성적 욕망의 장치는 상속 재산의 양도와 순환의 일관성을 보장하려는 혼인 장치와는 그 차원을 달리한다. 근대에 들어 중요한 것은 개체들의 관계가 합법적이냐 아니냐보다 육체 자체였다. "육체, 감각, 쾌락의 성질, 정욕의 가장 은밀한 움직임 그리고 열락과 어쩔 수 없는 동의의 가장 미묘한 형식의 문제로 초점이 바뀌었다."[35] 육체를 미세하게 관리하는 성적 욕망의 장치는 고백이라는 장치에서 그 능력을 발휘한다. 욕망의 내용, 욕망의 질, 욕망의 형태, 욕망의 병리성 등이 이제 문제되기 시작하는 것이다. 단순히 간통한 남성이나 여성이 문제되던 시기에서 심리학과 정신병리학적 대상이 형성되는 시기로 변한다.

이와 더불어 새로운 등장인물들이 생겨나기 시작한다. "신경질적인 여자, 불감증의 아내, 무관심하거나 살해의 망상에 사로잡힌 어머니, 성적 불능자이고 사디스트이며 도착적인 남편, 히스테리 또는 신경쇠약에 걸린 딸, 조숙하고 이미 정력을 탕진해 버린 소년, 결혼을 거부하거나 여자를 무시하는 젊은 동성애자"[36]들이 엄청나게 표현되기 시작한다. 이는 혼인 장치 내에서는 불가능한 현상이다. 결혼의 거부가 혼인 장치에서는 아무런 문제가 되지 않지만, 성적 욕망의 장치에서는

---

34) 푸코, 『성의 역사 1 : 앎의 의지』, 120쪽.
35) 같은 책, 121쪽.

이상심리적인 형태로 병리학의 대상이 되는 것이다. 성에 관한 의학이 인체에 관한 일반 의학에서 분리되는 것도 바로 이 시기의 대표적인 경향이다.

　고백하는 자는 이제 성적 교접의 합법성 여부보다는 그 욕망의 형태나 욕망의 특성을 자세하게 말해야 한다. 요컨대 "성적 과민증"에 빠지도록 고백의 기제가 주체를 변모시키는 것이다. 모든 개체는 "성적 육체"를 부여받으며, 성적 육체로서 자신을 규정한다. 보편화되는 것은 성적 욕망이 된다. 고백하는 자는 자신의 욕망을 병리적 심리학의 척도에 따라 분석하고 보고한다. 그러므로 고백을 받아들이는 수신자가 의사나 사제가 될 수밖에 없다. 이들은 고백을 강요하는 권력적 위치에 놓인다. 고백이라는 기제 자체가 이런 권력자로서의 수신자를 설정할 수밖에 없는 것이다. 그러므로 문학담론에서 사제와 의사의 고백 유형이 빈번한 이유도 바로 여기에 있다.

　〈환자-의사〉의 구조에서 발신자는 자신을 성적 욕망의 이상심리적 개체로 인식하고 이 욕망의 번민에 대해 해석을 갈구하고 참회를 구할 수 있는 의사라는 수신자를 만들어 낸다. 물론 의사로서의 수신자가 직접 텍스트에 등장하는 경우는 없다. 수신자의 정체는 발신자에 대한 규정과 더불어 밝혀진다. 앞에서 분석한 대로 염상섭의 「표본실의 청개구리」는 자살의 공포를 느끼는 강박신경증 환자의 보고서로 읽을 수 있다. 아니면 정신분석가 앞에서 진술되는, 증상에 대한 환자의 자기분석일 수 있다. 여기서 우리는 의사라는 수신자를 텍스트에 내재된 것으로 간주할 수 있다. 그리고 이 수신자 없이 환자의 욕망의 진실은 포착

---

36) 푸코, 같은 책, 124쪽.

되지 않는다. 고백은 원래 듣는 자가 진실의 주인인 것이다.[37]

〈환자-의사〉의 구조는 20년대 문학담론에서 가장 자주 실험된 고백 구조였다. 그도 그럴 것이 고백은 원래 통제 불가능한 욕망에 대한 것이기 때문에 의학적 분석의 시선이 필요한 법이다. 육체에 관련된 미시적 현상들에 대해 과학적인 담론이 개입해 들어가는데, 이는 주체의 병리적 욕망이 하나의 이상증후로 인식된다는 사실을 뜻한다. 고백은 고백하라고 요청한다고 해서 가능한 것은 아니다. 어떤 절차를 거쳐야 한다. 고해성사의 구조를 대체하는 문학담론상의 고백은 과학적 담론의 개입과 같은 효과를 표현해야 했다. 근대에 성에 대한 고백은 정신의학적 형태로 구성된다. "진실한 것을 생산하는 두 가지 양식, 곧 고백의 절차와 과학적 담론성 사이의 상호적인 간섭이 일어났다."[38] 이런 과정의 표현이 바로 〈환자-의사〉의 고백 구조에서 확인된다. 고백은 독백이 아니라 상호대화였으며, 그리고 대화 상대자는 대개 의사였다.

고백체 양식 중에서 〈환자-의사〉의 구조를 가장 전형적으로 보여주는 작품이 나도향의 「옛날 꿈은 창백하더이다」(1922)일 것이다. "내가 열 두 살 되던 어떠한 가을이었다"로 시작되는 이 작품은 주인공이자 발화자가 자신의 과거를 회상하는 형식을 띠고 있다. 즉 자기의 병적인 상황에 대한 병력 기록이자 병의 근원을 찾는 탐색의 기록이기도 하다. 서술자는 성인이다. 그가 과거의 자신에게서 가장 특징적으로 찾아내는 개성적 본성은 바로 "우울"과 "비애"의 감정이다. "나도 모르는 쓸쓸한 비애가 나의 두 눈을 공연히 울먹이고 싶게 하였다."[39] 성인으

---

37) 푸코, 『성의 역사 1 : 앎의 의지』, 84쪽.
38) 같은 책, 82쪽.

로서의 서술자가 어린 시절의 자신에게서 우울과 비애를 발견할 수 있는 것은 그가 현재 그 우울한 감정에 빠져 있기 때문이다. 그는 우울증 환자다. 이 우울함이 병의 기원으로 거슬러 올라가는 앎의 의지를 작동시킨다.

이 작품은 의사 앞에서 자신의 병력(病歷)을 진술하는 환자의 이미지를 계속 떠올리게 한다. 기억하기에 그는 12살 때의 일이 가장 강렬하게 남아 있다. 그 어린 나이에 뒷동산에 올라가 혼자서 공연히 울먹인 적이 있었던 것이다. 그리고 어머니와 동생과 함께 밥을 먹을 때면 느끼던 적막감도 잊히지 않는다. 우울의 기원으로 거슬러 올라가는 탐색은 끝이 없다. 그렇다면 그 시기의 적막감과 쓸쓸함, 그리고 비애의 원천은 무엇인가? 감정의 심층으로 파고들기, 이것이 소설의 방법론이자 고백 기제의 핵심이다. 의사의 도움을 받아 정신적 외상(外傷)의 기원으로 거슬러 올라가는 정신분석의 방법과 흡사하다. 그는 지금 정신분석가의 침대에 누워서 진술하고 있는 셈이다. 그는 더듬거리며 말한다. 그 어린 시절, 그 우울함의 기원에서 보이는 것은 냉혹하고 공포스런 아버지였다고.

나는 반가운 마음에 "아버지!" 하였다. 그러나 우리 아버지는 젓가락으로 앞에 놓인 반찬을 뒤적뒤적 하시면서 나를 냉담한 눈으로 멀거니 쳐다보시기만 하시더니 무슨 불만한 점이 계신지 노여운 어조로, "아버진 뭐든지 다 귀찮다. 어서 잠이나 자거라" 하시고는 다시 본 척 만 척 하시고 반찬 한 젓가락을 입에 넣으신다. 나는 얼굴이 횟횟하도록

---

39) 나도향, 「옛날 꿈은 창백하더이다」, 『나도향전집』 상, 71쪽.

무참하였다. 나는 죄지은 사람같이 양심에 무슨 부끄러움이 나의 아버지를 쳐다보지 못하게 하였다. 열몽에 취하였던 나의 혼몽한 정신은 한꺼번에 깨어지고 뻣뻣하던 두 눈은 기름을 부은 듯이 또렷또렷하여졌다.[40]

의사 앞에 꺼내 놓은 외상의 기억은 바로 아버지의 냉담함이었다. 이는 어린 서술자에게 충격과 공포로 다가왔으며, 심지어 죄의식을 만드는 계기였다. 서술자가 더 이상 분석하고 있지 않으므로 이 죄의식을 정확히 해명하기는 어렵지만, 어쨌든 아버지의 공포스런 현존은 죄의식의 발생 지점에 자리하고 있다. 그리고 이 죄의식은 우울의 기원이기도 하다. 최소한 이 텍스트의 분석에 따르면 그렇다는 것이다. 이처럼 「옛날 꿈은 창백하더이다」는 자신의 신경증의 기원을 찾아가는 앎의 의지로 가득 찬 환자의 고백이자 기록인 것이다.

계몽적 교사의 계몽적 고백이라는 경향을 보여 주던 이광수도 초기에는 그와는 다른 작품을 선보이기도 했다. 「윤광호」(1918)가 아마 가장 특징적일 텐데, 이 작품은 윤광호라는 환자에 대한 일종의 진찰보고서의 성격을 띤다. 실연의 아픔을 느끼고 자살하는 윤광호를 주변에서 지켜보는 준원이라는 인물의 시선과 관찰에 의해 서술되는 작품이다. 실연의 상처를 준 적이 있는 준원, 그는 윤광호의 사례를 통해 자신의 과거를 떠올린다. 윤광호의 아픔은 준원에게 같은 아픔의 울림을 준다. 과거에 미리 경험한 사건을 현재 동일하게 경험하고 있는 윤광호에게 있어 준원은 인생의 선배이다. 그러나 그는 여기에 머물지 않고 의

---

40) 나도향, 「옛날 꿈은 창백하더이다」, 『나도향전집』 상, 79쪽.

사의 자리를 차지한다.

준원은 실연의 경험이 있는 인생선배로서 의사의 위치에서 실연으로 인해 광기에 돌입한 윤광호의 격렬한 삶을 보고한다. 텍스트가 무조건 고백하는 자일 필요는 없다. 텍스트는 고백을 유도하는 기제일 수도 있다. 더 직접적으로 말하자면 환자의 고백을 듣는 자는 바로 텍스트다. 의사의 보고형태는 독자의 호기심을 유발한다. 윤광호의 광기 이면에 자리 잡은 욕망의 실체가 궁금한 것이다. 성욕, 그중에서도 윤광호의 동성애와 그 욕망의 파괴적 본성이 파헤쳐진다. 평범한 인물이었음에도 성적 욕망의 힘에 의해 광기에 빠진 인간의 형상이 의학적 시선에 의해 포착되는 것이다.

그러나 이광수가 이런 구조의 중심 작가일 수는 없다. 우리는 김동인과 염상섭, 나도향에게서 이런 경향을 가장 많이 찾아볼 수 있다. 김동인의 「약한 자의 슬픔」은 히스테리 환자의 자기 정당성의 고백이라고 말할 수 있는 작품이다. 이 소설은 "고백체의 형식을 띠면서도 일인칭의 형식을 극도로 피하고 있"는 작품이다. 「약한 자의 슬픔」에서 "고백은 텍스트의 상당 분량을 차지하고 있을 뿐만 아니라 그 성격상 전달이나 소통에 목적을 둔 것이라기보다 고백한다는 표현의 층위에 머물러 있다."[41]

지금까지 이 작품에 대해 고백자와 수신자의 양상을 규명하려는 작업은 없었다. 고백체인지 아닌지, 서술시점의 성격이 어떠한 것인지 등에 대한 연구는 많다. 20년대의 에피스테메는 시점보다 고백 기제의

---

41) 손정수, 「김동인 초기 소설에 나타난 서사 형식의 변모과정에 관한 고찰」, 『김동인 문학의 재조명』, 176쪽.

분석에서 더 잘 드러난다. 고백자가 누구에게 고백하는지, 그리고 그 고백의 성격은 무엇인지, 고백은 어떤 과정을 거쳐 드러나는지 등등, 고백 기제와 관련된 분석만이 주체의 근대적 형식과 관련된 의문을 풀 수 있다.

「약한 자의 슬픔」에서 전지적 시점에서 발화하는 서술자는 실상 엘리자베트에 다름 아니다. 이는 작품 말미에서 전지적 시점이 엘리자베트의 발화가 되는 그 시점의 파열 부분에서 명확하게 드러난다. 엘리자베트가 자신과의 관계 속에서 어떤 불화(不和)의 느낌을 받게 되는 계기는 혼인 장치의 영역이 아니다. 비록 기혼자인 남작과의 성관계가 비합법적인 것이고, 강간을 둘러싼 재판공방이나 낙태의 문제가 있음에도 그런 남성적이고 가부장적인 권력의 문제는 고백을 만들지 못한다. 이는 타자에 대한 비판과 규탄의 담론을 만들지 고백의 담론을 형성하지는 못하는 것이다. 그리고 만약 남작과의 소송에서 엘리자베트가 승소하더라도 이는 엘리자베트를 오히려 내적인 곤경에 빠뜨릴 수밖에 없다. 성관계는 남작의 강제적 폭력에 의해서만 일어난 것이 아니기 때문이다. 그녀가 자기 욕망에, 그리하여 자기 자신에 대해 진실할 수 있다면 자신의 성욕을 인정해야 한다. 남작의 침입과 동시에 엘리자베트의 욕망은 발동하기 시작했다.

그녀가 이 욕망을 타자적인 것으로 경험할 수밖에 없다는 것, 이것이 그녀를 곤경에 빠뜨린다. 성욕이라는 타자는 그 타자의 비밀을 끌어낼 수 있는 장치를 요구한다. 바로 고백이라는 장치를. 주체의 내부에서 타자적 경험을 자신의 진실로 확인할 수 있는 길은 고백밖에는 없다. 최소한 근대적으로 형성된 주체 형식 속에서는. 이 욕망이라는 타자를 끌어낼 수 있는 권력의 담지자는 사제 아니면 의사일 것이다. 그러나 우리는 이 수신자를 사제라고 말하기가 어렵다는 느낌을 갖는다. 그녀는 이 욕망을 죄의식과 참회의 대상이 아니라 주체의 일관성을 뒤흔드는 병리적인 것으로 느끼기 때문이다. 남작의 육체를 마주할 때 그녀가 감당할 수 없었던 것은 바로 무의식적인 육체적 욕망이었다. 그 욕망의 물음에 자신이 대답할 수 없었다는 것, 그리고 그런 물음은 주체의 대답을 요구하기보다는 사후적 추인을 요구한다는 것이 고백하게 한다.

그 욕망의 물음에 대해서 주체가 홀로 내릴 수 있는 해석은 없다. 이는 수신자의 도움 없이는 불가능하다. 이 욕망에 의해서 분열된 주체를 우리는 앞에서 히스테리적 주체로 불렀다. 정신분석가 앞에서 자신의 욕망을 털어놓고 해부할 수밖에 없는 주체, 분석가라는 수신자를 상정해 놓고서야 가능한 자신의 육체에 대한 분석. 문학담론은 이러한 구조를 고백의 기제를 통해서 만들어 낸다. 이렇게 의사라는 수신자를 전제한 담론구조는 '병상일지'라는 형태에서 가장 전형적으로 드러날 것이다. 김동인의 「목숨」(1921)은 이 병상일지의 형식을 그대로 차용한 작품이다. 그런 점에서 〈환자-의사〉의 구조를 명시적으로 드러낸 작품이다.

환자이자 발신자인 M은 병상일지를 작성하는 행위자이다. 텍스트 전체의 서술자가 친구 '나'임에도 불구하고 그는 환자의 인식 수준을 넘어서지 못한다. 다시 말해 환자의 일지의 수신자가 '나'라면 '나'는 발신자로서의 망상환자의 세계를 정확하고 풍부하게 이해해야겠지만 실상 M에 대한 '나'의 이해가 지극히 빈약한 것을 볼 때, '나'는 수신자가 될 수 없다. '나'는 M의 일기를 보고 나서 의사의 조그만 오진으로도 그 존재 자체를 위협받는 인간 목숨의 허망함을 깨닫는 평범한 인간에 불과하다. 그러나 환자의 일기는 온갖 상상력과 비유적 표현으로 넘쳐나는 풍요로운 텍스트이다.

화자의 시점이 인물의 시점보다 빈약하다는 것, 이 차이가 중요하다. 화자인 '나'는 과학자다. 그는 환자의 세계를 이해할 수 없는 무력한 자다. 환자는 이 과학자를 대상으로 일기를 쓴 것이 아니다. 그의 수신자는 따로 있다. 자기 정신의 망상을 이해해 줄 수 있는 그런 존재, 정신분석가와 같은 존재가 필요한 것이다. 문학담론이 일반 생물학자와 같은 과학자가 아니라 특정한 수신자를 설정한다는 것, 이것을 「목숨」이 보여 주고 있는 셈이다. 죽음의 공포에 맞닥뜨린 인간의 망상적 세계는 괴롭기는 하지만 주체의 진실의 일부다. 과학적인 시선으로는 포착할 수 없는 의학적 시선의 영역이 부상한다. 주체의 의지를 무력화시키는 정신의 비밀은 죽음이라는 공포만이 드러낼 수 있었다. 물론 성도 그렇지만. 이 무력한 공포가 만들어 내는 망상의 세계, 이 절대수동성의 세계가 의학적 분석을 요구한다. 아직까지 한 번도 주체의 의도가 문제되지 않았지만, 이제 의도와 무의식의 불일치, 그리고 그 파열이 문제되기 시작하는 것이다. 그럼에도 파열은 모호하다. 은밀하고 불온하고 어둡고 모호한 영역이다. 그래서 고백의 대상이 된다. 병상일지가 요구되는 것이다.

「표본실의 청개구리」는 일인칭의 수준에서는 주인공 X라는 강박신경증 환자의 고백이 되며, 전지적 서술의 수준에서는 김창억이라는 광인에 대한 병력기록지가 된다. 환자의 고백이면서 환자에 대한 관찰이라는 이중구조는 환자와 환자의 만남으로 인해 가능했다. 환자는 다른 환자를 만나면서 자신의 진실을 마주한다. 그리고 이 진실조차 의사의 시선을 전제할 때만 고백된다. 강박증적 주체가 만난 광기라는 현실은 김창억만의 문제가 아니라 바로 강박증적 주체의 진실이기 때문에 김창억에 대한 해부는 자신에 대한 해부만큼이나 중대한 것이 된다.

내가 미쳤나? …… 아니, 미치려는 징조인가 하며, 제풀에 겁이 났다. (중략) 어디든지 가야 하겠다. 세계의 끝까지. 무한에. 영원히. 발끝 자라는 데까지.…… 무인도! 시베리아의 황량한 벌판! 몸에서 기름이 부지직부지직 타는 남양! …… 아―아[42]

광기에 대한 공포와 함께 이 세계를 초월하고 싶다는 욕망이 함께 서술된 이 부분에서 확인할 수 있는 것은 그가 모순적 욕망을 지니고 있다는 점이다. 면도칼로 자살할지도 모른다는 공포가 자꾸만 솟는가 하면, 차라리 미치는 게 낫지 않은가 하는 광기에 대한 욕망도 숨어 있다. 이것이 바로 "무한"과 "영원"에 대한 욕망으로 표현되어 있다. 죽음이나 광기는 주체의 철저히 수동적인 측면, 그 무능력의 지대를 드러낸다. 그래서 주체에게 위험한 것이다. 그것들이 과연 저 "남양"이라는 무한의 영역으로 도피한다고 해결될 수 있는 문제인가? 위험은 내부에 있지 외부에 있지 않다. 그는 이 내부의 낯선 충동을 해부해 봐야 한다. 김창억과의 만남이 필연적인 이유이다.

삼원 오십전으로 삼층집을 짓고 유유자적하는 실신자(失神者)를, ―아니요, 아니요, 자유의 민을, 이 눈앞에 놓고 볼 제 나는 놀라지 않을 수가 없었소. 현대의 모든 병적 다크 사이드를 기름 가마에 몰아넣고 전

---

42) 염상섭, 「표본실의 청개구리」, 『염상섭전집』 9, 12~3쪽.

축(煎縮)하야 최후에 가마 밑에 졸아붙은 오뇌의 환약이 바지직바지직 타는 것 같기도 하고 우리의 욕구를 홀로 구현한 승리자 같기도 하야 보입니다.……나는 암만 하야도 남의 일가치 생각할 수 없습니다.[43]

평양으로 가는 기차간에서 P라는 인물에게 쓴 엽서의 일부다. X는 김창억에게서 우리의 미지의 욕망을 홀로 구현한 인간을 느낀다. 김창억에게는 우리 내면의 모든 병리적 측면이 응축되어 있는 것 같다. 그러니 남의 일이 아니다. X의 내면적 진실은 김창억의 광기라는 외면적 형태로 확인된다. 자신을 잃어버린 광인 김창억의 광기는 아직까지 자신을 유지하고 있는 X라는 인간의 진실의 일부다. 이 엽서의 수신자 P가 바로 텍스트적 층위의 정신분석가다. 이 짧은 엽서야말로 「표본실의 청개구리」의 핵심 중의 핵심이다. 고백의 수신자가 명확히 드러난다는 점에서, 그리고 엽서의 내용이 정신의 병리적 측면의 분석에 있다는 점에서 그렇다.

"자유의 민(民)"이자 "우리의 욕구를 홀로 구현한 승리자"인 김창억은 그 욕구의 실현으로 인해 "환희"의 감정을, 그렇지만 그 실현이 늘 광기의 형태여야 한다는 사실에 "오뇌"를 X에게 안겨 준다. 이 분열자는 "환희"와 "오뇌" 사이를 오르락내리락 하는 충격적인 감정을 선사한다. 병든 자만이 병든 자의 범상치 않음을 느낀다. 이제 병든 주체는 병든 주체에 의해 파악된다. 이 병든 주체의 이중적 유희의 구조가 근대문학담론의 근본적인 놀이가 될 것이다. 병리적 주체의 담론은 병리적 주체를 확산시킨다. 고백의 담론은 병리적 주체의 자기 진실의 문

---

43) 염상섭, 「표본실의 청개구리」, 『염상섭전집』 9, 30~1쪽.

제에 국한되는 것이 아니라 모든 근대적 주체의 문제가 된다. 문학담론의 고백 구조는 이제 근대적 주체의 내적 구조가 된다. 문학담론이 없어도 주체는 고백의 구조를 내면화한다. 근대적 주체는 자기 욕망과 자기 육체를 사건으로 경험하며 해부하고 자책한다.

　광기는 예찬의 대상[44]이 아니라 주체의 진실이 된다. 광기는 불편한 진실이지 명예의 진실이 될 수 없다. 그러나 이 부조리한 진실이야말로 근대적인 주체를 만들어 낸다. 주체는 이 광기라는 병리적 진실을 만날 수밖에 없다. 광기가 인간을 해방할 힘이 있다는 것이 아니다. 광기는 위대한 주체의 표현이 아니라 근대적 주체의 초라한 운명이다. 강박증에 긴박될 수밖에 없는 X처럼 김창억도 근대의 운명을 만난 것이다. 20년대 정신병리는 병리를 야기하는 근대사회적 질서에 대한 저항에 그 의미가 있는 것이 아니다. 여기서 병리는 비판에 무지한 병리다. 병리는 사회 현실이 아니라 자신의 진실에만 관심을 갖고 있다.

　〈환자-의사〉라는 고백의 구조를 통해 살펴보면 지금까지 간과되어 왔던 작품의 성격이 새롭게 부각된다. 대표적으로 염상섭의 「암야」를 보자. 전지적 서술로 되어 있어 고백과 아무런 관련이 없는 듯하지만 이 작품이야말로 전형적인 고백의 구조로 되어 있다. 특히 지금까지 그냥 지나쳤던 "어젯밤 편지를 밧고 S·K씨에게 바치나이다"라는 부제

---

44) 니체의 "광기 예찬(관습적인 도덕성의 매듭을 끊고 새로운 사상과 가치를 형성하는 힘)"과 관련시킨 연구로는 이재선, 『현대소설의 서사시학』(202쪽)이 있다. 그러나 니체가 광기를 긍정할 때는 모든 것이 합리화된 이성적인 사회, 광기의 예지의 힘이 억압되어 버린 사회를 전제한다. 광기가 비이성이 되어 버린 근대적 경험이 광기의 힘을 박탈해 버리는 것이다(푸코, 『광기의 역사』 참조). 그리고 염상섭이 광기의 해방적인 성격을 표현하려 한다는 것은 적절치 않다. 염상섭의 작품은 근대 사회의 억압적 성격의 해체보다는 그 억압에 따른 병리성을 표현하는 데 관심이 있다.

를 놓쳐서는 안 된다. 전지적 서술이지만 실상 이 작품 전체가 이전에 받은 편지에 대한 답장의 구조임을 알 수 있다.[45] 다시 말해 이 부제 없이 이 작품은 쓰일 수 없었던 것이다. 부제야말로 이 작품의 비밀을 은연중 노출하고 있다. 주체가 고백의 형식이 아니고는 자신의 진실을 포착할 수도, 그 진실을 전할 수도 없다는 비밀을. 서두에서 끄적이고 있는 글을 보자.

소위 진리의 탐구자여! 그대의 이름은 얼마나 장미하고 그대의 사업은 얼마나 엄숙한가. 생명을 도(賭)하야도 아직 족함을 깨닫지 못하는 그대의 기개, 그대의 노력은 얼마나 용감하고 얼마나 감격한 일인가. 그러나 무엇을 위한 탐구인고? 탐구함이 유의의하다함과 같이 탐구치 않음도 역시 유의의하다고는 못 할까. 또 탐구치 않음이 무의의함과 같이 탐구함이 또한 무의의하다고는 못 할까 …… 그 욕구조차 없는 자, 충동의 효모가 고사된 자애의 존영을 소실한 자, 일체의 정화가 신회(燼灰)의 잔해만을 남겨준 자에게, 그 무엇이 의의 있고 힘 있으리오. 그 무엇이 장미하고 엄숙히 보이리오 ……[46]

X의 고뇌는 이 "충동의 효모가 고사된" 상황에서 나오는 것이며, "욕구조차" 없는 상태가 만들어 낸 것이다. 모든 것이 이지의 시선에 비칠 뿐이고, 모든 것들이 허위의 가면을 쓴 것으로 드러난다. 사이비 예술가들이 들끓고 있는 서울 거리에 "충동"의 "장미"(壯美)함이 있을

---

45) 「암야」에 대해 3인칭이지만 실제상으로는 1인칭 서술과 다름없는 것으로 판단한 연구로는 장수익, 『1920년대 초기 소설의 시점 연구』, 112~3쪽.
46) 염상섭, 「암야」, 『염상섭전집』 9, 49쪽.

수 없다. "가련하고 고적한 병신 소년"은 절뚝거리는 발로 연이라도 날리고 있으며, 속되어 버린 친구 B도 기생 제자를 가르치는 맛에 살고 있다. 누군가는 뭔가를 하고 있다는 것, 그러나 자신은 그런 속된 것조차도 마음껏 할 수 없다는 사실, 이것이 X를 괴롭히고 있는 상황이다. 그러나 X를 가장 구체적으로 번민에 빠지게 하는 대상은 약혼자 N이다. 그녀의 사진을 보고 X는 다음처럼 깜짝 놀란다.

"이 사람이 전 생애를, 전 운명을, 나에게 걸고 있구나! …… 이, 나에게! 나를 이 세상에서 하늘같이 쳐다보는 사람도 이 사람밖에는 없다. ……" 사진을 마주 보며 이런 생각을 할 때 그의 등에서는 식은땀이 흐르는 것 같았다.[47]

전 생애를 사랑에 걸고 있는 약혼자, 그 약혼자의 육체적 육박 앞에서 식은땀이 흐르는 X. 그는 사실상 환자다. 육체적 욕망이 아예 제거되어 버린 자. 아니 욕망이 발산될 때는 늘 그보다 먼저 관념이 앞서는 히스테리 환자인 것이다. 관념이 괴롭히고 있어서 그 어떤 성적 행위도 불가능한 불감증환자. "몸부림을 하며 울고 싶은 증(症)이" 나서 속으로 부르짖는 말은 S·K에게 절규하는 환자의 고백에 다름 아니다. S·K가 있기에 그는 이 글을 쓸 수 있었고, 고백할 수 있었으며 자신을 문제성 있는 인간으로 느낄 수 있는 것이다. S·K가 아니고서는 이처럼 이지적이고 계산이 빠른 인물이 고백할 수나 있겠는가?

---

47) 염상섭, 같은 책, 57쪽.

아—, 대지에 엎드려, 이 눈에서 흘러 떨어지는, 쓰고 짠 눈물을 이 붉은 입술로 쪽쪽 빨며, 대지와 포옹하고 뺨을 문지를까! …… 머리 위에 길이 나리운 야광주 같은 뭇별의 영원히 끊어지지 않는 금은의 굳센 실로 이 전신을 에워 매우고 "영원"의 앞에 무릎을 끓고 "영원"이시여! 이 가련한 작은 생명에게 힘을 내리소서. 그렇지 않으면 이 작고 약하고 추한 그림자가, 영원히 비추이지 마소서 하며 기도를 바치고 싶다 하고 그는 혼자 생각하였다.[48]

전지적 시점으로 쓰였다고 하더라도 이 작품 전체가 일종의 답장이라면, 이 답장의 핵심적 내용이 바로 위에서 인용한 부분이다. 대지와 포옹한다는 수사법은 이 시대에 자주 등장하는 것이라 혼동의 여지가 없지 않지만, 우리는 이 부분을 작품 전체의 맥락에서 읽을 수 있어야 한다. 이는 자연과 하나가 되는 존재, 혹은 우주와 합일하는 시적인 존재에 대한 지향이 아니다. 반대로 자신의 불구자적 속성, 즉 욕망의 발산이 전혀 이루어지지 못하는 존재적 속성에 대한 울부짖음인 것이다. 이 원통한 병리성을 지금 S·K라는, 일종의 의사에게 고백하고 있는 것이다. 그의 고백을 통해 드러나는 인간의 병리적 본질은 약혼자 앞에서도 자신이 과연 사랑하고 있는지 회의해야 한다는 사실, 모든 인간적 행태에 대해 위선의 가면이 없는지 따져 보지 않으면 안 된다는 사실이다. 이 근본적인 뒤틀림, 왜곡되고 엇나가는 욕망이 주체의 진실이 된다. 물론 아주 괴로운 진실이.

---

48) 염상섭, 「암야」, 『염상섭전집』 9, 57쪽.

3) 참회의 기록과 과거의 발견

이제는 〈신자-사제〉의 구조를 살펴보자. 신 앞에 혹은 사제 앞에 서야 하는 자는 죄 지은 자다. 그는 신 앞에 자신의 죄를 낱낱이 고해야 한다. 신과 함께 하는 것 자체가 죄를 만들듯이, 다시 말해 죄의식이 신과 동시에 성립하듯이, 죄의식에 빠진 주체는 이 고백의 장치와 함께 형성된다. 고백의 장치에는 윤리적 담론과 윤리적 규율이 부과되어 있다. 성은 어둠 속에 있는 것이 아니라, 누구나 다 알지만 그럼에도 말해야 하는 대상이 된다. 신학적인 맥락이 아니라 철저히 근대적인 맥락에서 성 주위에 강제적인 담론의 그물이 둘러쳐진다. 문학담론은 바로 이런 담론 중의 하나였다.[49] 이제 성은 은폐되지도 밝게 드러나지도 않는다. 오히려 은폐와 노출의 이중의 운동에 의해서만 성은 자신의 표현을 얻는다.

신 앞에 무릎을 꿇은 신자는 자신의 육체를 하나하나 검토한다. 그리고 그 육체의 기원으로 거슬러 올라가기도 한다. 해부의 대상으로서의 육체와 기원으로서의 과거의 탐색은 〈신자-사제〉 구조의 전형적인 요소다. 참회의 행위는 과거의 재구성을 가능하게 하고, 육체의 이질성을 확인하게 한다. 신여성에 빠져 있던 철없는 남성이 처자식을 죽음에 이르게 한 자신의 과거를 참회하는 내용의 「마음이 옅은 자여」는 대표

---

49) 푸코는 중세와 근대를 비교하면서 중세가 육욕과 고해성사의 실천이라는 주제를 중심으로 단일한 담론이 체계화되어 있었다면, 근대는 인구통계학, 생물학, 의학, 정신병학, 심리학, 윤리학, 교육학, 정치비판 등 이질적인 담론들이 성에 관한 다양한 담론을 이룬다고 한다. "우리의 지난 세 세기를 특징짓는 것은 성을 숨기려는 한결같은 배려나 언어활동의 일반적인 수줍음이라기보다는 성에 대해 말하기 위해, 그것에 대해 말하게 하기 위해, 그것은 스스로에 대해 말하리라는 약속을 받기 위해, 그것에 대해 말해지는 것을 듣고 기록하고 베껴 쓰고 재분배하기 위해 사람들이 발명한 도구들의 다양성이며 그것들의 광범위한 흩어짐이다." (푸코, 『성의 역사 1 : 앎의 의지』, 52쪽)

적이다. 비록 '형님'에게 보내는 편지의 형식이라 하더라도 이는 표면적인 차원에서일 뿐이다. 주인공 K는 지금 죄책감에 빠져 어찌할 바를 모르고 있다. "고백할 때"가 온 것이다. 다시 말해 참회할 때가 온 것이다. 그는 참회 없이는 도저히 앞으로의 삶을 계속할 수 없다. 고백하는 것만으로도 죄의식에서 벗어나게 해 주는 그 고백의 효과가 있기 때문에 그는 참회해야 한다. 그런 점에서 '형님'은 단순히 친구나 인생 선배일 수 없다. 그는 차라리 신을 대리하는 사제여야 한다.

K가 신여성의 육체를 탐하던 자신의 욕망에 대해 타락의 느낌을 받는다거나 처자식을 죽게 한 것이 봉건적 이데올로기에 물든 남성적 권력 때문이라고 판단할 수 있었던 것은 고백의 절차 때문이다. 그가 과거를 되돌아본다면 고백할 수밖에 없었던 죄의식 때문이었으며, 고백은 주체의 과거를 하나의 일관된 시간성으로 회복하게 해준다. 망각되거나 은폐되었던 시간, 주체의 구성에서 아무런 의미도 없었던 잊혀진 시간이 주체의 의식 속으로 진입한다. 주체는 이제 현재적 존재가 아니라 폭력과 억압의 과거를 가진 존재가 된다. 현재만으로 이루어진 알팍한 주체가 아니라 두꺼운 과거의 옷을 입은 풍부한 주체가 된다. 그는 고백을 통해 시간의 두께를 가진 불투명하고 깊이 있는 존재가 된다. 이제 과거는 주체의 근대적 구성에서 빼놓을 수 없는 요소가 된다.

그렇다고 그 과거가 어떤 신분이나 지역적 환경에 의해 명쾌하게 규명되는 것은 아니다. 홍길동이 적서차별의 과거를 갖고 있다고 해도 이는 시간의 두께를 갖는 과거는 아니다. 홍길동이라는 인물에게 부여된 과거는 그에게 선험적으로 주어진 신분적 정체성과 다르지 않다. 그에게는 엄밀한 의미에서 과거가 없다. 그는 철저히 현재적인 존재이다. 과거에도 미래에도 그는 현재적 존재라는 속성을 유지하면서 살아갈 것이다. 그러므로 그에게 과거는 아무런 문제도 일으키지 않는 시간대이자 투명한 시간대이다.

　반면 「마음이 옅은 자여」의 K에게 과거는 투명하지 않다. 그 과거는 신분적 정체성처럼 부여될 수 있는 것이 아니다. 과거는 탐색의 대상이지 주어진 선험성이 아니기 때문이다. 탐색의 대상이기에 과거는 탐색의 절차나 방법에 따라 수없이 많은 질적 차이를 갖는다. 현재적 상처, 혹은 현재의 죄의식의 깊이나 무게에 따라 과거는 깊이와 무게를 달리한다. 아직 K는 유년기까지 과거를 연장하지 못한다. 그것은 그의 상처와 과거 탐색의 절차로 인한 결과일 것이다. 그에게 문제되는 것은 왜 자신이 처자식을 버리는 추악한 일의 주인공인가 하는 문제다. 그러나 그 외에도 살펴볼 문제는 많다. 그는 왜 신여성에 대한 성적 욕망의 차원을 검토하지 않는가? 왜 신여성과의 성적 교접은 사소한 타락의 느낌으로 머물고 마는가? 이런 문제를 검토하지 않기 때문에 그는 봉건적 이데올로기라는 책임전가의 형태를 만들어 내는 것이다. 물론 이 봉건성도 주체에게는 하나의 타자라는 인식은 새로운 것이다. 윤리적 규율이야말로 주체의 타자성에 있어 중요한 요소이다. 그러나 김동인은 이 성적인 문제의 차원을 소홀히 하거나 무시한다. 처자식을 버리고 신여성에 푹 빠졌던 것이 순전히 봉건적 이데올로기 때문만일까? 누구도 납득하지 않을 이런 해명에 머물고 말 때 이 신자의 참회는 진실성을 획득하기 어려울 것이다.

　그러나 참회의 구조를 갖고 있다는 그 점만으로도 주체는 자신의 진실을 말하고 있다는 느낌을 준다. 그러나 아직 뚫고 들어가야 할 과거가 많다. 이렇게 20년대 문학담론에서 과거는 더 이상 주어지지 않는다. 과거는 해명과 분석의 대상이 된다. 그리고 주체는 이 과거를 구성하는 능력만큼 그 깊이를 얻는다. 자신의 과거에 대한 철저한 해부라는 측면에서 염상섭의 「제야」(1922)만큼 독보적인 작품은 드물다. 불륜으로 인해 쫓겨난 여성이 전남편에게 보내는 서간체 형식의 작품으로 인식되고 있지만, 남성에 대한 여성의 고백이라는 구조보다는 사제 앞에 선 신자의 고백이라는 구조가 훨씬 더 보편적이고 심층적인 분석이라고 할 수 있다. 이때 남편은 아내의 추악한 죄를 추궁하는 권위적인 가부장의 역할보다는 그녀로 하여금 모든 사실을 고백하게 하는 신성한 사제의 면모를 띠면서 텍스트 전체를 관장하는 권력이 된다.

물론 표면적으로는 남편의 편지에 대한 답장의 형식을 띠고 있어, 발신자가 "최정인"으로 그리고 수신자가 남편인 서간체 형식의 작품이다. 그러나 남편의 편지는 여기서 발신자 최정인으로 하여금 자신의 모든 과거지사를 낱낱이 검토하고 편력하게 한다는 점에서 단순한 편지일 수 없다. 오히려 최정인으로 하여금 자신의 추악한 욕망의 매우 사소한 지점까지도 관찰하고 분석하게 하는 기제로 작동한다. 여기서 남편은 여성의 욕망을 억압하는 가부장적 권력이 아니라 최정인으로 하여금 자신의 욕망을 사악하고 어두운 것으로 규정하면서 그 욕망의 처음부터 끝까지 고백하게 하는 사제의 권력체이다.

그러므로 최정인의 편지에서 여성과 남성의 권력관계, 다시 말해서 여성을 죄의식에 빠뜨리는 남성적 규율권력의 실현보다는 〈신자-사제〉의 고백 구조를 포착하는 것이 더 중요하다. 남성과 여성의 문제가 아니라 남성이든 여성이든 자신의 욕망과 육체를 미세하게 검토하고 규정하는 그 동력을 살펴보아야 하는 것이다. 만약 이 텍스트가 남성적 규율의 소설적 장치라는 점에서 독자에게 어떤 규범적 교육의 효과를 미친다고 하더라도 그것은 남성적 권력이 사회의 지배적인 권력이기 때문이 아니라 그 여성의 병리적인 욕망에 대한 꼼꼼한 관찰과 문학적 앎의 의지의 파생적 효과라는 점이 먼저 강조되어야 하는 것이다. 또한 이 「제야」에서는 남성적 욕망의 허위성도 여성의 욕망만큼 비판받고 있다는 사실을 생각할 때[50] 여성의 고백이라는 사실만으로 페미니즘적 접근이 허용되는 것은 아니다. 결국 우리가 이 텍스트에서 유념해야 할 것은 최정인의 불순한 성적 욕망이 결국 처벌되어야 한다거나 그것을 요구하는 남성적 권력에 대해 비판적으로 독해해야 하는 것이 아니라, 신자의 입장에서 자신의 욕망과 육체를 꼼꼼히 관찰해서 고백하고 있는 당사자 최정인의 태도 자체다. 육체가 있었다기보다는 이런 방식으로 육체가 발견되었다고 해야 한다.

최정인이 남편의 편지를 받고 답장을 쓰기로 작정한 까닭은 남편의 편지에서 풍기는 그 사제적 면모 때문이었다. 남편은 외도를 한 아내 최정인에게 복수와 저주의 편지를 보내는 대신 모든 것을 용서하고자 한다는, 그리하여 새로운 신앙의 길로 접어들고자 한다는 관용의 태도를 보인다. 이때 남편은 가부장적 남성이 아니라 신의 뜻을 대신하는 사제가 된다. 모든 것을 용서하는 사제 앞에서가 아니라면 과연 어디서 그 비속한 욕망에 대한 고백이 있을 수 있겠는가.

나는 살아야 하겠소. 굳세게 살아야 하겠소. 정말 생에 부딪쳐 보려 하오. ―정인씨를 얻는 것! 그것이 나에게는, 굳세게 그리고 진정하게

---

50) 우선 최정인이 남편에 대해 비판적으로 서술하는 처음 부분을 들 수 있을 것이다. 결혼에 실패한 전력이 있다면 재혼하고자 할 때 남편 자신이 과거의 인습적 결혼에 대해 반성하는 것이 먼저가 아닌가라는 최정인의 비판은 아무리 최정인이 자신의 잘못을 인정한다고 하더라도 남성에 대해 유효한 비판이다.

생에 부딪쳐 보려는 최초의 노력이요. 나는 약하오. 그러나 약하기 때문에 강자가 되려 하고, 또 될 수 있소. 약한 나는 명예를 버리고, 강한 나는 애와 신앙을 얻으려고, 전을 바쳐서 고투하려 하오. …… 두 생명이 구하여집니다. ……[51]

이 편지를 받기 전까지만 해도 최정인은 자신이 죄가 있다고 느끼지 않은 것은 아니지만 죄의식보다는 삶의 활로를 찾기 위해 고민 중이었다. 아이를 낳게 되면 빨리 다른 사람에게 맡기고 자신의 자유를 찾아야 한다는 생각에 들떠 있을 정도였던 것이다. 원래 세상은 이렇게 위선의 윤리도 허용하는 법이니 말이다. 주위의 여자들은 심지어 이렇게 말하기도 한다. "제가 제로라고 떠들며 다니는 년들치고 성한 년이 누구냐? 세상이 망하려고 기를 쓰는 판인데."[52] 세상이 망할 판인 것처럼 윤리적 정직성이 그렇게 요구되는 것도 아니라는데. 그런데 갑자기 모든 것을 용서하겠다는 남편의 편지를 받은 것이다. 새로운 여성을 구한다기도, 유곽에 출입한다기도 하는 소문이 돌던 남편이었는데, 그런 그가 지금 자신의 죄를 용서하고 남의 아이까지 떠맡고자 한다는 것이다. 남편의 방탕이 자신의 패륜을 불문에 부치는 일이라고 생각하고 있었는데 그런 남편이 전혀 다른 모습으로 나타난 것이다.

이렇게 신과 같이 자비로운 존재 앞에 서게 된 최정인은 "오늘까지 오륙 일 동안에 처음으로 경험한 내적 고투의 그 참담한 흔적을 어떻게 수습하여 다 아뢰겠습니까"[53] 하고 생애 최초의 참회를 하게 된

---

51) 염상섭, 「제야」, 『염상섭전집』 9, 109쪽.
52) 같은 책, 107쪽.

다. 그 참회의 기록이 바로 이 답장이자 「제야」라는 작품이다. 그녀의 고백이 신 앞에 선 순결한 신자의 고백이라는 사실은 다음에서 명확해진다. 다음은 소설의 서두 부분으로 남편의 편지를 받은 후의 감정이 요약적으로 서술되어 있다.

> 크리스마스 이브에 보내신 그 의외의 글월은 나에게 스스로 자기를 재단할 만한 예지와 총명과 결심을 주었습니다. 조그만 하얀 손이 쥐어 주고 간 그 복음! 그것은 천녀(天女)가 전하는 최후의 심판의 판결문이었습니다. 지상에서 꼭 한 번 들은 인자(人子)의 입으로서 나온 신의 복음이었나이다. 아! 동시에 정(淨)케 씻긴 십자가이었나이다.[54]

살아온 25년을 되돌아보는 일종의 자서전이라고도 할 수 있는 긴 분량의 참회록이 가능했던 것은 바로 남편의 편지가 갖고 있는 기능 때문이다. 편지는 최정인의 고백을 유도하고 부추기는 사제의 회유책이자 선동의 기술이다. 답장은 고백 장치가 얼마나 주체의 무의식적 동의를 얻어 작동하는지 잘 보여 주는 사례다. 성적 욕망은 배제되지 않는다. 욕망의 세분화를, 욕망의 다양한 특이성을 스스로 탐색하게 하는 침투의 기술을 통해 철저히 분석된다. 최정인은 이 순간에만 자신의 과거를 고백할 수 있게 된다. 그것도 주체의 동의를 바탕으로 진행되는 고백을.

편지의 길이와 깊이만큼 최정인의 과거는 풍부해진다. 그녀는 자

---

53) 염상섭, 같은 책, 108쪽.
54) 같은 책, 64쪽.

신의 욕망을 삶의 과정을 따라 하나하나 파헤친다. 그녀의 방탕한 성생
활은 집안의 내력이 되기도 하고, 세상과의 타협이 되기도 하며, 자신
의 자존심의 근거가 되기도 한다. 그녀는 과거의 삶 속에서 욕망의 타
자성을 철저히 체험한다. 그리고 이것이 자신의 정체성이 되고 있다는
사실을 깨닫는다. 과거는 문학담론을 필요로 하고, 문학담론은 고백의
기제를 필요로 한다. 고백의 기제는 과거를 만들고, 이것이 주체의 진
실이 된다. 이는 모두 주체에 대한 꼼꼼한 "근접 관찰"이 만들어 낸 근
대적 산물이다. 개인의 시간과 공간과 환경과 육체 모든 것이 관찰의
대상이 된다.[55] 고백의 기제는, 그리고 성적 욕망의 장치는 이렇게 개인
의 과거사를 구성해 낸다. 이렇게 과거가 발견된 것이다. 섹슈얼리티라
는 타자와의 마주침이 자기동일성을 구성해 내는 것이다.

3. 고백의 문학적 장치들

고백은 발신자와 수신자의 권력적 차이의 구조에 의해 발생한다. 그러
나 고백이 이것만으로 가능한 것은 아니다. 자신을 돌아보게 하고, 자
신을 심문하게 하는 고백의 미시적 장치들이 다시 요구된다. 환자는 쉽
게 자신의 진실을 드러내지 않는다. 프로이트의 예를 보더라도 환자의
저항은 만만치 않다. 저항의 지점에서 분석이 종결되기도 하는 등 환자
의 진술은 자발적이지 않다. 아무래도 고백을 가능하게 하는 임상적 절

---

55) 푸코는 이를 포지티브한 권력의 성격으로 규정하며 나병의 모델과는 다른 페스트에 대
한 정치적 꿈으로 표현한다. "페스트의 순간은 정치권력에 의한 주민의 분할 지배가 철
저하게 이루어지는 순간이고 권력의 미세한 분기들이 끊임없이 개인과 맥이 닿아 그들
의 시간, 공간, 환경 그리고 육체에까지 침투해 들어가는 순간이다."(『비정상인들』, 67쪽)

차들이 있는 법이다. 지금까지 고백을 발신자와 수신자의 구조적 유형에서 분석했다면 이제는 고백의 세부적 절차들을 확인해야 한다. 푸코의 표현으로 바꾸자면 "말하게 하기의 임상적 체계화"라고 할 수 있다. 다시 말해 "성을 둘러싼 그 앎의 의지가 고백의 관례를 과학적 규칙성의 도식 안에서 기능하게 한 방법들을 찾아내는 것"이다. 고백과 이 고백에 대한 검토와 함께, 환자로 하여금 고백하게 하는 과학적 방법들이 있다. 푸코가 들고 있는 것으로는 "심문, 자세한 질문서, 기억의 환기를 노리는 최면, 자유로운 관념연합"[56] 등이다.

　이는 문학담론에서도 마찬가지다. 문학담론은 자신의 독특한 방식을 통해 등장인물의 고백을 가능하게 한다. 우리가 보기에 20년대 문학담론에서 가장 많이 시도된 고백의 장치들로는 〈자기심문〉과 〈진찰〉, 〈여행〉이 있다. 고백의 구조에서는 동일한 지층에 있다고 하더라도 고백의 장치에 따라 작품들은 변별적 차이를 갖는다. 가령 「표본실의 청개구리」와 「윤광호」는 모두 병리적 주체의 정신분석적 진술과 같은 〈환자-의사〉의 구조 유형에 속했다. 그러나 고백의 장치를 통해 분류해 보면 「표본실의 청개구리」가 여행의 형식을 통해 자신의 병리와 만난다면, 「윤광호」는 진찰의 장치를 통해 주체의 진실을 표현한다.

　그리고 염상섭의 「제야」와 김동인의 「목숨」은 형식상으로는 동일하게 일인칭의 서술로 되어 있다. 물론 「목숨」에서 일기가 액자 형식으로 포함되어 있기는 하지만, 소설 전체에서 중요한 부분이 이 환자의 일기라는 점에서 일기체로 이야기해도 크게 문제가 되지는 않을 것이다. 서간의 형식과 일기의 형식을 제하고 남는 이 두 소설의 장치에 있

---

56) 푸코, 『성의 역사 1 : 앎의 의지』, 83쪽.

어 차이는 무엇인가. 우리가 궁금한 것이 바로 이것이다.

「제야」는 한 여성이 남편에게 보내는 편지를 통해 자신의 과거를 되돌아보는 형식을 띠고 있는데, 여기서 두드러지는 것이 바로 자신에 대한 엄정한 심문의 장치다. 그렇지만 동일한 일인칭으로 구성되어 있는 나도향의 「전차 차장의 일기 몇 절」은 자기심문보다는 타자의 욕망에 대한 앎의 의지가 더 강하다. 자기심문은 앎의 의지가 작동되는 방향이 발신자 내부가 되는 장치의 형식이다. 반면 김동인의 「목숨」은 직접적인 자기심문의 방식보다는 환자에 대한 진찰의 장치를 통해 주체의 욕망과 병리성이 표현되고 있다고 생각된다. 자기심문의 장치가 기본적으로 그 탐구의 방향이 주체쪽이라면, 진찰과 여행의 장치는 주체든 타자든 어느 쪽이든 상관이 없다. 우리는 지금 일기체나 서간체, 3인칭 등 여러 서사형식을 넘나드는 문학적 장치, 그리고 〈교사-학생〉, 〈환자-의사〉, 〈신자-사제〉의 구조적 층위와 다른 문학적 장치를 구분하고 있다.

〈자기심문〉이라는 장치는 주로 자신의 과거사의 일부나 전체를 회고적으로 재조명하게 되는 형태를 보여 준다. 현재의 상처나 죄의식과 관련한 과거에 대한 탐색은 곧 주체 자신에 대한 탐구가 된다. 과거로의 여행은 곧 주체의 죄의식과 상처를 치유하는 과정이기도 하며, 동시에 주체에 대한 발견이기도 하다. 주체 자신의 본질에 대한 앎의 의지는 상처와 죄의식으로 인해 추동되며, 그 결과 주체의 본질 자체에 어떤 병리성이 놓여 있음을 발견하게 한다. 주체를 만나는 길이 상처와 죄의식의 과거를 경유하는 길과 겹친다.

앞에서 말한 대로 염상섭의 「제야」는 신 앞에 서서 자신의 과거와 그 속에 숨은 병리적인 욕망을 꼼꼼히 취조하고 심문하는 자의 모습을 보여 주고 있다. 이 과정이 철저한 까닭은 「제야」가 죽음을 앞둔 자의 자살 이유를 밝히는 기록이기 때문이다. 죽어야 한다면 그 이유를 자신에게, 그리고 신에게 꼼꼼히 고백하지 않고는 안 되는 법이다. 다시 말해 죽음의 이유가 자신뿐만 아니라 그 삶을 관장하는 신에게도 설득력 있게 제시되어야 하는 것이다. 이 때문에 이 소설은 지루할 정도로 과거사에 대한 집요하고도 꼼꼼한 분석으로 채워져 있다.

이런 자기심문의 장치를 잘 보여 주는 작품으로는 나도향의 「J의사의 고백」도 있다. 앞에서 이야기한 대로 미모의 여성 S를 유혹하게 된 과정을 간호부 O와 얽힌 심리적 암투를 중심으로 해명하는 참회의 기록이다. 이는 기본적으로 자신의 욕망을 하나하나 섬세하게 검토하는 과정을 통해서 진행된다. 간호부 O에 대한 자신의 감정, S에 대한 자신의 감정, 아내에 대한 자신의 감정 등이 섬세하게 포착되고 심문된다. 편지의 형식은 자기심문이라는 고백의 장치를 위해 필요한 서술형식이지만, 이 편지형식이 근본적인 것은 아니다.

나도향의 「옛날 꿈은 창백하더이다」는 자신의 우울의 기원을 찾아가는 행위인데, 이는 곧 내면에 대한 자기심문의 절차다. 이를 통해 가족사의 어두운 심연에서 자신의 우울증이 기원한다는 사실을 파악하게 된다. 어린아이의 우울과 비애, 이것이 바로 성인인 자신의 우울증의 근원이다. 현재를 구성하는 그 기원으로 올라가 보는 것, 이것이 바로 이 소설의 방법론이다. 고백의 기제를 계몽적으로 활용했던 이광수의 「혈서」에서도 우리는 자기심문의 장치를 찾아볼 수 있다. 자신이 노부코의 사랑을 견딜 수 있는 존재인지, 나아가 노부코의 사랑을 토대로 조국에 대한 사랑을 견딜 수 있는 존재인지를 심문하고 있는 것이다.

이 외에도 자기심문의 장치를 이용한 작품으로는 김동인의 「약한 자의 슬픔」, 전영택의 「운명」, 현진건의 「타락자」, 나도향의 「젊은이의 시절」 등이 있다. 「약한 자의 슬픔」은 사회적 패배에 따른 자기반성과 심문이 존재한다는 점에서, 「운명」은 편지형식을 통해 성적 욕망의 불가해성을 처절히 탐색한다는 점에서 자기심문의 형태를 잘 보여 주고 있다. 그리고 「타락자」의 경우 임질이라는 공포스런 성병과 마주친 어린아이 같은 가장의 깨달음을 보여 주고 있다는 점에서, 그리고 「젊은이의 시절」은 환상적이기는 하지만 근친적 욕망에 대한 주체의 부정과 앎의 의지가 동시적으로 표명되어 있다는 점에서 자기심문 유형의 소설이라고 할 수 있을 것이다.

다음으로 〈진찰〉의 장치는 주로 타자의 병리적 본성에 대한 앎의 의지에서 작동한다. 이 장치의 특성상 3인칭이나 전지적 시점이 자주 차용될 수밖에 없다. 그리고 1인칭 서술도 다시 3인칭의 개입에 의해 관찰과 진찰의 효과를 낳는 형태로 변하는 서술의 성격을 자주 보여 준다. 타자의 삶을 관찰하고 논평하는 방식이 자주 사용된다는 것이 이 장치의 특징이다. 가령 김동인의 「목숨」을 보자. 이 작품은 소설의 중심 인물이 우선 병명을 알 수 없는 환자이고, 이 환자가 쓴 일기를 그대로 소개하는 형식을 띠고 있다. 환자의 병상일기는 '나'라는 관찰자에 의해 1인칭의 서술형식에 구속되기보다는 3인칭적 관찰의 효과를 낳는다.

이광수의 「윤광호」에서는 윤광호의 선배인 준원이 텍스트 구조 내에서 일종의 의사가 된다. 윤광호의 병리적 내력을 추적하고 그 처방전도 내려 줄 수 있는 의사. 준원의 분석을 따를 때만 우리는 윤광호의 광기를 이해할 수 있게 된다. 이렇게 볼 때 이 작품은 윤광호라는 광인에 대한 기록이자 그의 자살의 과정에 대한 진찰 보고서가 된다. 사실 이 작품에서 준원은 윤광호의 고뇌의 문맥을 짚어 주는 상담의사의 역할을 훌륭히 수행하고 있다. 윤광호가 사랑 때문에 고통스러울 때 그 해결 방향을 지시하고 위무하는 의사였던 준원은 윤광호의 광분과 자살의 과정을 정리하고 분석하는 임무에도 충실하다.

이광수의 「H군을 생각하고」는 1인칭 '나'의 회억(回憶)의 형식이면서 동시에 수많은 편지가 텍스트 내에 포함되어 있다. 중요한 것은 여기에서 서술자 '나'가 일종의 의사와 같은 위치, 진찰자의 역할을 담당한다는 것이다. 그는 H와 C사이의 관계에 대해서 진단하고 처방하는 자이다. 그를 통해서 혼란스러운 사건은 질서를 부여 받는다. 소설 속에서의 '나'의 위치는 H의 선배이자 선생이라는 소설 내적 규정보다는 H에 대한, 그리고 H와 C에게 일어난 사건 전체를 병리성의 문맥에서 진찰하는 자로 규정하는 것이 더 적절하다. 다음과 같은 부분을 보자.

> 여기까지 쓰고노 대여섯 줄을 잘 알아보지 못하리만큼 지어버렸다. 전후의 어세로 보건댄, 아마 그 지어내버린 것은 C를 원망하는 말인 듯하다. 흥분김에 혹독한 말을 썼다가 그의 신사적 기독교인적 양심이 그를 금하여 지어버린 모양이다. 편지에 쓰기만 금하는 것이 아니요, 아마 그가 심중에 생각하기도 억지로 참았을 것이다. 밉기는 미우면서도 안 미워하자, 의심은 하면서도 믿자, 하고 애쓰는 H의 심정이 나타나는 듯하여 몹시 가련하였다.[57]

---

57) 이광수, 「H군을 생각하고」, 『이광수전집』 8, 158쪽.

인물의 행동에 담긴 은폐된 의미까지 추론하는 서술자는 H의 심리상태에 대한 진찰에 충실한 역할을 하고 있다. 서술자 '나'는 이 상태에만 머무르지 않는다. 그는 H를 살려내기 위해 여러 처방전을 발급한다. 우선 H에게 편지를 써서 "군은 지금 시험을 받는 중이다. 신앙에 굳게 서라!"며 충고하고, 과연 H에게서 그렇게 하겠다는 다짐을 받는다. 그러나 여기에 만족해서는 안 될 것이다. H의 심리와 육체적 상태를 정확히 꿰뚫고 있는 그는 "제 이 책"(第 二 策)도 마련한다.

시련에 쓰린 상처가 그렇게 용이하게 하릴 리가 없을 것이다. H는 피를 토하며 사랑하는 아이들을 가르치고 피를 토하며 배반한 C를 위하여 애통할 것이다. 이렇다 하면 H의 심신은 날로 쇠약해 갈 것이요 그의 생명은 결핵균과 시련의 비애로 조석에 먹혀버리고 말 것이다. 그래서 나는 제 이 책을 취했다. C의 의향을 알아보아서 C와 H와의 애를 회복하도록 하자. 이것이 H를 살리는 유일한 길이다.[58]

이처럼 H의 고백과 C의 고백이 시의적절하게 배치될 수 있었던 것은 서술자가 인물들의 병리성을 진찰하는 위치에 있기 때문이다. H의 이야기와 여러 증상들을 종합하고 해석하는 이런 진찰의 장치가 없었다면 아마도 이 작품은 H의 자기고백으로 일관했을 것이다. "백방으로 C의 근상을 염탐"하는 서술자는 바로 이 진찰자의 특징을 전형적으로 보여 준다. 이처럼 진찰의 장치를 이용한 소설로는 이 외에도 현진건의 「B사감과 러브레터」, 「사립정신병원장」, 김동인의 「명문」 등이 있

---

58) 이광수, 「H군을 생각하고」, 『이광수전집』 8, 159쪽.

다. 「B사감과 러브레터」는 독신을 고집하는 여성을 히스테리 환자라고 규정하면서 응시하는 관찰자의 시선이 두드러진다. 그리고 「명문」은 종교망상에 빠져 존친을 살해하는 환자의 특이성을 관찰하는 서술자의 태도가 진찰의 장치로 활용되고 있다. 그리고 「사립정신병원장」은 가난으로 인한 수치심 때문에 인격이 붕괴되어 점점 미쳐가는 환자에 대해서 관찰하고 보고하는 장치를 활용하고 있다.

끝으로 〈여행〉의 장치도 20년대 문학담론에서 수없이 찾아볼 수 있다. 염상섭의 「표본실의 청개구리」나 김동인의 「마음이 옅은 자여」가 아마도 가장 대표적일 것이다. 여행은 자신의 세계를 떠나 타자를 만날 수 있는 계기다. 또한 이 타자를 통해 자신의 세계를 헤아려 볼 수 있는 계기이기도 하다. "여행/외출하는 자의 외향적인 동시에 내향적인 시선은 허구적 서사이든 비허구적 서사이든 간에 1920년대를 전후한 작품들에서 현실과 자기에 대한 체험을 의미화하고 뚜렷하게 형식화하는 매우 효과적이고 적실한 계기로서 기능한 것으로 보인다."[59] 인물의 병리적 내면을 드러내는 데 있어 여행만큼 효과적인 문학적 장치도 없는 셈이다.

염상섭의 고백체는 기본적으로 길 위에서 타자와 만나는 과정을 중심으로 한다.[60] 「표본실의 청개구리」도 평양과 남포로의 여행을 통해

---

59) 김예림, 「1920년대 초반 문학의 상황과 의미」, 『1920년대 동인지 문학과 근대성 연구』, 205쪽. 기행 수필 유형과 기행 소설 유형-여로형 소설의 상관성을 지적하고 있는 연구인데, 우리는 이것이 꼭 기행과 여행이라는 것으로 독립되기보다는 자기성찰과 고백을 위해 활용된 소설적 장치라고 생각한다.

60) 나병철은 염상섭의 소설을 내면고백체 양식의 완성으로 간주하는데, 그 근거로 서술자아와 경험자아의 분리를 가능하게 하는 여행의 형식 등을 거론하고 있다.(나병철, 「근대소설 형성과정에서의 주체와 타자의 문제」, 『현대문학이론연구』 제18집, 110쪽)

친구들과 광인 김창억과 만남으로써 자신의 병리적 특성을 명료하게 포착하고 관찰하는 구조를 띠고 있다. 즉 이 작품에서 지금까지 중심적인 문학 형식으로 거론되었던 여로형식은 실상 고백을 위한 문학적 장치라고 봐야 한다. 만약 이 여로가 없었다면 강박증 환자인 X는 좁은 방에서 수없이 많은 편지나 엽서를 쓰면서 자기심문의 과정을 거쳤을 것이다. 자기심문이 주체의 내부만을 포착한다면, 여행의 장치는 타자를 통한 자기인식의 과정까지 나아갈 수 있었다.

이런 여행의 장치는 김동인의 「마음이 옅은 자여」의 금강산 여행에서도 볼 수 있다. K의 여로는 자신의 병리를 자기 외부로 끌어내어 대상화할 수 있는 계기였다. 자기심문의 내면적 여로는 이렇게 공간 외부적 여로로 변한다. 그러나 여로형식은 여행의 장치를 본질로 하지 그 반대는 아니다. 그리고 여행의 장치도 고백을 본질로 하지 그 반대는 아니다.

염상섭의 「암야」는 비록 명확한 여행의 서사라고는 할 수 없지만 내적 형태상에서는 거리라는 여로의 계기가 중요하게 작동하고 있다. 주인공 X는 창밖을 바라보면서 연 날리는 병신 소년을 관찰하기도 하고 거리에서 친구들을 만나며 거리의 혼잡에서 자신을 돌아본다. 거리에서 만나는 타자들은 그의 병리적 욕망을 포착할 수 있는 중요한 계기가 된다. 타자와의 만남은 그냥 외부적 사건으로 끝나는 것이 아니라 그것 자체가 주체 내부의 욕망을 건드리면서 사유의 추동력을 작동시키는 것이다. 이런 점에서 현상윤의 「핍박」도 이런 여행의 장치를 사용하고 있다고 봐야 한다. '방안'에서 출발해서 '정주성내'와 '농부들의 집회소'를 거쳐 '마을 앞 세거리'까지 배회하는 과정은 주인공의 내면적 번민이 차례로 드러나는 계기와 겹친다.[61] 정주성내에서 만나는 헌병 보조원, 집회소에서 만난 농부들은 주인공의 피해심리를 촉발하는 타자들이었다.

나도향의 「전차 차장의 일기 몇 절」도 여로형식을 이용한 작품이다. 한 여성과의 만남은 전차 행로를 따라 진행되며, 그 여성을 알고자하는 욕망은 전차의 행로를 벗어나서도 계속된다. 전차 차장의 여로는 탐정의 은밀한 내사(內査)처럼 진행된다. 그런데 이 타자에 대한 추적과 탐정과 같은 활동은 오히려 자신의 관음증적 욕망을 폭로하는 계기가 된다. 전차 차장의 여로는 곧 자기 욕망의 여로이기도 하다. 타자의 흔적을 쫓는다는 것, 이것은 타자라는 거울에 비친 자신의 은밀한 성적 욕망에 대한 고백에 다름 아니게 된다. 20년대 문학담론에서 여행의 장치는 자기심문의 장치만큼 자주 쓰였던 것으로 보인다. 「표본실의 청개구리」처럼 장거리의 여행일 수도 있고 「전차 차장의 일기 몇 절」처럼 골목길의 여행일 수도 있었지만, 어쨌든 여행은 주체의 병리성에 대한 앎의 의지에 상응하는 장치였다.

---

61) 김현실은 진학문의 「부르지짐」, 이광수의 「방황」과 다른 「굅박」의 특징을 방 밖으로 나온 주인공의 공간 이동에서 찾고 있다.(김현실, 「근대지식인의 고백체 내면지향 소설에 관한 연구」, 『현대소설연구』 2, 114쪽)

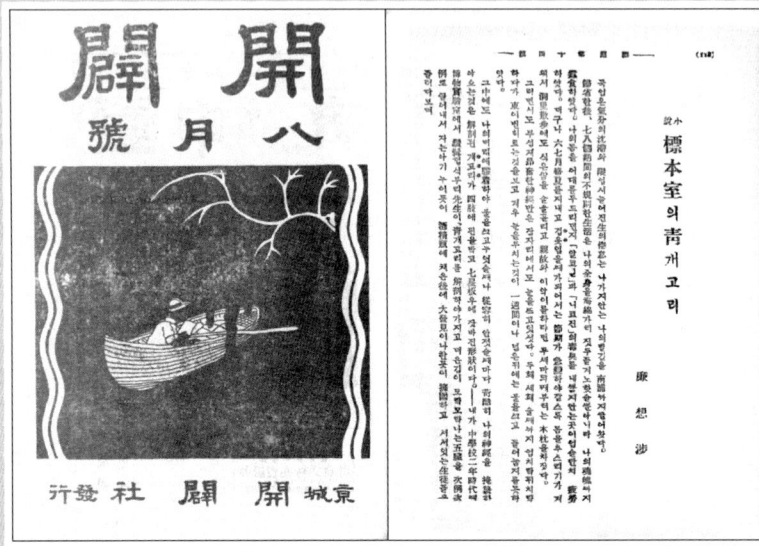

신경증 환자와 광인의 만남이라는 근대적 사건을 표현한 염상섭만큼 근대의 비밀에 정통한 작가는 드물다. 이제 광인은 경멸의 대상이라기보다는 주체의 진실을 위해 심각하게 탐구되어야 하는 새로운 등장인물이 된다. 인간이 미친 인간을 통해 인간의 진실을 만나는 셈이다. 그림은 염상섭의 「표본실의 청개구리」가 실린 『개벽』 14호(1921년)의 표지(왼쪽)와 「표본실의 청개구리」의 첫 페이지(오른쪽)이다.

5장_근대문학과 인간학의 기획

1. 섹슈얼리티와 광기의 진실

1920년대 문학담론은 병리적인 쾌락에 대한 관음증적 의지의 산물이었다. 그것은 그저 성행위만을 말하는 것이 아니라 그것을 부추긴 생각이나 강박관념, 여러 가지 쾌락과 욕망, 이미지들을 복원하는 것이었다. "의심할 여지없이 사회가 개인의 쾌락에 대한 속내이야기 자체를 촉구하고 듣는 일에 처음으로 뛰어든 것이다."[1] 푸코의 표현을 바꿔 보면, 소설 전체가 개인의 쾌락에 대한 호기심에 어찌할 줄 모르고 뛰어드는 초유의 사태가 발생한 것이다. 소설은 개인들의 욕망과 쾌락을 계속해서 기록하고 고백한다. 일상적으로야 아무것도 아닌 사소한 욕망이나 슬픔이나 강박관념도 병적인 이상이나 증상으로 묘사되고 기록되기 시작한다.

성과 육체에 관련된 신경증적 양상만이 문제는 아니었다. 광기와 광인의 형상도 문학담론의 주요 표현 대상이 되었다. 실연에 관련되든

---

1) 푸코, 『성의 역사 1 : 앎의 의지』, 80쪽.

현실적 운명에 관련되든 광기는 배제의 대상이 아니라 해부의 대상이 되었다. 섹슈얼리티와 관련해선 쾌락에 대한 호기심이, 광기와 관련해선 미지의 영역에 대한 호기심이 지배적이었다. 섹슈얼리티든 광기든 문학담론은 이 두 가지 대상에 집중적으로 관심을 가졌다. 이 두 대상은 모두 인간의 의식적이고 능동적인 능력이 정지되는 지대에 위치하며, 그 수동성의 측면에서 공통성을 갖는다. 문학담론은 정치적인 모험이나 환상적인 영웅에 대한 묘사에서 인간에 대한 묘사로 방향을 바꾼다. 그렇다고 일상적이고 평범한 대상으로 집중하는 것도 아니었다. 문학담론은 20년대 들어 특히 인간이 가장 수동적으로 변모하는 지점, 그리하여 그 수동성이 가장 많은 이질적 사태들을 풀어헤쳐 놓을 수 있는 지점으로 집중했다. 바로 성과 광기의 영역으로.

그렇다면 성과 광기의 수동성은 왜 문학담론의 대상이 되었을까? 성과 광기의 수동성은 어떤 속성을 갖고 있기에 담론의 집중적 포위와 취조를 당했던 것일까? 한마디로 하자면 그것은 진실이었다. 인간의 진실, 인간이 인간일 수 있는 진실. 자신을 규정해 주는 그 진실과의 관계를 통해서만 인간은 인간일 수 있었다. 성과 광기는 근대적 주체가 자신의 진실을 확보하는 최고의 수단이었다. 근대적 주체는 단순히 노동하는 존재나 경제적 욕망의 존재로 자신의 고유성을 확보할 수 없었다. 인간의 보편적 속성의 공유가 아니라 나만의 진실을 확보하는 것, 이것이 근대적 주체의 중심 문제가 되었다.

그렇다면 성이 도대체 무엇이길래 우리의 진실을 확보할 수 있게 해 주었던 것일까? 문학담론에서 확인할 수 있듯이 개인들은 자신의 성적 특이성에 대한 진실을 말하도록 강요당했다. 성에 대한 표명은 단순히 금지와 금기의 지대인 성의 비밀을 말하는 것에 국한되지 않는다.

근대의 문학담론에서 중요했던 것은 그 성에 대한 고백이 인간의 진실과 관련된다는 점이었다. 앞에서도 말했듯이 고백은 일정한 저항을 뚫고 행해지는 힘겨운 진술이었다. 이것이 바로 고백에 진실성과 정당성을 부여하는 고백의 특성이다. 떳떳하지 않다는 것, 속내의 은밀한 이야기라는 사실이 역으로 고백의 진실성을 보장했던 것이다.

현재 우리가 보기에 흔해 빠진 결함이나 작은 일탈이 문학담론의 진지한 대상일 수 있었던 것은 바로 그것이 진실과 맞닿아 있었기 때문이었다. 이 사소함에 대한 과도한 의미부여를 이해하지 못한다면 우리는 20년대 근대문학의 본질과 만나지 못한다. 이 시기 문학담론에 대한 분석에서도 드러났듯이 미세하지만 다양하고 돌발적인 사건들을 삶에 야기할 수 있는 것이 성이라는 인식이 형성되기 시작한다. 푸코의 표현으로 하자면 "성적 인과관계의 그물"이 완벽하게 짜이는 것이다. 성인의 우울이나 폐병, 신경증, 광기까지 성이 모든 것의 원인이라는 원칙이 수립되는 것이다. 이처럼 "성에 내포되어 있는 무제한의 위험이 성에 대한 심문의 철저한 성격을 정당화한다."[2]

또한 성은 늘 자신의 모습을 숨기는 이상한 괴물이었다. 주체가 통제할 수도 없는 영역, 그리하여 주체에게도 감춰져 있는 영역이기에 고백의 기제가 아니고서는 표현할 수 없는 영역이 성이었다. 이런 성적 욕망의 "잠재성"으로 인해 숨겨진 채로 남아 있으려 하는 그것을 억지로라도 끄집어내야 했다. 고백하는 자와 듣는 자의 상호대화의 노력이 필요한 까닭이 여기 있었다. 문학담론에서 고백은 단순 말하기라기보다는 말하면서 듣는 이중의 작업이었다. 그리고 이를 통해 성적 욕망은

---

2) 푸코, 『성의 역사 1 : 앎의 의지』, 83쪽.

표현되기보다 해석되었다.

죄의식으로 가득 찬 병리적 주체의 자기고백은 고백을 통한 죄의식의 해소라는 부수적 효과를 낳았다. 그리고 문학담론은 이 죄의식을 철저히 윤리적 영역 속에 가두지 않았다. 이제 성의 영역은 "단순히 과오와 죄, 과잉 또는 위반의 관념에 의해 설명되는 것이 아니라, 정상적인 것과 병리적인 것의 체제"[3] 아래 놓이게 된다. 주체의 죄의식은 고백의 계기를 만드는 것이지 윤리적 비판과 도덕적 통제를 초래하는 것은 아니었다. 문학담론에서 죄의식은 이제 주체의 병리성을 표현하는 것이 된다. 섹슈얼리티를 윤리의 영역에서 의학의 영역으로 옮길 수 있는 중요한 계기가 바로 문학담론이었다. 성적인 문제는 비윤리적이기보다는 병적이라는 인식을 광범위하게 형성한 것이 문학담론의 기능이었다.

이제 성적 욕망은 "본래부터 존재하는 것, 구체적으로 말해서 병리학적 과정에 편입될 수 있고 따라서 치료나 정상화의 개입을 불러일으키는 영역, 판독되어야 할 의미작용의 장, 특수한 기제들에 의해 숨겨진 과정들의 현장, 한없는 인과관계의 발원지, 은폐물 밖으로 내몰고 동시에 귀를 기울여야 하는 모호한 언설"[4]로 정의된다. 성적 욕망은 해석하고 추적하고 해부해야 할 것이지 거부하고 부인할 대상이 아니게 되었다. "본래부터" 있었다고 간주되는 그것, 그러하기에 고백의 기술과 실천이 계속해서 개입해야만 할 그것이 바로 성이었다.

우리는 이 지점에서 근대의 문학담론이 왜 성에 관해 그토록 많은

---

3) 푸코, 『성의 역사 1 : 앎의 의지』, 84쪽.
4) 같은 책, 86쪽.

말들을 쏟아 냈는지 이해하게 된다. 성을 둘러싼, 성에 본질적으로 내속되어 있는 그 어둠이 담론을 촉발시켰던 것이다. "성은 점차로 커다란 의혹의 대상, 우리의 의지에 반해서 우리의 행동과 생존을 꿰뚫고 지나가는 염려스러운 일반적 흐름, 악의 위협이 우리에게 찾아드는 취약한 통로, 우리들 각자가 자기 자신 안에 지니고 있는 어둠의 파편이 되었다."[5] 성이야말로 우리의 가장 은밀한 비밀을 폭로하는 것이었다. 성이야말로 우리의 진실을 보여 주는 것이었다. 성과 진실, 그리고 주체의 문제가 문학담론의 본질이었으며, 근대적 주체의 형성에서 본질적이었다.

　　푸코는 이런 관계를 다음처럼 아름답고 명료한 표현을 통해 드러내고 있다. "우리는 성에 대고 진실을 말하라고 윽박지르면서 성을 향해 우리에게 우리의 본질을 말하라고 또는 더 정확히 말해서 우리가 직접적 의식으로 간직하고 있다고 믿는 우리들 자신에 관한 그 진실의 깊숙이 묻힌 참모습을 말하라고 요구한다."[6] 우리의 성에 대해 진실을 말하면서 밝혀지는 것은 성이라기보다는 우리의 진실이 된다. 성을 향해 달려가지만 그 성이 은근슬쩍 비켜날 때 나타나는 것은 우리의 참모습이 된다.

　　진실과 주체의 관련성은 광기에서도 반복적으로 확인할 수 있다. 20년대 문학담론에서 광인은 인간이 인간임을 그친 존재, 즉 비존재가 아니었다. 그는 오히려 인간 존재에 대해 정상인보다 더 많은 말을 하는 존재였다. 「표본실의 청개구리」에서 김창억은 소설의 태반을 차지

---

5) 푸코, 같은 책, 86쪽.
6) 같은 책, 87쪽.

하는 인물이었다. 광인이 단순히 우리의 관심영역과는 상관없는 환각의 세계에 빠진 국외자가 아니라 인간의 본성을 지시하는 자가 된다. 광인이 인간 외부에, 그리고 사회적으로 소외된 지대에 있던 시대에서 그 광인이 인간의 내부로 들어오는 시대가 된 것이다. 그는 침묵과 은폐의 장벽이 아니라 인간의 내밀한 진실을 드러내 주는 창이 된다. 여기서부터 진정 "광기의 문학"이 시작되는 것이다.

초인적인 힘을 가진 야수성의 존재였을 때 광인은 인간에게 단순히 관찰의 대상이었을 뿐이었다. 그는 인간의 진실을 갖고 있기보다는 그 진실의 상실에서만 의미가 있는 존재였다. 흥미를 끌지만 무시해도 하등 문제가 되지 않는 존재였다. 그러나 이제 광인과 인간 사이에 외재적 분할의 거리는 사라진다. 「표본실의 청개구리」의 주인공 X의 경악에서 드러나듯이 광인이 갑자기 인간의 내부로 진입하는 것이다. 그는 야만과 야수성이 아닌 인간의 깊은 진실을 드러내는 존재가 된 것이다. "인간은 광인을 볼 때마다 늘 자신의 모습을 본다."[7] 광인은 추문의 대상이 아니라 이제 신비하고 기묘한 진실의 대상이 된다.

광인이 인간의 진실이 되는 것은 다음의 네 사항과의 관련성 속에서이다.[8] 우선 광기는 인간에게 일종의 유년기처럼 규정된다. 그 욕망의 원초성이나 단순한 심리기제, 육체적 요인에 따른 결정 등이 어린이와 광인의 유사성을 만들어 낸다. 그러므로 광인은 인간의 기초적이고 기본적인 진실이 된다. 동시에 광인은 인간의 최종적 진실을 드러내게 된다. "광기는 언제나 문명과 문명의 불편함에 연관되어 있다." 광인은

---

7) 푸코, 『광기의 역사』, 788쪽.
8) 이하의 정리는 같은 책, 789~791쪽을 참조했다.

인간이 벗어날 수 없는 불편한 진실이 된다. 이것은 근대적 주체가 숙명처럼 느끼는 불편함이다. 그리고 광기는 육체적 현상, 다시 말해 객관화될 수도 있고 과학적으로 인식될 수 있는 생체현상의 일종이 된다. 호흡곤란이 폐 기능 이상의 일종이듯이 광기는 뇌 기능의 이상으로 간주되었다. 이런 점에서 광기는 인간의 마음속에서 시간적 분할보다는 공간적 분할로 인식된다. 그러나 광기는 육체의 질병에서는 나타나지 않는 진실을 보여 준다는 점에서 육체의 질병과 구분된다. "광기는 그때까지 비활성 상태에 있던 위험한 본능, 병적 악의, 번민, 난폭성의 내면세계를 솟아오르게 한다." 광기는 자유의 표현이지만 동시에 그것은 심층적인 야만상태를 갖는 악의의 표현이 된다.

광인은 결백하다. 왜냐하면 그는 정념과 욕망과 이미지에 끌린 수동적인 존재이기 때문이다. 그러나 이는 다른 식으로 보면 원인의 불명료함을 지시한다. 광기가 무의식적 자동성과 수동성의 문제라면 광기의 진실은 이유가 없는 것이 된다. "하나의 행위에 이유가 없을수록 그행위는 광기와만 관련된 결정론에서 기인힐 가능성이 더 많게 된다." 설명되지 않는 영역, 설명할 수 없는 영역에 자주 광기가 자리 잡았던 것은 이런 까닭이다.

마지막으로 광기는 치유가 가능한 영역이기도 하면서 억압되는 영역이기도 하다. 광기는 이성을 완전히 상실한 것이 아니라 이성 안에서의 모순이므로 치료의 가능성이 있다. 그러나 광기가 드러내는 인간적 진실이 사회적 진실과 모순되므로 치료는 이 진실의 억압과 무시에서 출발할 수밖에 없다. "광인 자신의 이성이 바로 광기의 진실이므로 광인의 치유는 다른 사람의 이성에 있다." 광기가 인간의 진실임에도 불구하고 그 진실에 대한 수용에 인간이 주저할 수밖에 없는 까닭이 여기에 있다. 우리는 광기에서 진실을 찾아내지만 그럼에도 우리는 그 진실에 우리를 가까이 끌고 가지는 않는다. 「표본실의 청개구리」에서 X가 광인과 마주쳤을 때 경이의 반응에서 그치고 만 것은 바로 이 불편한 광기의 모순 때문이다.

이제 광기는 존재와 비존재, 세계와 환상, 진리와 오류의 이분법에 갇혀 있던 세계에서 인간, 인간의 광기, 인간의 진실이라는 세 항목으로 옮겨간다.[9] 이제는 광인을 볼 때마다 누구나 그에게서 자기 자신을 알아보는 시대가 되었다. 광기는 광인만의 진실에서 이제 인간 개개인의 진실이 되었다. 이런 점에서 광인은 자신의 진실보다 더 많은 진실을 지니는 존재가 된다. 우리는 광인에게서 우리의 가장 가공할 심연을 마주하는 것이다. 그리고 이 심연을 회피할 수도 없게 되었다. 광기는 외부적 배제의 대상에서 내부적 교란의 주인이 되었기 때문이다. 광기는 주관적이면서도 객관적인 것이 되었다. 우리는 자신의 내면에서 도저히 설명할 수 없는 그런 광기를 조금씩 예감한다.

2. 무의식과 근대문학의 꿈

문학담론은 성과 광기를 둘러싼 어둠을 걷어 내고 그 어둠의 비밀을 밝히면서 주체에 대한 앎을 구성했다.[10] 그렇다고 성이나 광기가 원래 그런 본질을 갖는 것은 아니었다. 그 수많은 비밀을 간직하고 있고 우리를 현혹시키고 우리를 지배하는 성이라는 관념은 성적 욕망의 장치에 의해 강요된 것이었다. 동기도 불분명한 광기, 그 인간 본성의 표현이

---

9) 푸코, 『광기의 역사』, 793쪽.

라는 광기도 광기의 본질이 아니라 여러 역사적 과정과 경험을 통해 형성된 관념이었다. 그리고 이것이 근대적인 주체를 구성하는 중요한 성분이 된다. 특히 문학담론은 경제적 인간이나 생물학적 인간보다는 성과 광기의 인간을 추적해 왔다. 우리는 이를 푸코의 표현을 따라 "주체학(science du sujet)의 기획"[11]이라 이름 붙일 수 있을 것이다. "주체 자신이 모르고 있는 것에 관한 주체 안의 앎", 주체학 혹은 인간학이 근대문학담론의 핵심적 동력이었다. 그리고 이는 근대성의 과정과 정확히 일치하는 움직임이었다.

성은 자신에 대한 이해가능성과 자기 육체의 총체성, 자신의 자기 동일성을 가능하게 해준다.[12] 성은 숨겨져 있고, 이 은폐된 본성으로 인해 의미를 낳는 것이라 성에 대한 고백과 추적은 인간 자신을 이해하게 해준다. 그리고 성이 철저히 육체적 구성물이고 육체 전체를 구성하는 핵심적 요소이기 때문에 성에 대한 고백은 육체의 총체성을 만들어 낸다. 마지막으로 성은 개인사의 특이성을 성적 충동의 힘과 결부되게 해주기 때문에 성을 고백하면서 인간은 자신의 정체성을 찾을 수 있게 된다. 이해할 수 없는 성적 욕망이 오히려 자신을 이해하게 해주고, 육체적 파열음이었던 섹슈얼리티가 오히려 육체 전체를 조망하게 해주며,

---

10) 푸코에게 있어서 앎(savoir)은 지식(connaissance)과는 구별되는 개념으로서, 앎은 "주체가 그 자신이 알고 있는 것들로 인해, 아니 차라리 알기 위해 행한 노동에 의해 변경되고 있는 과정"이다. 그것은 "주체의 변경과 대상의 구성을 가능케 하는 것"이다. 반면 지식은 "알 수 있는 대상들을 증식시키고 그것들이 가진 명증성을 발전시키며 그것들의 합리성을 이해하게 만드는 과정으로서 그 연구를 수행하는 주체는 항상 똑같이 남아 있"다. 다시 말해 푸코에게 있어 앎은 그 과정을 통해 주체가 구성된다는 것, 그리고 동시에 대상도 규정되게 된다는 의미가 강하다(푸코, 『푸코의 맑스―둣치오 뜨롬바도리와의 대담』, 72쪽).
11) 푸코, 『성의 역사 1 : 앎의 의지』, 87쪽.
12) 같은 책, 166쪽.

어두운 성적 충동이 오히려 과거와 현재의 연속성을 구성하면서 자기 동일성을 이루어 낸 것이다.

이제 성은 주체학 혹은 인간학에서 그 무엇보다 중요한 것이 되었다. "성은 수세기에 걸쳐 우리의 영혼보다 더 중요하고 심지어는 우리의 생명보다 더 중요한 것이 되어 버렸으며, 또한 그로 말미암아 우리들 각자 안에 미세하지만 응축되어 있는 까닭에 다른 어떤 것보다도 더 심각한 것이 되는 그 비밀에 견줄 때, 이 세상의 모든 수수께끼는 우리들에게 그토록 사소하게 보이는 것이다."[13] 우리는 우리 삶을 다 내주어도 좋을 정도로 성의 진실을 얻고 싶어 한다. 사랑의 실패가 그토록 수많은 죽음으로 연결되었던 문학적 현상은 바로 여기서 기인한다. 성이야말로 인간의 진실 자체였으므로 삶마저도 쉽게 팽개칠 수 있는 것이 된 것이다.

우리는 이런 현상을 『춘향전』과 같은 고대적 사랑과 열정에 연결시켜선 안 된다. 그때 사랑은 개인의 진실을 알고자 하는 의지에서 비롯되지 않았다. 죽음을 감수하는 정조(貞操)의 열정과 죽음을 넘어서는 사랑의 열정은 역사적 문맥이 완전히 다르다. 춘향의 열정은 『박씨전』의 영웅적 행위와 연결되는 것이지 성의 진실과 연결되는 것이 아니었다. 차라리 춘향에게 성의 진실은 무가치한 것이었다. 인간의 고귀함은 고문과 투옥을 감당하는 영웅적 행위에서 비롯되는 것이지 내면의 사소한 성적 진실에서 비롯된 것이 아니었기 때문이다.

성적 욕망의 권리, 성적 욕망의 중차대함은 성의 본질에서 비롯된 것이 아니라 근대적 성 경험의 일환이었다. 여기에 성적 욕망의 장치라

---

13) 푸코, 『성의 역사 1 : 앎의 의지』, 166쪽.

는 권력의 기제가 작동하고 있다는 사실을 잊어서는 안 된다. 성이 중요한 것은 그것이 근대적 인간의 진실, 그 주체의 구성에서 핵심적인 역할을 하기 때문이었다. 성만큼 우리에게 심각하게 고백의 대상이 되는 영역도 없다. 섹슈얼리티는 주체의 자기 관찰과 자기 해부 그리고 자기 증명에서 독보적인 것이었다. 주체가 자기 자신을 만날 수 있는 길은 성이 아니고는 불가능했다.

그러나 성만을 특권화할 수는 없다. 우리는 문학담론에서 성과 함께 광기의 영역도 찾아냈다. 성이 고백되었다면 광기는 관찰되었다. 그리고 관찰되었기에 광기를 마주하는 자는 광인에게서 자신의 진실을 발견한다. 광기는 외부로 표현되는 것이었다. 물론 광기의 결정 인자는 내부적이다. 그러나 내부적 요소는 보이지 않는다. 광기의 주관적 요소는 객관적 표현의 계기와 연결되었기 때문에 관찰의 대상이 되고, 인간의 진실과 관계한다. 가령 19세기 심리학과 정신의학에서 중요하게 취급했던 '모럴 인세니티'(moral insanity)의 경우를 보자.

이 정신병자는 피상적으로 관찰해서는 알 수가 없다. 그는 "판단하고 추론하며 직절하게 처신하지만, 그러다가도 아주 사소한 문제 때문에, 흔히는 우연한 원인도 없이, 저항할 수 없는 성향 때문에만, 그리고 일종의 비뚤어진 도덕적 정서 때문에 광적인 격노, 난폭한 행위, 광포함의 폭발로 이끌린다."[14] 이성의 영역에서는 어떤 징후도 보이지 않지만, 갑작스런 폭발로 객관화되는 광기가 '모럴 인세니티'이다. 이 질환이 정신병의 사례에서 유의미한 이유는, 그것이 "광기를 외면성의 형태 아래 내면성의 요소로 만드는 그 기이한 양면성" 때문이다. 광기

---

14) 뒤뷔이송의 분석으로 재인용한 것이다. 출처는 푸코, 『광기의 역사』, 795쪽.

의 의식적이고 육체적인 원인, 다시 말해 주관성의 접근할 수 없는 계기를 육체나 행동의 메커니즘을 통해 객관화하는 것이다. 광기의 육체적 표현이라는 객관성이 은폐된 주관성을 보여 준다는 점에서 광기는 인간의 진실과 관계한다.

"인간에게 있어서 객관화의 본질적 계기는 광기로의 이행과 동일"하게 된다. "광기는 인간의 진실이 대상 쪽으로 옮겨가고 과학적 인식에 접근할 수 있게 되는 움직임의 가장 순수하고 가장 중요한 형태이다. 인간은 '광기'의 가능성이 있음에 따라서만 자기 자신에 대해 '자연'이 될 뿐이다. 광기는 객관성으로의 자연발생적 이행으로서, 인간의 대상화를 성립시키는 근본적 계기이다."[15] 광기가 객관적으로 파악될 수 없는 "오류의 비존재"에서 인간의 눈으로 구체적으로 파악할 수 있는 "객관적인 진실"이 된 것이다.

그러나 여기에 기묘한 역설이 있으며, 근대적 인간학의 역설이 있다. "'인간'에서 '참된 인간'으로 이르는 길이 '미친 인간'을 통과하는 셈이다."[16] 인간의 진실은 인간의 정상적 본성에서 찾아지지 않는다. 대신 인간의 진실은 그 인간이 사라지는 순간, 그 인간이 광기에 이르는 순간에 드러난다. 푸코의 표현으로는 "부정성의 계기"[17]로부터만 인간의 진실은 모습을 나타낸다. 광기가 인간의 진실이 된 과정이 바로

---

15) 푸코, 『광기의 역사』, 797쪽.
16) 같은 책, 798쪽.
17) 푸코에 따르면 부정성의 방식으로 인간의 진실을 포착하는 방법은 19세기 실증 심리학의 근본적 방법이었다. "분열현상의 분석에 의거한 인격 심리학, 건망증에 의거한 기억 심리학, 실어증에 의거한 언어 심리학, 정신박약에 의거한 지능 심리학 등 19세기에 탄생한 '실증' 심리학의 역설은 그것이 부정성의 계기로부터만 가능했다는 점이다."(같은 책, 798쪽)

여기에 있다. 부정성의 계기는 성의 문제에서도 동일하게 적용된다.[18) 성은 건강한 성이 아니라 늘 병리적인 양상을 띠는, 죄의식과 오류와 망상과 타락의 느낌을 수반하는 성이었다. 성에 대해 그 성의 진실을 말하라고 고백을 강요할 때 성의 온전한 모습이 사라지듯이, 우리는 성의 부정성과 함께 우리의 진실을 구성한다.

성이나 광기는 주체의 유일한 기표이자 기의가 되었다. 우리는 주체의 주관성을 성과 광기를 통해서만 만난다. 그리고 이는 최소한 문학 담론에서는 실천적으로 진행된 과정이었다. 성이 자기 비밀을 자기에 대한 고백 속에서 찾는 것이라면 광기는 자기의 비밀을 타자의 관찰 속에서 찾는다는 점에서만 차이가 있을 뿐이다. 그러나 문학담론은 광기보다 성을 더 선호했다. '성의 문학'이 '광기의 문학'을 압도한 것이다. 이는 광기의 경험이 성의 경험보다 더 외적이고 드물기 때문일 것이다. 그리하여 광기가 사회제도적 측면에서 이성과 광기의 분할에 관련된 영역으로 확장되었다면, 성은 주체의 자기 해부와 구성의 영역으로 넓게 가라앉았다. 광인이 아님을 증명하는 것보다 성적 욕망의 특이성을 증명하는 것이 인간의 자기 진실에서 더 중요한 문제가 되었던 것이다. 광기가 사회적 문제를 건드린다면 성은 개인적인 문제를 건드리는 것으로 분할되기 시작했다.

---

18) "푸코에게 인간과학들(심리학을 생물학의 한 부분과는 다른 것, 사회학을 경제학의 한 부분과는 다른 것, 신화 분석을 문헌학의 한 부문과는 다른 것으로 만드는 그 무엇)은 기능작용들을 그 자체로 그리고 그 자체를 위해 연구하지 않으며, 이 기능작용들 속에 도입된 '부정성'을 연구한다. 다시 말해 실질적으로 이 기능작용들(생명법칙들, 교환법칙들, 언어적 결정론들)로 하여금 실증적이고 필연적인 메커니즘들로서 직접적으로 더 이상 유효하지 않게 만드는 그 무엇 말이다 …… 생명·언어·부의 과학들이 자연적 객관성의 분야로 결정하는 것을 인간과학들은 도려내고 파내면서 받아들인다."(그로, 『푸코와 광기』, 151쪽)

인간이 자신을 대상으로 자신의 본성을 탐구하고자 하는 이 앎의 의지는 철저히 근대적인 현상이다. 성이나 광기처럼 계속해서 주시하고 끄집어내지 않으면 안 되는 타자의 영역을 건드릴 때만 주체의 진실이 구성되는 것도 근대적인 현상이다. 인간에게는 사고되지 않는 영역이 있다. 의식의 문제로 환원될 수 없는 타자의 영역이 있다는 것, 이것은 근대적인 에피스테메의 핵심이다. 푸코는 이를 "인간의 유한성"이라 부른다.[19] 그에 따르면 유한한 존재로서의 인간은 그 사고나 표상으로 환원될 수 없는 영역과 동시적으로 탄생한 것이다. "만일 인간의 사고가 사고의 안과 밖에서 사고의 경계선뿐만 아니라 종횡으로 어둠의 부분을 발견해 내지 않았다면, 인간은 결코 에피스테메 내의 한 배치로서 기술될 수 없었을 것이다. 이 어둠이란 바로 사고를 둘러싸고 있는 부동의 밀집층이요, 사고 속에 완전히 포함되어 있으면서도 그것을 사로잡고 있는 하나의 사고되지 않은 것이다."[20] 이것이 바로 무의식의 영역이다. 인간은 무의식의 탄생과 함께 동시적으로 탄생한 역사적 형성물이다.

근대문학이 광기와 성을 탐색할 때 만날 수 있었던 것이 바로 이

---

19) 전근대적 공간에 이 사고되지 않은 타자(무의식)의 영역이 없었던 것은 인간의 표상이 언설의 힘을 통해 사물과 존재의 전 지평을 포착할 수 있다고 여겼기 때문이었다. 그러나 근대에 접어들면 언설은 존재의 전 지평이 아니라 언어라는 부분 영역 속에 갇히게 되고, 표상도 사물 자체의 내적 법칙에 갇히게 된다. 단어들도 표상과의 일체화된 관계를 떠나 사물의 심층으로 물러나면서 언어의 법칙에 따라 좌우되기 시작한다. 인간이 구사하는 단어가 사물의 심층을 다 드러내는 것이 아니라 언어의 법칙에 제한받는 현상, 이것이 인간의 유한성이 된다. 인간은 표상과 언어를 통해 사고하지만 그것은 존재의 모든 층위를 드러내지 못한다. 그리하여 이 인간의 유한성이 사고되지 않은 타자의 영역과 함께하는 것이다(푸코, 『말과 사물』, 359~365쪽 참조). 그러므로 "사고되지 않은 것은 19세기 이래 줄곧 인간의 침묵의 동반자였다."(374쪽)

20) 푸코, 『말과 사물』, 373쪽.

무의식의 영역이다. 무의식은 인간이 자신의 심층을 탐사한다고 해서 얻을 수 있는 것이 아니다. 이 무의식이라는 타자는 "인간에 의해 인간의 내면에서 태어난 것이 아니라, 동일한 새로움과 불가피한 이중성 속에서 인간과 나란히 탄생한 형제이자 쌍둥이다."[21] 그리고 무의식은 광기나 성을 중심으로 회전한다. 근대의 문학담론이 광기와 성에 집착했던 것도 바로 이런 이유인 것이다. 무의미한 것이든 병리적인 것이든 이제 긍정과 부정의 대립적 원칙에 의해 판단되지 않는다.[22] 그것이 근대적 주체의 진실을 구성하는 것이라면 그 악마적 부조리함과도 마주쳐야 한다. 그리고 우리는 문학담론이 이 기괴하고 신비한 '무의식'과의 만남을 통해 근대적인 문학을 구성할 수 있었다고 생각한다.

물론 근대문학은 성과 광기만을 다루지 않았다. 노동도, 정치도, 사회적 갈등도, 전쟁도 문학의 중요한 대상들이었다. 20년대만 해도 병리성이 우리의 맥락에서 쓰이지 않은 작품들도 많았다. 박영희의 「이중병자」나 최서해의 작품들이 그렇다. 그리고 30년대 카프에 의해 모습을 드러낸 계급문학도 있었다. 그리고 8, 90년대에는 노동문학의 계열도 있었다. 그러나 "얻은 것은 이데올로기요, 잃은 것은 예술이었다"는 카프 전향의 선언을 단순히 정치적 선택으로만 간주해서는 안

---

21) 푸코, 같은 책, 373쪽.
22) 푸코는 프로이트의 이론이 갖는 고고학적 의미를 다음처럼 규정한다. "우리가 프로이트를 인간에 관한 지식을 문헌학적·언어학적 모델에 보다 근접시켰을 뿐 아니라 긍정적인 것과 부정적인 것 사이(정상적인 것과 병리학적인 것, 이해 가능한 것과 전달 불가능한 것, 의미 있는 것과 의미 없는 것 사이)의 구분을 근본적으로 타파한 최초의 인물이었다고 상정한다면, 우리는 프로이트의 예를 통해 기능이나 갈등이나 의미작용의 견지에서의 분석으로부터 규범이나 규칙이나 체계의 견지에서의 분석에로 이행하는 모습을 쉽게 이해할 수 있을 것이다. 말하자면 서구 문화로 하여금 일세기 동안이나 인간에 대한 어떤 이마쥬를 제시할 수 있게 해주었던 지식의 전 체계는 프로이트의 작품을 축으로 전회한다." (같은 책, 412쪽)

된다. 계급문학이 순전히 일제의 억압적 정책에 의해 패배한 것만은 아니었다. 문학이 갖는 근대적인 공리, 다시 말해 인간의 진실을 병리성에 연루시키는 문학담론의 공리적 자장에서 자유롭지 못한 것이 근대문학의 운명이기 때문이다. 인간묘사가 필요하다는 계급문학론자들의 고백은 역설적으로 근대적인 문학의 공리를 다시 한번 증명하는 것이었다.

87년 민주화를 전후한 시기의 노동문학이 퇴조하고 갑작스럽게 자기 성찰의 문학이 등장했던 것도 근대문학의 법칙을 벗어나지 않은 것이었다. 오히려 예외는 노동문학이나 계급문학이었다고 해야 한다. 물론 현실 개조와 변혁의 문학이 불가능한 것은 아니다. 대신 그것이 근대문학의 공리를 경유하지 않는 한 근대적인 에피스테메 내에서 '근대적'인 문학이라는 인식을 주기는 어렵다. 우리는 아직도 이 에피스테메적 규정성 아래서 살아가고 있는 것이다. 이를 인간학이라는 견지에서 다시 고찰해 보자.

푸코에 따르면 인간에 대한 앎, 즉 인간학(인문과학)은 심리학적 영역과 사회학적 영역, 그리고 문학과 신화에 관련된 영역으로 나눌 수 있다고 한다. 심리학적 영역은 생물학에서 빌려 온 차원을 중심으로 전개된다. 이 영역은 '기능'과 '규범'을 중심으로 구축되는데, 여기서 인간은 "생존의 조건들뿐 아니라 그로 하여금 자신의 기능을 수행할 수 있게 해주는 조정의 평균적 '규범들'을 발견할 수 있는 가능성까지도 지니는 존재"가 된다. 그리고 경제학의 투영면에서 인간은 "필요와 욕구를 가진 존재로서" '갈등'의 상황에 노출된다. 여기서 인간은 "그 갈등 때문에 생겨났지만 오히려 그 갈등을 제어하는 '규칙'의 집합체를 확립"한다. 언어의 투영면에서는 "인간의 행동이 무엇인가를 말하려는 시도로서 나타난다." 말하자면 "인간의 경이한 몸짓은 그것의 무의식적 메커니즘과 그것의 실패에 이르기까지 어떤 '의미'를 가지고 있으며 인간이 물품이나 의식이나 습관이나 언설을 통해 자신의 주위에 배치하는 모든 것, 곧 인간이 남겨 놓는 모든 흔적들은 하나의 정합적 집합체 내지 하나의 기호 '체계'를 구성한다." 결국 "'기능'과 '규범', '갈등'과 '규칙', '의미작용'과 '체계'라는 세 가지 대립항은 인간의 인식의 전 영역을 완전히 포괄하고 있는 것이다."[23)]

그러나 각각의 개념쌍이 자신이 등장했던 영역에만 국한해서 작용하는 것은 아니다. 기능과 규범이 심리학적인 개념에만 국한되는 것도 아니고, 갈등과 규칙도 사회학적인 영역에서만 제한적으로 작용하는 것은 아니다. "이 모든 개념들은 여러 인문과학들에 공통적인 입체적 공간 전체 속에서 발생하며 그 공간 내의 각 영역에 모두 유효하다. 그러므로 대상들 사이에 한계를 정한다든가 심리학이나 사회학이나 문예비평이나 신화 각각에 고유한 방법들을 서로 구분하기가 매우 곤란해진다."[24)]

그렇지만 역사적인 변천을 추적해 보았을 때는 생물학적 모델이 지배하는 시기가 가장 앞선다고 한다. "인간, 인간의 영혼, 인간의 집단, 인간사회, 인간이 말하는 언어 —— 이 모든 것들이 낭만주의 시대에는 실제로 그것들이 살아 있는 한에서만 생물로서 간주되었는데 그것들의 존재양태는 유기체적이며 기능의 견지에서만 분석된다."[25)] 인간을 기능의 견지에서 사고하는 생물학적 모델은 이후 경제학적 모델에

---

23) 푸코, 『말과 사물』, 407~8쪽.
24) 같은 책, 408쪽.
25) 같은 책, 410쪽.

의해 대체된다. 여기서는 인간의 모든 활동이 갈등과 해결의 관점에서
사고된다.

　마지막으로 숨겨진 의미를 발견하고 해석하고자 하는 철학적 모
델과 의미와 무의미를 발생시키는 기호의 체계들을 구조화하고자 하
는 언어학적 모델이 등장한다. 인간학이 이런 철학적이고 언어학적인
모델만으로 규정되는 것은 아니지만 어쨌든 근대문학은 아무래도 생
물학적이고 경제학적인 모델에서 벗어나는 지점에서 탄생한 것으로
보인다. 개화기 담론을 지배한 것은 인간을 국가의 유기적 일부분으로
보는 생물학적 상상력이었다. 건강과 병이 명쾌한 이분법으로 나뉠 수
있었던 것도 바로 생물학적 모델 때문이었다. 그러나 1920년대 들어
이런 이분법이 자취를 감추면서 병은 인간이 배제할 수 없는, 오히려
인간의 내부로 들어온 인간의 진실이 되는 경향이 있었다.

　의미의 발견과 해석, 기호화의 체계가 중심이 된 철학적이고 언어
학적 모델의 지배와 함께 또 다른 역사적 변이가 있었다. 기능이나 갈
등, 의미작용 등이 각각 규범과 규칙, 체계에 의해 대체되는 과정이 있
었던 것이다. 예컨대 언어학적 영역에만 국한해서 얘기해 보자. 언어학
적 영역에서는 기능이나 갈등보다 의미작용이 중요하게 취급될 것이
다. 그리고 의미작용이 중심이 될 때는 의미 있는 것과 무의미한 것의
구분이 중요해진다. 그런데 의미작용 대신 체계가 지배적이게 되면
'무의미한 언설'에 관해 말할 수 없게 된다. '의미작용'을 다루는 의식
의 영역에서야 무의미한 것이 있다고 해도, 다시 말해 의미를 구성하지
못하는 것이라고 해도 의미와 무의미의 전 '체계'를 고려하는 무의식
의 수준에서는 무의미한 언설은 있을 수 없다. 무의미하다면 아직 우리
가 그 의미의 지층까지 파내려가지 못했다는 사실을 뜻할 뿐이다. "어

떤 의미작용에 있어서의 의식과 비교할 때, 체계는 항상 무의식적이다. 왜냐하면 체계는 의미작용보다 먼저 존재했기 때문이다. 그렇지만 체계는 특히 자기가 결코 전체화할 수 없을 미래의 의식을 약속하고 있기 때문에 무의식적일 수밖에 없다."[26]

규범이나 규칙, 체계의 범주들이 인간학의 영역에서 특권적이게 됨에 따라 의식적인 것에 주어지지 않는 경험들을 포착하는 것이 인간학의 작업이 되는 경향이 생겨난다. 소박한 의식에 대해서는 불투명할 수밖에 없는 그런 경험, 표상 가능하지만 그럼에도 성찰적인 지식에 의해서만 조명되는 그러한 무의식의 경험이 인간학의 대상이 되는 것이다. 이제 "병적인 것과 정상적인 것 사이의 이분법이 의식과 무의식이라는 양극성의 견지에서 소멸되어 가는 경향"[27]이 생겨난다. 이런 점에서 인간학은 무의식의 문제를 드러내는 것을 핵심으로 한다.[28] 이것이 인간학 혹은 인문과학의 기획이다. 의식이 무의식의 영역을 회복하지 않는 한 그것은 근대적인 의식이 될 수 없다. 그리고 문학이 바로 이러한 기능을 담당한다. 언어는 순선히 표상적인 기능에 한정되지 않는

---

26) 푸코, 『말과 사물』, 413쪽. 이는 갈등을 대체하는 규칙, 기능을 대체하는 규범에서도 동일하다. 체계, 규칙, 규범들은 모두 다 무의식적이라는 공통성을 갖는다. "마찬가지로 갈등의 개념이 밝혀주는 것은 어떻게 필요나 욕망이나 이익은 자기들을 느낄 수 있는 의식에 소여되지 않고도 표상 속에서 모습을 갖출 수 있는가 하는 점이다. 동시에 규칙이라는 반대개념의 역할은 갈등의 격렬함이라든가 얼핏 보기에 야수적인 필요의 집요함이라든가 법칙도 없는 욕망의 무한성 같은 것들이 어떻게 어떤 사고되지 않은 것(갈등이나 필요나 욕망에게 규칙을 처방해 줄 뿐만 아니라 그것들로 하여금 규칙에서 출발하게 해주는)에 의해 이미 조직되어 있었던가를 밝히는 데 있다."
27) 같은 책, 414쪽.
28) "무의식의 문제 ——무의식의 가능성이나 지위나 존재양태나 무의식을 인식하고 드러내는 방법 ——란 인문과학에 내재하거나 인문과학의 발전단계에서 우연히 조우하게 되는 문제가 아니라, 종국적인 면에서는 인문과학의 존재 자체가 동시적으로 실재하는 문제가 된다."(같은 책, 415쪽)

다.[29] 표상할 수 없는 영역에 촉수를 들이밀며 더듬거리는 것이 근대적인 문학의 언어다.

이런 점에서 인간학은 인간이 문제되는 곳이면 어느 곳에서나 존재하는 것이 아니다. 인간을 다뤘다고 해서 인간학일 수 없는 것이 바로 이런 까닭이다. 30년대 계급문학이나 8, 90년대 노동문학이 지속되지 못했던 까닭은 단순히 권력이 억압했다거나 노동자 계급의 해방이 어느 정도 달성되었기 때문이 아니다. 우리가 보기에 오히려 그런 문학들이 근대적인 담론 속에 있으면서도 이 인간학의 근대적 기획과 마주하지 못했기 때문이다. 계급문학이나 노동문학이 불가능하다는 것이 아니라 인간학의 핵심을 자신의 문학적 영역 안으로 끌어들이지 않으면 안 된다는 것이다. 최소한 근대적 에피스테메가 지속되는 한 문학은 이런 운명에서 벗어날 수 없다.

근대문학이 병리성과 마주한 까닭이 바로 여기에 있다. 광기와 섹슈얼리티, 욕망과 죄의식 등이 문제되었던 것은 무의식의 세계가 바로 거기에 있었기 때문이다. 인간학은 "무의식의 형식과 내용의 조건을 의식에서 해명하려는 규범이나 규칙이나 의미작용의 총체에 대한 분석"이 행해지는 곳에서만 존재할 수 있다. 다시 말해 무의식적인 것의 고유한 차원을 포착하지 않는 한 근대적인 인간학일 수 없는 것이다.

근대문학은 '병적'이므로 치료를 받으라고도, '원시적'이므로 감

---

29) "고전주의 시대의 '언어의 존재'는 전적으로 그것이 분할하는 표상의 한계 속에서만 나타나지만, 19세기에 이르러서는 반대로 표상적 기능으로부터 벗어나 버린다. 표상은 이제 단일화시키는 기능을 상실해 버리지만, 이는 오로지 어떤 다른 양식, 즉 새로운 기능으로 작동하는 문학과 같은 영역에서 자신의 기능을 재발견하기 위해서였다."(들뢰즈, 『들뢰즈의 푸코』, 93쪽)

금되어야 한다고도, '무의미' 하므로 무시해야 한다고도 말하지 않는다. 문학담론은 이 모든 병리적 요소를 통해 근대적 주체의 진실을 포착하고자 했다. 그러므로 문학담론은 직접적으로 정치적이거나 혁명적일 수는 없었다. 문학담론은 무의미의 의미를 따져 보기도 하고, 병리성의 불가피함을 검토하기도 하고, 원시성의 현재성을 재보기도 하면서 천천히 나아간다. 문학의 발걸음이 느린 이유는 인간의 탄생과 공존하는 무의식의 광대함과 심오함 때문일 것이다. 무의식의 모든 지대를 건드리고자 하는 문학의 꿈, 이는 현재의 문학 속에서도 계속되고 있다. 문학은 아직도 인간학이다.

참고문헌

가다머, 한스 게오르그. 『철학자 가다머 현대의학을 말하다』. 이유선 옮김. 몸과마음. 2002.

고진, 가라타니. 『일본 근대문학의 기원』. 박유하 옮김. 민음사. 1997.

권용선. 『1910년대 '근대적 글쓰기'의 형성과정 연구』. 인하대 박사학위논문. 2004.

그로, 프레드릭. 『푸코와 광기』. 김웅권 옮김. 동문선. 2005.

김동인. 「근대 소설의 승리」. 『조선중앙일보』. 1934년 7월 15~24일.

_____. 「남은 말」. 『창조』 창간호. 1919.

_____. 「마음이 옅은 자여」. 『창조』 5호. 1920.

_____. 「명문」. 『김동인전집』 5. 삼중당. 1976.

_____. 「약한 자의 슬픔」. 『김동인전집』 5. 삼중당. 1976.

_____. 「편집여언」. 『창조』 창간호. 1919.

김예림. 「1920년대 초반 문학의 상황과 의미」. 『1920년대 동인지 문학과 근대성 연구(상허학보 제2집)』. 상허학회. 깊은샘. 2000.

김윤식. 「근대소설 형성기의 내면풍경」. 『한국현대문학비평사론』. 서울대출판부. 2000.

_____. 『염상섭 연구』. 서울대출판부. 1989.

_____. 『한국근대소설사 연구(한국문화총서 제26집)』. 을유문화사. 1986.

김윤식·정호웅.『한국소설사』. 예하. 1993.

김중술·이한주·한수정.『사례로 읽는 임상심리학』. 서울대출판부. 2003.

김지영.「1920년대 문학에서 고백의 성립과 자기 인식의 문제 : 이광수, 김동인, 염상섭을 중심으로」.『현대소설연구』28호. 2005.

김현실.「근대지식인의 고백체 내면지향 소설에 관한 연구」.『현대소설연구』2. 1995.

깡길렘, 조르쥬.『정상적인 것과 병리적인 것』. 여인석 옮김. 인간사랑. 1996.

나도향.「별을 안거든 울지나 말 걸」.『나도향전집』상. 집문당. 1988.

_____.「옛날 꿈은 창백하더이다」.『나도향전집』상. 집문당. 1988.

_____.「전차 차장의 일기 몇 절」.『나도향전집』상. 집문당. 1988.

_____.「젊은이의 시절」.『나도향전집』상. 집문당. 1988.

_____.「J의사의 고백」.『나도향전집』상. 집문당. 1988.

나병철.『근대성과 근대문학』. 문예출판사. 1995.

_____.「근대소설 형성과정에서의 주체와 타자의 문제」.『현대문학이론연구』제 18집. 2002.

나지오, 쥬앙-다비드.『히스테리의 정신분석』. 표원경 옮김. 백의. 2001.

니체, 프리드리히.『도덕의 계보/이 사람을 보라』. 김태현 옮김. 청하. 1991.

_____.『아침놀』. 박찬국 옮김. 책세상. 2004.

_____.『안티크리스트』. 백승영 옮김. 책세상. 2005.

듀보, 르네.『건강이라는 환상』. 허정 옮김. 삼성미술문화재단. 1982.

드레피스·라비노우.『미셸 푸코: 구조주의와 해석학을 넘어서』. 서우석 옮김. 나 남. 1989.

들뢰즈, 질.「구조주의를 어떻게 인지할 것인가」.『들뢰즈가 만든 철학사』. 박정태 옮김. 이학사. 2007.

_____.『니체와 철학』. 이경신 옮김. 민음사. 2005.

_____.『들뢰즈의 푸코』. 권영숙·조형근 옮김. 새길. 1995.

_____.『의미의 논리』. 이정우 옮김. 한길사. 1999.

라플랑슈, 장·장-베르트랑 퐁탈리스.『정신분석사전』. 임진수 옮김. 열린책들.

2005.

마르크스, 칼. 「1844년의 경제학 철학 초고」. 『칼 맑스 프리드리히 엥겔스 저작 선집』 1. 최인호 옮김. 박종철출판사. 1997.

박영희. 「이중병자」. 『개벽』 53호. 1924.

박헌호. 「나도향과 욕망의 문제」. 『1920년대 동인지 문학과 근대성 연구』. 상허학회 엮음. 깊은샘. 2000.

_____. 『식민지 근대성과 소설의 양식』. 소명출판. 2004.

박현수. 「염상섭의 초기 소설과 문화주의」. 『상허학보』 1호. 2000.

백철. 『신문학사조사』. 신구문화사. 1980.

보로사, 줄리아. 『히스테리』. 홍수현 옮김. 이제이북스. 2002.

브룩스, 피터. 『육체와 예술』. 이봉지 · 한애경 옮김. 문학과지성사. 2000.

서영채. 『한국 근대소설에 나타난 사랑의 양상과 의미에 관한 연구―이광수, 염상섭, 이상을 중심으로』. 서울대 박사학위논문. 2002.

손정수. 「김동인 초기 소설에 나타난 서사 형식의 변모과정에 관한 고찰」. 『김동인 문학의 재조명』. 문학사와 비평학회 엮음. 새미. 2001.

손택, 수잔. 『은유로서의 질병』. 이재원 옮김. 이후. 2002.

송현호. 『한국근대소설론연구』. 국학자료원. 1984.

슈라이옥, 리차드 해리슨. 『근세 서양의학사』. 이재담 편역. 위드. 1999.

신동원. 『한국근대보건의료사』. 한울. 1997.

_____. 『호열자 조선을 습격하다』. 역사비평사. 2004.

신석호. 「강박신경증의 정신역동적 치료 1 : Ego Psychology의 관점」. 『정신분석』 11권 1호. 2000.

신수정. 『한국 근대소설의 형성과 여성의 재현 양상 연구』. 서울대 박사학위논문. 2003.

양진오. 「"약한 자의 슬픔" 다시 읽기」. 『김동인 문학의 재조명』. 문학사와 비평학회 엮음. 새미. 2001.

_____. 『한국소설의 시학과 해석』. 새미. 2004.

염상섭. 「개성과 예술」. 『염상섭전집』 9. 민음사. 1987.

_____. 「암야」. 『염상섭전집』 9. 민음사. 1987.

_____. 「표본실의 청개고리」. 『개벽』 14~16호. 1921.

_____. 「표본실의 청개구리」. 『염상섭전집』 9. 민음사. 1987.

오문석. 「1920년대 초반 '동인지'에 나타난 예술이론 연구」. 『1920년대 동인지 문학과 근대성 연구』(상허학보 제2집). 상허학회 엮음. 깊은샘. 2000.

와트, 이언. 『소설의 발생』. 전철민 옮김. 열린책들. 1988.

우정권. 『한국근대고백소설의 형성과 서사양식』. 소명출판. 2004.

웨인 부스. 『소설의 수사학』. 이경우·최재석 옮김. 한신문화사. 1999.

윤명구. 『한국근대문학연구』. 인하대학교출판부. 2000.

이광수. 「그의 자서전」. 『이광수전집』 8. 우신사. 1979.

_____. 『사랑』. 『이광수전집』 6. 우신사. 1979.

_____. 「어린 벗에게」. 『이광수전집』 6. 우신사. 1979.

_____. 「H군을 생각하고」. 『이광수전집』 8. 우신사. 1979.

_____. 「윤광호」. 『청춘』 3호. 1914.

_____. 「혈서」. 『이광수전집』 8. 우신사. 1979.

이수영. 「한국근대문학의 형성과 미적 감각의 병리성」. 『민족문학사연구』 26호. 2004.

이용승·이한주. 『강박장애』. 학지사. 2000.

이재선. 「한국단편소설의 서술유형」. 『현대소설의 서사시학』. 학연사. 2002.

_____. 『현대소설의 서사시학』. 학연사. 2002.

이정균·김용식 엮음. 『정신의학』. 일조각. 2000.

이종규. 『노이로제』. 개척사. 1973.

이태진. 「인정의 의술 전통과 의료 근대화」. 병원역사문화센터 편저. 『동아시아 서양의학을 만나다』. 태학사. 2007.

이현수. 『정신신경증』. 민음사. 1992.

이훈진. 「편집증 집단의 자기개념과 주의 및 기억편향」. 『심리과학』 9호. 2000.

임규찬. 『한국근대소설의 이념과 체계』. 태학사. 1998.

장수익. 「김동인 소설과 근대문학의 자율성」. 『김동인 문학의 재조명』. 문학사와 비평학회 엮음. 새미. 2001.

_____. 『1920년대 초기 소설의 시점 연구』. 서울대 박사학위논문. 1998.

_____. 『한국근대소설사의 탐색』. 월인. 1999.

전영택. 「운명」. 『창조』 3호. 1919.

정준태. 『성기질환의 신요법』. 한일출판사. 1962.

정호웅. 「한국 근대소설과 자기반성의 정신」. 『염상섭 문학의 재조명』. 새미.
　1998.

조남현. 「한국 리얼리즘론의 역사」. 『한국 현대문학사상 논구』. 서울대출판부.
　1999.

주요한. 「성격파산」. 『창조』 8호. 1921.

짐멜, 게오르그. 『돈의 철학』. 안준섭 외 옮김. 한길사. 1983.

_____. 『짐멜의 모더니티 읽기』. 김덕영 · 윤미애 옮김. 새물결. 2005.

콩트, 오귀스트. 「실증철학강의」. 깡길렘, 조르쥬. 『정상적인 것과 병리적인 것』.
　여인석 옮김. 인간사랑. 1996.

펠스키, 리타. 『근대성과 페미니즘』. 김영찬 · 심진경 옮김. 거름. 1998.

폰 브라운, 크리스티나. 『히스테리』. 엄양선 · 윤명숙 옮김. 여이연. 2003.

푸코, 미셸. 『광기의 역사』. 이규현 옮김. 나남. 2003.

_____. 『권력과 지식』. 홍성민 옮김. 나남. 1991.

_____. 「니체, 계보학, 역사」. 이광래 옮김. 『미셸 푸코: 광기의 역사에서 성의 역
　사까지』. 민음사. 1995.

_____. 「니체, 프로이트, 맑스」. 『자유를 향한 참을 수 없는 열망』. 정일준 편역.
　새물결. 1999.

_____. 『담론의 질서』. 이정우 옮김. 새길. 1995.

_____. 『말과 사물』. 이광래 옮김. 민음사. 1994.

_____. 『비정상인들』. 박정자 옮김. 동문선. 2001.

_____. 『성의 역사 1 : 앎의 의지』. 이규현 옮김. 나남. 1990.

_____. 『성의 역사 2 : 쾌락의 활용』. 문경자 · 신은영 옮김. 나남. 1997.

_____. 『푸코의 맑스』. 이승철 옮김. 갈무리. 2004.

프로이트, 지그문트. 『문명 속의 불만』. 김석희 옮김. 열린책들. 1997.

현상윤. 「꿉박」. 『청춘』 8호. 1917.

현진건. 「B사감과 러브레터」. 『현진건전집』 4. 문학과비평사. 1988.

_____. 「타락자」. 『현진건전집』 4. 문학과비평사. 1988.

Axthelm, Peter M.. *The modern confessional novel*. Yale Univ.. 1967.

Mazzoni, Cristina. *Saint Hysteria*. Cornell Univ. Press. 1996.

Smith, Les W.. *Confession in the novel : Bakhtin's author revisited*. Fairleigh
    Dickinson Univ. Press. 1996.

찾아보기